西方女性小说经典导读

杨莉馨 王苇 著

Jane Austen
Mary Shelley
Charlotte Brontë
Emily Brontë
George Eliot
Adeline Virginia Woolf
Edith Wharton *Willa Cather*
Doris Lessing
Sylvia Plath
Margaret Drabble
Toni Morrison
Iris Murdoch
Angela Carter
Marguerite Duras

商务印书馆
The Commercial Press

目录

前　言 / 1

上编　19世纪小说导读

第一章　19世纪及前代女性文学概览 / 5

第二章　简·奥斯丁的《傲慢与偏见》 / 15

第三章　玛丽·雪莱的《弗兰肯斯坦》 / 29

第四章　夏洛蒂·勃朗特的《简·爱》 / 41

第五章　艾米莉·勃朗特的《呼啸山庄》 / 47

第六章　乔治·爱略特的《佛洛斯河磨坊》 / 58

中编　20世纪上半叶小说导读

第七章　20世纪上半叶女性文学概览 / 77

第八章　弗吉尼亚·伍尔夫的《远航》 / 86

第九章　弗吉尼亚·伍尔夫的《达洛卫夫人》 / 95

第十章　弗吉尼亚·伍尔夫的《到灯塔去》 / 107

第十一章　弗吉尼亚·伍尔夫的《海浪》 / 127

第十二章　弗吉尼亚·伍尔夫的《奥兰多》 / 143

第十三章　弗吉尼亚·伍尔夫的《弗勒希》／160

第十四章　弗吉尼亚·伍尔夫的《岁月》／168

第十五章　伊迪丝·华顿的《纯真年代》／184

第十六章　威拉·凯瑟的《啊，拓荒者！》／197

下编　20世纪下半叶及新世纪小说导读

第十七章　20世纪下半叶及新世纪女性文学概览／215

第十八章　多丽丝·莱辛的《金色笔记》／253

第十九章　西尔维娅·普拉斯的《钟形罩》／261

第二十章　玛格丽特·德拉布尔的《金色的耶路撒冷》／272

第二十一章　托妮·莫里森的《秀拉》／281

第二十二章　艾丽丝·默多克的《黑王子》／294

第二十三章　安吉拉·卡特的《染血之室》／299

第二十四章　玛格丽特·杜拉斯的《情人》／311

第二十五章　玛格丽特·阿特伍德的《使女的故事》／325

第二十六章　玛格丽特·阿特伍德的《羚羊与秧鸡》／339

第二十七章　玛格丽特·阿特伍德的《珀涅罗珀记》／345

第二十八章　玛格丽特·德拉布尔的《七姐妹》／356

第二十九章　玛格丽特·德拉布尔的《红王妃》／368

附录一　拓展阅读书目／382

附录二　19世纪以来西方重要女作家名录／386

前　言

　　文明曙光初显,人类即以多种样态的文学形式来理解自身所处的世界,表达对自然的惊奇与敬畏,对生命的欢愉与对死亡的悲伤,对爱情与幸福的向往与咏叹,一路走来,已有数千年的辉煌历史。女性作为人类群体中的半边天,在与男性观察,表现自然与生命、宇宙与时光的过程中日渐显现出独到的性别视角,女性文学因而发展起来。由于女性在历史中遭逢的经济政治地位低下、受教育权和工作权被剥夺、无法进入更为开阔的公共空间等困境,在西方女性文学发展早期,优秀的女性作家寥若晨星。经过漫长的中世纪,欧洲进入了文艺复兴的新阶段,女性文学也潜滋暗长起来,但依然被排斥在主流、正统与高雅的文学领地之外。17—18世纪之后,随着社会生产力的发展和生产、生活方式的变革,以及工业革命后西欧国家机械化程度的提高,女性读写能力进一步增强,于家务劳动之外有了更多的余暇,视野也进一步得到了拓展。除了诗歌等传统文类之外,女性作家开始运用小说这一原本不登大雅之堂但却自由灵活且具有亲和力的文类,书写自己身边熟悉的生活,塑造栩栩如生的人物群像,描画鲜活逼真的生活场景和社会风貌,表达对人世的观察和对生活的理解。女性小说家在文坛开始拥有了一席之地,并迅速取得了堪与男性文学大师相比肩的出色成就。19世纪以来,西方女性文学更在小说、诗歌、散文、戏剧、文论等多种文类上取得了辉煌的成就,成为世界文学宝库中不可或缺的重要力量,并以温暖的人类情怀和丰美的艺术形象滋养了无数读者的心灵。

中国历史上也曾涌现出众多杰出的女性诗歌、散文与小说作家。20世纪之后中国妇女解放运动的展开与女性文化的蓬勃发展，更是为中国女性文学的发展提供了深厚的精神养料和重要的思想文化支撑，促成了20世纪以来中国现当代女性文学的出色成就。在21世纪中外文学与文化交流日益频繁，经济全球化发展和崇尚多元文化价值观的今天，深入了解世界各民族的文化遗产，深化东西方文明互鉴，加强对西方女性文学发展脉络、思想与艺术成就的教学与研究，具有重要的意义。

鉴于目前国内综合性大学文学院、外国语学院、女子学院等的本科与硕士专业基础课和专业选修课，如"外国文学史""女性文学史""欧美文学专题""欧美文学作品选""现当代世界文学经典""文艺学概论"和"女性文化研究"等教学内容均会涉及西方女性文学的发展状况、成就特点，而专门针对本科与硕士研究生教学的女性文学深度导读类教材十分匮乏，本书作者在长期从事西方女性文学教学与研究的基础上，推出了这部既勾勒出西方女性文学脉络，又体现出对经典作家作品的精深阐释，融可读性与学术性于一炉的精品学术型教材。作者希望通过对人类文明史上女性小说经典的深入解读，帮助广大读者，尤其是女大学生锻造自尊、自爱、自立、自强的健全人格，更好地服务社会、报效国家；亦希望帮助读者进一步培养全球化的视野和东西方文明互鉴的意识，进入美不胜收的女性文学世界，不断提升人文素养和审美鉴赏能力。

上 编
19世纪小说导读

第一章
19 世纪及前代女性文学概览

　　西方女性文学的发展源远流长。然而,在漫长的父权社会中,女性作家的创作却深受隐含性别歧视的社会体制、文化习俗与文学评估标准的压抑,以至在相当长的时段内难以获得自由的发展空间和公正的评价。随着文明的进步和西方女权运动的发展,这一状况在 18 世纪之后逐渐得到改变。19 世纪以来,西方女性文学更是取得了非凡的成就,成为世界文学宝库中不可或缺的重要组成部分。

一、19 世纪之前的西方女性文学

　　在作为欧洲文明摇篮的古希腊时代,即出现了西方文学史上第一位重要的抒情女诗人萨福(Sappho,约公元前 630—约公元前 570)。萨福一生共写过九卷诗,但留存下来的只有两首完整的诗作和一些残句。她擅长以自然简洁的诗行吟咏爱情与友谊、赞美母爱,语言朴素,情感真挚,音乐感强,受到西方历代诗人的推崇,被柏拉图誉为"第十位文艺女神"。

　　进入中世纪之后,乃至文艺复兴时期,在以父权为中心的社会文化环境中,妇女被剥夺了接受教育和进入公共社会空间的机会,政治、经济地位均十分低下,被迫在逼仄的私人生活空间内生儿育女,成为家庭生活的附庸。她们的生命力、艺术感受力和创造才情受到压制,难以创作出优秀的艺术作品。20世纪英国女作家弗吉尼亚·伍尔夫(Virginia Woolf, 1882—1941)在《一间自己的屋子》(*A Room of One's Own*,1929)中对女性作家的创作困境进行了深入分析。她不仅通过对杰出的戏剧大师莎士比亚多才而又可怜的姐妹"朱迪丝"遭遇的虚拟,浓缩了历史上无数潜在的女性作家被社会扼杀的命运,而且进一步推想:"十六世纪时,女子天赋过人,必然会发疯,或射杀自己,或离群索居,在村外的草舍中度过残生,半巫半神,给人畏惧,给人嘲弄。只须略具心理学方面的知识,就会明白,一个天禀聪颖的女子,要想将才华用于诗歌,除了旁人百般阻挠,自己心中歧出的本能也来折磨她,撕扯她,最终,必然落个身心交病的结局。"[①]因此,虽然随着西方女性主义文学批评的崛起,美国学者桑德拉·吉尔伯特(Sandra M. Gilbert)和苏珊·古芭(Susan Gubar)力求发掘和重建女性文学传统,并在英语女性文学选集《诺顿女性文选——英语文学的传统》(*The Norton Anthology of Literature by Women: The Traditions in English*)中列出了这一阶段数位女性作家的作品,但我们发现,能有作品传世的女作家确实寥寥无几。

进入17世纪中后期,随着妇女受教育程度的提高和独立意识的增强,女作家首先在西欧走在资本主义发展最前列的英国出现。阿芙拉·贝恩(Aphra Behn,1640—1689)堪称英国第一位以写作为生的职业女作家。她创作了不少诗歌、小说与剧本,影响最大的是中篇小说《奥鲁诺克》(*Oroonoko, or, The Royal Slave: A True History*,1688),该作通过非洲某部落酋长之孙奥鲁诺克的不幸遭遇,体现出强烈的反对种族歧视的人道主

[①] 弗吉尼亚·吴尔夫:《一间自己的房间》,贾辉丰译,人民文学出版社,2003年,第42—43页。

义精神。贝恩的成功又带动了一批有影响的女性作家如德拉莉维埃·曼利(Delariviere Manley, 1663—1724)和伊莱莎·海伍德(Eliza Haywood, 1693—1756)等的出现,尤其是海伍德的小说《过度之爱》(*Love in Excess*, 1719)曾轰动一时,其与《鲁滨逊漂流记》《格列佛游记》一起,被并称为理查逊的《帕美拉》出现之前三部最畅销的小说。到18世纪40年代,英国女性文学创作已颇有声势,尤其在小说领域,取得了突出的成就。美国文学史家安妮特·T.鲁宾斯坦(Annette T. Rubinstein)如是说:"实际上,18世纪最后25年的英国小说几乎完全为妇女所垄断。"① 根据另一位文学史家 F. G. 布莱克(F. G. Black)的统计,在1760—1790年之间,2/3 到 3/4 的书信体小说出自女性之手。② 在此期间,范妮·伯尼(Frances Burney, 1752—1840)的小说《伊芙琳娜》(*Evelina, or, The History of A Young Lady's Entrance into the World*, 1778)、夏洛特·史密斯(Charlotte Smith, 1749—1806)的小说《艾米琳》(*Emmeline, The Orphan of the Castle*, 1788)也颇有影响。而在法国大革命的风潮之中,英国作家玛丽·沃尔斯通克拉夫特(Mary Wollstonecraft, 1759—1797)撰写了《女权辩护:关于政治与道德问题的辩护》(*A Vindication of the Rights of Woman: With Strictures on Political and Moral Subjects*, 1792)一书,从女性的切身感受出发,谴责了束缚妇女、造成男女不平等的陈规陋习,主张给妇女同男人平等的受教育权和其他社会权利。该书使她成为西方女权运动的重要先驱。

18世纪以来英国女性小说家的成就,不仅为进入19世纪之后妇女小说的成熟和繁荣奠定了基础,也为欧美小说创作领域几种重要的形式,如

---

① 安妮特·T.鲁宾斯坦:《英国文学的伟大传统(上)——从莎士比亚到奥斯丁》,陈安全等译,上海译文出版社,1998年,第412页。

② F. G. Black. *The Epistolary Novel in the Late Eighteenth Century: A Descriptive and Bibliographical Study*. Eugene: University of Oregon Publications, 1940.

书信体小说、科幻小说、哥特小说的发展做出了重要贡献。比如安·拉德克利夫(Ann Radcliffe,1764—1823)的《乌多尔夫的奥秘》(The Mysteries of Udolpho,1794)即为欧洲哥特小说的代表作之一;诗人珀西·雪莱(Percy Shelley)的妻子玛丽·雪莱(Mary Shelley,1797—1851)的《弗兰肯斯坦》(Frankenstein; or, The Modern Prometheus,1818)则可谓欧洲第一部重要的科幻小说。小说的主人公弗兰肯斯坦运用化学方法创造出一个类似人的庞然大物。这个孤独的、撒旦式的怪物在希望获得一位女性伴侣的要求遭到弗兰肯斯坦的拒绝之后,对人类施行了疯狂的报复,造成了主人公及其亲人的悲惨命运。女作家由此提出了一旦科技文明由人的欲望与野心操纵之后,是否会失控并为人类自身带来灭顶之灾的严峻问题。小说因深刻的忧患意识与新颖的艺术形式,启发了后来的科幻小说与反乌托邦[①]小说传统。

二、19 世纪的西方女性文学

19 世纪是西方女性文学异彩纷呈的一个重要时期。随着社会经济与文化生活的发展,在人权运动与妇女解放运动的激荡下,女性作家群体不断扩大,尤其在小说创作领域取得了突出的成就。女作家们忠实描绘了欧美社会随着资本主义的发展产生的一系列新的社会问题,尤其擅长通过爱情、婚姻与家庭生活的描写,呈现女性追求人格独立与爱情自由的强烈愿望与金钱、男权主宰的冷酷现实之间的矛盾冲突,刻画了一系列美

[①] 反乌托邦(anti-utopia 或 dystopia)是与乌托邦相对的一个概念,又称"反面乌托邦",其特点是把展望未来理想社会的乌托邦描写作为讽刺幽默手段加以运用,预示未来世界的恐怖可怕,讽喻现实社会的丑恶腐败。反乌托邦小说长于以文学的形式对乌托邦小说中构想的人类理想境界进行讽刺,并对人类的现实处境进行警示。代表作有尤金·扎米亚金的《我们》(1920—1924)、阿道斯·赫胥黎的《美丽新世界》(1932)和乔治·奥威尔的《一九八四》(1949)等。

好且动人的女性主人公形象,并表达了女作家们不同程度的性别自觉意识。

1. 英国女性小说的繁荣

在英国,出现了简·奥斯丁(Jane Austen,1775—1817)、夏洛蒂·勃朗特(Charlotte Brontë,1816—1855)、艾米莉·勃朗特(Emily Brontë,1818—1848)和乔治·爱略特(George Eliot,1819—1880)四位伟大的女性小说家,著名诗人伊丽莎白·巴雷特·勃朗宁(Elizabeth Barrett Browning,1806—1861)和克里斯蒂娜·罗塞蒂(Christina Rossetti,1830—1894)也都生活与创作于这一时期。

奥斯丁著有六部完整的长篇小说,依照出版顺序分别是《理智与情感》(Sense and Sensibility,1811)、《傲慢与偏见》(Pride and Prejudice,1813)、《曼斯菲尔德花园》(Mansfield Park,1814)、《爱玛》(Emma,1816)、《诺桑觉寺》(Northanger Abbey,1818)与《劝导》(Persuasion,1818)。作家深受读者欢迎的作品《傲慢与偏见》主要描写了男主人公达西和女主人公伊丽莎白分别克服自身的"傲慢"与"偏见",最终幸福地结合的喜剧故事,被英国现代小说家威廉·萨默塞特·毛姆(William Somerset Maugham)誉为世界十大小说名著之一。作为世纪之交承上启下的作家,奥斯丁对现代英国小说的成熟做出了重要贡献。19世纪英国著名思想家托马斯·麦考莱(Thomas Macaulay)第一次明确地将奥斯丁与莎士比亚相提并论;19世纪英国文学批评家乔治·亨利·刘易斯(George Henry Lewes)称她为"散文中的莎士比亚";20世纪美国文学评论家埃德蒙·威尔逊(Edmund Wilson)则这样写道:"一百多年来,英国曾发生过几次趣味上的革命,文学趣味的翻新影响了几乎所有作家的声望,唯独莎士比亚和简·奥斯丁经久不衰。"

夏洛蒂·勃朗特、艾米莉·勃朗特和安妮·勃朗特(Anne Brontë,

1820—1849)合称为"勃朗特三姐妹",她们共发表了七部长篇小说,代表了19世纪中期英国文学的重要成就。尤其是夏洛蒂·勃朗特与艾米莉·勃朗特,更是英国文学史上星光熠熠的存在,她们分别创作的《简·爱》与《呼啸山庄》深受世界各国读者喜爱,早已成为传世名作。

勃朗特姐妹出身于英国北方约克郡哈渥斯一个清贫的爱尔兰牧师家庭,母亲早逝。在荒僻孤独的环境中,三姐妹博览群书,勤奋写作,终于创造出了英国文学史上罕有的奇迹。夏洛蒂·勃朗特的作品包括《简·爱》(*Jane Eyre*,1847)、《谢利》(*Shirley*,1849)、《维莱特》(*Villette*,1853)和《教师》(*The Professor*,1857)四部,其中影响最大的是《简·爱》。作品以第一人称自述的方式,回忆了女主人公从寄人篱下的孤女,到成长为独立自主的家庭女教师的坎坷历程,描绘了她与桑菲尔德府的男主人罗彻斯特相爱,在罗彻斯特另有疯妻的真相大白后出走,最后又听从心灵的召唤,在疯妻伯莎·梅森去世之后回到恋人身边,最后与之幸福结合的浪漫故事。作家塑造的孤独坚忍、谦谨理性、自尊独立的知识女性简·爱的形象,感染了一代又一代的读者。作品以对维多利亚时代家庭与社会生活的真实描绘、融汇了哥特因素的悬念与情节设置、浪漫主义的激情和一系列象征手法的运用等而扣人心弦。作品还通过女主人公的成长历程,对维多利亚时代保守的宗教观念、等级制度和道德习俗进行了质疑,表现出强烈的阶级和性别平等意识。桑德拉·吉尔伯特和苏珊·古芭在女性主义文学批评名著《阁楼上的疯女人:女性作家与19世纪文学想象》(*The Madwoman in the Attic: The Woman Writer and the Nineteenth-Century Literary Imagination*)中,还对被幽禁在阁楼上的疯女人伯莎·梅森投以特别的关注,认为她是简·爱背后"黑暗的重影",她一系列疯狂的举动和最后焚毁桑菲尔德大厦的行为,正是受到社会传统习俗压抑与迫害的简·爱内心愤怒的外部表现形式。由此,《简·爱》成为西方女性主义文学批评十分重视的文学文本。

艾米莉·勃朗特只有一部长篇小说《呼啸山庄》(Wuthering Heights, 1847),她同时还是一位出色的诗人。《呼啸山庄》在内容与叙述方式上都卓尔不群,是一部"具有强烈情感、带有一点野性甚至有些怪诞的作品"①。小说的故事情节发生在英国北方约克郡蛮荒的自然环境里,是一部关于恩萧家族和林惇家族两代人的编年史。作品感人地描写了恩萧先生的女儿凯瑟琳和养子希刺克厉夫之间铭心刻骨的生死爱情,以及希刺克厉夫由于受到的迫害和爱情的失意而对凯瑟琳最终选择的丈夫埃德加·林惇及其家人的残酷复仇。作品描写了冷酷的金钱关系和门第观念对善良人性的摧残以及造成的悲剧,表现了渴求爱情、知识和友谊的人在现实世界中的孤独与道德毁灭;作品又以对男女主人公超越时空、超越死亡、充满激情的爱情的描绘,体现出女作家丰沛而奇异的浪漫主义想象力;作品还以画眉田庄的房客洛克乌德先生和呼啸山庄的管家丁耐莉作为故事的双重叙述人,以倒叙的方式一步步揭开两大家族的爱恨情仇,具有独特的艺术魅力。《呼啸山庄》问世之初,批评家大都认为它是一部艺术粗糙、笨拙的作品。随着时间的推移,人们逐渐意识到了小说在艺术上的独创性,及其对后代英国小说叙事结构的影响,艾米莉也终于被归入维多利亚时代一流小说家的行列。

安妮·勃朗特的两部作品分别是《艾格尼斯·格雷》(Agnes Grey, 1847)与《怀尔德菲尔府的房客》(The Tenant of Wildfell Hall, 1848)。

乔治·爱略特为女作家玛丽·安·埃文斯(Mary Ann Evans)的笔名。爱略特一生共创作了七部长篇小说。早期作品包括《亚当·比德》(Adam Bede, 1859)、《佛洛斯河磨坊》(The Mill on the Floss, 1860)和《织工马南》

---

① 侯维瑞:《英国文学通史》,上海外语教育出版社,1999年,第505页。

(*Silas Marner*,1861)三部。爱略特早期创作的题材几乎全部来自作家熟悉的故乡沃里克郡的乡村生活,散发出浓郁的乡土气息。主题则基本探讨道德问题,以及人所面临的道德冲突与道德抉择,体现出强烈的宗教意识和一定的保守倾向。《佛洛斯河磨坊》为爱略特最著名的作品之一。作为一部凝聚了作家真挚情感的自传体小说,它通过汤姆·杜黎弗和玛姬·杜黎弗兄妹之间关系的变化和杜黎弗一家的荣辱兴衰,展现了19世纪初英国乡村生活的变迁、新旧价值观念的更替和人的"友爱关系"的永恒,具有震撼人心的悲剧力量。主人公汤姆和玛姬的兄妹关系依据爱略特和她哥哥的生活经历而写,对老杜黎弗先生的塑造则借助于爱略特对父亲的回忆。作家在玛姬身上倾注了对美好人性的理想,以细腻入微的心理描写,呈现了玛姬丰富优美的内心世界,赞美了她被迫忍受个人痛苦、牺牲自我追求,以实现更高的道德理想的精神。

《罗慕拉》(*Romola*,1863)、《菲利克斯·霍尔特》(*Felix Holt, the Radical*,1866)、《米德尔马契》(*Middlemarch*,1872)和《丹尼尔·德龙达》(*Daniel Deronda*,1876)一般被认为是爱略特的后期作品。这些小说不再以具有诗情画意的田园生活为题材,而转向对历史事件和重大社会问题的关注。爱略特后来长期居住在伦敦。英国的政治动荡、工人运动及现实生活中一系列突出的社会问题,比如教育问题、饥饿问题和选举权问题等都引发了作家的深刻思考。虽然道德问题仍是她关注的中心,但后期小说中道德力量的冲突一般都被赋予了更加广阔的背景,人物内心世界的呈现更多地与社会风习和社会环境联系了起来,个人命运也有了更为丰赡的社会依据。从艺术上看,爱略特长于细腻的心理分析,她的写作技法深刻影响了托马斯·哈代(Thomas Hardy)、亨利·詹姆斯(Henry James)和 D. H. 劳伦斯(David Herbert Lawrence)等后代英美作家。

2. 法、美两国女性文学的发展

在法国,19 世纪上半叶正是浪漫主义文学发展的高潮期。女作家们以自己的理论探索与创作实践对推进法国文学的发展做出了重要贡献。斯塔尔夫人(Madame de Staël,1766—1817)的理论著作《论文学与社会制度的关系》(*De la littérature dans ses rapports avec les institutions sociales*,1799)和《论德国》(*De l'Allemagne*,1810)奠定了法国浪漫主义文学理论的基础,她的两部最重要的小说《黛尔芬》(*Delphine*,1802)和《柯丽娜》(*Corinne, ou l'Italie*,1807)充满了浪漫主义精神。乔治·桑(George Sand,1804—1876)是法国最优秀的女作家之一,重要作品有《木工小史》(*Le Compagnon du tour de France*,1840)、《安吉堡的磨工》(*Le Meunier d'Angibault*,1845)、《魔沼》(*La Mare au Diable*,1846)等。她的创作具有明显的理想主义热情,表达了作家对和谐的人际关系的向往,具有浓郁的抒情风格与牧歌色彩。

在美国,19 世纪中期正是南方蓄奴制猖獗、北方废奴运动高涨的时代,哈里叶特·比彻·斯托(Harriet Beecher Stowe,1811—1896)创作了以南方黑奴的非人遭遇为主要内容的长篇小说《汤姆叔叔的小屋》(*Uncle Tom's Cabin; or, Life Among the Lowly*,1851),对推动解放黑奴的美国南北战争的爆发产生了积极影响,被林肯总统评价为"写了一本书而酿成一场大战的小妇人"。路易莎·梅·阿尔科特(Louisa May Alcott,1832—1888)的半自传性小说《小妇人》(*Little Women*,1868)则通过马奇家族四位性格迥异的女儿的成长历程,表现了温馨的家庭生活场景,体现了新英格兰时期美国社会文化的风貌。夏洛特·帕金斯·吉尔曼(Charlotte Perkins Gilman,1860—1935)具有自传性质的短篇小说《黄色的糊墙纸》("The Yellow Wallpaper",1892)以患了产后抑郁症而被丈夫带到乡间休养的妻子第一人称的叙述口吻,描述她由于被禁闭于楼上一间贴着破旧的黄色糊墙纸的屋子里,从墙纸的背后看出了活动的妇女人形,最终陷入疯狂的经历。作品以黄色的糊墙纸作为贯穿小说的基本象征,揭示了主人公的精神错乱与她所处的幽闭状态和她的性别身份之间的内在联系,深刻表现了现实生活中两性之间严峻的性别政治关系。凯特·肖班(Kate Chopin,1851—1904)的长篇小说《觉醒》(The Awakening,1899)描写了富商的妻子艾德娜不满于传统的性别身份对自我的压抑,在爱情中逐步获得心灵的觉醒,最终以生命为代价换来自我独立和心灵自由的悲剧故事,表现出强烈的女性意识。西方女性主义文学批评崛起之后,肖班的这部作品被挖掘出来,获得了高度评价,被誉为女性文学的经典之作。此外,艾米莉·迪金森(Emily Dickinson,1830—1886)是这一时期美国最重要的女诗人。

第二章
简·奥斯丁的《傲慢与偏见》

(《傲慢与偏见》,孙致礼译,译林出版社,1990年)[①]

在简·奥斯丁于1811—1818年间发表的六部脍炙人口的小说佳作中,《傲慢与偏见》主要写的是男女主人公达西和伊丽莎白分别克服自身的"傲慢"与"偏见",最终幸福地结合的喜剧故事,以机智幽默风靡世界,经久不衰。

一

小说开篇,即以"有钱的单身汉总要娶一位太太,这是一条举世公认的真理"(3)的名句,点出了青年男女爱情、婚姻的主题。全书主要写了贝内特夫妇的长女简、次女伊丽莎白分别与宾利和达西相恋而结合的故事,同时也穿插了贝内特家的幼女莉迪亚与威克姆的婚事,以及伊丽莎白的友邻夏洛特·卢卡斯小姐与柯林斯牧师的婚姻。

来自英格兰北部、身家宽裕的查尔斯·宾利先生租下内森菲尔德庄园的消息,打破了赫特福德郡,尤其是住在朗博恩村、拥有五朵金花的贝内特家的平静。同他一道入住的还有宾利的姐妹、姐夫赫斯特先生和其

[①] 本书所引用的相关作品引文,均出自各章标题下所标注的中译本。正文中仅在引文后用括号标注页码,不再另注。

好友菲茨威廉·达西先生。仪表堂堂、年轻单身的宾利和达西在首次露面的欢迎舞会上即显露出截然相反的性情。生气勃勃、亲切随和的宾利先生对贝内特家美貌、娴静的长女简一见钟情,而举止高雅的达西先生却显得傲慢冷漠、目中无人,认为"这样的舞会简直让人无法忍受……舞厅里仅有的一位漂亮姑娘,就在跟你[宾利]跳舞",而二小姐伊丽莎白"还过得去,但是还没漂亮到能够打动我的心。眼下,我可没有兴致去抬举那些受到别人冷落的小姐"。(11)他的怠慢不巧被伊丽莎白听了个正着,自尊心受伤的女主人公不免在初次印象中就对他生出了抵触与偏见,而吹毛求疵的达西其实暗中已经对狡黠聪慧的伊丽莎白渐生好感。

宾利的姐妹邀请简来家中共进晚餐。简在母亲的怂恿下冒雨骑马赴宴,果然感冒留宿庄园。伊丽莎白心忧长姐,竟独自在泥泞的乡村小路上步行三英里前往探望。伊丽莎白的匆匆来访激发了达西的矛盾情感。他一面认定"经过一番奔波,她那双眼睛越发明亮了"(35),一面又庆幸于她的归去:"为了谨慎起见,他决定要特别当心,眼下决不要流露出任何爱慕之情,免得激起她的非分之想,以为她能左右他达西的终生幸福。"(58)

姐妹俩回到朗博恩,贝内特家的合法继承人威廉·柯林斯牧师的到访又激起了另一股波澜。"贝内特先生的财产几乎全包含在一宗房地产上,每年可以得到两千镑的进项。也该他的女儿们倒霉,他因为没有儿子,这宗房地产得由一个远房亲戚来继承。至于她们母亲的家私,虽说对于她这样的家境也足够了,但却很难弥补贝内特先生的短缺。"(28)由于英国当时的限定继承权,贝内特先生不能将朗博恩的土地和房产传给自己的女儿们,而只能由他的男性亲属继承。而这位口气"既卑躬屈膝又自命不凡"(62)的远房表兄殷勤地前来修好,正是打算"挑选"一位美丽的表妹做太太,一方面可以陪他一起为亨斯福德教区奉献,一方面也算作对贝内特家的"补偿"。他这一"赎罪"计划和对伊丽莎白的中意得到了贝内特太太的大力支持,但伊丽莎白对此却十分厌弃,相反却对民兵团新任军官、风度翩翩、英俊体贴的威克姆产生了好感,并听信了交浅言深的他对达西兄妹傲慢无礼、背信弃义的指控。不久后,在宾利为简的康复举办的舞会上,伊丽莎白因威克姆的缺席而迁怒于达西,对达西越发反感。

与此同时,柯林斯牧师在被伊丽莎白坚定拒婚后从卢卡斯小姐处得到了安慰。他迅速向夏洛特求婚并获得成功,成就了小说中因为"世俗的利益"而结合的第一桩婚姻。接踵而至的还有卡洛琳·宾利小姐给简的一封看似亲切实则疏远的告别信,告知她宾利全家和达西已离开赫特福德郡返回伦敦,信中还暗示了宾利和达西妹妹乔治亚娜的婚姻前景。伊丽莎白认定宾利的突然离去是达西唆使的,加之姐姐在伦敦时又未能见到心上人,所以对达西傲慢天性的嫌恶更深。

伊丽莎白到柯林斯夫妇府上做客,并获邀前去拜访牧师的女恩主、罗辛斯庄园的女主人凯瑟琳·德布尔夫人。牧师为此"得意至极。他就巴望着能向这些好奇的宾客炫耀一下他那位女恩主的堂堂气派,让他们瞧瞧老人家待他们夫妇俩多么客气。不想这么快就得到了如愿以偿的机会,这充分说明了凯瑟琳夫人能屈高就下、降尊临卑,他真不知道如何敬仰才是"(150)。做客期间,德布尔夫人的两位外甥——身为伯爵家幼子的菲茨威廉上校和达西恰巧也来到罗辛斯庄园。风趣潇洒的菲茨威廉上校和伊丽莎白相谈甚欢,达西则一直注意着伊丽莎白,并一反常态地亲往牧师家问候她。在与这对表兄弟的散步、交谈中,伊丽莎白推测出宾利匆匆甩开她姐姐长留伦敦的情况,以及达西对此事的重要"贡献",对达西深恶痛绝。而不明就里的达西却登门告白,表达了对伊丽莎白的求婚之意。伊丽莎白因他破坏了姐姐的幸福,以及口气中的居高临下而断然拒绝了这门看似"高攀"的婚事。一夜无眠的达西不愿被心上人误解,立即写了一封长信为自己辩白,不仅驳回了威克姆的指控,还在很大程度上化解了伊丽莎白对他的偏见。

在之后与舅舅、舅妈加德纳夫妇同行的夏季旅行中,伊丽莎白来到了景色优美的德比郡,参观了属于达西家族、美丽壮阔的彭伯里庄园,听到了女管家对达西高尚与慷慨品格的由衷赞美,好感油然而生。临行前,她和刚从外地赶回家的达西意外相见。达西不仅对伊丽莎白身份低微的商人亲戚热情殷切,而且专门介绍心爱的妹妹乔治亚娜和伊丽莎白结识。莉迪亚和威克姆私奔的丑闻传来,将贝内特夫妇全家都置于不幸的境地。达西悄悄奔赴伦敦,不辞辛劳地找到了那一对躲藏起来的情人,迫使威克姆和莉迪亚在教堂举行了婚礼,不仅挽救了莉迪亚,也保全了贝内特一家的名誉和体面。他的这番深情厚意本不求回报,却被莉迪亚不慎泄露。至此,伊丽莎白已在误解与偏见尽消后爱上了达西。盛气凌人的德布尔夫人匆匆亲临朗博恩,试图阻挠伊丽莎白与达西的情感发展,不想弄巧成拙。她对达西添油加醋地斥责伊丽莎白对自己要求的回绝,反而让达西看到了挽回两人感情的希望。他和宾利迅速登门,分别向伊丽莎白和简求婚成功。小说结束时,贝内特太太为自己成功嫁出了三个女儿而笑逐颜开。

二

《傲慢与偏见》原名《初次印象》,创作于1796—1797年,可惜因出版不顺,经作家修改、更名后,在1813年才得以面世。虽然不幸经受了十余年的"冷落",但随着这部作家最富喜剧色彩之作的出版,"有钱的单身汉总要娶一位太太"这条"举世公认的真理"得以传入一代又一代读者耳中,博得众人的会心一笑。

作为"两寸象牙微雕",奥斯丁的小说往往通过"乡村中三四户人家"

第二章 简·奥斯丁的《傲慢与偏见》

"请客吃饭、弹琴跳舞、择偶婚娶"之类生活场景的精致描绘,表现19世纪初英国乡绅阶层的日常生活,表达作家对于人性的透彻理解和对理性克制的尊崇,具有幽默睿智的喜剧性笔调。作家还通过女主人公爱情生活的经历和婚姻配偶的抉择,表现出对妇女地位、财产继承、经济政治地位与婚姻的关系等问题的深切关注,具有初步的女性意识。《傲慢与偏见》即是其中代表。

小说中,由人性中的缺陷与弱点、人物一厢情愿或自欺欺人的错觉与幻觉等所形成的喜剧性背后,有着悲剧性的、严酷的社会现实,如以男权为中心的社会中,妇女被歧视、被剥夺,因缺乏经济权力而被迫依赖于人;再如女性始终处于被动与等待状态,无法决定自己的命运。贝内特太太之所以如此重视女儿们的婚姻,原因在于一旦贝内特先生去世,她和女儿们就不得不被扫地出门。所以她和其他拥有成年女儿的母亲们,都在苦苦等待着年轻人的到来。女儿们也在等待着求婚者,如简虽然深爱着宾利,但若宾利不开口求婚,她也只能将自己的希望和痛苦深埋心中。宾利家的二小姐再怎么对达西有意并竭力撩拨,还是碍于淑女身份而不能主动表达情意。即便活泼与勇敢如伊丽莎白,同样是在了解了达西的为人并转变了态度后期待他的第二次求婚。而不肯被动等待者如莉迪亚则只能被处理为因私奔而失足、堕落,损伤了自己和家族名誉的人。对人物命运的这种处理方式,不仅是奥斯丁本人作为体现了中产阶级价值观的淑女作家的立场所致,同样是以男权为中心的社会现实的必然结果。由此,德国学者埃里希·奥尔巴赫(Erich Auerbach)将《傲慢与偏见》称作"一部等待的故事"。

小说塑造了众多鲜活的人物形象,有力表达了主题。作品第一、二章中,奥斯丁即通过贝内特一家日常生活场景,尤其是家人之间对话的描写,生动地勾勒出贝内特夫妇和他们的五位女儿的个性特征。贝内特先生由于年轻时贪慕外表,婚后大失所望,只能做一个躲在书房中的隐士,不仅对贝内特太太冷嘲热讽,而且疏于对女儿们的管教;贝内特太太则"智力贫乏、孤陋寡闻、喜怒无常","一碰到不称心的时候,就自以为神经架不住。她平生的大事,是把女儿们嫁出去;她平生的慰藉,是访亲拜友和打听消息"。(5)贝内特家大姐简温柔敦厚,是一位典型的金发美人,从来不肯往坏处想别人。无论对宾利姐妹外热内冷的招待,还是对达西的"傲慢刻薄"和宾利的不辞而别,她都不吝善意和宽容,甚至对恶意诽谤、诱拐良家女子的威克姆,也会把他往好里想,认为"把他的过失公布于众,可能要毁了他的一生。现在,他也许在为自己的所作所为感到懊悔,渴望着能重新做人。我们可不能逼得他走投无路"(207)。她未来的丈夫宾利先生同样和善温顺,待人真诚坦率,是一位有着极好脾气、软耳根的年轻绅士。

昵称莉齐的次女伊丽莎白是奥斯丁心爱的主人公,因为聪慧明理、性情活泼而深得父亲的偏爱,"天生一副既温柔又狡黠的神态"(50)。贝内特太太则对她桀骜不驯、不服管教的性情头疼不已。她观察敏锐,坚强自尊,才貌双全,同时也会因别人的怠慢而任性使气,以至在威克姆的挑唆下很长时间内对达西抱有偏见,并以激烈的态度狠狠教训了以倨傲的态度求婚的达西,维护了自身和家庭的尊严,也给了达西以灵魂上的震动。她自尊自爱的态度和落落大方的举止深深吸引了外表冷峻的达西,促使他反省了自己的傲慢,终于再次诚恳地求婚。在此过程中,伊丽莎白也通过达西求婚遭拒后的辩白信和自省意识到了自己的偏见,通过拜访彭伯里庄园时和达西的再度交谈、发现达西挽救小妹妹名誉的真相等多种途径,重新认识并真正爱上了他。小说中,伊丽莎白拒绝达西第一次求婚,以及德布尔老夫人逼迫伊丽莎白不得答应达西的求婚,而伊丽莎白不卑不亢、沉着应对等场景的描写,均鲜活地表现了女主人公的理性、自尊和倔强。

　　此外，相貌并不出众、才智上也乏善可陈的老三玛丽另辟蹊径，期待以自己的博学赢得他人的注目，但是言谈举止并不得体，常在效果上适得其反。贝内特太太偏爱的幼女莉迪亚则轻率任性，举止轻浮，冲动无知。奥斯丁轻松诙谐而又入木三分地刻画其言行举止，使人物形象跃然纸上。除了贝内特家的女儿外，邻居卢卡斯爵士家的长女夏洛特也是小说中不可或缺的人物。她的婚姻，更具现实主义意味地表现了相貌平凡、嫁妆微薄、年龄又一天大似一天的待嫁女性无奈的人生选择。她聪慧过人，却苦于要留在家"当一辈子老处女"的现实压力，主动向被伊丽莎白拒婚的柯林斯牧师抛出了绣球："诚然，柯林斯先生既不通情达理，又不讨人喜爱，同他相处实在令人厌烦。他对她的爱也一定是镜花水月。不过，她还是要他做丈夫。她并不大看重男人和婚姻生活，但是嫁人却是她的一贯目标。"(116)骄傲的伊丽莎白对这桩极不般配的婚事大感震惊，为密友"摒弃美好的情感，而去追求世俗的利益"，"自取其辱、自贬身价而感到沉痛"。(119)但夏洛特的解释是"我只要求能有一个舒适的家。就柯林斯先生的性格、亲属关系和社会地位来看，我相信嫁给他是能够获得幸福的，可能性之大，不会亚于大多数人结婚时夸耀的那样"(118)。她充分了解柯林斯牧师的浅薄和未来生活的无趣，但还是要抓住这难得的"佳婿"：

　　　　对于受过良好教育但却没有多少财产的青年女子来说，嫁人是惟一的一条体面出路；尽管出嫁不一定会叫人幸福，但总归是女人最适意的保险箱，能确保她们不致挨冻受饥。她如今已经获得了这样一个保险箱。她长到二十七岁，从来不曾好看过，有了这个保险箱当然使她觉得无比幸运。(116)

小说中对这类缺乏真情的婚姻之普遍性的暗示,激发读者进一步理解了当时的女性在以男权为中心的社会中的弱势地位与可悲处境。

三

小说在艺术上也极富特点,首先体现为诙谐风趣的对话与精巧的反讽构思。作家对笔下人物性格的刻画,往往以对话的形式呈现。奥斯丁不但精心设计和区分对话中每个人物的身份特征、性格特点、情绪语气,使这些对话的场景鲜活生动,更在文本中的发言者、听话人和文本以外的读者这三方之间构建了信息差异,从而通过这种叙事手法和造成的距离感形成了多层次的阐释空间,为文本增添了耐人寻味的特质。

贝内特夫妇的嘴仗正是一例。这位父亲在小女儿们眉飞色舞地讨论军官时说:"我从你们的说话神气看得出来,你们确实是两个再蠢不过的傻丫头。我以前还有些半信半疑,现在可是深信不疑了。"(29)做母亲的立即维护道:"我感到惊奇,亲爱的","你怎么动不动就说自己的孩子蠢。我即使真想看不起谁家的孩子,那也决不会是我自己的孩子"。(29)纵然以下的对话没有依照轮言的方式进行,读者要辨别说话人的身份也是轻而易举:"要是我的孩子是愚蠢,我总得有个自知之明。""你说得不错,可事实上,她们一个个都很聪明。""我很高兴,这是我们惟一的一点意见分歧。"(29)

我们可以再举出伊丽莎白因为简生病而留宿内森菲尔德庄园期间,与宾利一家和达西先生有过的数次话语交锋为例。在晚餐后聊到人的性情时,路易莎·宾利对达西恭维得明目张胆、尽心尽力,而伊丽莎白则不以为然,她嚷道:"达西先生居然讥笑不得呀[……]这种优越条件真是少有,但愿永远少有下去,这样的朋友多了,对我可是个莫大的损失。我最喜欢开玩笑。"(55)尚未彻底坠入爱河的达西自然不肯示弱:"如果有人把开玩笑当做人生的第一需要,那么最聪明最出色的人——不,最聪明最出色的行为——也会成为笑柄。"(55)当话题随着达西的回答转到有关人的弱点时,伊丽莎白立即指出"比如虚荣和傲慢"(55)。而当她听到达西"虚荣的确是个弱点。但是傲慢——只要你当真聪明过人,你总会傲慢得比较适度"的言论时,不禁"别过脸去,免得让人看见她在发笑"。(55)于是,伊丽莎白含笑带讽地总结道:"我深信达西先生毫无弱点。他自己也不加掩饰地承认了这一点。"(55)对此,达西先生骄傲地答道:

  我的性情不能委曲求全——当然是指我在为人处世上太不能委曲求全。我不能按理尽快忘掉别人的蠢行与过错,也不能尽快忘掉别人对我的冒犯。我的情绪也不是随意就能激发起来。我的脾气可以说是不饶人的。我对人一旦失去好感,便永远没有好感。(56)

两人彼此打趣和暗讽对方的短处,这就巧妙地与小说的标题对应了起来:达西是"好怨恨人",而伊丽莎白则"成心误解别人"。(56)在伊丽莎白和达西充满机锋的对话中,还偶尔夹杂着自矜自傲但又听不懂玄机的宾利二小姐主动开口维护她心上人的句子:"要捉弄一个性情平和遇事冷静的人!不行,不行——我觉得我们斗不过他。至于讥笑,恕我直言,我们还是不要凭空讥笑人家,免得让人家耻笑我们。让达西先生自鸣得意吧。"(54)"我想你把达西先生考问完了吧。"(55)而当她终于意识到自己难以插入到伊丽莎白与达西的对话中后,便扫兴地立即岔开话题,打断了他们的交流。由此,这对未来的幸福夫妻和宾利二小姐的形象都通过对话如在读者眼前。

  通过奥斯丁喜剧性的编排,小说中的"智者"和"愚人"等人物之间常有滑稽性的转换,由此创造出情节上的反讽。如上文所言,才智过人的达西先前对自己不能委曲求全性情的每一点声明，最后都"败在了"令人发笑的贝内特太太和聪慧倔强的伊丽莎白这对母女手上。达西言之凿凿断定贝内特家的两位大小姐简和伊丽莎白会因为家人言行的不成体统而难觅佳偶，为此不惜劝阻好友宾利离开简，试图拆散这对有情人，结果自己反而做了宾利的连襟、贝内特太太的好女婿。而汲汲营营想要促成达西与自己女儿婚事的德布尔夫人，不辞辛苦，亲自出马两边跑，一面批评伊丽莎白门楣低微，一面训诫达西要门当户对，本是为了阻挠伊丽莎白与自己外甥攀亲，结果反而打消了这对年轻人最后的顾虑，为他们缔结婚约牵了"红线"。

其次，作为一部19世纪初出自乡绅女儿之手的淑女小说，小说中充满了舞会和请客等重要场景的描写。舞会和聚餐作为当时英国中产阶级最为普遍和重要的社交方式，对于人物增进情感、寻觅佳偶、互换消息等等，均起到至关重要的作用。小说中大大小小的舞会和聚餐囊括了人物情感交流、关系发展、谈情议事等多个方面，为人物的亮相与互动、情节的推进、性格心理的呈现等提供了大量的空间。除贝内特一家之外，众多重要的人物都在舞会上第一次出场，"等宾客走进舞厅时，却总共只有五个人——宾利先生，他的两个姐妹，他姐夫，还有一个青年"（11）。与贝内特家关系密切的卢卡斯一家也是在舞会后的早晨登门，分享舞会见闻与家长里短，"好听听朋友的见解，讲讲自己的看法"（18）。

舞会上的邀舞和对话本身即是衡量青年男女情感发展的一种社会性标志，宾利与简在舞会上一见钟情正体现在他们的两支舞上，伊丽莎白与达西的相看两厌也源于达西拒绝在卢卡斯先生的引荐下邀请伊丽莎白跳一支舞。而当达西在一次次舞会上对伊丽莎白日渐钟情，渴望与她亲近时，正是跳舞给了他致歉和交流的机会。也是在梅里顿的聚会上，威克姆在其他军官和男宾的衬托下，以其翩翩风度和俊秀外表成了"当晚最得意的男子,差不多每个女人都拿眼睛望着他。伊丽莎白则是当晚最得意的女子,威克姆先生最后在她旁边坐了下来。他立即与她攀谈起来"(74),甚至很快使她关于他和达西先生关系的好奇心"出乎意料地得到了满足"(75):"世人让他的有财有势给蒙蔽住了,又让他那目空一切、盛气凌人的架势给吓唬住了,只好顺着他的心意去看待他。"(76)不仅如此,威克姆还"乘胜追击"地指控达西"辜负先人的期望,辱没先人的名声",使本就心存偏见的伊丽莎白"对这件事越来越感兴趣,因此听得非常起劲"。(76)可见,正是威克姆在舞会上的殷勤亲切和着意讨好满足了伊丽莎白的虚荣心和好奇心,使她失去了理智的判断,听信了针对达西的指责,放大了她的偏见与憎恶。可见,舞会与聚餐等空间场景,在《傲慢与偏见》这部典型的社会风俗小说中具有无可或缺的重要意义。

最后,在《傲慢与偏见》中,书信同样在推动情节、实现讽刺、映射性格等方面起到了至关重要的作用。简冒雨骑马去内森菲尔德庄园赴约是受到宾利小姐的写信邀请,伊丽莎白随后的"不请自来"也是因为收到了姐姐"报告病情"的信;达西与伊丽莎白关于女性多才多艺的评判标准、性情与缺点的热烈讨论,也是在宾利小姐不断恭维与打扰达西给妹妹写长信之后展开的。除此之外,小说中还有几封重要的长信参与到了叙事进程当中。譬如,柯林斯在首次拜访贝内特家前写的那封虚伪失礼、说明来意的信,虽然稍稍打消了贝内特太太对限嗣继承权的怨愤,却给敏锐、孤僻的贝内特先生留下了头脑糊涂的糟糕印象,为稍后这一滑稽人物的登场做好了铺垫。

再如,宾利先生和姐妹们的不辞而别,也是通过卡洛琳给简的长信展开叙述的。其中矫饰的辞藻让读者尽可以从这些言不由衷的客套问候当中看出宾利姐妹对简的冷淡,而对贝内特家素不相识的达西小姐大段的夸赞和所谓"大胆地希望"(111),则更加明确地表示了对简做她们未来嫂嫂的推拒之意。当心存期待的简在伦敦拜访过宾利小姐后,她对与宾利姐妹维持友情以及与宾利再续前缘的幻想破灭,其心理上的转变也映射在给伊丽莎白的几封信之中。"我觉得卡洛琳精神不大愉快,不过见到我却很高兴,责怪我来伦敦也不向她打个招呼。我果然没有猜错,她没有收到我上一封信。我当然问起了她们兄弟的情况。据说他挺好,只是……"(139)四周的苦苦等候终于让简认清了她们的虚情假意:"我完全误会了宾利小姐对我的情意。[……]当她临走的时候,我就下定决心,不再与她来往。我虽然禁不住要责怪她,但是又可怜她。"(139)同样感情受挫的伊丽莎白也曾在给亲爱的舅妈加德纳太太的信中,清醒地反思了自己对威克姆的态度。

小说最强烈的转折出现在以下两封给伊丽莎白的长信之中:一封是达西给伊丽莎白写了满满当当两大页的辩白信;另一封则是回到朗博恩家中的简向妹妹报告小妹莉迪亚和威克姆私奔的消息,并请她向舅舅一家求援的急信。

达西傲慢而又诚恳的解释彻底扭转了伊丽莎白之前对他的成见和对威克姆的同情与好感,"她越想越觉得羞愧难当。无论想到达西,还是想到威克姆,她总觉得自己太盲目,太偏颇,心怀偏见,不近情理"(191)。当伊丽莎白情绪稍微平复、读完第二遍信后,"她心目中再也没有菲茨威廉上校了,她一心只想着那封信"(192)。之后这对年轻人能够回转心意,携手余生,这封洋洋洒洒、一早写就的长信功不可没。

而简给妹妹的这份重要消息因为时间仓促被拆成了两封。乍闻"噩耗"的伊丽莎白一时惊慌失措,却撞上了前来探望她的达西。对着深知威克姆底细的达西,伊丽莎白不禁向他吐露了实情。由于中规中矩的社会习俗和对女性道德的片面要求,莉迪亚的私奔事件几乎斩断了姐姐们嫁入体面人家的全部可能。达西迅速采取行动,不仅挽救了莉迪亚及贝内特家族的名誉,也为他自己与伊丽莎白的婚姻留住了可能。两对彼此相爱的年轻人能够成功走到一起,还与加德纳太太的一封来信息息相关。没心没肺的莉迪亚与威克姆结婚后返乡,在得意中不慎说漏了嘴,透露了达西为促成她的亲事所做的贡献。迫于伊丽莎白的追问,舅妈只得写信,详细地道明了他在解决这一难题中的辛劳与付出,让她在感动中真切体会到了对方的情意:

> 莉迪亚能够回来,能够保全名声,这全都归功于他。……她为自己感到羞愧,但却为他感到骄傲。骄傲的是,在这样一件事情上,他能出于同情,不念前嫌,仗义行事。她把舅妈赞赏他的话读了一遍又一遍,只觉说得还不够,不过倒也使她十分高兴。她发觉舅父母坚信她和达西先生情深意厚,披心相见,她虽然觉得有些懊恼,却也颇为得意。(295)

收到该信的三天后,伊丽莎白和达西在德布尔夫人的"牵线搭桥"下确定了关系,贝内特家同样是以书信的形式,向亲爱的舅妈、可笑的柯林斯表兄等人报告了这一喜讯,小说也以一个皆大欢喜的结尾收场。

除了上述三方面的艺术技巧外,小说的幽默讽刺风格也令读者过目难忘。

最出色的喜剧人物,当然是贝内特太太和柯林斯牧师。贝内特太太一出场,喜剧色彩便油然而生:她数十年如一日对她神经的抱怨、对贝内特先生的盘问与称颂、对女儿们的夸张指点、与邻居们琐碎张扬的针锋相对等等,俯拾皆是,纵贯全书。"要是说这个地方还碰不到多少人,我想也没有几个比这更大的地方了。我就知道,常跟我们一起吃饭的就有二十四家。"(42)她仅有的浅薄见识、全副热情都扑在了"推销"五个女儿这件

"人生大事"上:"我不喜欢吹自己的孩子,不过说实话,简这孩子——比她好看的姑娘可不多。谁都这么说,我可不是偏心眼。还在她十五岁那年,在我城里那位兄弟加德纳家里,有位先生爱上了她,我弟媳妇硬说,我们临走时他会向简求婚。不过,他没有提出来。也许他觉得她太年轻。不过他为简写了几首诗,写得真动人。"(43)然而,就是这样一位显而易见的"愚人"典型,在小说开头所提出的那条看似荒谬的真理,最后却被证明言之成理。这种令人啼笑皆非的谬论与真理之间的转换着实为小说增添了一分幽默,同时也更能让读者细细琢磨是非、正误的界限。

柯林斯牧师迂腐而又势利,自负而又自卑。他在初次拜访贝内特家时便态度严肃、口若悬河,大力称颂德布尔母女的尊贵与荣耀。贝内特先生不无挖苦地评价他"具有巧妙捧场的天赋"(65),并询问他:"这种讨人喜欢的奉承话是当场灵机一动想出来的,还是事先煞费苦心准备好的?"(65)面对贝内特先生的揶揄,牧师丝毫不以为羞耻,反而极得意、毫不见外地向素未谋面的亲戚们传授起了他酝酿恭维的心得:"你们可以想象得到,在任何场合,我都乐于说几句巧妙的恭维话,准能讨太太小姐们高兴","大多是即席而成的。虽然我有时也喜欢预先想好一些能适用一般场合的小巧玲珑的恭维话,但我总要尽量装出一副信口而出的神气"。(65)这些毫无自知之明的拙劣言辞令人捧腹,给读者留下了难忘的印象。

此外,在凯瑟琳·德布尔夫人、宾利两个矫揉造作的姐妹等人身上,也都体现了强烈的喜剧意味,表现出奥斯丁对当时中产阶级家庭生活和世态人情的幽微洞察。

综上,作为世纪之交承上启下的作家,奥斯丁对现代英国小说的成熟做出了重要贡献。

第三章
玛丽·雪莱的《弗兰肯斯坦》

(《弗兰肯斯坦》,刘新民译,上海译文出版社,2007年)

1816年夏,在瑞士的日内瓦湖畔,年轻的雪莱夫妇与因诽谤愤而出奔欧洲大陆的诗人拜伦成了邻居。阴雨绵绵的日子里,他们困在家中,无法去湖上泛舟,只好在壁炉前读鬼故事。拜伦忽发奇想,提议每人都来写一个鬼故事。两位大诗人其实都不擅长编织故事与构想场景,但他们有关自然科学成就和生命起源问题的夜谈,却激发了深受哥特小说和浪漫主义诗歌浸染的玛丽·雪莱的想象,而日内瓦湖畔和阿尔卑斯山区"那些处处都是断瓦颓垣、举目荒凉的山岗,则为他们笔下所描绘的罗曼蒂克英雄的冒险奇遇提供了成千幅完美的背景"[①]。终于,玛丽·雪莱的《弗兰肯斯坦》于1818年问世,成为传世名作,作者时年18岁。

18世纪以来,西欧国家尤其是英国,经过资产阶级革命与工业革命,工商业资产阶级掌权的君主立宪制得以确立,社会生产力得到了迅猛发展,科学技术也日新月异。由法国开始并波及全欧的启蒙运动浪潮,又使人们对科技进步造福人类持有乐观主义的态度,坚信人的理性与智慧是改造并征服世界的伟大力量。在文学领域,科幻性质的作品日益发展起来,如凡尔纳的《海底两万里》、威尔斯的《时间机器》等等。然而与此同

---

① 安德烈·莫洛亚:《雪莱传》,谭立德、郑其行译,上海文艺出版社,1981年,第128页。

时,有识之士也预感到了科技这把双刃剑的力量,对技术的发展是否一定会与人类的福祉成正比而持有谨慎态度。与乐观主义的乌托邦文学相对的反乌托邦文学应运而生,并将思考的侧重点分别落在了未来的科技力量与极权政治对人的束缚、压抑、扭曲与残害上。这一趋势伴随着西方社会启蒙时代以来的新发展,在进入20世纪之后更是洋洋大观,形成了一脉不可小觑的反乌托邦思想与文学传统。玛丽·雪莱的小说《弗兰肯斯坦》正是在此意义上为人们常读常新。年轻的女作家也因此被誉为欧洲科幻小说或反乌托邦文学之母。

一

小说别出心裁地采用了夹心蛋糕似的结构方式,由第一人称的书信、航海日志以及中间包裹着的故事主体组成,讲述了一个恐怖惊悚而又耐人深思的故事。作品伊始,是罗·沃尔顿写给姐姐萨维尔夫人的四封信和两篇航海日志。沃尔顿从小向往航海与冒险,成年后决意前往北极探险,满足建功立业、征服自然的雄心,表现出强烈的好奇心、荣誉感和对成功与胜利的渴望。"在尚未驯服但并不肆虐横行的自然力面前,为什么不继续前进呢?又有什么能阻挡人类坚不可摧的决心和不屈不挠的意志呢?"(12)这一战天斗地的豪情,与后面弗兰肯斯坦的经历形成变奏,为沃尔顿听了弗兰肯斯坦的故事后最终放弃探险、返回家园进行了铺垫。他在途经北极冰海时救下了奄奄一息的弗兰肯斯坦,对他敬重有加,与他结为知己。他在给姐姐的信中报告说:

> 为了换取我所探求的知识,为了征服自然这一人类的顽敌,并使子孙万代成为大自然的主人,我个人的生死安危是无足轻重的。我正说着,发现他的脸上布满了一层暗淡的愁云。……他终于断断续

续地说道:"不幸的人啊,你怎么也和我一样发疯了?难道你也喝了那种令人痴迷的蒙汗药吗?听我说——待我把我的遭遇说出来,你就会把你嘴边那只药杯砸个粉碎!"(17—18)

那么,弗兰肯斯坦究竟遭到了怎样的打击?沃尔顿的好奇代表的是读者的好奇,弗兰肯斯坦的现身说法于是显得顺理成章。他对沃尔顿说:"你与我过去一样,追求知识,探寻智慧,但我衷心地希望:待你如愿以偿之时,不要反被毒蛇咬伤——这就是我以前的教训。"(19)

弗兰肯斯坦是瑞士日内瓦城一个家境富有、地位崇高的上层家庭的长子,从小在充满温情的环境中长大,后入一所德国大学求学。他在少年时代即对古代炼金术士的著作十分痴迷,入学后转而迷恋上了化学等自然科学学科,立志探索大自然的奥秘,破解人体构造与生命起源之谜,竟至走火入魔到想僭越造物主的地位,掌握创造新生命的权力:"我将沿着前人的足迹走下去,走出一条新路,探索未知的自然力,向世界揭示生命创造的讳莫如深的奥秘。"(38—39)他深入墓穴和停尸房等晦暗、恐怖、肮脏之地,卧薪尝胆,日夜奋战,"终于发现了生命的起因;不,还不止这些,我自己就能使无生命的东西起死回生,赋予它们生命的活力"(43)。

激情满怀的弗兰肯斯坦憧憬着"由我缔造的一种新的生物将奉我为造物主而对我顶礼膜拜、感恩戴德"(45),终日深入种种见不得人之处干着秘密勾当。终于在一个月黑风高之夜,"借着摇曳飘忽、行将熄灭的烛光,我看到那具躯体睁开了一双暗黄色的眼睛,正大口喘着粗气;只见他身体一阵抽搐,手脚开始活动起来"(48)。然而,如果说造物主会怜悯、爱护并关照自己的造物,努力为之创造幸福的生活,如亚当、夏娃还有幸福的伊甸园,弗兰肯斯坦却瞬间感到了幻灭,对这个奇丑、畸形、庞大的怪物充满了厌恶与恐惧:"我没日没夜地苦干了两年,一心想使毫无生气的躯体获得生命。为了实现这一目的,我废寝忘食,弄得自己心衰体虚。我多么希望如愿以偿啊!现在我折腾完了,美丽的梦幻也随之化为泡影,充塞在心头的只是令人窒息的恐惧和厌恶。"(48—49)他疯狂地逃离、躲避,任由自己亲手带到这个世界上来的怪物自生自灭,不想,却引来了自己的灭顶之灾。

家书告知弗兰肯斯坦小弟弟威廉被人残忍掐死,他匆匆赶回家中,又发现疼爱威廉的女仆贾丝婷被栽赃并被处以绞刑。原来这正是出笼的恶魔因泄愤而向自己的创造者发出的第一次警告。怪物怨恨自己无父无母、饥寒交迫、不为人类社会所容的孤独命运,在阿尔卑斯山顶的冰川间,向弗兰肯斯坦讲述了自己被遗弃以后的痛苦经历:这个孤独的"亚当",在风餐露宿的艰辛生活中逐渐发展了认知能力,尤其是在德国一间与农舍毗邻的小棚屋内躲避了很长时间,幸运地与高雅有爱的德拉西老人一家秘密为邻,学习了语言、文字并阅读了普鲁塔克的《名人传》、弥尔顿的《失乐园》以及歌德的《少年维特之烦恼》,拥有了爱与被爱的情感需求。他忍不住向失明的德拉西老人求助,希望得到人类的温暖、同情与接纳,却在被老人的儿女发现并痛打后仓皇逃离。老人一家避走后,怪物在绝望中火烧了农舍。在融入人类社会的所有努力均告失败之后,他胁迫弗兰肯斯坦为他造出一个"夏娃",并发誓远离人类文明,携爱侣到遥远的南美丛林中创造属于自己的世界。担忧家人安危并渴望摆脱困扰、获得心灵安宁的弗兰肯斯坦被迫答应了怪物的要求,开始了创造一个雌性生物的过程。

但这时的他已完全失去了首次造物的冲动和激情,反而十分抵触与厌恶。他趁与朋友克莱瓦尔去英国旅行再到苏格兰高地会友的机缘,秘密在高地附近一座遗世独立的孤岛上租下了一座小棚屋。而怪物则一直如影随形,热切地追踪与关注着自己伴侣的诞生。弗兰肯斯坦心中的忧惧更甚,他担心怪物会不信守承诺,担心新创造出来的怪物会为非作歹,更加担心他们一旦生下强有力的后代,会进一步祸害甚至毁灭整个人类,因此在疯狂中将几近完成的生命体扯烂,告知怪物绝不满足他的希望。怪物因绝望、痛苦而愤怒地嚎叫起来,指责弗兰肯斯坦剥夺了他拥有爱侣的最后希望,威胁说一定会继续报复,并在他的新婚之夜前来奉陪。果然,他最好的朋友、英俊的克莱瓦尔被掐死并抛尸海滩,弗兰肯斯坦被嫁祸入狱。

弗兰肯斯坦洗清冤屈出狱后,父亲痛心于儿子憔悴、恍惚的异常精神状态,催促儿子与青梅竹马的伊丽莎白完婚。在忧惧不安的气氛中,新婚夫妇踏上了蜜月之旅。弗兰肯斯坦在新婚之夜异常紧张,怀揣着手枪与匕首在旅馆四处巡查,决意与怪物殊死一搏。他担心伊丽莎白的安全,所以安排她回房休息,却绝没有想到,怪物的目的其实是向伊丽莎白下手而让弗兰肯斯坦生不如死。一声惨叫惊醒了弗兰肯斯坦,他这才意识到怪物的用意,血液近乎凝固。等他冲回房内,他的心上人、美丽的新娘已经没了气息,而怪物却在窗外狞笑。弗兰肯斯坦的父亲连遭重击后伤心死去,弗兰肯斯坦终于家破人亡。

失去了生之意趣的弗兰肯斯坦只剩下一个目标:除掉恶魔。他在寻求治安官帮助而没有结果的情况下,一个人苦苦地开始了追踪恶魔的行程,就像麦尔维尔的伟大小说《白鲸》中那位意志坚定的亚哈船长满世界追踪那条神秘而邪恶的大鲸莫比·迪克一样。怪物与他相约在北极决一死战,所以他乘雪橇来到了北极的冰海上,并被途经此地的沃尔顿所救。

在讲完了自己的悲惨故事后,弗兰肯斯坦气竭而亡,最终也未能完成除去恶魔的心愿。当夜,沃尔顿在停放弗兰肯斯坦遗体的舱房内听到悲泣,吃惊地发现怪物正在哀悼他的造物主和自己的孤独命运。在沃尔顿面前,怪物诉说了自己的忧伤,内心对弗兰肯斯坦的尊敬,以及他在累累作恶的同时内心的苦痛。弗兰肯斯坦死去了,他生存下去的精神支柱也不复存在。最后,怪物从船舷处一跃而出跳到冰面上,决意在北极架起火葬的柴堆自焚而死,不给后人留下任何关于自己生命的线索。

弗兰肯斯坦去世后的故事进展,读者是通过沃尔顿写给姐姐的家书获知的。在极端恶劣的环境中,沃尔顿应船员的要求决定返航,回到温暖的南方家乡。

二

从主题上看,作家首先在技术至上的时代氛围中,通过对弗兰肯斯坦陷入造物主幻觉的陶醉之感的冷峻反讽,超前地谴责了无节制的个人欲望的危害,反思了技术主义与亲情、人伦之间的对立冲突。弗兰肯斯坦曾经享有父母之慈、手足之情与情人之爱,可谓天之骄子,却因探究生命奥秘的狂热、挑战自然秩序的冲动而丧失了边界感,造出了一个新的生命体。这个怪物高大强壮,畸形邪恶,令人不敢直视。由于被人类视为异物,怪物疯狂地对其创造者弗兰肯斯坦进行了报复,先后置他的小弟弟、女仆、挚友、新娘与父亲于死地,剥夺了弗兰肯斯坦的一切幸福,最后与他同归于尽。由此,作家提醒读者反思科技的限度,以弗兰肯斯坦临终前对和当年的他有着同样热情与冲动的沃尔顿不要"被激情引入歧途"(225)的劝诫,指出"要保持平和的心境,知足常乐,千万别雄心勃勃,即便是那种试图在科学发明中出人头地的毫无害处的念头也要不得"(225)。沃尔顿后来在给姐姐的信中写道:"想到这么多人的性命都是因为我而危在旦夕,我就禁不住害怕起来。如果我们葬身海底,那都是我的疯狂计划造成的。"(220)当代多有文学与影视作品表现科学怪人或狂人陷身于极端而反人伦的研究中难以自拔,妄图掌控世界,最后害人害己的例子,源头均可追溯至弗兰肯斯坦这位"现代的普罗米修斯"的悲剧。

小说还通过弗兰肯斯坦的"亵渎神明之术"(83),嘲弄了人类狂妄虚荣、试图僭越造物主的权威、挑战自然秩序造成的悲剧。小说固然是作家浪漫主义虚构的产物,亦有基督教神学世界观的表现,但如果我们忽视这些方面却可以发现,作品在表达对自然的尊重与敬畏方面是很有前瞻性的。弗兰肯斯坦在威廉被害后反省道:"我把这怪物带到人世,赋予他为非作歹的意志和力量,使他得以犯下现在这种骇人听闻的罪行。这简直是我自己变成了吸人血的妖魔鬼怪,是我自己的灵魂从坟墓中被释放出来,并被逼着去摧毁我所珍爱的一切。"(70)

为了缓解自己的负罪感,弗兰肯斯坦深入原始的阿尔卑斯峡谷。自然疗救了他的创伤,使他的精神负担减轻了。与自然的亲近、对自然法则的尊重使他重获内心的安宁:"我不再感到恐惧,也不再屈从于任何生存物,因为一切生物都无法与创造并统治大自然的上帝相抗衡。"(89)他终于意识到,在雄伟壮丽的自然面前,人其实是渺小卑微的。他在彻底失去了对自己创造物的控制后,深陷于悔恨与犯罪感的折磨之中,陷入了彻骨的凄凉与孤独:"我对所有的人都避而远之,一听到别人的欢声笑语,心里就感到难受。孤独——深沉、晦暗、死一般的孤独,才是我唯一的安慰。"(84—85)他浪迹天涯,以除去怪物为人生唯一目标。而怪物就像那条神秘莫测的白鲸一样,与他的创造者进行着猫戏老鼠的游戏,以提示自己的行踪来炫耀威力,最终使弗兰肯斯坦抱恨身亡。而小说中除弗兰肯斯坦外,所有那些为自我实现的扭曲的激情所攫住的人物,如沃尔顿以及后来陷入绝望的怪物,都是因割裂了自身与自然的联系、与亲情的纽带而走向孤独的。所以小说深刻地预示了违背自然规律的僭越与冒犯、对人与自然和谐关系的破坏,提醒我们要正视人的局限性,调适好与自然的关系,保持对自然与生命的敬畏之心。

与此同时,作为一部19世纪初期问世的作品,小说也不自觉地流露出在科技突飞猛进、社会稳定繁荣、经济走向腾飞的英帝国上升时代的女作家的基督教正统观念与种族优越感。比如，小说中对萨菲的父亲、作为伊斯兰教徒的土耳其商人言而无信、见利忘义、卑劣无耻品行的描写，是与德拉西一家作为基督徒的善良、忠诚与高尚的美德形成对照的；克莱瓦尔学习东方语言，准备前往印度，是因为"他相信自己一定能大大促进欧洲殖民事业和贸易事业的发展"（161）。当然，这是当时英国乃至欧洲不少作家集体无意识的流露，差不多同时代的作家简·奥斯丁、夏洛蒂·勃朗特等的作品中均有相似的帝国观念的显现，作为今天的读者我们以后见之明和政治正确去苛责他们，是有失公允的。当然，我们也是需要指出这一点的。

三

从艺术上看，小说首先在结构上很有特色。作家采用了同心圆结构展开故事。同心圆的最外圈，是沃尔顿写给姐姐的信和航海日志，以第一人称叙述的方式抒写了自己的探险梦想、为征服北极而做的种种准备，以及往返途中的经历等等；第二圈即故事的主体部分为弗兰肯斯坦的回忆，或者说沃尔顿所记录的弗兰肯斯坦自述的手稿；而他的自述又引出了第三圈的故事，即怪物回忆（第11—16章）获得生命以来两年多的经历与感受，尤其是他在小棚屋中栖身、通过窥视与偷听而获得的智力与情感发展；到了第14章，小说又通过怪物之口复述了德拉西老人一家的故事，进入了更小的同心圆。这种结构方式在大故事中套小故事，小故事中又延展出新的更小的故事，层层嵌套，仿佛俄罗斯套娃，引人入胜。

与之相关的，是小说采用了主副线交织的叙述线索。主线是弗兰肯斯坦的故事，副线是怪物的回忆，包括他对世界的好奇与适应，他对语言文字的掌握，对人间亲情与爱情的渴望，以及寻求自我身份的努力与失败后的自暴自弃。由此线索,读者也看到了一个因寻求身份认同与社群融入失败而扭曲黑化的复杂形象。作品中怪物"我是谁?我究竟是什么?我又从何处而来?向何处而去?"(127)的问题,已是振聋发聩的哲学本体之问。从第17章开始,故事线索重新回到了弗兰肯斯坦那里,但怪物已然或隐或显地在场,与弗兰肯斯坦难解难分。弗兰肯斯坦死后,怪物则公开现身,通过与沃尔顿的交谈,以及沃尔顿在信中对姐姐的描述,两条线索汇聚一体。

小说第三个突出的艺术特点,是与文学史上经典作品的互文关系。通过互文,作品达到了近乎复调的叙事效果。怪物在回忆自己的成长经历时提到在路边捡到的三本书,分别是前文已提及的《名人传》《失乐园》与《少年维特之烦恼》。歌德笔下多愁善感的少年维特形象看似与面目狰狞的怪物风马牛不相及,其实是存在特征与经历方面的呼应之处的,比如维特孤独、感伤、热爱自然并渴望着爱情,怪物同样如此,两者最后选择的命运也都是惨烈的自杀,只不过一个是饮弹身亡,一个是自焚而死。

而小说与17世纪英国诗人弥尔顿的伟大史诗《失乐园》之间的互文关系则更为复杂。玛丽·雪莱及《弗兰肯斯坦》与《失乐园》之间的因缘,可以从多方面获得证明:首先,小说"原序"中即已提到《失乐园》;其次,《失乐园》始终是为玛丽的丈夫珀西·雪莱,还有他们共同的挚友拜伦推崇的作品,而玛丽在思想和文学趣味上深受这两位诗人的影响。在1815、1816和1817年,即创作《弗兰肯斯坦》的前后,"她特别阅读了弥尔顿的著作,包括《失乐园》(两次)、《复乐园》、《科摩斯》、《论出版自由》和《黎西达斯》"[1]。正如史诗中有两条线索,即撒旦失去天上乐园与人类始祖

---

[1] 桑德拉·吉尔伯特、苏珊·古芭:《阁楼上的疯女人:女性作家与19世纪文学想象》上,杨莉馨译,上海人民出版社,2014年,第285页。

失去地上乐园这两个失乐园故事一样,小说同样由两条线索、两个故事构成。第一个故事即弗兰肯斯坦失去乐园的堕落故事:童年时代的弗兰肯斯坦生活在伊甸乐园般的环境中,但他成年后执拗地探索生命的奥秘,终于在狂热的唯我主义激情中创造出亚当的翻版,而这位作恶多端的"亚当"却毁灭了弗兰肯斯坦的幸福。他在临终前暗喻自己就是那个堕落了的撒旦:"我的全部事业和希望都是毫无价值的;如同那个渴求无上权威的大天使一般,我也被永久禁锢在了地狱之中。"(218)所以,弗兰肯斯坦的堕落故事是挑战造物主的渎神者的悲剧。

小说中第二个失乐园故事的主角是怪物,这条线索与亚当、夏娃的线索遥相呼应。小说以多于1/4的篇幅由怪物自述获得生命以来的经历,堪称一部具体而微的人类进化史。但这位翻版的"亚当"却不及《失乐园》中的亚当那般幸运。后者虽然堕落,却依然有夏娃相携相守;虽失乐园,却拥有真正的乐园。而前者在充当农家小舍的秘密邻居时,却由池塘中的镜像引发出对自我存在的困惑与焦虑:"我究竟算什么呢?我是怎样被造出来的?这个缔造者又是谁?对此我全然不知,而我所知道的却是,我一文不名,无亲无友,没有任何财产;我所有的,只是这副畸形、丑陋、遭人厌恶的躯体。"(117)小说中的他,始终是无名无姓、缺乏历史的,这一点暗示了他与人类社会格格不入的关系;弗兰肯斯坦又亲手毁掉了即将成形的"夏娃",毁掉了怪物最后一线向善的希望和得救的可能。于是他彻底地堕落为魔鬼,永远地失去了寻求乐园的苦涩的希望。如果说《失乐园》中,带光的六翼天使卢奇菲罗因挑战上帝的权威而堕入了地狱火湖,成为魔王撒旦的话,怪物同样经历了由善而恶,失去乐园、自暴自弃、成为撒旦的过程。

正如《失乐园》中的两个失乐园故事彼此映照一样,小说中的怪物与弗兰肯斯坦之间也互为镜像,恰像斯蒂文森(Robert Louis Stevenson)《化身博士》(*Strange Case of Dr Jekyll and Mr Hyde*, 1886)中那位道德高尚的博士和他邪恶的化身。怪物成为弗兰肯斯坦内心黑暗欲望的外化,弗兰肯斯坦则为怪物呈现了病态的激情对人性产生的毁灭力量。所以他们最后的葬身之地都是在北极的冰海上,也即那片茫茫无涯、断绝了与人类社会联系的地方。对这两个充满了对彼此的仇恨和迫害欲的对手来说,这里无疑是地狱。也正是在地狱的边缘,作为弗兰肯斯坦的又一重镜像的沃尔顿迷途知返,南航返乡,象征着人与自然、人与社会的纽带关系的重新恢复。通过互文,玛丽·雪莱在致敬文学经典的同时,亦延伸了文学经典的丰富涵义。

此外,作为浪漫主义诗人雪莱的妻子、拜伦的友人,又生活在一个浪漫的时代,作家在小说中还营造了充满浪漫激情、奇诡想象与哥特文学风格的惊悚氛围,这一点在情节安排、场景描写、形象塑造和风景描绘中均显示了出来。比如,在深秋时节一个阴沉暗淡的雨夜,身长八尺的怪物第一次活动了起来。作家逼真地描绘了自己曾经梦见过的那个丑陋而恐怖的怪诞形象,以及怪物获得生命的刹那间周围令人窒息的哥特式气氛。小说中亦有大量出色的风景描写,日内瓦湖、莱茵河和爱尔兰港湾的粼粼波光,阿尔卑斯山上冰川峡谷的雄奇壮美,还有自然界的狂风暴雨、电闪雷鸣,都带给读者难忘的印象,并与人物的命运和情感水乳交融。如怪物的诞生及后来的数度出现与作恶,都是在风狂雨暴的恶劣天气中发生的。而这一气氛与浸润在亲情、爱情和友情中的主人公眼中美好的时节与明丽的风景形成了鲜明的对照,让读者感到,人物正是由于藐视天地之间的和谐秩序,打破了人与自然的平衡,方给他人也给自己带来了不幸的。

玛里琳·巴特勒(Marilyn Butler)认为,《弗兰肯斯坦》是一部"有节制然而又毫不隐晦的说教寓言或喻世故事"①。这一论断无疑是准确的。在欧洲社会急速向近代化、现代化转型的过程中,玛丽·雪莱提醒人们要以理性克制内心的私欲和黑暗,要以爱心构建和谐安宁的人际关系,要以尊重、感恩甚至敬畏的心情保护好自然赋予的一切,这样人类才能有真正生活在乐园之中的希望。

---

① 玛里琳·巴特勒:《浪漫派、叛逆者及反动派:1760—1830年间的英国文学及其背景》,黄梅、陆建德译,辽宁教育出版社,1998年,第249页。

第四章
夏洛蒂·勃朗特的《简·爱》

(《简·爱》,黄源深译,译林出版社,1994年)

《简·爱》是一部激情四溢、诗意盎然的长篇小说,分三卷,以第一人称自述的方式,回忆了女主人公简·爱从寄人篱下的孤女,到成长为独立自主的家庭女教师的坎坷历程,描绘了她与桑菲尔德府的男主人罗彻斯特相爱,在罗彻斯特另有疯妻的真相大白后出走,最后又听从心灵的召唤,在疯妻伯莎·梅森去世之后回到恋人身边,最后与之幸福结合的浪漫故事,可谓一部女性成长小说。

一

简·爱从小痛失双亲,被里德舅舅接到盖茨黑德府抚养。但舅舅很快去世,临终前迫使妻子发誓承担照顾简·爱的责任。里德太太憎恨和蔑视这个孤女,以冷漠、残忍的态度虐待她。作品开篇即呈现了长期以来简·爱被欺凌的场面的一个缩影。蛮横的里德少爷狠命揍她,并用书砸破了简·爱的额角。简·爱忍无可忍之下与少爷厮打起来,却被闻声赶来的里德太太判决关入红房子思过。简·爱在黑暗恐怖的红房子里昏了过去,随后被里德太太打发进了收容孤女的罗沃德寄宿学校。

尽管吝啬伪善的学校捐资人布罗克赫斯特先生在里德太太的挑唆下

当众斥责简·爱为"撒谎者",但简·爱还是以勤奋、诚实、友善而谦逊的品格赢得了校长坦普尔小姐的好感,以及海伦·彭斯的友情。恶劣的生活条件与斑疹伤寒夺去了众多女孩的生命。随着海伦因肺病死去和坦普尔小姐离职远嫁,罗沃德对简·爱来说已失去了吸引力。此时的简·爱已因学业出色而成了一名教师。她向往外部世界的生活,应聘前往遥远的桑菲尔德大厦,做了法国孤女阿黛勒的家庭女教师。一日在出门寄信途中,简·爱邂逅了从远方归来的主人罗彻斯特先生,两人在交谈中心灵逐步走近。罗彻斯特邀请了大批上流社会的客人来府上做客。众人传说他将与家世显赫的英格拉姆小姐结婚。为了确认简·爱对他的爱情,罗彻斯特煞费苦心地显得与英格拉姆很是亲密。来自西印度群岛的梅森先生到来,当夜,整座大厦都听到了来自三楼的狂野凄厉的叫声。罗彻斯特以仆人做了噩梦搪塞过去,并在简·爱的帮助下将在三楼密室中被咬伤的梅森悄悄送走。

一个美丽的夏夜,罗彻斯特以激将法使得简·爱袒露了对他的情感,两人互诉衷肠,定下了百年之约。婚礼当天,梅森和来自伦敦的一位律师当众揭开了罗彻斯特的妻子尚在人世的秘密,阻止了婚礼。原来,被闭锁在阁楼密室中不时发出动物般的叫声与笑声、偷偷溜至楼下欲置罗彻斯特于死地、咬伤梅森、撕毁简·爱婚纱的那个高大强悍的女人,正是罗彻斯特在西印度群岛娶的妻子伯莎·梅森,梅森先生的姐姐。原来,罗彻斯特的父亲为了确保财产由长子继承,安排了小儿子与梅森家族联姻。婚后的罗彻斯特得知伯莎母亲的家族有遗传疯病的秘密,而婚后的伯莎也显露出了酗酒、淫荡、暴躁的本性,并很快变得疯狂。罗彻斯特在绝望之下只得把疯妻秘密带回英国,闭锁在府中的暗室由专人看管。简·爱抑制住极度的痛苦和对罗彻斯特的爱,毅然踏上了出走之路。她餐风宿露,差点儿在饥寒中倒毙于荒野,幸为沼泽居中的里弗斯兄妹所救。在牧师圣约翰·里弗斯的帮助下,简·爱成了一名乡村女教师,后来更是获得了来自商人叔叔的巨额遗产,并意外发现了她与里弗斯兄妹的亲戚关系。她拒绝了圣约翰要她以妻子身份与他同去东方传教的要求,在与罗彻斯特的心灵感应中踏上了返回桑菲尔德之路,之后意外发现桑菲尔德已成为一座凄凉黝黑的废墟。在芬丁庄园,她终于见到了为救纵火焚烧大厦的疯妻而双目失明、失去了右手又瘸了腿的心上人。伯莎也从楼顶跳下摔死,消除了有情人终成眷属的道德、习俗、宗教与法律障碍。简·爱与罗彻斯特完婚,过上了幸福的生活。

二

从主题上看,小说通过简·爱的人生道路和抉择,塑造了一位坚强隐忍、自尊自重而又性如烈火的平民知识女性的形象,对维多利亚时代保守的宗教观念、等级制度和道德习俗进行了质疑,表现出强烈的阶级平等意识和鲜明的女性独立观念。与此同时,作品以疯女人伯莎·梅森的"功成身退"为男女主人公的重逢与结合扫除了障碍的情节设置,和浪漫离奇而又具有巧合性的大团圆结局,在满足了读者对有情人终成眷属的阅读期待的同时,一定程度上也降低了小说的现实主义力度与深刻性;女主人公在接受教育后走向了自食其力的独立人生,并开始发挥自己的社会职能,最终却又退回家庭、满足于相夫教子的传统角色的情节走向,也可见出作家在女性寻求自我实现与成为传统家庭主妇两种选择间的思想矛盾。

从艺术上看,小说以第一人称回忆的方式,逼真细腻地描写了"我"的感受、印象与心情,深入其内心深处,塑造了一位坚韧、独立、理性克制而又激情洋溢的女主人公的形象。限制性的叙述视角可以制造误解与悬念,控制读者的好奇心与知情权,吸引读者与简·爱一道去探索与解谜,大大增强了作品的艺术魅力。作品同时在线性展开的线索中串起了大量精彩的场景描写,栩栩如生地刻画出人物形象,如第1章"红房子"事件,第6章布罗克赫斯特先生训导校长坦普尔小姐,强令学生剪掉自然卷发,以及当众羞辱、惩戒简·爱的场景,都表现得十分生动。作家还擅长在对比中表现人物性格,如海伦是一位聪颖好学,拥有宗教冥想气质,忧郁孤独,软弱善良,逆来顺受的姑娘,而简·爱却拥有如火一般的性格,嫉恶如仇,反抗强权,拥有坚定的意志和大胆的叛逆精神。这一对性格反差极大的朋友在苦难中彼此慰藉与支撑,给读者留下了难忘的印象。

作品中还不断出现种种暗示,以超自然的神秘力量或频频出现的异象来渲染气氛,暗示情节发展,同时为疯女人的出现、简·爱命运的走向等进行铺垫,以神秘色彩与哥特情调体现出浓郁的浪漫主义特色。小说中的景物描写也异常出色,如对英格兰北方荒野疾风劲吹、大雨倾盆的荒寒环境的渲染,以及春夏之交色彩缤纷的美丽田园与树林的描写等,均充满激情与诗意。

三

进入20世纪之后,随着西方文学批评流派与理论模式的层出不穷,《简·爱》以其丰富的思想蕴含成为学院派批评家考量各种批评话语阐释力的试验场。比如,马克思主义文学批评更关注简·爱小资产阶级的经济地位以及男女主人公之间的阶级差异所导致的人物冲突与婚姻抉择;精神分析学派批评家会从幻觉、梦境等中探究人物隐秘的心理倾向与行为动机;随着当代后殖民文化研究的兴起,美国后殖民主义文学批评家佳·查·斯皮瓦克(Gayatri C. Spivak)亦分析了19世纪处于英帝国语境中的女作家于不自觉中与殖民主义话语的合流,指出《简·爱》中出生于西印度群岛的克里奥尔女人伯莎·梅森被刻意赋予了强悍、狂野的兽性,由此成为帝国白人女性简·爱的反衬,并最终"功成身退","完成从她'自己'向虚构的他者的转换,放火焚烧房子,然后杀死自己"。① 由此,斯皮瓦克将作品解读为一则"帝国主义普通认知暴力的寓言",认为其体现的是"为了美化殖民者的社会使命而进行的自我献祭的殖民主体的建构过程"。②

20 世纪 70 年代以来,《简·爱》更成为新崛起的女性主义文学批评的宠儿。女性主义文学批评史上最厚重的著作、美国学者桑德拉·吉尔伯特和苏珊·古芭合著的《阁楼上的疯女人:女性作家与 19 世纪文学想象》的标题,即是出自《简·爱》。在小说中,罗彻斯特的疯妻伯莎·梅森是一个具有哥特小说中的神秘色彩、暴戾而邪恶的形象。但在两位学者看来,貌似情敌的瘦弱苍白的简·爱和高大强悍的伯莎·梅森之间,却存在着共谋关系,被禁闭在阁楼中的那个神秘女人伯莎·梅森古怪的喃喃声,是和简·爱心中反叛父权体制压抑的激情之声彼此呼应的。伯莎由此成为简·爱"最真实和最黑暗的重影"③,代表了孤女的愤怒,泄露了她从在红房子里被迫害,在罗沃德寄宿学校被羞辱,到进入桑菲尔德大厦后一直竭力抑制的反叛的秘密。这两位女性的内在联系,通过多种形式在文本中获得了象征性的实现。疯女人的每一次露面,都和女主人公的愤怒以及对愤怒的压抑有关。例如:简对罗彻斯特乔装成吉卜赛巫婆,试图操纵她、窥探其内心隐秘的不满,通过深夜伯莎恐怖的尖叫声以及对梅森先生的攻击得到了表现;伯莎撕扯婚纱的场面,表达的是简·爱对未来婚

---

① 佳·查·斯皮瓦克:《三个女性的文本与帝国主义批判》,见张京媛主编:《后殖民理论与文化批评》,北京大学出版社,1999 年,第 119 页。
② 佳·查·斯皮瓦克:《三个女性的文本与帝国主义批判》,见张京媛主编:《后殖民理论与文化批评》,北京大学出版社,1999 年,第 119 页。
③ 桑德拉·吉尔伯特、苏珊·古芭:《阁楼上的疯女人:女性作家与 19 世纪文学想象》下,杨莉馨译,上海人民出版社,2014 年,第 460 页。

姻的焦虑,尤其是对那个即将被罩在美丽面纱下的新娘形象的疏离感;简·爱要毁灭桑菲尔德这座父权大厦的深刻欲望,最后亦是假疯女人之手实现的。总之,伯莎这头在阁楼上愤怒走动的困兽,代表了10岁的简·爱被监禁在红房子里的咆哮与疯狂,并使她秘密的幻想得到了实现。最后,男女主人公终于在远离尘嚣的芬丁庄园,获得了和谐平等的婚姻,逃离了父权社会的拘禁,找到了实现新的性别关系理想的自然乐园。

而法国哲学家福柯有关权力-话语共谋关系的研究,将"疯癫"视为一种历史文化现象,蕴含着权力-话语的压迫,本质上乃是一种建构的观念,更是启发了女性主义学者对"疯癫"现象的反思与拆解。20世纪后期,在重审历史的后现代语境中,甚至还出现了多部重构《简·爱》之作,如另两位英国作家简·里斯(Jean Rhys)的长篇小说《藻海无边》(*Wide Sargasso Sea*,1966)和唐纳德·迈克尔·托马斯(Donald Michael Thomas)的《夏洛特——简·爱的最后旅程》(*Charlotte：The Final Journey of Jane Eyre*,2000)。夏洛蒂·勃朗特笔下的简·爱,这个从哈沃斯的石南丛中向我们走来的"一贫如洗、默默无闻、长相平庸、个子瘦小"的家庭女教师,以迷人的性格力量,活在世界各地万千读者的心中。

第五章
艾米莉·勃朗特的《呼啸山庄》
（《呼啸山庄》，杨苡译，译林出版社，1990年）

《呼啸山庄》是艾米莉·勃朗特唯一的一部长篇小说，以英国北方约克郡蛮荒的自然环境为背景，感人地描写了恩萧先生的女儿凯瑟琳和养子希刺克厉夫之间铭心刻骨的生死爱情，以及希刺克厉夫由于受到的迫害和爱情的失意而对凯瑟琳最终选择的丈夫埃德加·林惇及其家人的残酷复仇。《呼啸山庄》问世之初，批评家大都认为它是一部艺术粗糙、笨拙的作品。随着时间的推移，人们逐渐意识到了小说的独创性及其对后代小说叙事结构的影响，艾米莉也终于被归入维多利亚时代一流小说家的行列。

一

小说以倒叙与顺叙相结合的方式，呈现了恩萧与林惇两个家族三代人、数十年间荡气回肠的爱恨情仇故事。作品伊始，厌倦了红尘中的喧嚣生活的洛克乌德先生，成为画眉田庄的新房客。这位好奇心重而又略带自负、喜欢舞文弄墨的绅士先生觉得应该前往高踞于荒原顶上的呼啸山庄，拜访房东希刺克厉夫先生。于是，小说第1—3章即呈现了出乎洛克乌德先生意料之外的、拜访呼啸山庄的梦魇般的经历，由此在读者面前描画了呼啸山庄及生活于其中的人们的种种怪异举止。这一切均激发了洛克乌德先生的好奇心。于是，读者由他带领，进入了一个阴暗、神秘、怪诞而又颇为恐怖的封闭世界。

呼啸山庄是一个古老的庄园，常年遭受北方狂风暴雨的侵袭与砥砺，树木都倒向一个方向。在这恶劣粗糙的环境中，生活着同样粗糙恶劣的人。希刺克厉夫冷酷粗鲁、不近人情，毫无待客之道；小凯蒂苗条秀丽，但同样冷漠无礼，带着一股绝望而满不在乎的味道；哈里顿野蛮粗鲁、骂骂咧咧，一副干粗活儿的仆人模样，却又心怀不满，并与主人同桌喝茶；老仆人约瑟夫满口《圣经》词句，但心怀恶意；恶狗扑向客人狂吠与撕咬，家中的人们却哈哈大笑。总而言之，这是一个充满了绝望而又令人感到蹊跷的世界：山庄中房间陈设混乱而功能不分，主仆混杂，关系暧昧不明。

不死心的洛先生第二次拜访山庄，恰逢大雪纷飞，无法回去，只好在女仆齐拉安排下悄悄到当年凯瑟琳的卧室过夜。当夜，他因白天经受了一系列的意外与侮辱，研究了刻在窗台上的三个名字——凯瑟琳·希刺克厉夫、凯瑟琳·恩萧和凯瑟琳·林惇，又翻阅了凯瑟琳少女时代的日记，而噩梦连连。梦中，他见到了凯瑟琳，听到了她在荒原上游荡的幽灵敲打着窗户，凄切地恳求放她进来的声音。洛先生的惊惧大叫引来了希刺克厉夫。希刺克厉夫探身窗外，热泪纵横，热切地呼唤着凯瑟琳的幽灵。

受惊的洛先生回到画眉田庄，大病一场。病中，他忍不住向女管家丁耐莉询问山庄的蹊跷之事。丁耐莉正是当年呼啸山庄保姆的女儿，和山庄的少爷辛德雷同乳长大，并兼及照料凯瑟琳小姐与老恩萧先生的养子希刺克厉夫之责。作为凯瑟琳嫁给林惇后和她一起来到画眉田庄的资深女仆，丁耐莉熟谙两个家庭的事务，所以就滔滔不绝地打开了话匣子。因此，洛先生是小说中的第一个故事叙述者，是他的叙述将读者带入了英格

第五章 艾米莉·勃朗特的《呼啸山庄》

兰北方寒冷粗粝的荒原世界;丁太太是第二个叙述者,这位公正而有同情心、理性而明事理、观察细致而做事沉稳的女管家,为读者展现了两个家族三代人的故事。故事以倒叙方式呈现,从老恩萧先生由利物浦带回了一个很像吉卜赛人的,黑头发、黑眼珠与黑皮肤的弃儿开始。此后,老恩萧与辛德雷的父子关系、辛德雷与凯瑟琳的兄妹关系,甚至老恩萧夫妇彼此间的关系,都因之而发生了改变。

老恩萧夫妇去世后,辛德雷带着新婚的夫人弗朗西斯回家奔丧,成为呼啸山庄的新主人。他因父亲对养子希刺克厉夫的宠爱、希刺克厉夫对自己财产继承人地位的威胁,以及妹妹对希刺克厉夫的友谊而施行报复,将希刺克厉夫降到了仆人的地位,剥夺了他受教育的权利,并限制他和妹妹的交往。辛德雷夫妇对妹妹也毫不关心。而在弗朗西斯因肺痨去世后,辛德雷悲痛绝望而自甘堕落,呼啸山庄越来越陷入混乱无序的状态,似乎成了人间地狱。辛德雷的儿子哈里顿得不到应有的关心与照料,成了一个粗野而毫无教养的孩子。凯瑟琳和希刺克厉夫更是形影不离,成天在荒野上嬉戏,以躲避辛德雷的迫害和家中阴沉暴力的环境。

两人偶然间跑到山谷中的画眉田庄,好奇地在窗外窥视。画眉田庄的内部呈现出与呼啸山庄截然相反的文明、优雅、精致的陈设,里面住着温文有礼的林惇一家。两个孩子被发现而外逃时,凯瑟琳的脚踝被看家狗咬住。老林惇夫妇认出了凯瑟琳,精心照顾她,却把希刺克厉夫视为小流氓、小恶魔而无情地赶走。等凯瑟琳恢复后回到呼啸山庄时,画眉田庄代表的文明世界,已将她从外表不修边幅、肮脏不堪改造成一个身穿骑装、头戴羽饰、发卷纹丝不乱的小姐了。两人的阶级差异残酷地呈现在了希刺克厉夫面前。林惇少爷屡次来访,并向凯瑟琳求婚。而凯瑟琳经过痛苦的纠结,答应了少爷的求婚,因为她希望成为附近最有名望的女人。但她内心惶惑不安,并不感到快乐,只得把心事向丁耐莉吐露。而就在她诉说嫁给希剌克厉夫会降低自己的身份时，藏在壁炉边的阴影中的希剌克厉夫悄悄退了出去。当夜狂风暴雨，希剌克厉夫失踪，凯瑟琳意识到自己对希剌克厉夫的伤害，绝望痛哭，大病一场，三年后嫁给了林惇。而在凯瑟琳新婚后不久，希剌克厉夫突然回来，从外形到举止都发生了惊人的改变，似乎成了一个有教养而富裕的绅士。他以欺骗手段住进了呼啸山庄，以陪辛德雷赌博的方式一点点剥夺他的财产，最终使得辛德雷负债累累，不得不将呼啸山庄出让给了希剌克厉夫。希剌克厉夫还不断挑唆辛德雷父子的关系，彻底将山庄名正言顺的继承人哈里顿降低为当年自己那般的仆从地位，由此实施了对辛德雷当年虐待自己的复仇。

希剌克厉夫拜访画眉田庄，看望凯瑟琳。凯瑟琳喜极而狂，但林惇却十分烦恼。此后两人频频来往，画眉田庄主人夫妇的矛盾也逐渐加深。终于有一天，林惇对希剌克厉夫下了逐客令，但凯瑟琳却大闹一场，以绝食相威胁，并在狂乱与激动之下再次大病一场，陷入了半疯狂的状态。她向丁耐莉承认了自己当年既希望成为画眉田庄的女主人，又奢望保有希剌克厉夫的爱情的念头的荒唐，因为她希望借助于林惇的财力使希剌克厉夫摆脱辛德雷的奴役，又希望依凭林惇对她的爱而提升希剌克厉夫的地位，她没有意识到爱情是排他的，她的想法是幼稚而自私的，林惇再爱她，也不可能与自己的情敌握手言欢，同样不可能冲破等级与地位的差异接纳希剌克厉夫。

在林惇的精心照顾下，凯瑟琳身体有了起色。此时令林惇意想不到的，是他心爱的妹妹伊莎贝拉在希剌克厉夫来访时狂热地爱上了他，在幼稚而一厢情愿的想象中把希剌克厉夫幻化成了浪漫主义时代的"拜伦式英雄"，并因希剌克厉夫对凯瑟琳的钟情而对嫂嫂恶语相向。希剌克厉夫再次利用了这一点，将伊莎贝拉当成林惇的替身而施行了恶毒的报复。痛恨、厌恶有着精致的娃娃脸的伊莎贝拉的他诱惑她与之私奔，而他送给

第五章 艾米莉·勃朗特的《呼啸山庄》

她的第一件礼物就是把她心爱的宠物狗吊在了钩子上。林惇兄妹反目。而夜夜守候在画眉田庄花园内的希刺克厉夫终于趁林惇去教堂的机会再次见到了心上人。两人涕泪交加，倾诉了彼此深刻而绝望的爱情，并相互指责痛骂。林惇回家，凯瑟琳再次在激动中昏迷，当晚生下了早产的女儿小凯蒂并死去。出殡前夕，依然夜夜守在凯瑟琳遗体窗外的希刺克厉夫悄悄潜入房间，将凯瑟琳胸前的小金盒内装着的林惇的一缕金发换成了自己的黑发。而丁耐莉则将两人的头发都放了回去。

伊莎贝拉很快就认清了希刺克厉夫的恶魔面目，在两人返回呼啸山庄后不久就逃脱了丈夫的魔掌，回到了画眉田庄。因担心此事会给哥哥带来麻烦，她只身再次逃亡，在伦敦附近独自生活，后诞下了她和希刺克厉夫的儿子，一个多病而瘦弱的孩子。伊莎贝拉以家族的姓氏为他命名，这就是小林惇。

伊莎贝拉死前，将12岁的儿子托付给哥哥。但知道有一个儿子存在的希刺克厉夫并不肯放手，坚持从林惇先生手中夺回了儿子。尽管他憎恨且蔑视这个孱弱、自私、任性而又怯懦，打上了太多伊莎贝拉印记的孩子，他还是要牢牢把这个未来的画眉田庄继承人控制在手中。此时的辛德雷因酗酒堕落和希刺克厉夫的掌控而不体面地死去，留下了大笔债务和孤儿哈里顿，希刺克厉夫作为辛德雷的债权人而成为呼啸山庄的新主子，他看到当年奴役他的仇人的孩子如今沦落到了他当年的地位，心中充满快意。

小凯蒂在父亲身边幸福地长大，成为一个纯真、热情、善良而富有爱心的漂亮姑娘。她偶然间落入希刺克厉夫的掌控中，被骗进了呼啸山庄，见到了数年未见的表弟小林惇。希刺克厉夫将复仇的魔爪继续伸向了下一代，他明知脆弱的小林惇很快即将死去，仍想出了诱骗小凯蒂与小林惇结婚的念头，以此作为报复林惇先生的又一致命武器。在希刺克厉夫的欺骗下，单纯的小凯蒂不顾父亲和丁耐莉的禁令，偷偷与小林惇书信来往。而毫无男子气、自私窝囊、一味任性索取并毫无爱的能力的小林惇则在父亲的逼迫和亲自操刀下，炮制着一封封所谓的情书。先天的单薄娇弱与希刺克厉夫的蔑视与虐待，终于使尚未成年的小林惇命不久矣。希刺克厉夫担心复仇计划落空，恫吓小林惇以卑鄙手段诱骗小凯蒂前来探望，并将小凯蒂与丁耐莉两人关在了呼啸山庄。小凯蒂为了能回家探望病重的父亲，被迫答应了与奄奄一息的小林惇结婚的条件。但希刺克厉夫为了折磨父女两人，在目的达成后并未履行诺言，小凯蒂深夜冒险跳窗逃跑，终于见到了临终前的父亲。希刺克厉夫的复仇大计终于完成了，他买通了律师，阻止了林惇临终前修改遗嘱的可能，将继承画眉田庄的小林惇，以及继承父亲部分财产的小凯蒂控制在自己手中。小凯蒂成了寡妇，两个古老庄园和地产全部落入希刺克厉夫之手。呼啸山庄的合法继承人哈里顿沦为了受他任意践踏的粗野奴仆，而他无比痛恨的辛德雷、林惇和伊莎贝拉全部被他凌虐至死。

　　至此，丁耐莉完成了她的大部分故事讲述，回忆的终点与洛克乌德刚造访山庄时的起点完成了重合。此后，洛克乌德先生回到伦敦。一年后他因事经过附近，再访了画眉田庄与呼啸山庄，发现已物是人非。丁耐莉再度回到呼啸山庄当管家，而恶魔希刺克厉夫已经故去，两个庄园的继承人、表兄妹哈里顿与小凯蒂成了幸福的情侣。为了回答洛先生的疑问，丁太太再度展开回忆，完成了两个家族情仇故事的后续部分。在呼啸山庄地狱般的日子里，小凯蒂在压抑、孤独、寒冷而充满恶意的环境中逐渐放弃了自己的骄傲，向表哥寻求陪伴与友谊，而哈里顿本就对小凯蒂怀有好感，在小凯蒂不再恶意地嘲笑他并为了获得她的好感而进行的笨拙的自学之后，他愿意摆脱自己蒙昧粗野的无知状态，向表妹靠近。爱的需要与青春的力量使他们抱团取暖，终于成为对抗恶魔的盟友。而希刺克厉夫在失去了复仇的支撑后,生命似乎已失去了存在的意义,他更从反抗他的暴虐的小凯蒂的眼睛里和面容上看到了他的心上人,不敢直视她,而酷似凯瑟琳的哈里顿亦使希刺克厉夫看到了自己青春的化身,由这一对苦难的少年情侣身上看到了自己和凯瑟琳当年对抗辛德雷的暴虐的影子,因而失去了享受复仇快感的能力。希刺克厉夫开始绝食,不眠不休,在他的精神世界中,无处不见凯瑟琳的影子。他陷入了极度的兴奋与狂喜中,渴望着与凯瑟琳灵魂重逢时刻的到来。终于,在一场倾盆大雨过后,丁太太发现希刺克厉夫死在窗户大开的屋内,他的眼睛圆睁,充满狂喜地凝视着窗外。他的灵魂终于和凯瑟琳的灵魂会合了,从此再不分离。而恢复了继承人权利的小凯蒂和哈里顿则打算搬回画眉田庄,开始新的生活。

二

小说虚构了一段惊世骇俗、至死不渝、荡气回肠的非人间爱情,令人唏嘘;塑造了一系列栩栩如生的人物形象,个性鲜明,令读者印象深刻。

凯瑟琳个性热烈奔放而又骄纵任性,冲动暴躁。她是荒原上长大的孩子,和希刺克厉夫心心相印。但她同时也受到世俗观念、等级意识的影响,竟然天真而荒唐地以为林惇能够爱屋及乌,一方面使她获得田庄女主人的优裕生活和令人艳羡的社会地位,满足自己的虚荣心,另一方面又能与希刺克厉夫友好共存,并提升他的社会地位,使他摆脱辛德雷的虐待。殊不知爱情本质上是自私与排他的,即便文弱如林惇,在希刺克厉夫重返呼啸山庄之后依然视之为下贱的仆人和对家庭幸福的威胁,决然将之逐出家门。凯瑟琳为自己的一厢情愿和自私任性付出了惨痛的代价,不仅毁了希刺克厉夫、林惇的幸福,也毁灭了自己,因为她违背了自己的本心,扭曲了自己的天性,最终发狂死去。

希刺克厉夫被辛德雷剥夺与虐待,心灵扭曲而成为一个阴诡、残忍、冷酷、心中充满仇恨的恶魔。他处心积虑地为自己遭受的侮辱和失去的爱情复仇,害死了辛德雷、林惇与伊莎贝拉,夺去了两家的所有财产,还将复仇的魔爪伸向了下一代,甚至不惜折磨死自己那孱弱的儿子。由于小说采取的是外部叙述视角,读者难以进入希刺克厉夫的内心,也就难以了解其神秘而残忍的心机与行为的动机,然而,作家还是通过他对丁太太不多的怨诉,略窥其对自身绝望堕落的自省。他对凯瑟琳偏执、疯狂、变态而至死不渝的爱情,又令读者动容。他因小凯蒂和哈里顿与凯瑟琳的相像之处而最终放弃了进一步的复仇,亦使读者深思人物的矛盾与复杂性。

此外,林惇先生的文弱谦和,哈里顿的愚昧粗野与忠厚善良,小凯蒂的纯真热情与温柔友爱,小林惇的怯懦、孱弱无能和自私冷漠,约瑟夫满口《圣经》言辞却又对一切心怀恶意的伪君子作风,以及丁太太敏锐的洞察力、宽厚的同情心及公正理性的行事风格,均给读者留下了深刻的印象。

除了表现爱情、探讨人性等之外,艾米莉·勃朗特似乎也通过小说流露出对于荒野与文明的矛盾态度。小说对伊莎贝拉的浪漫主义痴情、一厢情愿的恋情和幼稚是不认可的。在作家看来,伊莎贝拉只是过于精致文明的环境孕育出来的一朵娇弱而病态的花朵,经不起风雨摧残,所以安排了她的早逝;文明扭曲、扼杀了人的勃勃生机最典型的例子,则莫过于小林惇令人厌恶的废物特质。小说通过小凯蒂之口,表现了两人心目中"天堂"的差异与对比:"他要一切都处在一种恬静的心醉神迷之中,而我要一切在灿烂的欢欣中闪耀飞舞。我说他的天堂是半死不活的,他说我的天堂是发酒疯。我说我在他的天堂里一定要睡着的,他说他在我的天堂里就要喘不过气来。"(231—232)相反,作家对凯瑟琳和希刺克厉夫狂野、强悍、粗糙、冲动、叛逆等性格特征的描画,却显露出明显的激动甚至赞赏之意。但另一方面，小说自秩序被打破开始，到秩序重新获得恢复告终。家族的第三代人中，小凯蒂自幼受到父亲的精心教养，是爱、美与善的化身，而哈里顿被剥夺了受教育权利后则变得野蛮、愚昧与无知。但他为了获得小凯蒂的青睐，偷偷地自学认字，并在小凯蒂的帮助下一步步摆脱粗野与蒙昧状态，成为一个体面有礼的年轻人。这一切都是通过书本这一媒介发生的改变，表明文明的影响力。最终，这一对年轻人也是选择了到代表文明、优雅与秩序的画眉田庄生活。所以，总体上看，作家既表达了对舒展天性、寻求自由、呼吸荒野与天地气息的向往，同时又肯定了文明教化对人性向善的改变，体现出复杂的立场。

三

从艺术上看，小说具有鲜明的特色。

首先，从叙事时间的处理上看，小说开始于1801年，即洛克乌德先生作为画眉田庄的房客对呼啸山庄主人希刺克厉夫的拜访。因而他代表了好奇的读者，走入了一个神秘而阴暗的世界。他的遭遇诱发了丁耐莉的回忆。作为两个家族三代人生活的重要参与者与见证人，公正明理的丁太太有着叙事权威。她从老恩萧由利物浦带回弃儿说起，开始了对这段历史的叙述，由此使顺叙与倒叙相互结合（第4—30章）。从第31章开始，小说又转为顺叙。洛克乌德再访山庄，见到了希刺克厉夫、小凯蒂与哈里顿。第32章的故事发生在1802年。一年后，洛克乌德再访呼啸山庄，此时希刺克厉夫已去世。洛先生请丁太太接着讲后续的故事，于是丁耐莉再次成为叙述人，完成了故事结局的讲述。

其次，从叙述层次来看，小说采用了多层叙述的方式。洛克乌德的叙述引起了丁太太的叙述。但有很多事件与活动并非丁太太亲眼所见，所以，小说又以不同的方式完成了次叙述，由此弥补主叙事人的不足，保证故事的真实性。如凯瑟琳与希剌克厉夫少年时代闯入画眉田庄的经历，是由希剌克厉夫向丁耐莉叙述、丁耐莉转述的；希剌克厉夫诱惑伊莎贝拉私奔的经历及以后的生活，同时为丁太太所未见，是由伊莎贝拉给她的信完成的；两人回到呼啸山庄后伊莎贝拉受到的虐待，是由逃出山庄回到田庄的伊莎贝拉亲口叙述的，使得读者感觉真实；丁耐莉病中，小凯蒂在希剌克厉夫的诱骗下爱心泛滥，偷偷于夜间探望表弟，这些场景也是丁太太无法见到的，所以是由小凯蒂坦白的；小凯蒂在父亲死后被希剌克厉夫带到山庄后的生活，是由当时山庄的女仆齐拉叙述的；林惇下葬当日，希剌克厉夫让人掘开凯瑟琳的棺材，重见心上人的面容，以及他夜夜在旷野游荡之事，是希剌克厉夫本人在极端孤独与苦恼中向丁耐莉诉说的。三个叙述层次与多种叙述方式的结合，使得小说既体现出真实性，又通过限制性视角制造了谜题与悬念，扣人心弦。

最后，作品充满了精彩的场景刻画，通过动作、对话、体态与神情的细腻呈现来凸显人物的性格与心理，表现矛盾冲突。如凯瑟琳装出文质彬彬的淑女模样接待林惇，却因丁太太惹恼了自己而秉性暴露，抽她耳光，淑女风范全无而惊住了文雅的林惇，因而恼羞成怒大吵大闹的场景，在对比中鲜明地表现了二人不同的性格特征，将凯瑟琳的刁蛮任性、性如烈火的暴脾气刻画得入木三分；辛德雷在丧妻的悲痛与绝望中酗酒堕落，竟至在大醉中失手将大哭挣扎的幼子从楼上摔下，幼子意外被急于报仇的希剌克厉夫接住而获救，希剌克厉夫因丧失了如此好的复仇机会懊恼不已的痛苦心态，亦表现得十分生动；而希剌克厉夫凝视着小凯蒂和哈里顿的眼睛，从他们的面容中看到了当年凯瑟琳的影子，无力进一步复仇，懊丧颓唐的场景刻画也十分鲜活。

此外，小说对人物的梦境，以及当地幽灵出没的传说、古老荒芜的府邸、阴森凄凉氛围的呈现等,使得作品具有浓烈的超自然色彩和哥特式风格特征;同时通过窗内的秩序与窗外的混乱状态、荒原与谷地、文明教养与野蛮粗俗、天堂与地狱,以及两个家族中凯瑟琳与伊莎贝拉、希刺克厉夫与林惇等人的鲜明对比,制造出强烈的戏剧效果,营造出诗意盎然而又激情洋溢的力量,使得作品体现出独特而迷人的艺术魅力。

第六章
乔治·爱略特的《佛洛斯河磨坊》
(《佛洛斯河磨坊》,孙法理译,译林出版社,2002年)

《佛洛斯河磨坊》是英国维多利亚时代最重要的作家之一乔治·爱略特的小说代表作,深受读者喜爱。爱略特是当时著名的知识女性,博闻强记,精通法文、意大利文、德文、希腊文和拉丁文,从德文翻译过大卫·弗里德里希·施特劳斯(David Friedrich Strauss)的《耶稣传》(*Das Leben Jesu kritisch bearbeitet*, 1835—1836)和路德维希·费尔巴哈(Ludwig Feuerbach)的《基督教本质》(*Das Wesen des Christentums*, 1841),在约翰·查普曼(John Chapman)主持的重要知识分子刊物《威斯敏斯特评论》(*Westminster Review*)上匿名代行主编之实,写下大量才华横溢的文学评论文章和诗歌,是不折不扣的学识渊博的女才子。她多次读过伊丽莎白·巴雷特·勃朗宁的诗体小说《奥罗拉·李》(*Aurora Leigh*, 1857),亦深受玛丽·沃尔斯通克拉夫特、玛丽·雪莱和勃朗特姐妹的文学作品的滋养。她欣赏夏洛蒂·勃朗特在《简·爱》和《维莱特》中体现出来的"火一般的热情",和盖斯凯尔夫人(Elizabeth Cleghorn Gaskell)、哈里叶特·比彻·斯托保持着通信联系,并对玛格丽特·福勒(Margaret Fuller)怀有深刻的精神上的认同。因此,爱略特可谓英美女性文学传统的出色继承人,体现出独到的女性意识,具有丰富的艺术技巧。

第六章 乔治·爱略特的《佛洛斯河磨坊》

一

小说共七卷,各卷标题分别为"男孩和女孩""读书时期""沉沦""耻辱之谷""红洼地""巨大的诱惑"和"最后的援救",依时序展开叙述。

杜黎弗经营着一座祖传的磨坊,夫妇俩有一儿一女。儿子汤姆相貌随母家人,生得面色红润,金发蓝眼。他智力水平与理解能力均十分平庸,是个愚顽固执而又自以为是的少年。女儿玛姬则更多遗传了父系的血统,头发浓密,肤色偏黑,常被几个姨妈戏称为"小吉卜赛人"。她天资聪慧,有着出色的阅读、想象与理解能力,同时无限深情地依恋着哥哥,并为获得哥哥的好感与认可而甘愿忍受各种委屈。她敏感热情,率性莽撞,常因没心没肺的冲动之举而被斥责为闯祸精、"大笨蛋",遭到哥哥、妈妈和姨妈们的嫌弃与责罚。

固执而冲动的杜黎弗先生一直因河水问题与别人打官司并败诉,知识水平有限的他迁怒于对方的律师威铿先生,怒斥其为魔鬼的代理人。为了让儿子在未来的竞争中不至于如自己这般落败,杜黎弗执意将汤姆送到斯特灵牧师家接受昂贵而又不切实际的绅士教育。汤姆孤独而笨拙地死记硬背希腊文、拉丁文、古罗马史等方面的功课,并因不得要领而备受打击。玛姬来探望哥哥,因聪慧伶俐而得到牧师的喜爱。从小酷爱读书甚至啃过字典的她对拉丁文的无师自通和对历史的喜爱让汤姆震惊而嫉妒。圣诞节假期过后,汤姆有了一位新同学,即父亲的死敌威铿律师的驼背儿子腓力浦少爷。受到良好教育的腓力浦知识丰富,拥有在文学、艺术、历史、语言等方面的突出才能,却因婴儿时期的一次事故而成为残疾。苍白瘦弱的他沉静忧郁,在健壮而粗鲁的汤姆面前敏感易怒。

玛姬第二次来探望哥哥。从小饱受亲人责骂与嘲笑的她天然对于弱者怀有同情与怜爱,很快赢得了腓力浦的好感。腓力浦伤感地问起玛姬如果她是他的小妹妹,会不会像爱汤姆那样去爱他。两个男孩的关系虽因汤姆意外被剑刺伤而变得融洽起来,但两人格格不入的性格以及两家大人的敌对关系,使他们很难成为真正的朋友。

玛姬去另一个镇上了女子寄宿学校。杜黎弗先生争夺水资源的官司彻底输掉,失去了用作抵押的磨坊与土地。受到沉重打击的他从马上摔下来昏了过去并中了风。家庭的变故结束了兄妹俩无忧无虑的少年时代,他们仓促中断了学业,进入了饱尝忧患的新阶段,如小说中所言:"对他俩来说,青春与忧患同时开始了。"(203)作家充满感伤地写道:"汤姆多次猜想过'永远!'离开学校那天自己会有多么快活,可现在,他几年的学校生活却像是在度假,而假期已经结束了。"(204)从此,"他俩一起走进了悲惨的新生活,再也见不到没有痛苦记忆遮蔽的艳阳天了。他们已走进荆棘丛生的荒野,儿童时代的黄金大门已在他俩身后永远关闭"(204)。

随着杜黎弗彻底破产,为了清偿债务,家具什物均被拍卖,全家陷入了不幸与耻辱之中。更让杜黎弗不能接受的是,他多年痛恨的律师威铿获得了他的磨坊和土地的抵押权。杜黎弗太太的三个姐妹与她们的丈夫老调重弹地指责杜黎弗的鲁莽与冲动,但在危难时刻却没有一个人愿意伸出手去帮他一把,而只肯趁拍卖之机买走他们家的好东西。在厄运中,汤姆勇敢地以16岁少年的稚嫩肩膀扛起了家庭的重负,接受了到码头干苦活儿的工作,并到夜校学习簿记与会计,每天早出晚归。之前他所接受的不切实际的绅士教育,在现实的残酷面前不堪一击。杜黎弗太太则愚蠢地偷偷去找威铿律师,央求他不要买下丈夫的磨坊,因为这对杜黎弗来说是难以忍受的侮辱,还透露了盖斯特公司打算买下磨坊的商业机密。律师很高兴有机会报复与侮辱一直仇恨他的杜黎弗先生,也知道磨坊有利可图,反而买下了磨坊,并宣请杜黎弗先生担任经理。经过痛苦的思

第六章 乔治·爱略特的《佛洛斯河磨坊》

想挣扎,为了不使家人流离失所,也因眷恋自家的祖屋,杜黎弗先生答应成为仇人的仆人,但在全家人面前将对威铿的诅咒写在了大《圣经》上,要求汤姆日后为自己复仇。

汤姆辛苦挣钱还债,玛姬也开始做针线活儿养家。汤姆儿时的伙伴、走村串巷的货郎鲍布好心给他提供了一条贩货到国外港口的挣钱捷径,汤姆凭借从姨夫那里借来的少量资金不断积累,终于凑够了清偿家中欠债的资金。玛姬在凄苦的环境中偶然读到了一本中世纪德国神学家的著作,决心禁绝个人欲望而满足于自我克制与奉献,由此获得了心灵上的稍许平静。她在长满了粉红色野蔷薇的一片洼地中孤独散步时,意外地见到了来看望她的腓力浦。腓力浦刚从国外返回,已是 21 岁的青年,五年来心中一直思念着当年在斯特灵牧师家见到的那个可爱的小姑娘。玛姬一方面很享受腓力浦的关心、爱慕、交谈与陪伴,另一方面又因汤姆禁止她与腓力浦说话的命令而惴惴不安。

两个年轻人在红洼地的偷偷会面终于被汤姆发现了。汤姆以向父亲告发为威胁,逼迫玛姬发誓再也不与腓力浦见面,并无情羞辱了腓力浦。与此同时,他终于成功偿清了债务,恢复了父亲的清白与名誉。经过四年含垢忍辱生活的杜黎弗心情极其亢奋,偏又在磨坊门口巧遇威铿并遭受羞辱。仇恨与怒火使他不顾一切地用马鞭抽打了威铿,自己也由于过度激动而死去。

杜黎弗死后,全家被迫搬离磨坊大宅。汤姆为了完成父亲买回磨坊的遗命,拼命工作挣钱;杜黎弗太太寄人篱下,为妹妹迪安夫妇做起了管家;玛姬则去学校当了一名教员。迪安太太故去后,单纯善良、温柔体贴的表妹露茜·迪安小姐邀请玛姬来家中小住,也由此将她带入了圣奥格镇上最体面的几户人家的社交小圈子。在忧患与苦难中长大的玛姬此时已出落成一个亭亭玉立、身材高挑、美发浓如墨玉、有着一双迷人的黑眼睛的美女。迪安先生与镇上门第最高的盖斯特先生是生意上的合作伙伴,斯蒂芬·盖斯特少爷与露茜也是人们眼中门当户对、情投意合的一对璧人。但斯蒂芬却与玛姬一见钟情,两人难以遏制相见的欲望,却又不得不竭力掩饰强烈的情感。腓力浦从国外回来与玛姬重逢,敏感地意识到了她与斯蒂芬之间的微妙情愫,痛苦地嫉妒着斯蒂芬,而单纯又不具观察力的露茜却一无所知。为了不伤害露茜与腓力浦,玛姬决心斩断情丝、远走他乡。但她和斯蒂芬却阴差阳错地获得了一次单独划船游玩的机会。在佛洛斯河上,这一对情侣暂时忘掉了过去的忧伤与未来的渺茫,在激流之上享受了短暂共处的美妙时光,却在情绪激动中错过了计划中上岸的码头,以至漂流到小镇之外很远的地方。由于当天已无法返回,两人只得搭乘一艘货船辗转上岸。玛姬深感已铸成大错,痛悔不已,而斯蒂芬则建议两人索性服从心灵的渴望,举行婚礼。为了不伤害那些爱她又为她所爱的人们,玛姬不顾斯蒂芬的苦苦哀求,决意独自回家去承受命运的磨难。

之前经过腓力浦的劝解,爱子心切的威铿律师已同意由汤姆买回自家的磨坊。憔悴而疲惫的玛姬回到家中,渴望来自亲人的理解与抚慰,迎接她的却是哥哥厌恶的冷眼和残忍的谴责。汤姆以玛姬做下了伤风败俗、辱没门风之事为由,宣布与她断绝关系,将其扫地出门。绝望的玛姬只得到河边小屋租屋居住。即便斯蒂芬写了一封长信澄清了事实真相,玛姬也向教区牧师坦陈了当天的全部经过,但小镇还是流言四起,将玛姬视为一个诱惑了斯蒂芬少爷与之私奔但又被他遗弃的女人,她同时还忘恩负义地背叛了表妹和腓力浦。即便牧师挺身而出不断解释,势利狭隘而心怀恶意的小镇人还是不愿接受玛姬清白无辜的真相,不愿为她提供卑微的工作,甚至到了怀疑牧师与玛姬有私的地步。如果玛姬没有自我牺牲而以盖斯特夫人的身份回来,小镇的人们是会众星捧月般对其争相逢迎的,世俗的虚伪可见一斑。好在腓力浦和露茜是真诚地爱她、理解与信任她的。斯蒂芬再次给玛姬写来长信,恳请她答应求婚,但玛姬还是凭依宗教的力量努力抗拒了这巨大的诱惑和唾手可得的幸福。当夜,在狂风急雨之中,夜不成寐的玛姬突然发现佛洛斯河洪水泛滥,紧急中划上一条小艇,穿越激流险滩回到磨坊去救哥哥。救出了汤姆之后,两人打算再去救露茜。就在此时,巨大的漂浮物向他们的小艇直撞过来。在没入水中的一瞬间,两兄妹紧紧地拥抱在了一起。洪水过后,在杜黎弗先生的墓地旁边新出现了一座墓碑。在汤姆·杜黎弗和玛姬·杜黎弗的名字下面,刻有一行字:"拥抱于死亡之际。"小说在"尾声"部分暗示读者,腓力浦、斯蒂芬与露茜每年都会来到墓前,悼念他们所爱的人。

二

小说塑造了众多鲜活而给人留下难忘印象的人物形象。这些人物包括女主人公玛姬·杜黎弗、玛姬的哥哥汤姆、深情地爱着玛姬的腓力浦·威铿和斯蒂芬·盖斯特、杜黎弗夫妇、杜黎弗太太的三个娘家姐妹,以及汤姆幼年的玩伴、暗恋玛姬的货郎鲍布,等等。

玛姬从小就是一个快活伶俐、热情好动、野性未驯的姑娘,充满对世界的好奇和对家人的爱,尤其对哥哥汤姆一往情深。她幼稚的理想是"他长大以后我就给他管家,我们总住在一起"(29)。她渴望知识,热爱书籍与音乐,悟性和理解力都十分出色。然而,在维多利亚时代势利虚伪、矫揉造作而又充满性别歧视的恶劣环境中,她却总是因为举止不符合淑女规范而受到母亲尤其是姨妈们的奚落和训诫,无法获得进一步开发智力、贡献社会的良好教育,纯真活泼的天性备受压抑和扭曲,甚至在因自作主张剪掉头发而被姨妈们嘲笑后投奔过自由野性的吉卜赛人营地。可悲的是,哥哥汤姆也构成了这一以男权为中心的社会文化压迫的重要力量,给玛姬以伤害。在家庭破产、耻辱凄凉的环境中，玛姬一次次压制自己的美好天性，禁绝追求幸福的天然愿望，甚至不惜以中世纪古老的宗教训诫来苛求自己，努力以清心寡欲、自我牺牲、为他人奉献来平息内心的情感波澜。和腓力浦秘密交往后，玛姬更是始终处于爱与被爱、理解与被理解、陪伴与被陪伴的强烈需要和自我弃绝、奉献牺牲两种倾向之间的无情撕扯之中，如小说中所写："玛姬生命里的斗争几乎全在灵魂里进行，一支虚幻的部队跟另一支虚幻的部队鏖战，敌人被砍倒又翻身站起。"（328）最终，她牺牲了自己和斯蒂芬之间的爱情，成全了表妹露茜，在大洪水中因救人而丧生，成为一个殉道者或圣徒般的人物。

汤姆的形象则更为复杂。他自儿童时代起便表现出智力上的迟钝和情感上的麻木。偏偏父亲又为他选错了老师，让他去学了适合于培养无所事事的绅士，却并不适合于一个磨坊老板继承人的种种学问。他心灵贫乏，缺乏爱的能力，同时又骄傲自尊，顽强刚愎。作家如此描写了少年汤姆的第一次出场，以及他和妹妹的不平等关系：

> 虽然玛姬很不讲规矩，搂住他脖子不放，他那蓝灰色的眼睛却从农地、羊羔打量到了小河。他许诺了自己，明早第一件事就是去河边钓鱼。他是那种在英格兰到处生长的十二三岁的少年，像小鹅群一样面貌雷同——浅色的头发、乳脂样的面颊泛着玫瑰红，嘴唇丰满，鼻子和眉毛没有特色——那种除了少年时期的类群特征之外无法分辨的相貌……跟这个面相没有特征的、白里透红的男子汉性格一比较，那喜欢表现、桀骜不驯的黑眼睛姑娘玛姬最终只可能是个听人提调的角色。（32—33）

在家庭破产的日子里，他坚定地扛起了家庭的重担，勤勉自律，终于在父

第六章 乔治·爱略特的《佛洛斯河磨坊》

亲死前清偿了全部债务,帮他恢复了名誉,挽回了家族尊严,体现出勇敢坚毅、理性务实的性格特点,表现出对家庭和父母强烈的责任感。他同时又是维多利亚时代正统道德观念的坚定维护者,以家长式作风并以维护父亲荣誉的名义粗暴而无情地斩断了玛姬与腓力浦的患难友情,逼迫玛姬发誓不再与腓力浦来往。这里,作家通过成年后的玛姬的心理活动,对汤姆进行了分析:

> 汤姆的话里有一种可怕的、难堪的真理——那是真理的硬壳,缺乏想像力和同情心的人只能觉察到那一层。玛姬一向就挣扎在汤姆的这类判断之下。她反抗,同时也感到羞辱,好像汤姆要在她面前捧出一面镜子,让她看见自己的愚蠢和弱点。汤姆好像成了先知的声音,在预言着她未来的堕落。但是与此同时,她对他也有自己的判断:她在心里说他狭隘、偏激,水平低下,领会不到她的心灵需要,而她的错误行为和荒唐却源自心灵的需要。因此,她的生活在他眼里就成了一个漫无目的的哑谜。(421)

甚至在玛姬牺牲了与斯蒂芬的情感返回家中时,汤姆又残忍地将其拒之门外,加深了她被世人误解与欺凌的不幸处境。在洪水来临之际,在玛姬奋不顾身前来援救他的过程中,汤姆终于意识到了自己的残忍与不公,与玛姬相拥着迎接死亡。

杜黎弗先生是个诚实正直、很有家庭责任感的男人,怀有对妻子、儿女和妹妹深沉的爱。在玛姬受到姨妈们嘲笑时,他总是站在女儿一边保护她不受委屈。他对势利刻薄而自以为是的大小姨子们十分反感,同时深情地爱着依赖他、拖累他的妹妹,宁肯自己负债破产也不忍心向妹妹妹夫索债,同时要求儿子首先还清拖欠磨坊工人路加的债务。他头脑简单但又刚愎自用、固执冲动，不断和别人打官司，屡败屡战，终至倾家荡产，含恨去世。由于受教育水平低下，他固执地将为对手打赢官司的律师视为魔鬼的代理人，长期对威铿律师怀有深仇大恨，最终也因鞭打威铿，激动而死。

此外，爱略特还将玛姬大姨妈格莱阁太太的装腔作势与刻薄自负，普莱特姨妈的无病呻吟与自我悲剧化，腓力浦的一往情深与敏感深沉，斯蒂芬的痴情冲动与率性热忱，以及鲍布饶舌可笑背后的智慧与同情心等，刻画得异常真切。

三

从思想内涵上看，爱略特的小说历来以鲜明的道德倾向而著称。与作家生活于同一时期的著名批评家托马斯·卡莱尔(Thomas Carlyle)的夫人在读过她的《亚当·比德》之后即深有感触地说："我发现自己爱上了整个人类。"(译序，17) 20 世纪英国文学批评家 F. R. 利维斯(Frank Raymond Leavis)在其批评名著《伟大的传统》(*The Great Tradition*, 1948)中认为爱略特"最好的作品里有一种托尔斯泰式的深刻和真实性"，并把爱略特的伟大归结为"强烈的对于人性的道德关怀"。[1] 当代美国批评大师哈罗德·布鲁姆(Harold Bloom)也认为爱略特的小说是经典小说中"将美学和道德价值熔于一炉的范例"。[2]

爱略特的理想主义信念和强烈的道德意识，与她的成长环境、气质教养等不无关系，尤其与她后来生活的变化特别是爱情与婚姻上的特殊遭际有着深刻的关联。1853 年，她与才华横溢而又婚姻不幸的文学批评家

---

[1] F. R. 利维斯：《伟大的传统》，袁伟译，生活·读书·新知三联书店，2002 年，第 208 页。
[2] 哈罗德·布鲁姆：《西方正典》，江宁康译，译林出版社，2005 年，第 250 页。

第六章 乔治·爱略特的《佛洛斯河磨坊》

乔治·亨利·刘易斯结合,一时舆论大哗。爱略特不仅长期被自己深爱的父兄拒之门外,而且遭到了社交界的唾弃。很少有人登门拜访这一对因爱情而结合的伴侣,她也失去了很多女性朋友。虽然崇拜爱略特并在文学创作上深受其影响的美国作家亨利·詹姆斯后来曾颇有诗意地写道:"如果他们不曾相遇,那么我们就失去了文学史上最完美动人的结合。"①但是,在当时的环境下,作为弱势群体中的一员,在这桩长达24年的事实婚姻中,爱略特遭受羞辱、伤害和惩罚的程度是远甚于刘易斯的。由于爱略特的小说创作生涯真正开始于和刘易斯结合之后,因此,她的作品不可能不打上特殊的生活体验和灵魂挣扎的印记。她虽然相信良知的法律超越于国家与教会的法律之上,但心底依然渴望社会承认她是一位有极高的道德修养和极强的责任感的女性。或许正是为了表明自己并不是一个伤风败俗的女人,她才锲而不舍地在作品中刻意塑造了一系列美好崇高、自我克制的女主人公。勇敢、冲动、离经叛道的女性几乎从未获得她的偏爱,作家赋予了最深沉的同情与理解的,往往是那些隐忍、克制、具有高尚的道德情操、无私到了近乎自虐程度的女性。这亦使得爱略特长期以来更多被看作一位较为保守的作家。对此,亨利·詹姆斯对她的评价是:"在她那里,我们总感觉她是从抽象走到具体;她的人物形象和情境的确是从她的道德意识演化而来的;而且只能间接地说,是观察的产物。"②

与此同时,爱略特作为一个被称为"蓝袜子"的女性知识分子在职业发展上的艰难处境,亦使她对不平等的两性社会地位和女性在受教育权与发展权方面的严重受限深感不平。1854年,她在题为《法国的女性》的

---

① Henry James. "The Novels of George Eliot." *Atlantic Monthly*, Oct. 1866, Vol. 18, p.18.
② F. R. 利维斯:《伟大的传统》,袁伟译,生活·读书·新知三联书店,2002年,第56页。

评论中写道:"在法国,女性由于能进入男性的思想领域,与男性分享共同的利益而变得优秀,这种状况应是真正女性文化和社会健康的必备基础……让整个现实领域既对男性又对女性开放。只有到那时,造成目前两性间不和和排斥的根源——两性思维的差异——才会成为真理和生命中美的补充。"[1]所以在小说中,玛姬虽然智力远超哥哥汤姆,却依然被排斥在接受良好教育和职业发展的可能性之外,她也无法获得和哥哥一样的继承权,只能处于依附地位。也正是男尊女卑的历史文化传统,使得汤姆自以为有权在玛姬面前妄自尊大,以家长和卫道者自居,粗暴干涉其个人生活。由此,爱略特不仅表达了对严苛的清规戒律压抑扭曲人性的不满,呼唤更加合乎自然的伦理法则,同时也质疑了压制女性拥有更为开阔的公共空间和充分施展自己才能的现实社会,在此意义上又体现出女性作家鲜明的性别意识。

四

从艺术特色与成就方面来看,小说首先是以第一人称回忆的方式来展开故事的。

作品伊始,第一人称"我"在对佛洛斯河,以及对河畔铎尔蔻特磨坊的描写中展开了回忆,进入了多年前那个2月的午后,引出了佛洛斯河的支流瑞魄河边水车旁的小姑娘,以及磨坊主人杜黎弗家。在小说展开的过程中,"我"也不时现身,发表评论或进行勾连,以全知全能的见证者的身份进一步将读者带入故事情境,营造逼真的叙事效果。

---

[1] George Eliot. "Woman in France : Madame de Sable." in *Essays of George Eliot*. ed. Thomas Pinney, New York: Columbia University Press, 1963, p.52.

其次,作为一部典型的维多利亚小说,爱略特采用了传统的全知叙事方式,深入不同人物的心理,使得读者能更真切地理解人物的隐衷与行为的动机。

作家对人物复杂的心理起伏与精神挣扎,特别是玛姬拥抱世界、追求幸福的天然愿望与自我牺牲、为他人奉献的倾向之间的撕扯,心理战场上鏖战的完整过程,由于融入了作家本人的切身感受,所以表现得撼人心魄。如玛姬与腓力浦多年后在红洼地重逢,"包围了狭隘的耻辱谷的峭壁上突然露出了缺口"(346)。"她可以读书了,可以谈话了,可以有感情了,又可以从那个世界获得信息了——从那个世界被放逐的感觉在她心里还没有完全消失。"(346)然而,哥哥的禁令约束着她,"那呆板、严厉的警告便反复出现,使她的生活不再单纯了,也不透明了"(346)。"她决心跟腓力浦作一次情深意切的告别。可下定决心后,她又是多么盼望那天黄昏的散步呀!"(346)强烈的道德意识,使玛姬始终处于利己与利他的激烈冲突之中。在斯蒂芬偷偷来看望她时,玛姬无比哀伤地向他诉说:

> 啊,真难呀!生活真是难呀!有时我觉得应该顺从自己最强烈的感情。但是,这种感情却不断碰到过去的全部生活铸造的约束,跟它们碰撞——碰撞着那些让别人对我们存在指望的约束,把它们切断。……有一点我看得很清楚,我绝不能,也不应该,牺牲别人来追求自己的幸福。爱情是自然的,但是怜悯、忠诚和回忆也都无疑是自然的。(483)

玛姬近乎自虐的牺牲,使得读者为这样一个明慧鲜妍的美妙女子竟然被社会钳制与扭曲到如此地步而深感痛惜。她在苦难的磨砺中获得了一种近乎殉道者的满足与神圣感,但天性的扭曲、自我的失落又使当代读者扼腕叹息。在和斯蒂芬水上漂流,错过了回去的码头后,斯蒂芬决意秉承上帝的意旨,使两人结成神圣的关系,但玛姬却因这是残酷的自私,是听凭激情作出的放纵选择而拒绝了。明知她数日后回到镇上会遭到人们的误解与冷眼,但她还是义无反顾:"弃绝是一种宁静的极乐,现在她却跟弃绝狭路相逢了。弃绝是一种悲哀的、忍耐的爱力,紧抓着生命的线索。她看见了荆棘永远扎在生命的前额上。"(507)爱略特本人在顺从内心、追随爱情的过程中付出了惨痛的代价,故而将玛姬的内心世界刻画得哀婉动人。

再次,小说还擅长在场景刻画中通过对话栩栩如生地表现人物性格,并进而通过对比来凸显人物之间的差异,体现出对简·奥斯丁以来女性小说传统的继承。如格莱阁姨妈与普莱特姨妈来杜黎弗家做客,杜黎弗先生就汤姆的教育问题与格莱阁姨妈之间的激烈交锋,杜黎弗太太带着儿女到姐姐家做客,普莱特太太和杜黎弗太太两姐妹因一顶漂亮的时装帽发生的对话所体现的性格对比,还有在露茜家做客,斯蒂芬急于向玛姬表达爱情,却不知背后还有腓力浦一双紧张观察的眼睛,四人中唯有露茜还不明就里的场景等等,均被表现得十分传神。再如汤姆终于能在父亲去世前宣布帮他还清债务,家中那异常欢乐的场景,爱略特是这样描写的:

"不,爸爸,"汤姆斩钉截铁地说,尽管从声音里也还听得出颤栗,"你要活到看见账目全部还清。你一定要用自己的手把钱还给他们。"

那口气所暗示的不仅仅是希望和决心,杜黎弗先生似乎受到了轻微的电击,那双盯住汤姆的眼睛闪出了急切的探询的光。玛姬再也控制不住自己,冲到了爸爸身边跪了下来。汤姆沉默了一会儿才

第六章　乔治·爱略特的《佛洛斯河磨坊》

说下去：

"很久以前格莱阁姨父借了一笔钱给我做生意,得到了回报。我在银行里有了三百二十镑存款。"

最后的话一出口妈妈的双臂已经搂住他的脖子,妈妈半是哭泣地说：

"啊,我的孩子,我早知道你成年之后问题都会解决的。"

但是他爸爸却没有作声。他的话语能力全给猛烈涌现的情绪噎住了。汤姆和玛姬吓坏了,担心这极端欢乐会刺激出致命的后果。但是如释重负的幸福的眼泪终于流泻出来。宽大的胸脯开始起伏了,面部的肌肉也活动了,苍白头发的老人大声地呜咽起来,爆发之后又转为平静。老人默默地坐着,恢复了有节奏的呼吸。他终于抬起头看着妻子,温情地说：

"蓓茜,你必须马上来亲亲我——孩子报答你了。看来你还可以看到点舒服日子的,我看。"(375)

以下这段,表现的是斯蒂芬与玛姬在露茜家邂逅,两人一见钟情,而露茜丝毫没有意识到威胁袭来的场景：

斯蒂芬望见了那位亭亭玉立的仙女,满头墨玉般的秀发,一双黑黝黝的眼睛,一时几乎掩饰不住自己的惊讶。而玛姬也平生第一次接受了满面红晕、一躬到地的致敬。在他面前她也意识到了自己的羞怯。这新的体验使她觉得美妙——美妙到几乎抹去了她以前对腓力浦的情愫。她坐下时眼里闪出了新的光芒,颊上涌现了恰到好处的红晕。

"我希望你明白你前天的描绘跟她有多么相像。"露茜发出胜利的大笑说。她为她恋人的慌乱而得意——那人可是一向占上风的。

"你这位促狭鬼的表妹让我上了个大当,杜黎弗小姐。"斯蒂芬在露茜身边坐下,弯下腰去逗弄米尼说。他只敢偷瞥玛姬。(401)

复次,小说中使用了多种意象以营造丰富的象征含义。如从第1卷"男孩和女孩"中佛洛斯河畔田园牧歌式的宁静生活的描写,到第2卷"读书时期"结束部分杜黎弗家变故的发生,读者很容易便联想到《圣经·旧约》中所描写的亚当夏娃从拥有乐园到痛失乐园的遭遇:杜黎弗家天真未凿的一双小儿女再也无法相携钓鱼、赌气斗嘴了。而小说结尾处那场突如其来,但在推进故事情节、最终解决矛盾上具有关键意义的大洪水,又似乎呼应了《圣经》故事中的那场上帝毁灭邪恶、重建世界、带来希望的大洪水。玛姬驾驶着小艇舍身救人的形象,既呼应了小说中多次提及的圣奥格的圣母,也呼应了诺亚方舟的拯救与重生之意,至此玛姬的殉道者形象已十分明显。

特别值得提及的是,小说中大量使用了"水"的意象,以象征自由与奔放、激情与自然。在爱略特笔下,"水"常常代表了上天赐予的强大的母性本质,具有创造、萌生、毁灭与重生等诸种功能,与人的本能、冲动、激情、非理性等紧密相连。如在《亚当·比德》中,西阿斯·比德作为不负责任的父亲,最害怕的就是自己被水淹死。在《丹尼尔·德龙达》中,关德琳的丈夫原以为"自己可以像驯马那样,轻而易举地驯服大海",结果因狂妄自负而惨死在海上。在《罗慕拉》中,在发现丈夫提托·密乐玛背叛了她和她的父亲之后,罗慕拉感到自己就像酒神的女祭司一般,心中充满了神圣的愤怒。她躺在船上顺流而下,期待着走向死亡。在阿诺河上,被提托背

第六章　乔治·爱略特的《佛洛斯河磨坊》

弃的养父波尔达萨掐死了提托。同一条黑色的河流也对罗慕拉施行了洗礼,使她平复了心灵的创伤,获得了再生,最终成为一位"圣母"似的人物。

而《佛洛斯河磨坊》作为爱略特最具有自传色彩的作品,最为清晰地呈现了作家灵魂内部的冲突以及这一冲突在作品道德说教主题背后投下的暗影。在这过程中,"水"的意象同样发挥了重要的作用。佛洛斯河的激流与自然、本能、激情相关。小说中玛姬第一次出现,便是以佛洛斯河"哗哗的流水声"和"隆隆的水磨响"为背景的。玛姬正是自然的孩子,"别人老说她像吉卜赛人,是'半个蛮子'"(110)。她痴迷的、梦一般的心绪总是会把她卷入情感的激流,这股激流正像是奔腾不息、推动水磨运转的大河的韵律。玛姬自己即被说成是一个"神气像个美杜萨"的小魔鬼,"只是头顶上没有毒蛇"罢了,还被形容为有着一头不驯服的黑色乱发的"女祭司"。这个天资聪颖、热情奔放的少女可怜巴巴而又力不胜任地在现实生活之外寻找"避难处。文明生活追逐着她、使她枯萎,她就要在那里避开它了"(112—113)。当《呼啸山庄》中的凯瑟琳·恩萧和希刺克厉夫在石南丛生的荒野上快乐地合为一体,"半野蛮、半鲁莽、半自由",把那里当作自己的天堂时,爱略特笔下的汤姆和玛姬这一对兄妹却落入一个预设了不同性别规范的世界中。所以,玛姬热爱的这位哥哥作为磨坊未来的继承人与碾磨、粉碎的过程相连。作为与自然格格不入的文明的化身,他所要做的就是将处于原生状态的东西变为精研细磨的成品,以供消费。汤姆嘲笑玛姬在知识上的雄心,剥夺她生活和想象生活的自由,并根据苛刻的道德标准严厉地责备她。所以玛姬才会在愤激之余将天使般的金发表妹露茜·迪安推入泥塘,从汤姆身边逃开,前去投奔吉卜赛人。

玛姬短短的一生可说是努力克制自己的天性和激情、为他人殉难的斗争的一生。小说第6卷第13章的标题"随波逐流"耐人寻味。一个天赐的机缘,终于使她可以与斯蒂芬单独相处。作家将他们安排在佛洛斯河上顺流而下。其间,玛姬的"荣誉和良心"与"埋伏在内心深处的最邪恶的东西"、"无情的自私"(493)之间的冲突暂时为机缘、潮水和急流所左右。爱略特用充满诗意的欣快笔触,描写了一对情侣在激流上划过时的情景:"周围似乎有一种天然的欢欣,不会指责他俩的快乐。那年轻的、没有疲倦的日子的呼吸,那船桨的有节奏的美妙的起伏,飞掠的鸟儿不时送来的零碎曲调,宛如兴会淋漓的欢乐。"(499)当他们在恍惚中错过了上岸的码头,幸福生活的前景向他们展开时,玛姬"渴望这一切都是潮水的赐与——她可以丝毫不挣扎,随着那飞速的、默默的河水漂流下去"(501)。小说最后安排玛姬的水中之死,既体现了作家的叙事权威,通过人物的死亡化解了四个主要人物之间复杂的情感纠葛和兄妹间的隔阂,也曲折地表达了作家让她心爱的女主人公获得解脱并在水中重生的美好心愿。

最后,作为一位擅长进行乡村生活叙事的作家,作品也表达出作家优美抒情的文笔所体现出来的牧歌情调与田园诗意;与此同时,作为一位观察细致、洞悉人心、阅历丰富、视野广阔的作家,小说对维多利亚乡镇中产阶级的世俗生活情态,以及当时的阶级关系进行了真切的描写,机智而微妙的冷嘲热讽亦跃然纸上。

中 编
20世纪上半叶小说导读

第七章
20 世纪上半叶女性文学概览

20世纪上半叶的西方女性文学异彩纷呈,尤其在小说与诗歌等领域取得了突出的成就。在一战与二战先后爆发,西方妇女解放运动呈现出新的局面与特点,现代主义文学勃兴的大背景下,各国女性文学无论在内容上还是在艺术上均体现出新时期的新特点。

1. 英国女性文学与弗吉尼亚·伍尔夫

凯瑟琳·曼斯菲尔德(Katherine Mansfield,1888—1923)是出生于新西兰的英籍女作家。她以创作短篇小说而著称,深受俄国作家契诃夫创作风格的影响。她的作品不以情节曲折见长,而注重从看似平凡的小处发掘人物情绪的变化,竭力捕捉人的心灵对自我及人生的顿悟。作品色彩鲜明,文笔简洁流畅,风格冷峻而富于诗意。主要作品有《幸福》(*Bliss*,1921)、《园会集》(*The Garden Party and Other Stories*,1922)及死后发表的《鸽巢》(*The Doves' Nest*,1923)和《幼稚》(*Something Childish*,1924)等。

弗吉尼亚·伍尔夫是与詹姆斯·乔伊斯(James Joyce)、威廉·福克纳(William Faulkner)和马赛尔·普鲁斯特(Marcel Proust)齐名的意识流小说大师。伍尔夫出身于英国维多利亚时代的一个知识贵族之家。其父莱斯利·斯蒂芬(Leslie Stephen)是英国著名作家和编辑,曾主编《英国名人传记辞典》,著有21部文学批评、历史和哲学方面的著作,并于1902年被封为爵士。其母朱莉亚(Julia Prinsep Jackson)也是英国的名门望族之后。尽管由于维多利亚时代男权中心制度的限制,弗吉尼亚失去了接受系统而严格的大学教育的机会,但她却在父亲引导下,通过阅览家庭藏书室内的丰富藏书,完成了自我教育,为将来的天才创作打下了扎实的基础。母亲、父亲相继去世后,弗吉尼亚姐弟迁居伦敦东部的布鲁姆斯伯里,他们的家逐渐聚集了一批才能卓越、具有自由精神与革新思想的青年知识分子,形成了著名的"布鲁姆斯伯里文化圈"。这个以弗吉尼亚、她的哥哥托比(Thoby Stephen)、姐姐文尼莎(Vanessa Bell)为中心,成员和座上客包括艺术评论家罗杰·弗莱(Roger Fry)、美学家克莱夫·贝尔(Clive Bell)、传记作家利顿·斯特拉奇(lytton Strachey)、小说家 E. M. 福斯特(Edward Morgan Forster)、哲学家伯特兰·罗素(Bertrand Russell)、作家伦纳德·伍尔夫(Leonard Woolf)等在内,主要由剑桥大学的精英知识分子组成的学术文化团体,在 20 世纪西方思想界产生过重要影响。伍尔夫就是在"布鲁姆斯伯里文化圈"充满了思想的智慧与家庭式的友情的氛围中,开始了自己的小说与文学评论写作的。

伍尔夫一生致力于对维多利亚陈腐文学观念与技巧的挑战。1910年,她发表《现代小说》("Modern Fiction")一文,主张只有表现人物心理的幽暗区域,才能达到对生命本质的真实把握。1917 年问世的短篇小说《墙上的斑点》("The Mark on the Wall"),正是这样一篇以第一人称内心独白的意识流手法创作出来的作品。伍尔夫最成功的作品,是总称为"生命三部曲"的长篇小说《达洛卫夫人》(*Mrs Dalloway*,1925)、《到灯塔去》(*To the Lighthouse*,1927)和《海浪》(*The Waves*,1931)。其中,《达洛卫夫人》最具意识流特色,《到灯塔去》最为读者赞赏,而《海浪》则在艺术上臻于化境。《达洛卫夫人》的外部情节叙述的是 1923 年 6 月中旬的一天从清晨到午夜 15 个小时内发生在伦敦的事情。作品的一条线索写国会议员的妻子克拉丽莎·达洛卫大病初愈,决定外出散步,并为当晚要在家中举行的一次重要的晚宴买些鲜花;另一条线索的主人公是一战退伍老兵赛普蒂默斯·沃伦·史密斯。赛普蒂默斯曾出于保卫祖国、保卫莎士比亚的英格兰的信念而参加了一战,在战场上目睹了战友埃文斯上尉被炮弹击中、血肉横飞身亡的惨象,从此便沉浸在对死者的记忆和负罪感之中,尽管战争已经结束五年,"死者"还是常常会来看望他。战争给他造成的创伤使他产生了愤世嫉俗的人生观,精神陷于错乱之中。作为一部意识流小说,作品分别以克拉丽莎与赛普蒂默斯这两个从未谋面的人物的意识流作为结构的中心,构成了两条平行而又相互交叉的意识流线索。作家自觉以外部世界的声、光、色、味以及人与事作为激发主人公联想、回忆、感触与想象的媒介,并巧妙地以伦敦议会大厦塔楼上的大本钟定时敲响所代表的物理时间,来提醒读者注意其与人物心理时间之间的巨大差异,同时以大本钟报响的时间为契机,巧妙地实现了不同人物之间意识流叙述的自然转换,仿佛电影艺术中蒙太奇技巧的运用,使得作品在短暂有限的物理时空中,蕴涵了人物纷纭繁复的人生体验,表达了深厚的精神内涵。

2. 法国女性文学与西蒙娜·德·波伏瓦

20 世纪法国最有影响的女作家有玛格丽特·尤瑟纳尔(Marguerite Yourcenar,1903—1987)、西蒙娜·德·波伏瓦(Simone de Beauvoir,1908—1986)和玛格丽特·杜拉斯(Marguerite Duras,1914—1996)等。

玛格丽特·尤瑟纳尔为著名的作家、翻译家、评论家、哲学家和历史学家,其最重要的文学作品有小说《东方奇观》(*Nouvelles orientales*,1938)、《哈德里安回忆录》(*Mémoires d'Hadrien*,1951)、《熔炼》(*L'Œuvre au noir*,1968)等。1980 年,她成为素有"男性俱乐部"之称的法兰西学院的第一位女院士,打破了学院成立以来院士均由男性垄断的局面,成为 40 位"不朽者"中第一位"女不朽者"。

西蒙娜·德·波伏瓦是法国存在主义哲学与文学的代表人物之一。她在20世纪40年代的主要作品有小说《女宾》(*L'Invitée*,1943)、《他人的血》(*Le Sang des autres*,1945)、《人总是要死的》(*Tous les hommes sont mortels*,1946)和理论著作《第二性》(*Le Deuxième Sexe*,1949)等。处女作《女宾》通过对皮埃尔、弗朗索瓦丝这一对思想激进、经过自由恋爱而结合的情人与其放浪形骸、个性独特的被保护人格扎维埃尔之间复杂关系的描写,表现了有关存在与自由的思考,以及人与人之间无法真正理解和沟通的存在主义哲学观念。《第二性》从理论上分析了妇女的命运,提出了"女人不是天生的,而是变成的"这一著名命题,指出妇女必须从"永恒的女性"这一被动的观念中解脱出来,通过行动获取自己的生存价值。该书对世界范围内的妇女解放运动均产生了深远的影响。

50年代之后,波伏瓦发表了小说《一代名流》(*Les Mandarins*,1954),荣获当年的龚古尔文学奖。小说在很大程度上取自萨特和加缪在二战前后的活动以及波伏瓦本人的亲身经历,通过战后法国一代知识精英们的精神困顿与迷惘,探讨了存在主义的荒诞意识与自由选择等命题;作为女性主义文化与文学研究的先驱,波伏瓦同样也在小说中表现了女性独特的生存困境和觉醒意识,通过安娜对两性关系的全新关注和思考,将存在的自由与性别意识结合起来,批判了传统的婚姻道德。波伏瓦晚年还有四部自传体回忆录,分别是《少女时代》(*Memoirs of a Dutiful Daughter*,1958)、《而立之年》(*The Prime of Life*,1960)、《势所必然》(*Force of Circumstance*,1963)和《归根到底》(*The Coming of Age*,1970)。这些作品详尽描述了她本人的生活和思想历程,也记载了同时代知识分子们许多重要的活动,对二次大战前后法国哲学思想界和文学界的动向,包括萨特、加缪等人的社会活动与思想发展均有生动的描述。从艺术上看,波伏瓦擅长以生动的形象和清晰明朗的语言来表达抽象的存在主义思想,作品丰富的历史内容亦超越了纯粹哲学思辨的需求,带给读者逼真的历史真实感。她真切细腻的心理描写也独树一帜。

3. 德国、俄罗斯、加拿大的女性小说与诗歌

德国著名女作家安娜·西格斯(Anna Seghers,1900—1983)是德国共产党和无产阶级革命作家联盟的成员。1928 年,她的成名作《圣巴巴拉的渔民起义》(*Aufstand der Fischer von St. Barbara*)以现实主义手法描绘了圣巴巴拉渔民的悲惨生活。1933 年,西格斯流亡到法国。她流亡期间的作品几乎全部以反法西斯为主题,包括《人头悬赏》(*Der Kopflohn*,1933)、《拯救》(*Die Rettung*,1937)等。长篇小说《第七个十字架》(*Das siebte Kreuz*,1942)是西格斯最成功的作品,它通过集中营里一个无名者平静的口吻,讲述了七位从集中营出逃的囚徒的逃亡过程。集中营的司令官下令把集中营里的七棵树变成七个十字架,声言要在七天之内把抓回来的逃犯绑在上面处死。不久,逃犯果然一个个被抓了回来,但第七个十字架却总是空在那儿。原来,最后一位囚徒已在许多普通德国人的帮助下逃离了德国。这空着的十字架,不仅沉重打击了法西斯的狂妄,也为集中营里的人们带来了新生的勇气和希望。小说以情节紧张动人取胜,为作家赢得了世界性的声誉。

20 世纪俄罗斯女性文学的成就,是与两位优秀女诗人的名字分不开的。她们分别是安娜·阿赫玛托娃(Anna Akhmatova,1889—1966)和玛·伊·茨维塔耶娃(Marina Ivanovna Tsvetaeva,1892—1941)。

阿赫玛托娃从俄罗斯文学的白银时代开始步入诗坛,曾被誉为"俄罗斯的萨福"。在白银时代,她是"阿克梅派"的代表诗人之一,以杰出的抒情才能见长,尤其善于表现各种细腻的情感体验和内心波澜。20 年代,她有《车前草》(*Podorozhnik*,1921)和《公元 1921 年》(*Anno Domini MCMXXI*,1922)等诗集出版。1922 年以后,由于"拉普"的攻击和个人命

运的变化,她的创作进程出现了长达十几年之久的中断。直到 1940 年,她才有《六本诗选粹》等诗集问世。这一年里,她还奇迹般地完成了长诗《安魂曲》(*Requiem*,1935—1940),紧接着开始了另一部长诗《没有主人公的叙事诗》(*Poema bez geroya*,1940—1962)的写作。这两部长诗构成阿赫玛托娃诗歌创作的高峰。在《安魂曲》的十二个诗章中,诗人把深切的个人不幸与人民的灾难融合为一体,使得这部长诗成为 20 世纪俄罗斯民族的一曲史诗性的悲歌。《没有主人公的叙事诗》是一部意境高远、内涵丰富、结构复杂的长诗,其主体部分由《1913 年:彼得堡故事》《硬币的背面》和《尾声》构成,从形式上看似乎是彼此独立的三部诗作,但抒情主人公的形象却贯穿全诗。诗人站在 20 世纪俄罗斯历史见证人的高度上,通过对数十年来个人生涯、俄罗斯文学与文化,乃至整个俄罗斯民族命运的深情回溯,展开与历史和时代的对话,以充满沧桑感、悲剧感的深沉旋律,吟唱出对所处的充满忧患和动荡的特殊年代的观察与思考。

茨维塔耶娃是另一位杰出的抒情女诗人和散文作家,在白银时代已出版《黄昏纪念册》(*Vecherniy albom*,1910)、《魔灯》(*Volshebnyi fonar*,1912)等诗集,还创作了几部以历史和神话传说为题材的剧本。1922 年 5 月,茨维塔耶娃来到柏林,开始了长达 17 年的侨居生活。她的诗歌创作也出现了高潮,相继出版了《离别》(*Razluka*,1921)、《致勃洛克诗抄》(*Stikhi k Bloku*,1922)、《普叙赫》(*Psikheya*,1923)和《手艺》(*Remeslo*,1923)等诗集。其中,《手艺》这部诗集确立了她作为旅外俄罗斯作家群中第一流诗人的地位。迁居布拉格之后,她早些时候写的童话长诗《青年好汉》(*Molodets: skazka*,1924)得以出版,她还创作了长诗《山岳之歌》(*Poema gori*)和《终结之歌》(*Poema kontsa*,均于 1926 年发表)。三部长诗都以爱情为主题,抒写了爱情的美好与错综复杂,比照、品味不同的情感,表现分手时的惆怅与离别时的痛苦。1925 年迁居法国后,茨维塔耶娃陆续出版了长诗《捕鼠者》(*Krisolov*, 1925)、《阶梯》(*Poema lestnitsi*, 1926)、《大气之歌》(*Poema vozdukha*, 1927)、《横沟》(*Perekop*, 1929)和诗集《离别俄罗斯之后：1922—1925》(*Posle rossii, 1922-1925*, 1928)等等。30年代，她进入了自己的散文创作高峰期，写下了一系列自传性随笔、回忆录和诗学论文。1939年，茨维塔耶娃回到苏联，并于1941年自杀。茨维塔耶娃去世后，她的作品长时间被禁止出版。直到50年代中期以后，新一代俄罗斯读者才开始读到她的诗歌，并逐渐认识到她作为优秀的俄罗斯侨民作家不可磨灭的历史地位。

4. 美国女性文学与黑人、华裔作家群体的崛起

20世纪上半叶美国女性文学也是异彩纷呈的。伊迪丝·华顿(Edith Wharton, 1862—1937)、威拉·凯瑟(Willa Cather, 1873—1947)、赛珍珠(Pearl Sydenstricker Buck, 1892—1973)、玛格丽特·米切尔(Margaret Mitchell, 1900—1949)、辛西娅·奥芝克(Cynthia Ozick, 1928—   )、西尔维娅·普拉斯(Sylvia Plath, 1932—1963)、乔伊斯·卡罗尔·欧茨(Joyce Carol Oates, 1938—   )等，都是世界范围内广有影响的作家。华顿最优秀的小说作品为以纽约上流社会的家族生活为背景、揭露其背后隐藏的道德虚伪的《欢乐之家》(*The House of Mirth*, 1905)和《纯真年代》(*The Age of Innocence*, 1920)。赛珍珠因"对中国农民生活所作的真切而取材丰富的史诗般的描述，以及她传记方面的杰作"而闻名，其小说三部曲《大地》(*The Good Earth*, 1931)、《儿子们》(*Sons*, 1932)和《分家》(*A House Divided*, 1935)荣获1938年诺贝尔文学奖。玛格丽特·米切尔的《飘》(*Gone with the Wind*, 1936)以美国南北战争和战后重建时期的南方佐治亚州为背景，塑造了一位打破传统对南方淑女的束缚，适应社会、坚韧不屈的女主人公郝斯佳的动人形象。

威拉·凯瑟一生著述颇丰。在将近四十年的写作生涯中，发表了十

二部长篇小说、三部短篇小说集、两部诗集,以及大量的剧评、乐评和杂文。凯瑟出身于美国弗吉尼亚州的一个农场主家庭,4岁时随家人迁居内布拉斯加大草原。18岁时入内布拉斯加大学就读,并开始发表文学作品。1896年,凯瑟获得匹兹堡一份妇女杂志的编辑职位,开始拥有更为广阔的文学天地。1906起,她先后在纽约与波士顿为《麦克卢尔杂志》(*McClure's Magazine*)工作,后任该刊主编,与大量文学艺术界人士交往,尤其与女作家萨拉·奥恩·朱厄特(Sarah Orne Jewett)结下了深厚的友谊。1912年,凯瑟考察了美国西南部各州,参观了印第安人的生活遗迹,对这一地区产生了深深的眷恋,同年开始创作《啊,拓荒者!》(*O Pioneers!*)。1913年,《啊,拓荒者!》出版,在评论界产生了热烈反响。1915年,《云雀之歌》(*The Song of the Lark*)问世,再度获得评论界好评。1918年,《我的安东尼娅》(*My Antonia*)出版。以上三部小说主要以作家故乡内布拉斯加大草原的风俗和边疆拓荒者的故事为题材,统称为"草原三部曲",通常也被认为是凯瑟的代表作品。凯瑟赋予土地以极其重要的意义,表现了西部普通人身上充满韧性的拓荒者精神,指出了西部文明对于构筑美国精神的重要意义。

凯瑟的其他重要小说还包括《我们中的一员》(*One of Ours*, 1922)、《迷途的女人》(*A Lost Lady*, 1923)、《教授的住宅》(*The Professor's House*, 1925)和《总主教之死》(*Death Comes for the Archbishop*, 1927)等。1924年,密歇根大学授予凯瑟荣誉学位。哥伦比亚大学、耶鲁大学、加利福尼亚大学以及普林斯顿大学等多所著名院校也相继授予她荣誉学位。凯瑟的小说,既表现了美国早期西部移民的拓荒精神,又以移民的多元视角反思了美国的文化发展;既表达了对土地、自然、原始生态的眷恋与深情,也以东西部的对比表达了对时代变迁的现代性反思。

20世纪美国女性文学领域一个突出的现象是黑人女性作家群体的

崛起。早在美国黑人文学的第一次高潮,即"哈莱姆文艺复兴运动"时期,女作家佐拉·尼尔·赫斯顿(Zora Neale Hurston,1891—1960)即已发表了她最重要的长篇小说《他们眼望上苍》(*Their Eyes Were Watching God*,1937)。作品从女性的视角探讨了传统婚姻道德与女性人格和精神独立之间的冲突,通过黑人女性简妮口述自己三次婚变的故事,描写了女主人公不断摆脱束缚、追求灵魂自由的感人故事。而在"哈莱姆文艺复兴运动"时期黑人文学的中心主题为抗议种族压迫的背景下,赫斯顿小说中对黑人女性遭受种族与性别双重压迫的命运的特别关注并没有获得应有的重视。直到黑人女性主义文学批评崛起之后,身兼批评家与小说家身份的艾丽丝·沃克(Alice Walker,1944—)才编辑了赫斯顿的文集,并在《寻找我们母亲的花园》("In Search of Our Mothers' Gardens",1983)的著名论文中发掘了赫斯顿在表现黑人女性自主意识方面的开创性意义,从而激发了西方的赫斯顿研究热潮。

1946年,安妮·佩特里(Ann Petry,1908—1997)的小说《大街》(*The Street*)问世,作品描述了黑人女性卢蒂·约翰逊与贫穷、剥削、种族及性别歧视不断抗争的故事。佩特里是描写黑人母亲在北方城市中的生存体验的第一位黑人女作家。

第八章
弗吉尼亚·伍尔夫的《远航》

(《远航》,黄宜思译,人民文学出版社,2003年)

1906年,24岁的弗吉尼亚·伍尔夫在与哥哥托比游历希腊、葡萄牙等地归来后,开始筹划长篇小说《远航》(The Voyage Out)的写作。小说从构思到正式出版历时近九年,1915年在英国初版后又屡经修改。美国版问世前,伍尔夫又进行了一次全面的修订。为这部处女作,伍尔夫投入了最多的时间,并经受了常人难以想象的精神折磨。小说出版前,她至少精神崩溃过两次,有一次试图自杀,还有一段时间情绪很不稳定,不但不愿和丈夫伦纳德·伍尔夫说话,甚至拒绝进食。伦纳德说她烧掉了"五或六部"完整的《远航》手稿。弗吉尼亚·伍尔夫的姐姐文尼莎·贝尔的次子昆汀·贝尔(Quentin Bell)则在《伍尔夫传》中说是七部。[①] 事实上,《远航》也是伍尔夫本人记忆中写得最为艰难的一部作品。作家痛苦的写作历程和经受的精神困扰折射出女性探索的艰难,而她撰写《远航》的漫长过程,其实也是一种写作治疗。

恰如19世纪中期的英国女作家夏洛蒂·勃朗特笔下的孤女简·爱,虽先后受到"红房子"、寄宿学校和桑菲尔德大厦的桎梏,却始终心怀对远方的激情和探索世界的模糊渴望,伍尔夫在后来撰写的《一间自己的房

---

① 昆汀·贝尔:《伍尔夫传》,萧易译,江苏教育出版社,2005年,第136页。

第八章　弗吉尼亚·伍尔夫的《远航》

间》中也感叹说:"被拒之门外是多么地令人不愉快,被锁进在里面也许更为糟糕。"①对于热爱旅行文学,并曾专门评论过笛福、斯威夫特、斯泰恩、亨利·詹姆斯、E. M. 福斯特和康拉德等18—20世纪英美众多文学大师的旅行作品的伍尔夫来说,她一定也梦想过像他们及其笔下的主人公一样酣畅淋漓地出游与历险。然而她本人的旅行经历实在有限,除了先后于1906、1910年两度短暂到访土耳其之外,其他旅行都局限于欧洲,大部分时间则是在英国本土。所以在《一间自己的房间》中她认为,在女性旅行未获认可,女性参与公共事务的时机未臻成熟之际,小说写作可以成为女性通过想象来延展自我发展空间的有效手段。由此,通过虚构的旅行故事,伍尔夫探索了女性发展的可能性,《远航》亦可以看成是一部缩微的女性成长史。

一

小说想象了24岁的年轻英国姑娘雷切尔·温雷克一段未竟的南美航程。雷切尔从小丧母,父亲温雷克先生有10条商船在英国和南美之间的海上游弋,是一个从事海外贸易的富商。雷切尔和两位未婚的姑妈生活在伦敦郊区富裕宁静的里士满,过着安逸但单调封闭的生活,不要说同龄的男性,连知心的女友都没有,出门散步都需要父亲、侍女或姑妈陪同,所以长成了一个幼稚无知、眼神茫然,在陌生人面前手足无措、言辞木讷、缺乏自信心的姑娘。小说通过她的舅妈海伦·安布罗斯太太的视角写出了她的印象:"她的脸显得柔弱而不坚定,除了那双困惑而没有神的大眼睛外,她并不漂亮。这恐怕是总圈在屋里缺少颜色和轮廓所致。还有,她说话犹豫,还总是用词不当,这使她似乎比一般同龄人缺乏竞争性。"

---

① 弗吉尼亚·吴尔夫:《一间自己的房间》,贾辉丰译,人民文学出版社,2003年,第30页。

(13—14)由此,伍尔夫痛切地表现了维多利亚时代的女性被剥夺了受教育权后的可悲处境。这也将成为她日后写作的基本主题。

人生中第一次,雷切尔获得了搭乘父亲的一艘商船前往南美的机会。所以在远航的起点即"欧佛洛绪涅"号由泰晤士河口驶向广阔大海的时刻,伍尔夫以诗意与欢快的笔触,写到了旅行预示的新的可能和大家对自由的期待:

> 大家都尾随着来到甲板上。烟雾和建筑都消失了,航船行驶在碧波荡漾的海面上,尽管海水在晨曦中还显得有些苍白。他们把坐落在泥上的伦敦抛在了身后。地平线上隐约出现了一条线,扁扁的,细得几乎不足以承受巴黎城的重负,但它还是呆在那上面。离开了道路,离开了人群,他们都有着同一种享受自由的兴奋。船在细浪中平稳航行,波浪被船身打碎后就沸腾起来,离开船身时在两侧各留下一串泡沫形成的白线。(21—22)

船上的乘客除了温雷克父女,还有雷切尔的舅舅和舅妈安布罗斯夫妇。舅舅雷德利是一位沉浸于希腊诗歌世界的学者和书呆子,身上有着伍尔夫的父亲莱斯利·斯蒂芬爵士的气质和习惯;伍尔夫以古希腊美女海伦来为舅妈命名,则暗示了她身上浪漫的艺术气质。这位以伍尔夫挚爱的姐姐文尼莎·贝尔为原型的美丽女性,果敢自信,特立独行而又言辞直率。伍尔夫这样描绘了海伦的形象:"高高的个子,大大的眼睛,围着一条紫色围巾。安布罗斯太太真是既浪漫又美丽,或许并不富有同情心,因为她的眼睛总是直着看东西,并且对看到的东西总有所考虑。她的脸比希腊人的更温和,又比通常漂亮的英国女人的更粗犷。"(7)船上还有其他乘客,如学者帕波先生,以及中途上下船的达洛维夫妇。前国会议员达

第八章 弗吉尼亚·伍尔夫的《远航》

洛维先生自以为是国家栋梁乃至拯救世界的救星:"既然出于政治原因,达洛维先生在一段时间不能在议会里为国家效劳,他就尽最大努力在议会外面效劳。对此,那些拉丁国家的反映还不错,当然,东面的国家应该做得更好。"(35)他不仅在晚餐时大讲特讲政治和政治家,"使得晚餐上在座的各位都显得渺小了许多"(82),还在雷切尔面前竭力贬损女性:"没有一个女士具有我所说的政治本能。……我还从来没见过一个哪怕懂得什么是政治才干的女人。"(70)浅薄虚荣、矫情做作的达洛维太太则是丈夫的崇拜者与应声虫,一个将男权观念内化了的可悲女人。这对自命不凡的夫妇的到来给雷切尔带来了沉重的心理压力,使她更加自惭形秽:"自从达洛维夫妇到来以后,她就对自己的这张脸不满意,并且大概永远也不会满意了。"(38)通过对这一对夸张的漫画式人物形象的塑造,伍尔夫写出了她对权贵阶层的嘲弄与蔑视。

虚伪的达洛维先生在口口声声把妻子挂在嘴边的同时,又趁妻子晕船不适之机试图诱惑雷切尔,并尾随她进入房间强吻她,造成了不谙人事的雷切尔内心的恍惚与激动,夜里噩梦连连。外甥女的愚昧与不安引起了海伦的震惊。在她看来:"这个女孩,虽然已经二十四岁,却从来没听说过男人需要女人的这类事情。并且,直到我向她解释之前,她还不知道孩子是怎么出生的。她在其他方面的无知也同样严重。"(104—105)意识到长辈的责任,她决定将雷切尔从达洛维夫妇施放的雾瘴中解救出来,提出了一个大胆的计划,并征得了温雷克父女的同意,即邀请雷切尔到他们夫妇在南美圣特玛丽娜海滨的度假别墅同住,希望能陪伴和指导她的成长。自告奋勇地承担起教育职责的海伦,自此在雷切尔的成人礼中扮演了教母的角色。小说的笔触随即也从海洋转回陆地,开始聚焦于滨海小岛山坡上海伦家的别墅,以及山下以英国游客为主的一个度假旅馆。有学者认为,小说主人公活动的这两个主要场所,对应着伍尔夫和她的姐姐、姐夫,以及"布鲁姆斯伯里文化圈"的其他重要成员当时在伦敦布鲁姆斯伯里区戈登广场和菲兹罗伊广场两处生活与聚谈的居所。小说中言辞尖刻、恃才傲物、落落寡合的剑桥才子圣约翰·赫斯特以"布鲁姆斯伯里文化圈"的传记作家利顿·斯特拉奇为原型,他的想当小说家的朋友特伦斯·黑韦特的身上则既有伍尔夫本人的影子,其家世与气质又糅合了克莱夫·贝尔和伦纳德·伍尔夫的特点。

由于脱离了男性主导的文化秩序,雷切尔通过博览群书、深入生活而在精神世界中探幽揽胜,越走越远:"在这儿的三个月里,她实际上是对以前围着阴凉的花园无止境的散步所花费的时间,以及和她的两位姑妈闲谈所花费的时间,进行了大量的弥补。"(138)海伦也因此"越来越对她的外甥女感兴趣,而且喜爱她了",在她看来,"如果她还算不上一个人的话,那至少是一个正在尝试人生的生命"了。(231)小说重点描写了特伦斯组织英国游客进行的一次登山活动,以及随后为了庆祝一对情侣订婚而在旅馆举行的狂欢舞会。在此过程中,特伦斯和雷切尔也向彼此走近了。

二

伍尔夫首先以眼神的变化来体现心智获得发展的雷切尔外貌与精神的变化。三个月后,较之于原先那茫然躲闪的眼神,"这女孩子比以前更沉稳,更自信了。她的皮肤颜色变深了,她的眼睛显然更明亮了,并且她能够仔细听哪怕她很不赞同的事情了"(105—106)。她一改过去的消沉,不仅主动提出"看看生活",而且先于海伦响应了特伦斯的野餐邀请,决然地说"我们一定去",使海伦"相当吃惊"。(141)当弗拉欣夫妇提议溯河而上时,又是雷切尔欣然附议,并责备了海伦的消极:"感谢上帝,海伦,我和你不一样!我有时觉得你简直是除了活着,对别的一切都不闻不问!"(300)面对"教女"的成长,海伦则"微笑着,好像对这番攻击很欣赏"

(300)。

雷切尔的成长还体现在行动能力的增强。描写舞会的第 12 章构成小说中的华彩部分。在乐师离去而人们意犹未尽的情况下,雷切尔果断地坐到了钢琴前,"对音乐的信心使她大胆地改编着强弱的变化,简化节奏"(185),从小步舞曲、进行曲、莫扎特即兴切换到英国的古老狩猎歌和颂歌圣歌,使舞会超出了原先的预期而直达天亮。

和原来无法自我表达的讷讷无言相比,雷切尔的语言能力也有了明显的提高。以历史学家吉本的《罗马帝国衰亡史》为代表的书籍为雷切尔打开了知识之门,使她"就像一个做好了战斗准备的战士"(197)而在博学自负的赫斯特面前针锋相对:当赫斯特因她表示不喜欢吉本的风格而"绝望"时,她不客气地回敬"我也绝望了",并质问"你为什么总是仅仅凭人的头脑判断人?"(225)在她和特伦斯谈话,特伦斯感慨赫斯特的姐妹没有被当回事,"只能喂兔子"时,雷切尔坦陈"我喂了二十四年的兔子了,但现在看起来有点儿奇怪"(239),女性意识开始苏醒。雷切尔以流畅的语言准确描述了里士满的生活,她的回忆和表述深深吸引了特伦斯。

爱的需要的萌发和爱情的降临成为雷切尔自我发展进程中的重要标志。当她无意间看见阿瑟与苏珊的缠绵场面时,产生了对爱情是什么的思索。在阅读《玩偶之家》时,她将自己想象为剧本的女主人公。爱情不仅唤醒了雷切尔对幸福的体验,她还大声表达了出来:"她开始弄不清这是什么,但是似乎突然在自己身上有了重大的新发现,她对自己说:'这是幸福,我想。'然后她又大声对特伦斯说:'这是幸福。'"(322)她的独立意识还体现在拥有了不为人知的秘密,她和海伦"之间的关系出现了一些奇妙的变化"(253)。甚至在宗教方面,她也从情感冲动的迷雾中走出,"开始批判地聆听所讲的东西"(260)并意识到"周围的人都在装作感受他们从没有感受到的东西"(261)。祛魅使她抛弃了曾经茫然相信过的一切。

然而,《远航》的女性探索之旅却因雷切尔的意外死亡戛然而止。伍尔夫并没有让雷切尔回到英国,与特伦斯步入婚姻殿堂,开始中产阶级的婚姻与家庭生活,而是让她在参加了一次溯流而上、深入当地原住民的丛林的探险活动之后染上了奇怪的热病,高烧不退,神志昏迷,最终香消玉殒。这一令读者深感遗憾的结局,也引发了人们对小说艺术以及伍尔夫精神状态的许多争议。有读者认为在这部处女作中,伍尔夫尚未能游刃有余地掌握小说结构技巧和适当地处理结尾,亦有人将主人公旅程的中途夭折归因于作家不稳定的精神状态。但我们也可以从伍尔夫特殊的成长背景、童年创伤与婚姻爱情心理来进行另一种阐释,即伍尔夫对爱情婚姻的犹疑态度,最终决定了主人公的命运。

三

童年时遭受同母异父哥哥的性骚扰,造成了伍尔夫日后的性冷淡和对异性情爱的不信任态度。伍尔夫在潜意识中对婚姻是不安与惧怕的,对两性幸福的可能性是感到不确定的。终其一生,除了姐姐外,伍尔夫与众多女性保持了深厚的情感联系。当然,作为维多利亚时代父权家长和甜蜜天使的女儿,伍尔夫不得不遵从习俗,接受婚嫁的命运,但却几经反复,先是答应了利顿·斯特拉奇的求婚,不久又取消了婚约。1912年,她虽接受了伦纳德的求婚并很快结婚,但他们的婚姻几乎是无性的。耐人寻味的是,正是在这期间,她安排雷切尔借由死亡逃脱了即将到来的婚姻。

在小说中,伍尔夫这样比喻了雷切尔与特伦斯订婚后的状态:"他们有足够的时间独自相处,直到他们感到孤独,这孤独就好像是在一个宽敞的教堂里玩得正带劲,大门却突然被关上了。他们两个不得不单独在一起散步,单独在一起闲坐,单独探寻那些花幽艳树娇羞的无人到访的处女地。"(330)和一般订婚的爱侣不一样的是,他们不断思考和矛盾着,怀疑婚姻的意义,思索婚姻与走向广阔空间的矛盾。在两人独处时,雷切尔觉得"她希望得到的确实比一个男人的爱要多得多——海,天空。她再次转回身去看那远处的蓝色,在水天相接的地方是那样的平滑、宁静;她怎么能只简单地要一个人呢"(344)。小说中多次出现的两人并肩站在悬崖边的意象,似乎也在暗示婚姻前景的万劫不复。思考着的伍尔夫的形象甚至还化身为"具有女性特质"的特伦斯。他对两性婚姻似乎同样没有太多的浪漫期待。他冷眼旁观旅馆内所见各对夫妇,认为"毫无疑问,如果这些夫妇都分开,那这世界将会好得多"(277)。他在订婚后读给雷切尔听的一部爱情小说的结局,也暗示了他对未来婚姻的焦虑。"休回到了他的妻子身边,可怜的家伙。作为一个已婚男人,这是他的责任。天啊,雷切尔,"他问道,"我们的婚姻难道也是这种结局吗?"(338)而他对女性教育缺陷、两性不平等现状的思考与分析,日后都将在《一间自己的房间》中找到回声。

因此,伴随着伍尔夫从接受求婚、订婚到结婚的体验的《远航》,成为考察伍尔夫独特的婚姻心理的最佳文本。雷切尔以死亡拒绝回到英国、进入婚姻、认同传统秩序的女人宿命或许是一种必然。远航带来的身心自由和精神舒展使雷切尔难以重归伴随婚姻枷锁而来的自闭生活,于是她再次逃离,在最后关头以死亡超越婚姻的宿命,以向未知航程开放的远行为她的身心发展创造了无限的可能。少女时代起即连遭亲人离世重创的伍尔夫对死亡主题有着一种特殊的迷恋,故而不仅以鲜明的旅行意象将雷切尔的死亡书写成一次远行,而且将之做了诗意的处理:突然发病的雷切尔的"高热和不适在她与现实世界之间形成了一道鸿沟";到了第二天,"外部世界,当她试着想它的时候,显得更遥远了";她需要"努力回忆"才能记起"一些在千万里之外的世界上的事情"。(372—375)当雷切尔的呼吸停止,在特伦斯的独白中,死亡甚至构成了"完美的幸福",由此"他们拥有了决不会被人抢走的东西"(397)。死亡既将回忆定格,使幸福永恒,亦以旧生命的终结迎来了新生命的轮回。一如伍尔夫后来的作品所反复表明的那样,生活还将继续,无数的雷切尔还将化身为其他人物,继续远航,探索和发现生命的意义。

因此,《远航》的标题是具有象征意味的:它既代表着雷切尔的成人仪式,也代表着她挣脱男权枷锁的航程。"The Voyage Out"中有去无回、只出不进的"out"既体现了伍尔夫的矛盾,也表达了作家的决绝。远航由此成为一段向无限可能开放的旅程。

从艺术上看,作为伍尔夫的第一部长篇小说,《远航》基本上采取了传统现实主义的写作手法,依照时序展开,有一个相对完整的故事情节,采用了第三人称全知叙事。作家精细地描摹了各色人等的神态、外貌、对话与动作,塑造了栩栩如生的人物形象,除了坚强、果敢、聪慧、有主见的舅妈海伦,痴迷于古希腊世界、酷爱吟哦诗句的书呆子舅舅雷德利之外,聪明博学而又恃才傲物、言辞刻薄而又内心善良的赫斯特,持重善思、热爱小说创作的特伦斯·黑韦特,虚荣矫饰、言辞浮夸、风流做作的伊芙琳等等,都跃然纸上。作家还特别擅长于对聚会、宴饮、谈话场面的描绘,这些均得益于她在"布鲁姆斯伯里文化圈"中浸染的交谈习惯与所受到的智识训练。伍尔夫后来小说创作的诸多特点,如不着痕迹地从对一个人物的描摹转到另一个人物身上,对人物心理感受、复杂情绪的细腻呈现等等,亦均在这部处女作中有着相当的体现。

第九章
弗吉尼亚·伍尔夫的《达洛卫夫人》
(《达洛卫夫人》,孙梁、苏美译,上海译文出版社,1997年)

如果说文学初航时代的伍尔夫尚处在努力挣脱传统现实主义创作技法束缚的实验期、作品仍保留了现实主义小说的线性结构与完整故事情节的话,进入20世纪20年代之后,随着创作能力的愈益自如,她对现代主义写作实验的兴趣越发浓厚。

作为在这一时期写下的小说,《达洛卫夫人》清晰地体现出伍尔夫超越传统文学的线性规约与外部描摹、打乱时空顺序与追踪人物内心的意识流动的自觉尝试。

一

关于《达洛卫夫人》的创作意图,伍尔夫在1922年10月14日的日记中曾表达过自己的构思:"在这本书里,我要进行精神错乱和自杀的研究;通过神志清醒者和精神错乱者的眼睛同时看世界——就是如此。"[1]她在1923年6月19日的日记中又补充说:

---

[1] Virginia Woolf. *A Writer's Dairy: Being Extracts from the Diary of Virginia Woolf.* ed. Leonard Woolf, New York: Harcourt Brace Jovanovich, 1953, p. 52.

在这本书中,我几乎有太多的想法。我想写出生与死,理性与疯狂;我想批评社会制度,以显示其最紧张的运行方式。……我预见它将是一场极其艰难的斗争。设计如此古怪而又出色。我总得勉力使材料适应于这一设计。设计当然是原创的,让我十分陶醉。我应当写下去,不停地往下写,又快又富于激情。①

深受罗杰·弗莱的设计观念与保罗·塞尚(Paul Cézanne)的构图技巧影响的伍尔夫,在构思《达洛卫夫人》期间,还与法国画家雅克·拉弗拉(Jacques Raverat)保持着通信联系。拉弗拉讨论了文学写作的"线性"与画家作画的"共时性"(simultaneity)之间的传统差异。伍尔夫则表示作家应该不理会以高尔斯华绥(John Galsworthy)、贝内特(Arnold Bennett)与威尔斯(Herbert Wells)为代表的"过去时代的虚假",而是要努力超越"句子的传统路线"。② 对此,她的姨侄昆汀·贝尔后来解释说:"她正宣称自己有那个能力(或至少有那个意图)不合时宜地看待事情,去领会思考和感受的过程,就好像它们是图形那样。"③

在1923年10月15日的日记中,伍尔夫再度写道:"我认为这部作品的设计超过了我的其他所有作品。……今天我写到第100页了。当然,在去年8月之前,我一直在摸索着前进。我花了一年时间才摸索出了我称之为隧道掘进的方法,即在我需要追溯往事时,就采用一点点加以回忆的办法。这是我主要的发现。"④小说在即将大功告成、通读检查与修订

---

① Virginia Woolf. *A Writer's Dairy: Being Extracts from the Diary of Virginia Woolf*. ed. Leonard Woolf, New York: Harcourt Brace Jovanovich, 1953, pp. 57 - 58.
② 转引自昆汀·贝尔:《伍尔夫传》,萧易译,江苏教育出版社,2005年,第313页。
③ 转引自昆汀·贝尔:《伍尔夫传》,萧易译,江苏教育出版社,2005年,第314页。
④ Virginia Woolf. *A Writer's Dairy: Being Extracts from the Diary of Virginia Woolf*. ed. Leonard Woolf, New York: Harcourt Brace Jovanovich, 1953, p. 61.

第九章 弗吉尼亚·伍尔夫的《达洛卫夫人》

期间,伍尔夫在 1924 年 12 月 13 日的日记中充满欣喜地写道:"说真的,这是我所有小说中最满意的一部了。"[1]突破传统小说线性结构的努力,以及通过平行线的内在联系以保持画面的均衡与稳固的结构意图,使得《达洛卫夫人》体现出繁复的时间处理艺术和高度的视觉化特征。

原题为《时光》的《达洛卫夫人》的外部情节叙述的是 1923 年 6 月中旬的一天从清晨到午夜 15 个小时内发生在伦敦的事情。作品的一条主要线索围绕出身名门、丈夫贵为国会议员的克拉丽莎·达洛卫大病初愈,决定外出散步,并为当晚要在家中举行的一次重要晚宴亲自挑选鲜花等的经历展开;另一条主要线索的主人公是一战退伍老兵赛普蒂默斯·沃伦·史密斯。6 月清新的空气使步出家门的达洛卫夫人很自然地联想到了 30 多年前她还在老家伯尔顿时的一个同样清新明媚的早晨,进而又想起了她少女时代热恋的男友彼得·沃尔什,以及放浪不羁、思想独立的女友萨利·塞顿。小说以细腻的笔触写出了达洛卫夫人一路走向邦德大街时的所见所闻,伦敦街市的声音、气味、色彩等无一不被描摹得栩栩如生。在此,伍尔夫充分展示了她对伦敦景致、风物的熟悉与热爱,将车水马龙、繁华喧嚣、充满活力的城市风貌展现在读者面前。与此同步展开的,则主要是达洛卫夫人触景生情而对过往生活的回忆。在她跳跃的意识流动中,读者能够感受到她对自己婚姻生活的不断审视,以及对彼得的不能忘情。

就在达洛卫夫人进入花店挑选鲜花的过程中,窗外突然传来了一声巨响,原来是一辆小轿车抛锚了。车上坐着的仿佛是一位大人物,侧影在窗帘后一闪而过,不知是首相、亲王,还是王妃。车辆的意外抛锚,以及与

---

[1] Virginia Woolf. *A Writer's Dairy: Being Extracts from the Diary of Virginia Woolf*. ed. Leonard Woolf, New York: Harcourt Brace Jovanovich, 1953, p. 69.

一位出入白金汉宫的显赫人物近在咫尺的状态吸引了一众路人，出现了暂时的交通堵塞。人们在围观的同时也在好奇地进行着猜测。

抛锚声不仅惊动了达洛卫夫人，也惊动了就在附近的一战退伍老兵史密斯和他的妻子。赛普蒂默斯曾出于保卫祖国、保卫莎士比亚的英格兰的信念而参加了一战，在战场上目睹了战友埃文斯上尉被炮弹击中、血肉横飞身亡的惨象，从此便沉浸在对死者的记忆和负罪感之中。虽然侥幸从战争中生存下来，即便战争已经过去了五年，"死者"还是常常会来看望他。战争给他造成的创伤使他产生了愤世嫉俗的人生观，精神陷于错乱之中，无法面对周围真实的和平世界，不愿和别人甚至自己的妻子进行交流。而他的妻子卢克丽西娅原来是一位意大利的制帽女工，对这位沉静的英国军人一见钟情而嫁给了他，并自愿跟随他来到陌生的英国。但赛普蒂默斯的疯狂和举目无亲的状态使她陷入孤独和绝望之中。

随着小轿车迅速向白金汉宫驶去，众人的注意力又被天上一架通过施放烟雾来做广告的飞机所吸引。这里，伍尔夫在抛锚的小汽车后再度以飞机为连接点，不着痕迹地写到了互不相干的路人面对同样情景的不同感受与状态。

达洛卫夫人回到家中，因贵妇布鲁顿夫人邀请了达洛卫先生共进午餐而未邀请她感到不快。就在她修补为晚宴准备的绿色礼服而陷入孤独时，彼得意外造访，原来他刚刚从印度返回伦敦。小说随即在当年分手的这一对恋人的意识流之间不断往返穿梭。彼得当年被牛津大学开除，具有社会主义倾向，在爱情失意后前往印度谋职，并冲动地娶了一位在船上认识的女子为妻，后又离异，是一个具有流浪艺术家气质、感性冲动、离经叛道的人，人到中年孑然一身，内心依然不能忘情于克拉丽莎。在彼得终于忍不住失声痛哭后，两人的见面还是被推门而入的达洛卫小姐伊丽莎白打断了。彼得于是来到了摄政公园整理心绪。在一段很长的意识流

第九章 弗吉尼亚·伍尔夫的《达洛卫夫人》

中,彼得伤感地回忆了当年对克拉丽莎疯狂而绝望的爱恋,两人之间曾有过的幸福时光,达洛卫先生对克拉丽莎的追求,克拉丽莎对自己的狠心拒绝,以及自己的不辞而别。

二

这时,史密斯夫妇也坐在摄政公园里。伍尔夫以诗意的笔触,描写了这一著名公园内的美丽景色和休闲散步的各色人等。赛普蒂默斯始终沉浸在幻听、幻觉与幻视之中。他觉得埃文斯就在对面的草丛深处,正向他走来,并与他说话。他苦恼、惊恐,对着空无喃喃自语的样子使卢克丽西娅陷入痛苦、羞耻与绝望之中。小说在此不断在赛普蒂默斯、卢克丽西娅、彼得以及公园内的其他游客的意识之间流转,通过他们对彼此的观察,以及这些观察与判断在各自头脑中留下的印象,呈现了不同人物纷乱而又各具特色的心理世界。

在家庭医生霍姆斯的建议下,史密斯夫妇慕名拜访了名医布雷德肖爵士。一心追求"均衡感"的爵士不由分说,断言赛普蒂默斯的情况已十分严重,决定将其送至自己在乡下开设的一家疗养院去进行隔离治疗,这让卢克丽西娅伤心不已,也让赛普蒂默斯十分愤怒。这里,伍尔夫不仅辛辣地嘲讽了爵士作为社会名流的那种骄横、傲慢、自负,具有强烈的权力欲与操纵欲的特点,也将自己多年来因治疗精神疾患而对打交道的医生所产生的强烈不满与恼恨情绪,宣泄在了爵士的漫画式人物形象身上:

威廉爵士靠崇拜均衡不仅自己发家致富,而且使英国繁荣昌盛,他隔离了英国的精神病人,禁止他们生育,宣传绝望也算犯罪,不让病人宣扬自己的观点,直到他们也获得了他的稳重感——如果病人是男子,得到的就是他的均衡感,如果病人是女子,得到的就是布雷德肖夫人的均衡感(她刺绣、织毛衣,每个礼拜有4天在家里陪伴儿子),因此不仅他的同事们敬重他,他的下级惧怕他,而且他的病人的亲朋好友最深切地感激他,因为他坚持让这些预言世界末日或上帝降临的男女耶稣们在床上喝牛奶……但是均衡感还有个妹妹,更不爱笑,更加可怕……她的名字叫劝皈,她吞噬弱者的意志,喜欢留下印记,喜欢强加于人,欣赏烙在公众脸上的她自己的面容……这个女神也在威廉爵士心中留有一席之地,尽管多数情况下她隐藏在一些冠冕堂皇的伪装下面,如某个值得崇敬的名字、爱情、责任、自我牺牲。(96—97)

在深深同情精神病人的伍尔夫看来,所谓的精神正常,即布雷德肖所谓的"均衡感",乃是一种专横的霸权。他将不健全的人隔离开来,禁止思想的传播,阻断他们与外界的联系,惩罚绝望情绪,直至他们的思想烙上自己的印记。由此,伍尔夫暴露了"疯狂"的意识形态特征。

从诊所回家之后,卢克丽西娅沉浸在制帽的宁静与快乐之中。赛普蒂默斯受到妻子情绪的感染,思维变得正常,并开始讲起了笑话。就在夫妇俩十分默契,沉浸在多时未有的满足与快乐之中时,霍姆斯医生再度前来,并不顾卢克丽西娅的阻挡,强行要闯进赛普蒂默斯所在的房间。面对自己即将被迫与妻子分开、进入疗养院隔离的处境,赛普蒂默斯决心誓死捍卫自己的意志与尊严,情急中从窗口纵身一跃,采取了惨烈的方式自杀身亡。

而就在载着赛普蒂默斯的救护车呼啸着向医院驶去的同时,彼得正在前往餐馆用晚餐。这里,以伦敦议会大厦的大本钟的报时声为连接点与叙述转换的契机,伍尔夫再度回到了彼得的意识流之中,克拉丽莎、当年两人在伯尔顿相处与吵架的情景、自己目下的颓唐处境,以及与一位有夫之妇的尴尬关系依然处于他的意识中心。当夜,彼得前去参加克拉丽莎家的晚会,意外地见到了当年克拉丽莎在伯尔顿时的闺蜜、如今已结婚生子的萨利,于是攀谈起来。如彼得和萨利当年所预言与嘲笑的那样,多年后的克拉丽莎果然身着华丽的绿色晚礼服,扮演着"完美的女主人"的形象,正站在楼梯口欢迎贵宾。在衣香鬓影、觥筹交错之中,达洛卫夫人的晚宴取得了巨大的成功,首相也亲自到场了。

布雷德肖爵士夫妇为姗姗来迟而道歉,并解释说是因为要处理一位年轻人的自杀事件。"死神闯进来了",这给了正沾沾自喜的达洛卫夫人当头一棒。震惊之余,她悄悄走进一间小屋以整理自己纷乱的思绪。在意识中,达洛卫夫人还原了赛普蒂默斯自杀时黑暗而恐怖的身体感受,觉得那位从未谋面的年轻人仿佛与自己心灵相通。她感觉自己完全理解这位年轻人,理解他为何要自杀,并本能地判断出他是被布雷德肖爵士这样的医学权威逼迫致死的。至此,小说中两条主要的意识流线索终于汇合到了一起。

三

伍尔夫擅长描写聚谈与宴会场景。在这部小说中,她同样精心选择了克拉丽莎准备与主持晚宴这一她生活中的典型场景,作为表达她内心激烈冲突的战场,展示她作为上流社会主妇的社会身份与具有独立人格的内在自我之间的冲突,呈现其不由自主的外在行为与真实的内心体验之间的矛盾性。就在晚宴成功地走向高潮的时刻,克拉丽莎意外听到赛普蒂默斯自杀的消息,"光华焕发的盛宴一败涂地了"。她意识到"生命有一个至关紧要的中心,而在她的生命中,它却被无聊的闲谈磨损了,湮没了,每天都在腐败、谎言与闲聊中虚度"。这一中心就是人格、尊严、自由选择的权利。她想象赛普蒂默斯正是"怀着宝贵的中心而纵身一跃的",由此得出了"死亡乃是挑战"的结论。(187—188)由此,克拉丽莎与赛普蒂默斯之间产生了深刻的精神上的共鸣:"不知怎的,她觉得自己和他像得很——那自杀了的年轻人。"(190)赛普蒂默斯的死亡为她打开了一扇门,使她悟出了自己和那个年轻人之间的神秘联系,窥见了自己过去生命的丰盈和现在生命在虚与委蛇间的虚度。在对生命和死亡的思考与感悟中,克拉丽莎获得了精神上的重生:"他干了,她觉得高兴;他抛掉了生命,而她们照样活下去。钟声还在响,滞重的音波消逝在空中。她得返回了。必须振作精神。必须找到萨利与彼得。"(190)这两位青年时代的友伴,终于找回了在他们的记忆中那个热爱生命、拥抱生活的克拉丽莎,那个真实而丰盈的自我。因此,达洛卫夫人听闻噩耗后独自在小屋内的自省,构成了她灵魂中一个"重要的时刻"。

因此,伍尔夫从克拉丽莎这一尚残留着生命热情与自省精神的贵妇的视角,从内部对社会体制与主流生活方式进行了批判。作为理性社会、主流社会的"他者",疯狂老兵赛普蒂默斯则以一种另类的视角同样表现了对生活的感悟,象征着女主人公内心孤傲、高洁、厌世的情绪,在一定程度上成了达洛卫夫人的"镜像"。

与此同时,赛普蒂默斯这样一位在一战中身心受创的精神分裂者形象,其精神状态一定意义上也是伍尔夫本人的自画像。伍尔夫通过赛普蒂默斯的意识特点记录了自己在特殊状态下的生命体验,一方面表现了不健全的人眼中所见的外部世界,另一方面也向读者展示了精神病人自身的心理状况和他们在现实中的绝望处境。赛普蒂默斯有时会听见小鸟在用希腊语唱歌,有时跟死去的战友埃文斯对话,有时又以先知的身份向世人宣示真理等,这些都能在伍尔夫的病史记录中找到相关依据。她在日记里承认:"现在我就处在摄政公园里那疯狂场景的中心,我发现自己

第九章 弗吉尼亚·伍尔夫的《达洛卫夫人》

是尽可能紧紧抓住事实来进行写作的。"①1904 年夏天，随着父亲斯蒂芬爵士的离世，她发作了一次彻底的精神崩溃，并企图跳窗自杀。当狂躁的症状逐渐消退后，她躺在床上，听见窗外的小鸟在用希腊语歌唱，心中充满了幻觉。1915 年，她与死去的母亲对话，后者的声音要她去做"各种各样疯狂的事"，现实与幻想的界限变得模糊起来。1928 年，伍尔夫在《达洛卫夫人》的简介中提到，按照原来的构想，小说中并没有赛普蒂默斯这个角色，最后自杀的是克拉丽莎。后来伍尔夫改变了初衷，增加了这一形象，并用将近 1/4 的篇幅来描写这位狂人的生命体验。伍尔夫精神病发作时，常会听到死者的声音，想起那些逝者的灵魂。这种症状迫使她不得不去安静的乡村静养，或者被送到疗养院去进行隔离治疗。1910 年夏季，她的精神健康状况再度恶化。在 7、8 月里，她在伯尔利度过了 6 个礼拜，那是特威克纳姆的一所私人看护所，专门照料精神病患者。这是她的首次疗养院体验，却给她留下了异常恶劣的印象，以至于每当面临被送去治疗的威胁，她都会产生自杀的企图，并对医生和看护抱有抵触情绪，不配合治疗，拒绝进食，甚至有暴力倾向。在与各类精神病医生打交道的过程中，伍尔夫对医生的权威和病人的被动状态有着切身体会，而且她的家庭医生对她的精神状况进行过好几次错误的推断。1912 年，虽然她提出了神志清醒的抗议，乔治·萨维奇爵士还是强行把她送去治失眠症，随后她的精神抑郁再度发作。1913 年 9 月 9 日，她见了两位新来的医生（莫里斯·赖特和赫赫有名的亨利·赫德），他们都建议送她去特威克纳姆进行隔离治疗。这次她产生了自杀倾向，回家后服下过量的巴比妥，与死亡仅一线之隔。这种医患之间的敌对关系生动地反映在她对医学专家威廉·布雷德肖爵士的刻画上。

---

① 转引自林德尔·戈登：《弗吉尼亚·伍尔夫——一个作家的生命历程》，伍厚恺译，四川人民出版社，2000 年，第 93 页。

四

作为一部意识流小说，作品分别以克拉丽莎与赛普蒂默斯这两个从未谋面的人物的意识流作为结构的中心，构成了两条平行而又相互交错的意识流线索。作家自觉地以外部世界的声、光、色、味以及人与事作为激发主人公联想、回忆、感触与想象的媒介，并巧妙地以大本钟定时敲响所代表的物理时间，来提醒读者注意其与人物心理时间之间的巨大差异，同时以大本钟报响的时间为契机，巧妙地实现了不同人物之间意识流叙述的自然转换，仿佛电影艺术中蒙太奇技巧的运用，使得作品在短暂有限的物理时空中，蕴涵了人物纷纭繁复的人生体验，表达了深厚的精神内涵。

约翰·霍莱·罗伯茨（John Hawley Roberts）在其专门研究伍尔夫小说中的"视觉""设计"即弗莱对她的影响的专文中，甚至还将弗莱对"关系"的重视运用到对《达洛卫夫人》中人物关系的分析上，即将达洛卫夫人和赛普蒂默斯视为构成形式的要素，而将他们之间的相互关系视为绘画艺术中的形式关系。作者认为：

> 如果我们根据这些特征来阅读《达洛卫夫人》，我们会发现，小说要求于我们的，是对肯定—否定关系、克拉丽莎·达洛卫与赛普蒂默斯·史密斯这两个处于两极的人物的反应，在这部小说的现代图书馆版本的序言中，伍尔夫夫人告诉过我们，这两个人是"同一个人"。他们不是相互分离的、个体化的人物形象，而是一种有关生活本身的观念的两个对立阶段。他们的现实不是由他们作为个体而构成，而是由他们作为形式与彼此之间的关系所构成。[①]

[①] John Hawley Roberts. "'Vision and Design' in Virginia Woolf." *PMLA*, Vol. 61, Issue 3, 1946, p. 840.

第九章 弗吉尼亚·伍尔夫的《达洛卫夫人》

具体说来,达洛卫夫人和赛普蒂默斯之间构成一种对立同一的关系,也即克拉丽莎热爱生活的倾向和疯狂的退伍老兵对它的弃绝彼此对立,两种情感相互补充,从而形成一个整体。这种整体性通过多处细节、暗示与呼应在文本中体现出来。如在小说开局不久,达洛卫夫人首先想起了莎士比亚"再不怕太阳的炎热,也不怕寒冬的风暴"的诗句。而在被逼自杀前,赛普蒂默斯同样想到了这些诗句。在死亡前的瞬间,陪伴着妻子制帽的赛普蒂默斯与达洛卫夫人共享了对生活的依恋与热爱:"他不想死。生活是美好的。"伍尔夫随后又加上了一句:"阳光是火热的。"这与前面达洛卫夫人上街买花时的感受遥相呼应,对死亡问题的思考亦使两人之间存在着微妙的联系。对此,罗伯茨进行了细致的文本分析:

> 我们先是在第12页上听到了它,就在莎士比亚的诗行首度出现之处的数行之前。克拉丽莎正在想着她从身边的所有事物中获得的快乐:出租车,人群,从身边穿过前往市场的大车。突然,这样的话出现了:"她记得有一次曾把一先令硬币扔进海德公园的蛇形湖里。"与这一记忆以及她对生活的热爱相连,那种将死亡视为一种抚慰的相对的情绪立刻产生了。随后,在下一句中,这种感情获得了补充说明:"在伦敦的大街上,在世事沉浮之中,在这里,在那里,她竟然幸存下来,彼得也幸存下来,他们活在彼此心中,因为她确信她是家乡树丛的一部分,是家乡那座确实丑陋、凌乱、颓败的房屋的一部分,是从未谋面的家族亲人的一部分";由此,一套高度复杂的感情与思想建立了起来:生命,死亡,扔进蛇形湖的那枚硬币,她与从未谋面的人们融为一体的感觉,以及——最后——那句"再不怕太阳的炎热"。在大约两百页之后,赛普蒂默斯死去了。他"奋身一跃,重重地摔到费尔玛夫人的围栏尖头上"。或许,至此读者尚未准备好将扔一先令和

弃绝生活联系到一起;但是,当赛普蒂默斯死亡的消息在晚会上传到克拉丽莎耳朵里时,在第280页,她听说他是跳窗而死的,于是立即想起"她有一次曾把一先令硬币扔进蛇形湖里,以后再没有抛弃过别的东西。但是他把自己的生命抛弃了"。她在他的死亡之中看到了,"死亡就是一种与人交流的努力,因为人们感觉要到达中心是不可能的,这中心神奇地躲着他们;亲近的分离了,狂喜消退了,只剩下孤单的一个人。死亡之中有拥抱"。她本能地与赛普蒂默斯分享了他对死亡的需要。几乎与此同时(就在第283页),听到钟声敲响,最后一次记起了"再不怕太阳的炎热",她意识到了她觉得"自己非常像他——那个自杀的年轻人。她为他的离去感到高兴,他抛弃了自己的生命"。因此,语言是交织在一起的。读者带着快乐,听到了回声,理解了基本设计,理解了克拉丽莎与赛普蒂默斯的关系,而这一关系本身正是小说的意义所在。[1]

罗伯茨甚至认为,克拉丽莎与小说最后部分她在小屋独省时所见的对面楼房中的老妇人,赛普蒂默斯与自己奋身一跃前瞥见的对面楼里正在下楼的老先生之间同样存在一种对应的关系,伍尔夫由此创造了叙述的多重平衡感。

  小说中这种由对立、对比之间的张力构成的稳固与平衡感,还可从彼得与达洛卫先生之间、克拉丽莎与萨利之间、霍姆斯医生与布雷德肖爵士之间,甚至布雷德肖爵士夫妇之间的关系中得以实现。由此,在总体的"网状结构"之中,各细部之间也实现了彼此呼应的联系。

---

[1] John Hawley Roberts. "'Vision and Design' in Virginia Woolf." *PMLA*, Vol. 61, Issue 3, 1946, pp. 842–843.

第十章
弗吉尼亚·伍尔夫的《到灯塔去》
(《到灯塔去》,瞿世镜译,上海译文出版社,1997年)

在1928年完成的小说《奥兰多》(*Orlando: A Biography*, 1928)中,伍尔夫写道:"一个作家灵魂的每一种秘密,生命中的每一次体验,精神的每一种品质,都赫然大写在他的著作里。"[①]她的童年记忆、灵魂秘密与生命体验,在其"生命三部曲"的第二部、具有浓郁自传色彩的长篇小说《到灯塔去》中,体现得尤为鲜明。

一

小说以伍尔夫童年时代与兄弟姐妹每年夏天跟随父母在英格兰西南部康沃尔郡圣艾维斯海滨别墅的度假生活为基础,逼真地塑造了拉姆齐夫妇的形象,以及他们与八个儿女、朋友与门生在苏格兰赫布里斯群岛上的生活场景。多年后,伍尔夫在回忆录《往事素描》("A Sketch of the Past")中写道:"假如生命有一个建立于其上的根基,假如它是一只某人不断往里倾倒的碗——那么毫无疑问,我的碗就建立在这一记忆基础上。它就是半睡半醒地躺在圣艾维斯育儿室的床上。它就是听见海浪撞击,一,二,一,二,在沙滩上溅起浪花;然后又是撞击,一,二,一,二,从一面黄

[①] 弗吉尼亚·伍尔夫:《奥兰多》,林燕译,人民文学出版社,2003年,第120页。

色的窗帘后传来……"①可以说,圣艾维斯的夏日海滨成为伍尔夫终其一生刻骨铭心的记忆,康沃尔的海浪也成为日后响彻小说家几乎所有作品的主旋律。《到灯塔去》就是这样一部具有浓厚海洋气息的小说。

关于这部小说的创作动机,在 1925 年 5 月 14 日的日记中,伍尔夫提道,《到灯塔去》这部作品将相当短,它要"把父亲的性格全写进去,还有母亲的,还有圣艾维斯海滨,还有童年情景以及所有我想写进去的那些司空见惯的事情,生和死,等等。但处于中心地位的,是父亲的性格。他坐在一叶扁舟中,口里吟诵着诗句。在他掐碎一条垂死的鲭鱼的当儿,我们都一个一个地独自消亡了"②。

斯蒂芬夫妇对伍尔夫的精神世界影响巨大。在《往事素描》中,她回忆说,自己从 13 岁母亲去世到 1926 年即 44 岁写成《到灯塔去》之前,一直被母亲的幽灵所缠绕,而当小说写成时,她便不再被母亲纠缠了,不再听见她的声音,不再看见她了。③ 小说刚写成不久,她在 1928 年 11 月 28 日的日记中承认:"我本来每天思念着他和母亲,但写作《到灯塔去》使我释怀。现在他有时也在我脑海里出现,但形象却不同了。(我相信这是真的,即我在思想上被他俩缠住不放是有害的,而把他们写出来则是必要的措施。)"④所以熟悉弗洛伊德理论的她猜想:"我为自己做了精神分析学家为他们的病人所做的事。我披露了某种感受非常久远和深刻的感情。

---

① Virginia Woolf. *Moments of Being: Autobiographical Writings*. ed. Jeanne Schulkind, London: Horgarth Press, 1985, p. 78.
② Virginia Woolf. *A Writer's Dairy: Being Extracts from the Diary of Virginia Woolf*. ed. Leonard Woolf, New York: Harcourt Brace Jovanovich, 1953, p. 75.
③ Virginia Woolf. *Moments of Being: Autobiographical Writings*. ed. Jeanne Schulkind, London: Horgarth Press, 1985, p. 93.
④ Virginia Woolf. *A Writer's Dairy: Being Extracts from the Diary of Virginia Woolf*. ed. Leonard Woolf, New York: Harcourt Brace Jovanovich, 1953, p. 135.

在披露它的时候,我便解释了它,然后让它宁息了。"①作为对父母、家庭和早年生活体验进行重新审视和反思的产物,伍尔夫认为该书的写作对自己的心灵产生了净化与升华的作用。通过写作这一宣泄与释放渠道,她终于摆脱了思想、记忆的纠缠,能够正视它们了。

  13 岁丧母、22 岁丧父的伍尔夫对父母有着深刻而复杂的情感。她的母亲朱莉亚作为秉承了维多利亚时代传统女性美德的"家庭天使",具有高尚的道德情操与无私的奉献精神,不仅努力满足身边每一个人的需要,还经常访贫问苦、周济穷人,义务从事看护工作,是一位散发着宽厚慈爱的母性光辉的美丽女性,深受家人与朋友的爱戴。然而,成长于后维多利亚时代的伍尔夫和她的姐姐文尼莎,同时也因拥有了更多的自我意识而对母亲克制自我的意愿与需求、一味迁就与满足他人的倾向深感不满。从海德公园门的旧寓搬到布鲁姆斯伯里区的新居,正是她们向陈腐价值立场道别、追求自我实现的真正开端。故而伍尔夫在生活与写作的同时,思想中也一直在与母亲所代表的老一代生活方式与价值观念进行对话与抗争。完成《到灯塔去》时,伍尔夫已是 44 岁的成熟年龄,所以她化身为小说中的中年女画家莉丽·布里斯科的形象,表现出对拉姆齐夫人既充满热爱、感激与依恋,而又带有批判性审视的复杂情感。

  对于父亲,伍尔夫的态度同样是矛盾的。一方面,作为最受父亲宠爱并最得父亲写作天赋真传的女儿,伍尔夫敬重和信赖父亲。在回忆录中,她曾详细地忆及自己一次次进入父亲的藏书室,在父亲的推荐下狼吞虎咽地"吞"书的情景。父亲对她的指导使她得以自由地博览群书,自小便养成了纯正而高雅的文学鉴赏品味。关于父亲对她的文学指导以及在她

---

① Virginia Woolf. *A Writer's Dairy: Being Extracts from the Diary of Virginia Woolf*. ed. Leonard Woolf, New York: Harcourt Brace Jovanovich, 1953, p. 136.

心灵深处产生的影响,伍尔夫在 1903 年 5 月 4 日致密友维奥莱特·迪金森(Violet Dickinson)的信中说:"我们会谈上一会儿,然后我感到有所安慰和获得振奋,对这个毫不世俗的、非常著名的、孤独的男人充满了爱,我又再回到楼下的客厅里去……"①每年圣诞节的清晨,父亲为孩子们大声朗诵英国 17 世纪诗人约翰·弥尔顿的《圣诞清晨歌》的情景亦使她记忆犹新;伍尔夫的文学趣味也深受父亲的影响。莱斯利·斯蒂芬爵士对古希腊哲学、弥尔顿的诗歌,瓦尔特·司各特(Walter Scott)和乔治·爱略特等的小说的热爱都传给了女儿。但另一方面,父亲的粗暴专制、孤僻自怜的性情以及暴躁的父权家长形象,又使得斯蒂芬姐妹将之视为家庭中的暴君,痛恨不已。在 1928 年 11 月 28 日的日记中,伍尔夫感慨道:"今天是父亲的生日。如果他不死,他应该是九十六岁了。是的,今天他本来应该是九十六岁了。像我们所知道的其他人一样,他本来可活到九十六岁;但上帝大发慈悲,没有让他活到那么老。他的寿命会将我的生命全都给毁了。如果他长寿,那会发生什么情况呢?我什么也写不成,书也出不了——真是不可想象。"②她对父亲又爱又恨的复杂心理,不仅使她塑造出了拉姆齐先生的出色形象,也通过小说中詹姆斯与凯姆多年后对父亲的理解与态度的转变体现了出来。

二

小说的中心情节是迁延十年之久、最终得以实现的到灯塔去的航程。分为三部:第一部《窗》占近全书 3/5 的篇幅,时间跨度从黄昏到深夜。故

---

① Virginia Woolf. *The Flight of the Mind. The Letters of Virginia Woolf. Volume I: 1888 - 1912.* eds. Nigel Nicolson and Joanne Trautmann, London: Chatto and Windus, 1975, p. 76.
② Virginia Woolf. *A Writer's Dairy: Being Extracts from the Diary of Virginia Woolf.* ed. Leonard Woolf, New York: Harcourt Brace Jovanovich, 1953, p. 135.

第十章 弗吉尼亚·伍尔夫的《到灯塔去》

事背景是拉姆齐夫妇位于苏格兰赫布里斯群岛中著名的天空岛海滨的度假别墅。拉姆齐先生是一位著作等身、声名赫赫的哲学家与大学教授,有着众多的崇拜者与追随者。拉姆齐夫人则出身贵族,兼具美貌与智慧,是一位善解人意、一心为他人奉献的"家庭天使"。他们有八个未成年的孩子,一起度假的还有夫妇俩邀请来的客人,其中包括拉姆齐年轻时代的友人威廉·班克斯先生,淡泊落魄的诗人卡迈克尔先生,一对年轻人保罗与敏泰,拉姆齐先生的学生查尔士·塔斯莱,以及人到中年却宁愿独身、有着一双中国人式的细长眼睛,虽无美貌但拥有独立意志的女画家莉丽·布里斯科。

傍晚,拉姆齐夫人坐在窗边,一边织着一双为灯塔看守人的孩子准备的棕红色长筒袜,一边在给6岁的小儿子詹姆斯朗读《渔夫与金鱼的故事》。詹姆斯梦寐以求地渴望登上远处海面上那座神秘的、总在夜空中眨着眼睛的灯塔。拉姆齐夫人许诺他说如果第二天天气晴好,就带他到岛上去看灯塔。但正在窗外踱步吟诗的拉姆齐先生则断言天气不会好,明天肯定是去不了灯塔的。讨厌的塔斯莱也跟在后面帮腔,甚至有一点幸灾乐祸的意思。詹姆斯在失望与气急之下甚至想用斧子、火钳或手边可以取到的任何武器捅向父亲的胸膛:

> 要是手边有一把斧头,或者一根拨火棍,任何一种可以捅穿他父亲心窝的致命凶器,詹姆斯在当时当地就会把它抓到手中。拉姆齐先生一出场,就在他的孩子心中激起如此极端的情绪,现在他站在那儿,像刀子一样瘦削,像刀刃一般单薄,带着一种讽刺挖苦的表情咧着嘴笑;他不仅对儿子的失望感到满意,对妻子的烦恼也加以嘲弄(詹姆斯觉得她在各方面都比他强一万倍),而且对自己的精确判断暗自得意。(206)

作品一开头，伍尔夫就通过这一微妙的细节，呈现出拉姆齐先生所代表的残酷的理性与事实和拉姆齐夫人所代表的感性、温情与希望之间的尖锐对立。在詹姆斯的心目中，慈爱的母亲就是"甘美肥沃的生命的泉水和雾珠"，而讨厌的父亲却"就像一只光秃秃的黄铜的鸟嘴"（240），一心只想索取妻子的同情、赞美与抚慰。草地上，莉丽在画画，班克斯先生陪伴着她，两人有一搭没一搭地聊着天。莉丽画的，正是拉姆齐夫人搂着詹姆斯读故事的温馨场景。在画面上，她将母与子的温馨形象抽象简约为一个紫色的三角形：

  这是拉姆齐夫人在给詹姆斯念故事，她说。她知道他会提出反对意见——没有人会说那东西像个人影儿。不过她但求神似，不求形似，她说。……质朴，明快，平凡，就这么回事儿，班克斯先生很感兴趣。那末它象征着母与子——这是受到普遍尊敬的对象，而这位母亲又以美貌著称——如此崇高的关系，竟然被简单地浓缩为一个紫色的阴影，而且毫无亵渎之意，他想，这可耐人寻味。（257）

但是，莉丽又在为画面前景构图的和谐而苦恼着。塔斯莱关于"女人不能写作，不能绘画"的嘲笑涌上心头。拉姆齐夫人一边陪着儿子，心里还在想着心事，等待着去海边散步未归的保罗、敏泰与自己的两个孩子，期盼着保罗能够如自己所愿、顺利地向敏泰求婚。伍尔夫用了繁复的意识流手法，自如地在拉姆齐夫妇、莉丽、班克斯先生、塔斯莱和孩子们纷乱的心理活动之间流转，呈现了人物彼此之间的印象、他们的情绪状态，以及他们对过往生活的回忆。

晚餐时间到了。拉姆齐夫人盛装下楼，在餐桌上承担起打破人与人之间的僵局、协调他们之间的关系、让每个人都感受到温情与照顾的纽带角色。开始时,莉丽与塔斯莱先生之间彼此全无好感。塔斯莱先生出身寒微又生性敏感,集自卑与自负于一身,一心希望有朝一日通过学术论文功成名就,以改变自己的卑微处境,同时好在别人面前自我表现,但又往往显得生硬笨拙,是拉姆齐的孩子们暗暗嘲笑的对象。班克斯先生则暗自后悔答应了夫人的晚宴邀请,以至于浪费了自己读书用功的时间。然而,拉姆齐夫人煞费苦心地安慰与照顾到每一个人的情绪。她有一种能在瞬间洞察人的心灵的出色直觉,并在丈夫未能好好配合反而还耍起了小孩子脾气的境地下仍然出色地完成了完美女主人的职责,让大家暂时放下了自己的怨念与顾虑,成为一个温馨和美、其乐融融、和舟共济的整体中的一分子。

自小就在茶桌边受过严格的"家庭天使"训练的伍尔夫得心应手地详细铺陈了作为这一部分高潮的晚宴场景的全过程,精彩呈现了各色人等的意识活动。晚宴在客人之间冷漠甚至怀有敌意的气氛中开始,但结束时,每个人却都分享着如释重负的温馨与喜悦。其间的转折点,是拉姆齐夫人在丈夫的坏脾气即将发作的一瞬间果断地吩咐孩子们燃起餐桌中央的蜡烛,适时转移了大家的注意力:"起初烛光弯曲摇曳了一下,后来就放射出挺直明亮的光辉,照亮了整个餐桌和桌子中央一盘浅黄淡紫的水果。"(303)拉姆齐夫人的体贴、包容与善解人意,温暖美丽的烛光与色彩缤纷的水果所代表的温情与美,霎时间使餐桌边每一个人的心情都发生了变化,一张张面庞也被牵引得更近了:"好像真的发生了这种情况:他们正在一个岛上的洞穴里结成一个整体,去共同对抗外面那个湿漉漉的世界。"(304)对于拉姆齐夫人来说,这正是生活和谐美丽的一瞬间:"现在一切都顺顺当当,她刚才的忧虑已经消除,她又可以自由自在地享受胜利的喜悦,嘲笑命运的无能。"(307)在拉姆齐夫人的引导下,所有人以她为中心,组成了一个整体,拉姆齐夫人感到自己"充满着喜悦",这种喜悦

"带有永恒的意味"。

晚宴之后,拉姆齐夫人独自回味保罗与敏泰订婚的消息。起先,她为事情如她所盼望的那般大功告成而满心喜悦,"她觉得,那种出自真情的与别人感情上的交流,似乎使分隔人们心灵的墙壁变得非常稀薄,实际上一切都已经汇合成同一股溪流,这些桌、椅、地图是她的,也是他们的,是谁的无关紧要,当她死去的时候,保罗和敏泰会继续生活下去"(321)。后来,她走进育儿室看望孩子,却意外地发现他们还兴奋得没有入睡,于是心烦意乱起来,开始在心里迁怒于女仆和自己。由于白天拉姆齐先生和塔斯莱关于下雨的断言让詹姆斯伤透了心,她转而怨恨起了丈夫和他的这位学生,随即又怨恨起自己来,觉得是自己点燃了孩子的希望,却又让希望落了空。这时,她看到了天上一轮鹅黄色的满月,又听到了美丽的长女普鲁心血来潮地想在夜色中去海滩观赏海浪的请求。"突然间,不知为了什么缘故,拉姆齐夫人好像成了二十岁的姑娘,充满着喜悦。她突然充满着一种狂欢的心情。他们当然应该去,当然应该去,她笑着嚷道;她飞快地跑下最后三四级楼梯……"(324)她克制住和年轻人一起奔向海边的冲动,"嘴角带着一抹微笑",前往书房去陪伴她正在夜读的丈夫。这一部分以拉姆齐夫妇精神上的和解而结束。

第二部《岁月流逝》,篇幅不足全书的1/10,但却覆盖了长达十年的事件,时间上则被压缩到一夜之间,成为第一部与第三部的联系纽带。伍尔夫以漫漫长夜的意象,以及春夏秋冬四季更迭的景物变幻,来表现时光的流逝、人事的无常、生命的脆弱与自然的永恒力量,全篇体现出浓郁的诗意,以及高度的哲理性。作家特意将这十年之内拉姆齐一家所发生的变故,如拉姆齐夫人在伦敦的溘然长逝、她心爱的长女普鲁因难产而死,以及儿子安德鲁在一战的法国战场上被呼啸而来的炸弹炸死等等,以括号内的简约文字加以交代,更加从形式的角度表现出人生苦短、生命脆弱的寓意。在本部的开篇,时间上紧接第一部拉姆齐夫人陪伴丈夫在书房用功的深夜。随着一盏盏灯的熄灭,别墅陷入了沉寂。拉姆齐夫人辞世后,这栋海滨别墅被荒废了,大自然的力量不断侵蚀着它,荒草在花园内疯长,显得满目凄凉。直到十年之后,拉姆齐先生率子女和新老宾客再度回归。这一部的最后,以画家莉丽的深夜抵达,以及在清晨的海浪拍击与鸟儿啁啾声中醒来结束,时间上与第三部的清晨与上午巧妙衔接。

第三部《灯塔》的篇幅为全书的1/3,表现从清晨到正午所发生的故事,按两条线索安排时间。拉姆齐先生粗暴地命令一双小儿女凯姆与詹姆斯跟他同去灯塔。两位少年对父亲的专横十分反感,故意磨磨蹭蹭、拖拖拉拉,结成了反抗暴君、宁死不屈的姐弟同盟。在前往灯塔的船上,姐弟俩满怀对父亲的愤恨,思念着温柔慈爱的母亲。在到灯塔去的这条意识流线索中,伍尔夫主要在拉姆齐先生、凯姆与詹姆斯的意识流之间流转,追踪与呈现了他们自由流动的回忆、印象与思绪。

在岸上,莉丽再次在草坪上支起了画架,决心重画十年前未能完成的关于拉姆齐夫人母子的那幅画。就在拉姆齐先生不耐烦地等待着他的儿女的过程中,这位孤独、苍老而忧伤的鳏夫期待着从莉丽那里获得来自女性的同情与安慰,因为这是过去他习惯于向拉姆齐夫人索取而夫人也从来都无怨无悔地满足了他的。但莉丽并不为他的哀怜癖所动,决心摆脱他所施加的情感压力,而不愿做一个一心只为了满足男性的情感需要与虚荣心而存在的旧式女性。就在这一过程中,莉丽的意识中不断展开对拉姆齐夫人的回忆,既有对她的强烈思念与依恋,同时又有一个人到中年的知识女性以新的价值观念对拉姆齐夫人的传统美德的批评与审视。

拉姆齐先生和两个孩子终于出发了,莉丽如释重负。伴随着她作画的,是她对十年前与拉姆齐夫人交往、对拉姆齐一家家庭生活的温馨回忆,以及对生命、死亡与艺术等的思考。她艰难地想要把自己对生活、对拉姆齐夫人性格与美德的理解定格在画布上的努力,真实地再现了伍尔夫本人以及她的画家姐姐文尼莎努力挣脱男权文化传统的桎梏与世俗冷眼的压力,坚持写作,坚持绘画,与歧视、与偏见抗争的心路历程。而她对往事的钩沉,又与第一部中的家庭生活内容彼此呼应,成为第一部的主题变奏,表达了与女画家同龄的伍尔夫对维多利亚时代男权中心意识与家庭伦理关系的批判性审视。

通过在岸上遥望前往灯塔的航船,以及从船上回望岸上的风景,伍尔夫使两条线索的主人公的意识流彼此交错,体现了一种对称的均衡美。在前往灯塔的航程中,仔细观察着在波涛汹涌的小船中镇定读书的父亲,两位少年的感情发生了微妙的变化。十年前,拉姆齐先生粗暴地伤害了詹姆斯前往灯塔的愿望;十年后,他领着孩子们向灯塔驶去,终于完成了拉姆齐夫人的夙愿。虽然她已亡故,但她的精神之光像灯塔一样并未泯灭,一直在温情地慰藉与引导着家人。失去了爱妻之后,拉姆齐先生也逐渐反省了自己的自私自怜与缺乏人情味的弱点,努力缓和与子女们的关系,开始学习关爱他人;他坚定沉着、勇敢无畏的品格,他的书卷气质和绅士风度,也深得孩子们的钦佩。凯姆想起了自己与父亲在书房共度的温馨时刻,感到父亲的在场使自己觉得安全。在她眼中,父亲代表了男性的力量和理性的光辉,是值得信赖的:

> 当她瞧着她的父亲在书斋里写作的时候(现在他在小船里),她想,他并不是虚荣自负的人,也不是一个暴君,他也不想迫使别人去同情他。真的,如果他看见她站在那儿读一本书,他会像任何人一样和颜悦色地问她:他没有什么可以帮助她的吗?……他阅读的时候,好像在为什么东西指引方向,或者在赶着一群羊,或者在一条羊肠小道上不断地往上攀登;有时候,他披荆斩棘迅速地笔直前进,有时候,

好像有一条树枝打着了他,一片荆棘挡住了他,但他决不让自己被这些困难所打败;他继续奋勇前进,翻过了一页又一页。(404)

这里,凯姆就是少女时代的伍尔夫。倔强的詹姆斯认为父亲是从来不会夸奖他的,但却意外地获得了父亲对自己掌舵"干得漂亮"的夸赞,虽表面不动声色,但内心还是惊喜、雀跃不已。

时近正午,詹姆斯终于见到了自己孩提时代梦寐以求的灯塔,这条意识流线索以父子三人到达灯塔而结束;在岸上,透过海上的薄雾,莉丽和终于获得声名的老诗人卡迈克尔先生共同猜测拉姆齐家人已经登上灯塔。就在这一时刻,莉丽经过长期的积累与感悟,终于完成了迁延达十年之久的那幅画,将拉姆齐夫人的形象,以及她如灯塔般的精神之光凝成了永恒,实现了自己的艺术理想,也标志着自己通过对拉姆齐夫人精神的理解而获得了精神成长。小说到此结束。

三

如上所述,小说凝结了伍尔夫对父母深沉而复杂的情感态度与理性认识,所以拉姆齐夫妇的形象均体现出双重特征,即在逻辑、理性与直觉、情感方面的各自优势与缺陷。

具体来说,拉姆齐夫人是爱、美、温情与仁慈的化身,她有着惊人的直觉、想象力与感受力,善于将混乱无序、碎片化的世界整合为一个有机和谐、富有诗意的整体。但伍尔夫并没有将她塑造为一个完美的形象,而是通过班克斯先生的戒备心理和莉丽充满审视的目光,表现了她身上的独断、操纵欲以及强人所难的人性缺陷。同时,拉姆齐夫人喜欢幻想,过于推崇感情,因而有时也显得不切实际和不尊重严酷的事实,比如,她在私心中就不愿意孩子们长大,经受世间的风雨。这也是拉姆齐先生对她不满的重要原因。她的一厢情愿最为典型地体现在自作主张地撮合了保罗与敏泰的婚姻,而这桩婚姻事实上是以失败而告终的。敏泰在婚后爱上了不负家庭责任的社交生活,常常浓妆艳抹、深夜方归,保罗则在失望之余出轨,两人之间维持着貌合神离的冷漠关系。由于对母亲的情感投入,伍尔夫塑造了如灯塔般发出温暖与柔和的光芒的拉姆齐夫人的形象,同时也没有回避母亲身上的人格缺陷。

一味看重逻辑、智性、推理与严酷的真相,忽视了日常生活中的美的缺陷,在拉姆齐先生身上,体现为缺乏想象能力、感受能力,缺乏美感与温情以及对他人的包容与同情。这一形象的塑造与作家对父亲爱恨交织的复杂情感完全是一致的。伍尔夫事实上也是从这个意义层面上,暗示了拉姆齐先生无法在事业发展与功名成就上最终到达"Z"即辉煌的顶点的原因所在。所以在小说的结尾部分,她通过"到灯塔去"的象征性行为,通过拉姆齐先生带着儿女追寻拉姆齐夫人的母性之光的旅程,呼唤情感与智性走向互补的理想境界,呼唤夫妇间、男女两性间理解、默契、互补的良好关系。由此意义上看,画家莉丽最终完成画作,也可以理解为直觉、诗意、艺术的世界与现实客观世界达到平衡后的结果。

在《到灯塔去》出版后,姐姐文尼莎·贝尔惊异于它的真实可信,在给妹妹的信中写道:

我似乎觉得在书的第一部分里你给母亲画了一幅像,在我看来比任何我所能想象到的东西更像她。将她这样从死者中唤起几乎是令人痛苦的。你使一个人感到她性格的不凡的美丽,这应该是世界上做起来最苦难的事情。这就好像是在自己长大之后,在同等地位上再与她相会,而能够按这种方式来看她,在我看来是最令人惊异的创造性功绩。你也给父亲画了像,我想是同样的清晰,但或许——也许我错了——并不同样那么困难。还有更多的东西需要把握。不过我仍然觉得,这是唯一解释了关于他的真实观念的描述。①

伍尔夫认为在每个人的生命历程中,总会出现一些关键性的时间节点。作为一个力主"生命写作"的作家,伍尔夫认为写作时要摒弃纷繁的物质表象,在对自然与生命本质的探求中捕捉与定格人类"存在的"或"有意味的""瞬间"与"时刻"。因此,她笔下的人物常会在经历一段时间的精神探索之后产生如电光石火般的精神顿悟时刻,从而更好地理解时间、生命、宇宙与永恒。在《到灯塔去》中,几乎每个重要人物都体验过伍尔夫所重视的"存在"的刹那一瞬间。这些瞬间的到来,通常由生活中的琐碎小事引发,却包含着伍尔夫想要与读者分享的人生真谛。

四

具体说来,小说第一部《窗》中,人物"灵光一现的"典型时刻往往发生在他凝望现实中某个物体或某处景物之时,精神领悟因而承担起融汇外部现实与内心世界的纽带的作用。作为妻子、八个孩子的母亲与女主人,拉姆齐夫人随时要准备满足周围每一个人对于爱与同情的需求,因此时常感到需要独处和宁静,恢复真实的自我,远离现实生活的琐碎与烦恼。当拉姆齐先生和小儿子詹姆斯暂时离去,夫人放下手中编织的袜子,独自一人凝视着灯塔,感到"好像它要用它银光闪闪的手指轻触她头脑中

---

① Virginia Woolf. *The Letters of Virginia Woolf*. eds. Nigel Nicholson and Joanne Trautmann, Vol. 3, New York: Harcourt Brace Jovanovich, 1977, pp. 572-573.

一些密封的容器,这些容器一旦被打开,就会使她周身充满了喜悦……狂喜陶醉的光芒,在她眼中闪烁,纯洁喜悦的波涛,涌入她的心田,而她感觉到:这已经足够了!已经足够了!"(270—271)

到了第三部,由于该部的内容与第一部之间构成呼应的复调关系,人物的意识会在各种回忆中展开搜寻,直到聚焦于记忆中的某个场景,从而获得"灵光一现的时刻"。因此在这一部分中,人物的精神领悟更多体现出融汇过去与现在的特殊功能,如莉丽忆及和拉姆齐夫人以及查尔士·塔斯莱一起在海滩打水漂玩耍的温馨时刻便是如此。正是在这一时刻:

> 那个永远在心灵的苍穹盘桓的老问题,那个在这样的瞬间总是要把它自己详细表白一番的宏大的、普遍的问题,当她把刚才一直处于紧张状态的官能松弛下来的时候,它就停留在她的上方,黑沉沉地笼罩着她。人生的意义是什么?
>
> 也许这伟大的启示永远也不会到来。作为它的替代品,在日常生活中,有一些小小的奇迹和光辉,就像在黑暗中出乎意料地突然擦亮了一根火柴,使你对于人生的真谛获得一刹那的印象;眼前就是一个例子。这个,那个,以及其他因素;她自己,查尔士·塔斯莱,还有飞溅的浪花;拉姆齐夫人把他们全都凝集在一起。(373—374)

就在这个以拉姆齐夫人为中心、被友谊与温情所包裹的海滩,莉丽消除了对塔斯莱的偏见,多年来萦绕于心的有关生命意义的思考亦有了答案:"在一片混乱之中,存在着一定的形态;这永恒的时光流逝(她瞧着白云在空中飘过、树叶在风中摇曳),被铸成了固定的东西。"(374)这里"混乱"中存在着固定的"形态"(shape)的表述,恰类似于《往事素描》中所说的

第十章 弗吉尼亚·伍尔夫的《到灯塔去》

"图式"(pattern)。拉姆齐夫人以她的仁慈、博爱、包容与理解消除了人与人之间的冷漠与壁垒,营构出了一个充满爱与同情的世界,"生命"因而在这里"静止"(374)。如同拉姆齐夫人使那一刻成为一种永恒,仿佛一件艺术品使莉丽刻骨铭心,"在另一个领域中,莉丽自己也试图把这个瞬间塑造成某种永恒的东西——这就具有某种人生启示的性质"(374)。另一段意识流中,莉丽回想起十年前对拉姆齐夫人的种种印象,意识到要正确地判断一个人必须与他保持某种距离,这样才能摆脱个人情感的影响。因此,当她不再感到夫人去世带来的痛苦时,便更清楚地看到了那坐在窗边的完美身影背后另一些性格侧面,如拉姆齐夫人对别人的支配欲望,以及她在丈夫面前过分的软弱与顺从。此时,窗户后面隐约晃动的白色人影将莉丽带回到现实中来,莉丽由此产生了对于艺术最重要的感悟:"你必须和普通的日常经验处于同一水平,简简单单地感到那是一把椅子,这是一张桌子,同时,你又要感到这是一个奇迹,是一个令人销魂的情景。"(416)她认识到艺术家应远离他观察的对象,或是生活本身,以期抓住生活的精髓。但另一方面,如果艺术家过于脱离生活,这也会阻碍他艺术上的成熟,使他无法揭示生活的本来面目。正是在这一得到启示的时刻,莉丽意识到融入生活与他人建立融洽关系、与他人分享自己的思绪的需要:"现在那条小船又在哪儿?还有拉姆齐先生呢?她需要他。"(416)

而除了记忆的聚焦之外,空间距离的变化也是促成小说第三部中人物体验"存在的瞬间"的重要因素。十年来,莉丽一直想完成以拉姆齐夫人为模特的母子图,然而每当拿起画笔,她总感到头脑中有两种力量在相互对抗,使她无法完成画作。这种对抗正是客观与主观、物质与精神不相融合而导致的内心冲突。然而,要在两种世界之间维持微妙的平衡是如此困难,以至于她的这幅画作迁延了十年仍难以完成。而就在拉姆齐先生率子女驶向灯塔的那一天,莉丽眺望着帆船由近及远,敏感地意识到距离对认识的作用:"辽阔的距离具有异乎寻常的力量;她觉得,他们被它吞没了,他们永远消失了,他们已经和宇宙万物化为一体,成为它的组成部分了。"(402)船越行越远,消融在一片蓝色的烟雾中,连灯塔都几乎看不见了,然而距离的遥远并不妨碍莉丽,因为她已经懂得将现实与想象结合起来,"她努力集中注意凝视着灯塔,集中注意想象他在那儿登岸,这两者似乎已经融为一体,这种翘首而望的期待,使她的躯体和神经都极度地紧张。啊,但是她松了口气"(422)。就在这一瞬间,仿佛受到什么东西触动似的,她迅速转向画布。之前的她对这幅画未来的命运总是患得患失,现在却顿感释然。在一阵冲动之下,"好像在一刹那间她看清了眼前的景象,她在画布的中央添上了一笔"(423)。莉丽终于画出了心中的幻象。由于空间距离的变化使人物能以崭新的视角审视原有的认知方式和人际关系,获得迥然不同的感受,实现内心的平衡与人际关系的融洽,因而它与外部特定情境或事物的刺激、对记忆的聚焦一起,共同构成《到灯塔去》中诱发人物产生精神领悟的基本方式。

  伍尔夫还高度重视写作中的节奏与韵律。在一封给薇塔·萨克维尔-韦斯特(Vita Sackville-West)的信中,当写到关于《到灯塔去》希望获得的韵律时,伍尔夫这样写道:"韵律这东西真是意味深远,难以用言辞表述。一种景象、一种情绪,早在言辞能够表达之前,就已经创造出头脑中的这一浪花;在写作中(这是我的信念)你得重新捕捉这一过程,让它重新发挥作用(表面上看,这与言辞毫无关系),随后,当它在脑海中碎裂、翻滚之时,它会允许言辞将之表达出来。"[1]对伍尔夫而言,韵律就是多种情绪与风格的综合体,随着人物思绪的瞬间改变而不断变化。在《到灯塔去》

---

[1] Aileen Pippett. *The Moth and the Star: A Biography of Virginia Woolf*. Boston: Little, Brown, 1955, p. 225.

中,韵律的起伏十分明显,人物、韵律、情绪与意象似乎融为一体,体现出微妙的运动。

总体而言,在《到灯塔去》的韵律背后的基本情绪是期待、盼望,或者从更外在的标准上说,是对力量、怜悯和抚慰创伤的寻求。其中包括莉丽对拉姆齐夫人关爱的渴望,拉姆齐夫妇彼此情感需要的满足,拉姆齐先生对事业发展超过 Q 的期盼,詹姆斯对灯塔之旅的浪漫梦想,拉姆齐夫人对生命有所意义的期待,还有塔斯莱对自我表现的种种机会的寻求,等等。诸多个人愿望强化了作品的整体情绪氛围,其最终的满足似乎都由最后灯塔之旅的实现为标志,比如莉丽终于在对拉姆齐夫人的思念、对其在窗口的形象的回忆中获得了关于她的视觉形象,成功地完成了自己的画作;凯姆与詹姆斯则到达了童年时代渴望的灯塔,并在心理上实现了与父亲的和解。作家通过人物情绪起伏的韵律变化,成功地表现了每个人的"灯塔之旅"。

如以下数段引文即较为完整地呈现了莉丽充满渴望的情绪韵律的起伏变化。小说第三部中,莉丽在孤独与空虚中苦苦思念着逝去的拉姆齐夫人:

> 欲求而不可得,使她浑身产生一种僵硬、空虚、紧张的感觉。随后,又是求而不得——不断的欲求,总是落空——这是多么揪心的痛苦,而且这痛苦是一而再、再而三地搅着她的心房!噢,拉姆齐夫人!她在心里无声地呼喊,对那坐在小船旁边的倩影呼唤,对那个由她变成的抽象的幽灵、那个穿灰衣服的女人呼唤,似乎在责备她悄然离去,并且盼望她去而复归。思念死者,似乎是很安全的事情。幽灵、空气、虚无,这是一种你在白天或夜晚任何时候都可以轻易地、安全地玩弄于股掌之上的东西;她本是那空虚的幽灵,然而,她突然伸出

手来,揪着你的心房,叫你痛苦难熬。突然间,空荡荡的石阶、室内椅套的褶边,在平台上蹒跚而行的小狗,花园里起伏的声浪和低语,就像精致的曲线和图案花饰,围绕着一个完全空虚的中心。(392)

于是,莉丽忍不住潸然泪下。随着眼泪的流淌,她的情绪获得了宽解。随后,循环再度开始。她高声呼喊着拉姆齐夫人的名字,眼泪顺着面颊滚落。"她更加觉得痛苦。她想,那剧烈的痛苦竟会使她干出这样的傻事!"(394)再之后,"那求而不得的痛苦和剧烈的愤怒渐渐减轻了"(395)。"对于遗留下来的痛苦来说,作为解毒剂,一种宽慰松弛的感觉本身就是止痛的香膏,而且,还有一种某人在场的更加神秘的感觉:她觉得拉姆齐夫人已经从这个世界压在她身上的重荷下暂时解脱出来,飘然来到她的身旁,她正在把一只她临终时戴着的白色花环举到她的额际。"(395)

小说第一部《窗》是以书房内拉姆齐夫妇两人心理上的和解与情感上的彼此需要和满足而告终的。伍尔夫在此同样以对位的方式,呈现了夫妇二人充满韵律变化的情绪波动,最后以拉姆齐夫人表示安慰与和解的一句"对,你说得对。明天会下雨的,你们去不成了"(332),而使两条充满张力的情绪线索融为一体。小说第三部中莉丽对拉姆齐先生态度的变化,以及在前往灯塔的船上凯姆与詹姆斯对父亲态度的变化等等,亦都是以人物的情绪波动来体现韵律感的出色例证。

小说不仅以人物的情绪波动来实现韵律感,同样以一些意象来表达情绪的韵律。这些意象多与作为灵魂人物的拉姆齐夫人相连,因为小说中的几乎每一个人都想分别从她那里获得爱、同情、赞许、情感满足等等。这些意象主要包括喷泉、光束和树,本身也有同样的升降起伏的变化韵律,而主导意象是喷泉。在儿子詹姆斯的心目中,母亲身上有着一股喷泉

第十章 弗吉尼亚·伍尔夫的《到灯塔去》

般的神秘能量。如作品开头部分,伍尔夫即通过莉丽和威廉·班克斯先生在海边赏景的视角,诗意地抒写了喷泉的意象:

> 出于某种需要,他们每天傍晚总要到那儿去走一遭。好像在陆地上已经变得僵化的思想,会随着海水的漂流扬帆而去,并且给他们的躯体也带来某种松弛之感。起初,那有节奏的蓝色的浪潮涌进了海湾,使它染上了一片蓝色,令人心旷神怡,仿佛连躯体也在随波逐流地游泳,只是在下一个瞬间,它就被咆哮的波涛上刺眼的黑色涟漪掩盖,令人兴味索然。然后,在那块巨大的岩礁背后,几乎在每天傍晚,都会喷出一股白色的泉水,它喷射的时间是不规则的,因此,你就不得不睁着眼睛等待它,而当它终于出现之时,就感到一阵欣悦……(222—223)

喷泉的出现令他们狂喜。当拉姆齐先生自私地打破母子相处的和乐气氛,希望从妻子那里获得赞美与同情,以恢复自己的自信时,在詹姆斯的意识中,母亲在瞬间化为了生命的喷泉,而父亲则变成了一只贪婪地汲取生命的滋养的"光秃秃的黄铜的鸟嘴":

> 拉姆齐夫人刚才一直把儿子揽在怀中懒洋洋地坐着,现在精神振作起来,侧转身子,好像要费劲地欠身起立,而且立即向空中迸发出一阵能量的甘霖,一股喷雾的水珠;她看上去生气蓬勃、充满活力,好像她体内蕴藏的全部能量正在被融化为力量,它在燃烧、在发光,而那个缺乏生命力的不幸的男性,投身到这股甘美肥沃的生命的泉水和雾珠中去,就像一只光秃秃的黄铜的鸟嘴,拼命地吮吸。(240—241)

随后,在儿子的幻觉中,母亲"升华为一棵枝叶茂盛、硕果累累、缀满红花的果树,而那个黄铜的鸟嘴,那把渴血的弯刀,他的父亲,那个自私的男人,扑过去拼命地吮吸、砍伐,要求得到她的同情"(242)。在抚慰完丈夫,令他心满意足地离去后,"她感到了那种成功地创造的狂喜悸动……这脉搏的每一次跳动,似乎都把她和她的丈夫结合在一起,而且给他们双方都带来了一种安慰,就像同时奏出一高一低两个音符,让它们和谐地共鸣所产生的互相衬托的效果一样"(242)。

除了姐姐文尼莎的高度肯定,伍尔夫敬重的罗杰·弗莱在认真读完小说后,也迅速写来了热情洋溢的评论:"你没法阻止我认为它是你最好的作品,实际上比《达洛维夫人》更好。"[1]

---

[1] 转引自昆汀·贝尔:《伍尔夫传》,萧易译,江苏教育出版社,2005年,第338页。

第十一章
弗吉尼亚·伍尔夫的《海浪》

(《海浪》,吴均燮译,人民文学出版社,2003年)

1926年夏末,伍尔夫刚刚完成了《到灯塔去》的第一稿。9月4日凌晨大约3点钟的时候,她醒来了。在幻觉中,她瞥见了一片鱼鳍在辽阔、单调的汪洋中掠向远方。那是某种强有力的水下动物,她必须穿越内心的黑暗去追踪、搜索它。三年后,她开始了《海浪》的写作,并于1931年完成。

关于小说的创作动机,我们可以约略从作家这一阶段的日记来窥得一丝端倪。在1929年7月2日对《海浪》的第一稿进行最初的扩展时,伍尔夫写道:"我并不关心个别的生命,而是关心许多生命的结合,把它们构思进一个故事中。"[1]这时的她已47岁了。在以《到灯塔去》对自己的童年时代、家庭生活和父母都进行了追忆与总结之后,伍尔夫转过身来,开始面对自己生命的后一半历程,并思考人类的命运与自然的关系。在《海浪》中,伍尔夫其实也通过拥有文学雄心而体现出一定的自传性特征的人物伯纳德之口,表现了在生活中攫取人性的样本,借以反映纷繁的人生与世界的基本意图——喜欢搜集漂亮辞藻的伯纳德意识到自己从生活这口

---

[1] 转引自林德尔·戈登:《弗吉尼亚·伍尔夫——一个作家的生命历程》,伍厚恺译,四川人民出版社,2000年,第290页。

大汽锅里:

  完完整整提炼出来的词句,只不过是连成一串的柳条不小心被捉住的小鱼,成千上万别的鱼则在扑嚓扑嚓地直跳,弄得这口大汽锅里像是有一锅银水在沸腾冒泡,而它们却从我手缝里溜掉了。各种人脸重新浮现,这一张,那一张,都在我的气泡壁上印下了他们的美,他们是奈维尔,苏珊,路易,珍妮,罗达以及成千上万别的人。(199)

因此,小说中出现的这六个名字,既代表着不同的人格与个性,象征了大千世界中的芸芸众生,也可以理解为概括了生活中不同的侧面。关于这些主要人物和小说的写作意图,伍尔夫通过伯纳德的独白进行了象征性的提示:"我们跟波西弗一起吃饭时饭店桌上的花瓶里插的那枝康乃馨花,已经变成了一朵六边形的花;它包含着六种生活。"(177)

《海浪》的艺术构思是非常独特的。它几乎完全抛弃了传统意义上的小说情节,所以被称为"诗化的小说"。在1929年10月11日的日记中,伍尔夫是如此记录组织材料以创造自己心目中完美的形式,并高度重视材料与材料之间的关系处理的探索过程的:"我这辈子还从未有过如此模糊而复杂的设计;不论什么时候,我每写下一点,就得仔细考虑它与其他许多事情之间的关系,我虽然可以毫不费力地往下写,却总要不时地停下来,思考一下整体效果。特别是整体框架上有没有明显的错误?"①同年年底,随着作品写作进入尾声,她在12月22日的日记中又记下了在音乐启示下灵感被触发,想出了如何收拢作品而又自然流畅、不着痕迹的结构

---

① Virginia Woolf. *A Writer's Diary*. ed. Leonard Woolf, London: The Hogarth Press, 1954, pp. 146-147.

第十一章　弗吉尼亚·伍尔夫的《海浪》

方法："昨夜,在听着贝多芬的四重奏时,我突然想到,可以把所有插入的段落融进伯纳德最后说的一段话里,并用独白'哦,孤独'结束全书:这样就可以用他来涵纳所有的场景,不会再有停顿。"①

一

小说分成九个章节或片段。每一段前有散文诗式的抒情引子,以一天中的日升、日落为序,细致呈现了不同时间段内海浪的声音、色彩与形态,天空、海滨的一座花园,以及花园内的别墅内外景致逐渐发生的变化。这些引子构成了全书的结构框架,也象征了各章主体部分所代表的人生的不同阶段。小说的主体内容,则是自小一起长大的六个朋友伯纳德、苏珊、罗达、奈维尔、珍妮与路易伴随着日升日落,从在育儿室中的无邪嬉戏到走向沉沉暮年和面对死亡的全过程,以小伙伴们的意识流动,来映现他们对自然、生命以及彼此的发现、态度与印象。

第一部的引子以"太阳还没有升起"(1)开篇。此时,"海天混沌一色,只有海面稍稍有一点涟漪,仿佛有一块布在上面起伏打皱。随着天色逐渐泛白,天边现出一条暗沉沉的线,把海和天分了开来,这时那块灰色的布上就出现了一行行浓重的条纹,在水面下绵延不断,互相追逐,彼此推拥,不断前进"(1)。不久,"天边那条暗纹渐渐变得明朗"起来,仿佛"酒瓶重新透出绿莹莹的颜色"。(1)再之后,随着太阳即将从海平面上跃出,"天边燃起了一圈弧形的光芒,映得它近旁的海面一片金光闪闪"(1)。

六个小伙伴醒来了,他们在海滨玩耍,以独白与对话的形式,表现了

---

① Virginia Woolf. *A Writer's Diary*. ed. Leonard Woolf, London: The Hogarth Press, 1954, p. 162.

对万物苏醒时分的世界的观察与认识。种种印象急速纷繁地从每个人的心灵深处倾泻而出。伍尔夫让六个孩子的意识流彼此交错，轮流展开。就在各具个性的思绪与印象中，读者感受到了孩子们从早餐、学习、休息、散步到沐浴上床的一天的全过程。由于童年时代的他们语言能力尚未成熟完善，所以伍尔夫用了句法简单的短语与短句，以凸显孩子们对外部世界的听觉、视觉、嗅觉等鲜活的感官印象。在这一部分中，伍尔夫以高度抽象的形式，以孩子们一天的学习和玩耍概括了童年时代，以日出前天空的混沌与晨曦初露来隐喻孩子们人生的初始阶段。

第二部分的引子以"太阳正在升起"(18)开篇。"蓝色和绿色的海浪扇面形地迅速扫过海岸"，"原来迷离模糊的礁石轮廓清晰起来，露出上面红色的裂缝。"(18)"在花心草尖上跳动的露珠使花园显得像一幅尚未整个完工而只是一些零碎亮斑拼成的镶嵌画。"(18)这一部分的主体内容，是六位好朋友告别父母与家人，分别到达男校、女校读书后的生活印象。小说也在三个男孩和三个女孩的轮番独白中交替展开。男校部分，男孩子们的印象中映射出教堂中的讲道、学校读书与打球的经历等等。内容虽散漫无序，但依靠他们关于彼此的印象，而将不同的意识流联系到了一起。伯纳德喜欢捕捉漂亮辞藻，擅长讲故事，乐于结交新朋友，并时时处处留意观察生活，为将来的作家生涯进行着准备。路易从小在澳洲长大，有一位在布里斯班的银行工作的父亲，一直为自己的殖民地口音和并不出众的外貌而自卑。但他学业出色，尤其热爱古典文学。"我的著作肯定会篇幅繁多，把所知的各种男男女女不同类型都收罗在内。我把在一个房间或者一节车厢里偶然碰见的各式人物都灌进我的头脑，就像在墨水瓶里灌满一支自来水笔似的。"(48—49)就在学校生活的这一部分，波西弗的形象第一次出现。他是高大、孔武有力、热爱户外运动的男孩，深受几位男孩子的羡慕与拥戴。

第十一章 弗吉尼亚·伍尔夫的《海浪》

女校内,三个少女的性格爱好初步呈现。苏珊很想家,渴望回到乡村生活中去;爱花的罗达害羞、腼腆,喜欢沉溺于幻想之中;珍妮则轻率散漫、热情奔放,喜欢穿红裙子,特别享受夜晚舞会上受人爱慕、被别人众星拱月的感觉,显得颇为虚荣。这一部分结束于他们分乘火车到达不同的目的地,标志着其中学时代的结束。六个人中有的回家,有的继续去上大学,有的则走向社会开始谋生。

第三部分以"太阳升起了"(53)起句。此时,天空、大海和花园均产生了变化。"一条条黄绿色的光影投在海边上,把饱经风霜的小船船舷镀成金色,并且使海冬青和它那像披着铠甲似的叶片反射出钢铁般的闪闪蓝光。阳光几乎映透了成扇形地迅速散开在沙滩上的那层薄薄的浪花。"(53)而花园里的鸟儿,"现在鸣成了一片,又尖又响"(53)。"在逐渐强烈的光线中,帘子的白色映在盘子上;刀子上的闪光更加耀眼了。"(55)

伯纳德这时已是剑桥大学的一名学生了,一心一意地在为将来成为一名作家进行着准备,崇拜拜伦;奈维尔也是剑桥才子,还是一名诗人和古典学的爱好者;路易由于在银行工作的父亲破产,虽然自己在中学时代是全校最优秀的高材生,却不得不辍学而坐进了办公室,继承父业成了一名生意人。他孤独,渴望爱。罗达和珍妮因为性别被阻挡在了大学校园之外。

苏珊则渴望成为一名农妇的满足生活,这表明她是一个十分生活化、热爱和憧憬着家居生活的女性:"我会生孩子;我会有扎着围裙的女仆;有手拿干草耙的雇工;有一间厨房,那儿他们会把害病的羊羔抱进来放在烘篮里暖和暖和,那儿一只只火腿挂着,一个个葱头闪闪发亮。我要像我母亲那样,扎着蓝色的围裙不声不响地把食柜锁上。"(73)

就在天黑了下来,农家人正准备休息时,苏珊想到了珍妮,知道她的夜生活才刚刚开始。由此,伍尔夫笔下的意识流转到了珍妮身上。这时的珍妮,正盛装等待着舞会的开始。初入社交界的她踌躇满志:"我的头发卷成一个个大波浪。我的嘴唇抹得鲜红。我已准备好马上上楼,加入到那些跟我身份相当的男男女女们中间去。我走过他们身边,任凭他们注视,正像他们也任凭我注视一样。我们目光像闪电似的彼此迅速一瞥,但却不动声色,或者显出互相熟识的神情。"(75)

可怜的罗达也被安排进了舞会。这里,伍尔夫真实地记录下了自己少女时代被迫进入社交界,在舞会上十分尴尬、无助,和众人格格不入的心态。如果说珍妮很享受那种在舞会上如鱼得水、吸引异性的快感的话,罗达这个仿佛活在另一个世界中的精灵,却被迫落入了凡尘。在她的感觉中,随着开门,"一只老虎跳了进来。门开了;恐怖冲了进来"(78)。"他们向我走来。我们装出隐约的微笑以便掩饰他们的残酷和他们的漠不关心,一边一把抓住了我。……我被硬逼着站在这儿,为自己这粗蠢而不匀称的身躯羞得浑身发烧,被硬逼着去承受他那冷漠和轻视的神情。"(78—79)

这里,伍尔夫以不同的意识流笔调,写出了不同的人走向生活、走向世界时的不同身份、状态与感受。六个朋友迥异的个性、气质跃然纸上。

第四部分的引子告诉我们,"已经升起的太阳光芒不再流连在绿色的床垫上,它们断续地映透那些晶莹的珠宝"(81)。"在花坛、池塘和花房上遮着浓密树荫的花园里,一只只鸟儿各自在灼人的阳光下啁啾而鸣。"(81)随着阳光射进房间,"一只盘子变得像一汪白色的湖水。一把餐刀看来像一柄冰冷的匕首。大玻璃杯突然显得好像被一条条光线举了起来似的。桌椅仿佛原来是沉在水底下,现在忽然浮了出来,上面蒙着一层深红、橘黄、淡紫的颜色,就像熟透的水果皮上的红晕"(82)。这里,伍尔夫对光色变幻的精确捕捉与文字再现,令人想起她以高度的视觉化效果而闻名的散文《蓝与绿》("Blue and Green"),以及短篇小说《邱园记事》

("Kew Gardens")。

随着人生青春韶光的到来,这部分一开始出现的是伯纳德的自白。他乘火车来到伦敦,为的是和朋友们一起吃晚饭,送别即将去印度的波西弗。伯纳德已经订婚,憧憬着将来的美好生活,依然为漂亮的文句在努力。他以准确的比喻描画着记忆中朋友们的形象:"路易就像石头的雕像那么棱角分明;奈维尔就像用剪刀剪出来的那么一丝不苟;苏珊的眼睛像两颗明亮的水晶;珍妮像一团火那么狂热地在干燥的地上跳着舞;而罗达那个山泉女神却仿佛老是身上湿淋淋的。"(88)

六位朋友陆续到达约定的意大利餐厅,等候波西弗。热爱波西弗的奈维尔说出了波西弗的到来给自己和大家带来的心理变化:"我的树开花了。我的心情振作起来了。一切的烦闷都消失了。一切障碍都扫除了。笼罩着的纷乱气氛结束了。他恢复了正常秩序。餐刀又能切东西了。"(92)在伯纳德心中,波西弗是个英雄,拥有众多崇拜者。

随着波西弗将大家凝聚为一个中心,过去的时光回来了。他们开始重温自己生命中那些意义深长的瞬间:老康斯泰伯太太举起她那块海绵帮孩提时代的他们洗澡,一股暖流流遍全身的感觉;苏珊印象中在后园被风刮着的晾晒着的衣服下面,穿皮靴的小伙子和洗碗女仆调情的样子;奈维尔所见在银白色叶子的苹果树下,一个人被割断了喉咙躺在水沟里的情景……随后,大家又分别回忆起了中学和大学时光,以及成人世界的生活。对此时的他们而言,"世界已经呈现出它的真正面貌"(96)。

伯纳德在想象中见到了印度,见到了波西弗英勇地救起了一辆倒地的牛车,被土人敬若神明的样子。在罗达心目中,波西弗"总像是一块石头投入池塘,被成群的小鱼所蜂拥围绕。就像这些小鱼那样,我们东游西窜,最后当他来到时,总是窜过去团团围绕着他"(103),并由此感到安宁、幸福和信赖。这些还不到25岁的年轻人享受着和波西弗在一起的美妙时刻,期待着未来。本部分以众人依依不舍地送别波西弗而结束。但值得注意的是,小说中的波西弗从未正面现身,他只是在朋友们的意识、回忆和想象中出现。

二

第五部分开始于"太阳已经高高升到天顶"(113)。日上中天,阳光毫不踌躇、毫不容情地炽烈地照耀着。"它照射在坚实的沙滩上,使块块岩石成了一个个炽热的熔炉。……使一座座沙丘显示出它无数晶亮的颗粒,使一丛丛野草显得碧绿。"(113)"它照在果园的墙上,使墙砖的每一个坑洼、每一条纹理都闪出刺目的银色和紫色,火红滚烫得仿佛摸上去都快要融化了,仿佛只要一碰它,就马上会化成烧焦了的灰土似的。"(114)"鸟儿热情地争着齐声鸣唱,然后全都停止了。"(115)

就在如日中天的人生盛年,波西弗却意外离世了。这一噩耗是这一部分正文开始时,读者通过奈维尔收到的电报获知的。波西弗在印度参加赛马时,不幸坠马而死。奈维尔伤心痛哭。这一消息给朋友们带来了巨大的震动。伯纳德开始思考死亡的问题,在美术馆中暗自伤悼;罗达则在泰晤士河的入海口,向海水抛出一束紫罗兰,作为向波西弗的献礼。伍尔夫在笔记中将这一阶段称为"死亡之章",它在小说的九大部分中正好是居中的一个横断面,这意味着伍尔夫将死亡放在了生命的中心点上,以波西弗的死亡给六个朋友带来第一次人生挫折,目的是要对他们的勇气进行考验。关于波西弗死亡的意义及其带给朋友们的影响,林德尔·戈登(Lyndall Gordon)写道:

> 随着珀西瓦尔的死亡,6个人进入了未来,而这种未来包含着他们不可避免的灭亡。从这一点开始,他们的生命便被时间所渗

透——过去的时间，未来的时间，以及那种罕见的时间凝滞不动的瞬间，由此便铸成了回忆并且构建成了生命的模式。6个人和弗吉尼亚·伍尔夫都怀有一种共同观念，即生命的历程是被生命的消亡这一事实所主宰的；死亡对于他们来说是一种始终存在的可能性。现在，生命历程后半部分所面临的压倒一切的挑战是：要在继续存在中寻找到意义。①

随着死亡阴影的浮现，第六部分开始了："太阳已经不再停留在中天。"（127）鸟儿"都停着不动，只不时把脑袋急促地向左右扭动一下。它们现在停止了唱歌，仿佛已经喧哗得够了，仿佛这丰饶的正午已经使它们感到了餍足"（127）。"海浪汹涌堆积，波面起伏曲折，然后迸然四散，把石子和砂砾迸了起来。……海浪退却后，一些失水僵卧的鱼儿在那儿扑打尾巴。"（128）

人生的盛年已过。此时的路易已是一位成功忙碌、从事远洋贸易的商人，"肩上承着世事的重担"（131）。但在他的内心深处，依然保留着一方属于心灵的领地，即在一个幽静的阁楼上读自己心爱的书籍，并与情人罗达相会。

苏珊的意识中心，依然是她心爱的乡居生活。她逐渐失去了青年时代的浪漫，成为一个能干务实、一心护犊的坚强母亲："我要求生活能收起它的利爪，掩住它的闪光，平安地过去，让我的身子变成一个洞穴、一个温暖的庇护所，让我的孩子好在里面安睡。"（132）

珍妮虽然已徐娘半老，但依然沉浸于社交生活之中；奈维尔功成名

---

① 林德尔·戈登：《弗吉尼亚·伍尔夫——一个作家的生命历程》，伍厚恺译，四川人民出版社，2000年，第304—305页。

就,成为一个著名的古典学者,感叹"时间在消逝,我们在变老了"(136)。他依然思念着波西弗,回忆着过往两人的美好相处。

第七部分开始于"现在天空中的太阳落得更低了"(140)。随着光线强度与斜度的变化,"一座座岛屿状的云块愈来愈浓密,慢慢移过太阳,使礁石突然显得漆黑,摇曳的海冬青从蓝色变成了银白,一块块阴影像灰色的布似的铺满在海面上。海浪不再涌到较远处的水潭和那条不规则地断断续续留在沙滩上的黑色水印。沙子显出珍珠似的白色,又光又滑"(140)。"鸟儿猛扑下来,又盘旋着高飞入云。其中有些迎风追逐,散乱翻滚地穿风而行,仿佛是一个整体被割裂成了许多碎片。"(140)"花园里几片花瓣落下来。"(140)

敏感的伯纳德产生了时间流逝的强烈意识和生命的危机感:"时间的一滴坠落了。"(141)也进而产生了对自己的相对客观而正确的认识与反省:"我并不像从前一度看来那样富有才华。有些东西非我力之所及。我永远弄不懂那些比较艰深的哲学问题。"(143)他前往罗马度假,就和伍尔夫本人一样,在酒店阳台上看见了远处汪洋中的一片鱼鳍。

儿女成行的苏珊感觉到了"安全、充实和紧密感"(146),在带着儿子散步的园子里回顾自己的生活:

> 我度过了多年平平静静、富有成果的生活。我拥有了一切我能见到的东西。我植下种子培育了树木。我开了池塘,让金鱼在叶子宽阔的睡莲下潜游。我在草莓地和种莴苣的菜地上张起了网子,给梨子和李子罩上了一只只白纸袋,以免被黄蜂叮坏。我眼看着我的儿女们一度曾像嫩果似的用网子罩在他们的小床上,如今都已一个个挣破网眼在我身边走着,长得比我还高,把长长的身影投在草地上。(146—147)

第十一章 弗吉尼亚·伍尔夫的《海浪》

她有时还会想起爱过自己的波西弗,想起罗达。虽然自己现在已身体发福,头发花白,但依然平安,深感满足。

珍妮还在伦敦的社交场所中穿梭。虽然意识到了自己的孤单、憔悴与衰老,她还是离不开城市生活的繁华与喧闹,下决心"要在脸上扑上粉,把嘴唇抹红。我要把眉梢描得比平时更细。我要出头露脸,跟别的人一起挺直身躯站在皮卡迪里广场上"(150)。

对奈维尔来说,"嫉妒、心计和烦恼都已经淡漠"(151)。路易则事业发达,婚姻不幸,而罗达也离开了他,所以他准备"憔悴干枯地活下去"(156)。罗达虽一直在城市中,却始终畏惧生活,而宁愿"挡上一重又一重的帷幔。一会儿透过这个窥视生活,一会儿又透过那个窥视生活"(157)。她在西班牙爬一座山的时候预演了自杀。

到了第八部分,"太阳正在沉落"(160)。"波浪在涌进岸边时变得完全黯淡无光,发出一连串的轰隆声碎裂下来,就像倒塌了一座墙壁,一座灰色的石墙,浑然地毫无一丝透光的裂缝。"(160)"群山上缓缓移过的阴影一会儿扩大,一会儿消退。"(160)"围在那只旧船四周的海水变得一片深黑,就像里面浸满了贻贝。浪沫不停地飞溅,在朦胧的沙滩上到处留下了珍珠般闪光的白影。"(161)

就在日落时分,人过中年的六个朋友相约在汉普顿宫聚会,希望在彼此的眼睛里捕捉过去生命的闪光。见面的激动过后,紧接而来的是莫名的哀伤。门一次次地打开,可是,波西弗再也不会在那里出现。上次大家欢会的情景重新袭上心头,可是,此时大家的"肩上都压着重担"(163),所以分别在独白中回顾着各自的人生。在苏珊质朴而率直的目光下,奈维尔意识到"既然我没法掏出我的文件来,大声念念我的证明书以便证明我已通过了考试,那么我还剩下些什么呢?"(163),意识到"我们已经选择了——有时还不如说是仿佛别人为我们选择了——让自己被一把钳子紧紧地夹住了当胸"(165)。

伯纳德觉得自己"在一家一家的屋子里辗转游荡,就像中世纪的游方僧那样抡着念珠讲着故事去哄那些妇人和姑娘们"(168)。路易获得了世俗的成功,依然拥有"战栗、敏感、十分稚嫩而脆弱的心灵"(169)。珍妮缺乏想象力,只满足于眼前所见的物质化的东西,依然在众多追随者的簇拥中排解孤独,在肉欲中寻求满足。罗达则还是显得那么自惭形秽,觉得自己孑然一身,一无所有:"你们都有使命在身,有派头,有儿女,有权势,有名望,有爱,也有社会交往;而我在这方面一无所有。我没有自己的面目。"(172)

虽然路易感叹时光对生命的吞噬,想着"我们各自的一点一滴都已消散无踪;我们都已在无边无际的时间中、在黑暗中湮灭消失了"(174),但伯纳德还是认为朋友们只要能团聚在一起,就会有战胜黑暗、战胜时间的力量与勇气,要"斗争!"(174)奈维尔也认为要"反抗","一个士兵躲在树背后跟一个女护士调情时,会比所有的星星都值得羡慕"。(174—175)虽然人的生命与星星相比只是沧海一瞬,但人依然需要并且可以通过自己的努力来证明和实现自我的存在。这也是伍尔夫一向寻求与推崇的"存在的瞬间"的意义所在。虽然生命仅为时间长河中的一刹那,但朋友们却在手挽手中获得了平静、超脱的心情。同时,虽然他们的人生大半已经逝去,但新的一代、新的人生又将轮回,生生不息。所以,这一部分在从泰晤士河下游游览归来的小伙子们的合唱歌声中结束了。

在小说最后一部分的引子里,"现在太阳落山了","海天一色,混沌难辨","树木摇着枝桠,树叶纷纷坠地"。(183)"一度曾红光闪闪的残破器皿上射出来的灰黑色反光照进了园子里。黯淡的阴影使花茎间的通道变得漆黑。"(183)"黑暗的波浪涌上杂草丛生的林间小路,涌上起伏不平的草地表面,淹没了一棵孤零零的荆棘树和树脚下一个空空的蜗牛壳。"

(184)这一切喻示着人生的暮年来临了。与前面八部分不同的是,这一部分均为多思善感的伯纳德的独白,是饱经沧桑的他所做的人生总结。他回忆童年、少年时光,一个个评价了他的朋友们,惋惜着波西弗的英年早逝。进入了有序的家庭生活的伯纳德想起了他们在汉普顿宫的聚会,深感爱与友情的力量能够超越生死与时空:"在砖头前,在树枝前,我们这多少亿人中的六个,在无限的古往今来的眼前这一刻里,正在这儿洋洋得意地焕然发光。"(216)此时的他"已经讨厌透了那些漂亮的辞藻"(230),而觉得"宁静、咖啡杯和桌子要比这些好得多"(230)。他独坐餐厅门前,享受着属于老人的那份淡然与孤独,随着夜晚的降临,又迎着寒风回归家庭生活。"天空黑得像涂了漆的鲸鱼骨。不过天边有一点亮光,不知是灯火,还是黎明的曙光。感得到有某种骚动——不知哪儿的梧桐树上有麻雀在啾鸣。有一种天将破晓的感觉。"(231)这里,伍尔夫通过伯纳德的观察与感受,表达了尊重自然规律,在死亡面前保持尊严与勇敢,永不服输、永不投降的不屈意志。自然轮回,仿佛潮涨潮落。旧的生命离去,但新的生命又将苏生。所以在小说的结尾部分,伍尔夫描写了骑士般的伯纳德骑马横矛、英气逼人,向死亡这一劲敌直冲而去的鲜明意象:"我正在向着死亡冲去,平端着我的长矛,头发迎着风向后飘拂,就像一个年轻人,就像当年驰骋在印度的波西弗那样。我用马刺踢着马。哦,死亡啊,我要一直向你猛扑过去,永不服输,永不投降!"(232)

在伍尔夫去世后,伦纳德·伍尔夫特意撷取了这段出色的文字中的最后一句,镌刻在爱妻的墓碑上,作为对她的最好纪念。

三

"布鲁姆斯伯里文化圈"作家 E. M. 福斯特在伍尔夫去世后的纪念讲

座上,将《海浪》称为她"最伟大的作品",称赞这部小说的"结构模式是完美无缺"、"无与伦比"的:

在每章开头,都描写了太阳与海水的运动,就在这种描写段落之间,对话和在引号中的词句,连续不断地展开。这是一场奇怪的谈话,因为六个人物:贝纳德、内维尔、路易斯、苏珊、吉尼和罗达,极少相互对话。我们甚至可以把他们(像达罗威夫人和赛普蒂默斯)看作是一个人物的不同方面。尽管如此,他们没有进行内心独白,他们相互之间都有着联系,而且都与那个从不说话的人物珀西瓦尔发生关系。最后,那位有可能成为小说家的贝纳德作了总结,使他们的计划得到了最完美的平衡,接着小说的结构模式也随之消失。①

法国传记艺术大师安德烈·莫洛亚(André Maurois)在《伍尔夫评传》中亦感叹道:"小说《海浪》,简直成了一首长诗。六个人物用变化的诗句讲着话,中间插入一些抒情的默想。是诗吗? 更正确地说,是一部清唱剧。六个独唱者轮流念出辞藻华丽的独白,唱出他们对时间和死亡的观念。"②

伍厚恺则将作品释读为一部以"生命"为主题的六重奏复调管弦乐曲,或者含有六个声部的合唱交响乐:

6个人物独特的性格意识形成了各自的不同旋律,每支旋律是

---

① 爱·摩·福斯特:《弗吉尼亚·伍尔夫》,见瞿世镜编选:《伍尔夫研究》,上海文艺出版社,1988年,第9—10页。
② 安德烈·莫洛亚:《伍尔夫评传》,见瞿世镜编选:《伍尔夫研究》,上海文艺出版社,1988年,第113页。

独立的,但又同步进行着,通过对位法构成相互关联的有机整体。在横的关系上,各声部在节奏、音色、重音、力度以及旋律线的起伏等方面具有独立性,但在纵的关系上,各声部又彼此构成和声关系。事实上,6个人之间仿佛存在着某种心灵感应,尽管彼此分离,但相互思念着并了解彼此的生活和情感。在这支交响乐中,虽然6种乐器或者6个声部的曲调具有微妙而明显的差异,然而又在差异中保持着相互和谐,因为6个人中每一个人的生命都与其他人扭结融合在一起。①

小说依次抒写了六个人物在生命不同阶段的独特感受。在此进程中,亘古不变的,是海浪拍击沙滩与堤岸的轰鸣声。人生的短暂、生命的脆弱与无常的主题由此得以凸显。林德尔·戈登认为:

《海浪》是关于几个人的生命的故事,这些生命按平行的轨迹发展,并在确定的点上汇合。它追踪这些生命从童年直至中年,映衬的背景则是时光绵延无尽的宇宙,大海和太阳。小说的轮廓具有明显的图式性:6个人生命过程的9个阶段,由描绘一天进程中潮汐涨落的非人格化的幕间插曲联系起来。小说结构的这种组合方式,是使生命陌生化并将它们当做自然现象来看待的一种尝试。②

《海浪》在伍尔夫构思期间原定名为《飞蛾》。这一从姐姐文尼莎·贝尔描摹其在法国客厅中飞蛾命运的一封书信中获得灵感的标题,或许正是

---

① 伍厚恺:《弗吉尼亚·伍尔夫:存在的瞬间》,四川人民出版社,1999年,第259—260页。
② 林德尔·戈登:《弗吉尼亚·伍尔夫——一个作家的生命历程》,伍厚恺译,四川人民出版社,2000年,第289页。

为了表达女作家对生命与死亡的探索和理解。而海浪永恒的旋律则更加映照出人生的短暂,使得读者深刻体会到,无情流逝、无可逆转的时间才是小说的真正主角。

关于小说中六位主人公的内涵与意义究竟是什么,学界可谓见仁见智。他们既可被理解为代表了人性中的不同侧影或不同的人生态度,又可被阐释为人类中部分人的代表。他们性格殊异,却以各具特色的独白与对白奏响了一部雄浑的人生交响曲。还有学者结合对"布鲁姆斯伯里文化圈"的研究,挖掘出了伦纳德·伍尔夫、克莱夫·贝尔、E. M. 福斯特、文尼莎·贝尔、利顿·斯特拉奇,包括女作家本人以及她的亲戚与六位人物之间的隐在联系。

值得注意的还有《海浪》中另一个从未谋面的人物波西弗。波西弗在六个朋友的生命记忆中占据关键地位,在不同时刻、不同人物的独白中反复出现,是他们心目中的英雄,代表了他们各自的隐秘愿望,也是凝聚他们的无形纽带。然而在第五部分中,波西弗"倒下了"。如前所述,伍尔夫在这部小说中,借着这位深受众人爱戴、最后客死印度的波西弗的形象,再度悼念了她深爱的哥哥托比。1906 年,伍尔夫年仅 26 岁的哥哥托比·斯蒂芬在希腊之行中感染了伤寒,并英年早逝。小说《雅各的房间》(*Jacob's Room*, 1922)中那个"永远年轻,永远美丽"的神秘主人公,就是伍尔夫以小说的形式对心爱哥哥的一次独特的纪念,尝试从雅各生活过的房间来推想出他的形象。到了《海浪》中,虽然波西弗始终沉默,并英年早逝,但依然是一个举足轻重的人物。他不仅是六个朋友共同情感的对象,更是他们衡量生活意义的标尺,是他们憧憬的人生理想的化身。伍尔夫通过六个朋友回忆中的波西弗的形象,再次使哥哥像他们最后一次在希腊度假时所见到的美丽雕像那样获得了永恒。

第十二章
弗吉尼亚·伍尔夫的《奥兰多》
(《奥兰多》,林燕译,人民文学出版社,2003 年)

伍尔夫终其一生都拥有不少闺中密友。与女性的友情不仅在伍尔夫的个人生活中占据重要地位,亦是她小说写作的重要内容。她的姐姐文尼莎·贝尔作为"布鲁姆斯伯里文化圈"的精神核心以及伍尔夫生活中最为重要的人物之一,毫无疑问在她的生命与艺术中均占有至关重要的地位。此外,伍尔夫的女性密友,还有她的家庭女教师珍妮特·凯斯小姐、母亲朱莉亚的受保护人与姐姐斯特拉的密友维奥莱特·迪金森、以创作短篇小说闻名遐迩的女作家凯瑟琳·曼斯菲尔德等等。但与伍尔夫之间曾经关系最为密切、情感发展最为炽烈,并对她的创作产生明显的阶段性影响的人物,是薇塔·萨克维尔-韦斯特。

一

1924 年,伍尔夫与有贵族血统的英国女作家薇塔·萨克维尔-韦斯特结识并成为闺中密友。有学者注意到伍尔夫最优秀的作品都是在与薇塔关系亲密的时期完成的,所以如此评论道:

> 在她们的罗曼史最活跃的岁月里,受到她对薇塔的爱情的哺育,

最伟大的文学杰作《到灯塔去》《奥兰多》和《海浪》从弗吉尼亚·伍尔夫的金笔下流淌出来……与薇塔这场爱情的结束,标志着弗吉尼亚生命中最富创造力的时期的终结……尽管《岁月》《三个基尼》和《罗杰·弗莱》当然写得也很好,但弗吉尼亚业已丧失了她20年代作为写作特征的那种点石成金的魔力。①

这段文字,清晰地总结了薇塔在伍尔夫文学生涯中的独特意义。

1928年,伍尔夫推出了长篇小说《奥兰多》。这部俨然以传记形式出现的作品,以薇塔的外貌、家世、性情与经历等为原型,虚构了主人公奥兰多在长达四个世纪的岁月中由男性变为女性的奇幻历史,成为英国文学史上的一部奇书,并被誉为献给薇塔的一封炽热的"情书"。

作为具有鲜明的性别意识的现代小说大师,伍尔夫的创作始终关注女性的精神发展,尤其执着于女性艺术家的成长这一核心主题。如前所述,《远航》以与作家开始创作时同龄的年轻主人公雷切尔未竟的南美之行,隐喻了一位天才音乐家在以男性为中心的权力世界中的不幸夭折;《夜与日》以伍尔夫挚爱的姐姐文尼莎和自己少女时代被迫扮演维多利亚女王统治时期上流社会茶桌边的"家庭天使"的社交生活为原型,表现了女主人公实现科学抱负的无望;《到灯塔去》中的画家莉丽·布里斯科承受的世俗冷眼和对艺术的坚韧追求,亦映射出伍尔夫和姐姐冲破世俗禁锢、追寻各自的艺术梦想的艰辛历程。《奥兰多》更是以伍尔夫对薇塔的爱慕与理解为基础,通过对英国都铎王朝伊丽莎白女王统治时期俊美倜傥的青年贵族奥兰多在近400年的漫漫历史中由男性变为女性的玄幻经

---

① Alma Halbert Bond. *Who Killed Virginia Woolf?* New York: Human Sciences Press, Inc., 1989, p. 145.

历的虚构,探索了女性艺术家追求丰厚的人生体验并不断获得精神发展的艰辛历程。

二

小说开篇的时代背景,是童贞女王伊丽莎白统治的晚年。奥兰多作为祖先立过赫赫战功的贵族家庭的独子,生活在世袭的庄园大宅中。伍尔夫从传记作者的角度,精雕细琢地描摹了这位16岁翩翩少年的出众外貌:

> 一层细细的绒毛覆盖在红润的脸蛋儿上,唇上的绒毛不过稍稍硬一点儿。秀气的双唇有点儿翘,遮住杏仁白色精巧的牙齿。鼻梁不大却箭一般笔挺,深色的头发,小巧的耳朵与头部正好相称。但天啊,描述青春之美,岂能不提额头和眼睛。奥兰多站在窗前,我们恰好可以直接看到他。必须承认,他的眼睛仿佛湿漉漉的紫罗兰,大得好像有一泓碧水充盈其间。太阳穴像两个光润的圆奖章,夹在它们之间的额头似大理石穹顶般浑圆。(2)

然而,荣华富贵唾手可得的奥兰多却有一个与众不同的秘密愿望,就是成为一位了不起的诗人与作家。所以他酷爱在大橡树下、在大自然的怀抱中潜心写作,思考人生。

威严高傲而又孤独衰老的女王驾临奥兰多家的大宅,爱上了这位天真无邪而羞涩忧郁的美少年,随即任命他为御前的侍卫与陪伴,赐予他至高无上的嘉德勋章,给予他无限的荣宠。1603年,女王去世,大霜冻之年到来了。"飞鸟在半空中冻住,像石头一样坠到地上。"(13)继位的新王詹姆斯一世为笼络民心,并庆贺自己登基,"下令将封冻二十多英尺厚的河床及两岸六七英里宽的地带清扫出来,装饰成公园或游乐园,修建凉亭、曲径、球道、酒肆等等,一切开支由他负担"(14),使得伦敦城沉浸在一片骄奢淫逸的狂欢氛围中。入夜,奥兰多在冰面上的皇家舞场邂逅了莫斯科大公国的萨莎公主。这位身份高贵、美目流盼而性情神秘轻佻的女子,谈吐高傲,舞姿轻盈,迅速俘获了奥兰多的心。爱情的苏醒,使他在极短的时间内蜕变为一位风度翩翩、殷勤有礼的绅士,与这位有着浓郁异国情调的女郎如胶似漆,惹得上流社会议论纷纷。他下决心抛开拥有的一切,包括订好的一门门当户对的亲事,而去追随心爱的女郎前往她远在雪域荒原的故乡,他们约定好在子夜时分双双私奔。然而,当夜瓢泼大雨,冰床解冻,萨莎却并未履约。等到奥兰多在略有所悟后疯狂而绝望地策马追至泰晤士河的入海口时,才发现莫斯科大使的那条官船已飘扬着黑鹰的旗帜,停在了出海口处。

奥兰多猛地跳下马,仿佛在震怒之中要与洪流决一死战。他站在没膝的水中,使出了女性注定摆脱不掉的所有最恶毒字眼,痛骂那个无情无义的女人。他骂她无情无义、反复无常、水性杨花;骂她是魔鬼、荡妇、贱人。湍急的河水打着漩涡,卷走了他所说的一切,而抛到他脚边的,只有一只破罐和一根细细的稻草。(32)

痛不欲生的奥兰多因不羁的行为遭到宫廷的驱逐,已与他订有婚约的戴斯蒙德家族也怒不可遏。于是奥兰多回到乡间庄园,再度过起了离群索居的生活。他昏睡了七天七夜,又神奇地苏醒了过来,从此脱胎换骨,像换了一个人似的,变得理智、严肃而安详。睡眠仿佛死亡一般,使他劫后重生。奥兰多选择了封闭的生活,沉浸在读书、思考与写作之中。"就这样,未满二十五岁,他已经用散文体或韵文体、法文或意大利文完成

第十二章 弗吉尼亚·伍尔夫的《奥兰多》

了四十七部剧本、历史故事、爱情故事和诗歌,而且全是大部头的浪漫传奇。"(40)然而,他并不能断定自己是否确有文学的才能。为了解决这一问题,他决定打破离群索居的状态,恢复与外界的往来。他邀请了当时闻名遐迩的作家尼古拉斯·格林先生来庄园聚谈,为他提供指导。但这位格林先生无论是体态还是品德均令他失望不已。格林"似乎更善于诟骂而非赞美,更善于吵闹而非倾谈,更善于争抢而非听任自然,更善于抗争而非息事宁人,更善于恨而非爱"(45—46)。他攻击莎士比亚、本·琼生等同时代的文学大师,胡言乱语专谈名人八卦,从奥兰多手上骗取了年金和款待,却又在回家之后写了一首嘲笑奥兰多的讽刺诗,用忘恩负义的行为骗了一大笔钱。在不动声色地读完了格林的《乡间贵族造访记》之后,奥兰多将自己的诗作全部付之一炬,只留下了《大橡树》的诗稿。在认识到爱情与抱负、女人与诗歌同等虚浮之后,他仍然能够信任的东西只剩下了两样:狗与自然。

光阴荏苒中,奥兰多在美丽宁静的自然和庄园生活中医治着自己爱情与梦想遭到戏弄的创伤。在无人时分,他依然会拿出一个旧笔记本,上面用男孩稚嫩的字体写着"大橡树——诗一首"。他坚持不断地继续写下去。然而,他孤独避世的生活方式却又被一位高大丑陋的罗马尼亚女大公的纠缠所打破。无奈之下的奥兰多只能请求查理二世国王委任他为驻君士坦丁堡特命全权大使,逃之夭夭。

在土耳其期间,奥兰多出色地履行了公务职责。但在属于自己的时分,他却会"久久凝视山口的隘道和遥远的高原"(67),在夜阑人静时分更会乔装打扮,至无人之处吟哦诗稿。就在他受封为公爵的当夜,君士坦丁堡发生了当地人的骚乱。第二天早晨,公爵再次陷入了神秘的昏睡,这一睡又是七天七夜,也因此而逃过了土耳其人揭竿而起、试图推翻苏丹统治的暴动的侵扰。等到他再度神奇醒来的时候,不可思议的事情发生了:

"号角声渐渐远去,奥兰多赤身裸体站在那里。开天辟地,从未有人看上去如此令人销魂。他的形体融合了男子的力量与女子的妩媚。"(77)30岁这年,奥兰多由男子变成了女子。这一重大事件并未使她发生任何慌乱,她只是从容地带上了她的诗稿,在一位吉卜赛老人的接应下,骑驴投奔了远方的吉卜赛营地。

质朴的吉卜赛人热情地接纳了她,但并不能理解她怀着诗心对自然以及诗歌写作的无限痴迷。一个天朗气清的早晨,就在她在山坡上牧羊的时刻,美丽的英格兰家园呈现在了她的眼前。因思念家乡而泪流满面的奥兰多决定即刻回归家园。

在乘船归国的途中,成为女人的奥兰多第一次意识到了随着性别的转换,自己和周遭的环境发生了变化,因为她已经被当成一位弱不禁风、惹人爱怜的淑女来对待了。从船长的殷勤备至,到一位水手看见她无意间露出了脚踝而惊慌失措,差点儿从桅杆上掉下来摔死,奥兰多悲哀地意识到:

> 我再不能猛击某人的头顶,再不能戳穿他的诡计,再不能拔剑刺穿他的身体,再不能坐在贵族中间,再不能头戴小王冠,再不能走在队列中,再不能判处某人死刑,再不能统领军队,再不能雄赳赳气昂昂地骑马走过白厅,也再不能胸前佩戴七十二只不同的勋章。一旦踏上英格兰的土地,我惟一能做的就是给老爷端茶倒水,察言观色。要放糖吗?要放奶油吗?(88—89)

写到这里,伍尔夫显然想起了她和姐姐在海德公园门的社交茶会中被迫扮演的角色。

与此同时,如果说身为男子的奥兰多难以理解萨莎当年无情的爽约,

第十二章 弗吉尼亚·伍尔夫的《奥兰多》

曾无比伤心地指责了她的欺骗背叛和水性杨花的话,成为女人的奥兰多则在一种新的角度下体谅了萨莎的不辞而别,并逐渐拥有了与其他女性的秘密情谊。珍藏的《大橡树》手稿、诗歌的辉煌,以及换位思考抚慰了奥兰多因失去了属于男性的特权而来的烦恼,她同时欣喜地庆幸自己拥有了从另一种视角来看待男女两性的可能性。

三

此时已到18世纪了。刚一登岸踏上家乡的土地,奥兰多便遭遇了因变性而产生的一系列诉讼官司,涉及她是否还能保有自己的财产、是否还能拥有公爵头衔等等。这里,伍尔夫尖锐而又含蓄地讽刺了男权社会对女性的剥夺,以及人类社会的习俗与法律对女性的压迫。而与此形成鲜明对照的是,在她回到阔别的庄园时,"赤鹿又是摇头晃脑,又是用蹄子蹬地。据说,还有一只,真地跪在了她面前的雪地上"(96)。她的挪威猎犬则"热情地扑向女主人,险些把她掀翻在地"(96)。经过了世俗荣华、都市喧嚣、爱情失意、身份待遇等改变的洗礼,穿行在不同的时空中,奥兰多作为未来的诗人已一步步走向成熟,对诗歌的信仰也愈发坚定。回家的翌日,她拿出纸笔,重又开始写作《大橡树》。她断然拒绝了已放弃乔装、恢复其男性身份的罗马尼亚大公的纠缠,换上普通贵族男子灵便利落的黑绸灯笼裤,深入伦敦社会探寻"生活和恋人"的真谛。

通过频频换装,奥兰多在两性角色之间自由穿行,从中意识到了自己的成长与成熟:"她循着往昔的时光,回顾自己的进步,仿佛它是一条两侧楼宇林立的林荫道。"(99)她进而领悟了服装作为社会化的性别符号对人潜移默化的影响:"不是我们穿衣服,而是衣服穿我们。"(107)"男女若是穿同样的衣服,对世界或许就有同样的看法了。"(107)她用衬裙的性感换取马裤的诚实,轮番享受着两性之爱,并在深入的观察与思考中审视着以男性为中心的文学传统,洞穿了道貌岸然的男性大师们神圣光环背后的猥琐与庸常。她转向大文豪蒲伯、艾迪生和斯威夫特寻求生活的真谛,却轻易窥见了他们身上的弱点和可笑之处。某夜,奥兰多邀请蒲伯回家做客。在同行的夜车上,随着光线的变化,奥兰多的意识陷入了对他的盲目崇拜与理性评价相交替的状态,一会儿因与"女王陛下国度中最大的才子"(117)近在咫尺感到莫大的荣幸,一会儿又意识到无情的时光亦会使他的声名灰飞烟灭;在黑暗中误把椅垫上的小圆丘当成诗人的前额而感叹"里面蕴藏了多少才华!机智、智慧和真理——多么巨大的宝藏,人们宁愿用生命来换取!"(118)在街灯下又发现他"畸形、羸弱","身上没有什么值得人尊敬的地方"(118);在昏暗状态下,她感激涕零地以为"是你养育和保护了我,你吓跑了野兽,让野蛮人害怕,给我丝绸衣裳、羊毛地毯。如果我想敬神,难道不是你提供了自己的形象,让它在空中显现?难道不是处处都可以看到你的关爱?难道我不应该谦恭、感激、驯服?让侍奉、尊重和服从你成为我最大的快乐吧"(118)。我们发现,这里的"我"已被置换成女性的代称,"你"则由蒲伯扩大而为全体男性。然而在"真理之光"的照耀下,奥兰多迅速发现了"该死的真相":"你以为你能保护我,我以为我能崇拜你,其实都是痴想。"(118)这里,伍尔夫以毫不留情的嘲弄口吻,揶揄了男权社会以压迫女性建构自己一厢情愿的伟岸形象的虚幻性,让我们记起她在差不多同时完成的《一间自己的房间》中更为辛辣的表达:

千百年来,女性就像一面赏心悦目的魔镜,将镜中男性的影像加倍放大。没有这种魔力,世界恐怕仍然遍布沼泽和丛林。……女人倘若不低贱,他们自然无从膨胀。这就部分解释了男人为什么常常如此需要女人。……因为一旦她开始讲真话,镜中的影像便会萎缩;

第十二章 弗吉尼亚·伍尔夫的《奥兰多》

他在生活中位置也随之动摇。①

除了意识到天才们"不似人们可能想象得那样不同寻常"(119)外,更为严重的是奥兰多看出了他们在谦恭有礼的表象下对女性才智的蔑视:"才子虽然送诗来请她过目,称赞她的判断力,征求她的意见,喝她的茶,但这绝不表示他尊重她的意见,欣赏她的理解,也绝不表示虽不能用剑,他就会拒绝用笔刺穿她的身体。"(123)伍尔夫表明既有的文学史其实就是一部压制与被压制、写与被写的不平等历史。这一思想在《一间自己的房间》中有关女性在历史与诗歌中形象、地位差异的对比中,同样获得了有力呼应:

在想象中,她尊贵无比,而在实际中,她又微不足道。诗卷中,她的身影无所不在;历史中,她又默默无闻。她主宰了小说中帝王和征服者的生活;其实,只要男人的父母能强使她戴上戒指,她就成了那个男人的奴隶。文学中,时时有一些极其动人的言辞,极其深刻的思想出自她口中;而现实生活中,她往往一不会阅读,二不会写字,始终是丈夫的附庸。②

进入 19 世纪,"时代精神""时热时冷,吹拂着她的面颊"(136),限制着奥兰多的自由,剥夺着她的信念。所谓"时代精神"其实就是主流的男性价值规范,代表了社会环境与文学标准对女性写作的负面影响,它"坚持认为女性必须顺从、贞洁、浑身散发香气、衣着优雅"(88)。从她的身

---

① 弗吉尼亚·吴尔夫:《一间自己的房间》,贾辉丰译,人民文学出版社,2003 年,第 30 页。
② 弗吉尼亚·吴尔夫:《一间自己的房间》,贾辉丰译,人民文学出版社,2003 年,第 37 页。

后更是传来无形的声音,告诫她要穿圈环衬裙,找一位丈夫,手指上有结婚戒指,还要准备婴儿用品。虽然这一切与奥兰多热爱写作、深入生活的天性相悖,伍尔夫却正色指出:"时代精神自有其不可违拗之处,它给所有试图抗拒者都带来巨大创痛,相形之下,那些识时务者的下场倒好些。"(141)所以,《奥兰多》通过一位作家的艰难成长和变性后的不同体验,反思了社会环境对女性写作的制约。

  变性前的奥兰多曾感觉诗神如惊鸿一瞥,难以定格,又如野鹅飞去,难以捕捉,但在获得了新的视角之后,思想发生了"激烈斗争":"本来好似岩石般牢固持久的习惯,在另一些思想的触动下,如阴影般坠落,露出无遮无拦的天空和光闪闪、亮晶晶的星星。"(100)也正是双性视野使她与具有同样气质的丈夫谢尔默丁之间产生了奇特的默契:"他发现她竟能一点儿不差地领会他的意思,不免又惊又喜。"(150)丈夫忍不住"迫不及待地问:'你能肯定自己不是男人?'"(150)奥兰多则回问:"你竟然不是女人,这可能吗?"(150)随着"野心像铅块骤然坠地"(57),奥兰多历数百年之沧桑笔耕不辍的诗集《大橡树》终告完成、出版,并获得大奖。此时已到1928年的10月11日,奥兰多不仅是一位已婚的36岁少妇,还有了一个可爱的儿子。虽然她已功成名就,但她已看穿了功名利禄如浮云的本质,深感写诗"是一种秘密的交流,即一个声音对另一个声音的回应"(192)。在她的想象中,她的丈夫谢尔默丁的双桅帆船穿越了合恩角的惊涛骇浪,正平安返航。午夜的第一声钟声敲响了。她在期待中,终于听见了一架飞机渐行渐近的轰鸣声。"现在已是一名优秀海船长的谢尔默丁,容光焕发,敏捷地跳到地面,就在此时,一只野鹅腾起,掠过他的头顶。"(195)小说由此诗意而神奇地戛然而止。

四

通过冲破地域、种族与性别壁垒的跨界想象,《奥兰多》虚构了一个女性浮士德在异质空间中深入"生活"、探究"真相"的求索过程,暗合了18世纪德国文豪歌德笔下的浮士德博士上天入地、穿越古今的探索之旅。和浮士德一样,奥兰多从个人情感的"小世界"步入开阔的"大世界",由西方来到东方,勘破了逸乐、社交与政客生涯的浮华与虚妄,最终在创造性的事业中获得了自我满足与实现。只不过浮士德的创造性事业是在18世纪启蒙背景下的变沧海为桑田,而奥兰多则是在艺术创造的天地中获得了成功。由此,伍尔夫向男性大师的传世经典表达了敬意,同时又特别关注了女性艺术家的困境与脱困之途,通过三重异质空间的建构,实现了对浮士德式自我实现的女性主义修正。

《奥兰多》中的第一重异质空间,首先是通过主人公跨越地理疆域的旅行而得以拓展的,因为隐含着流动性、冒险性、自由身份、经济实力等文化要素的旅行行为,古往今来更多是男性拥有的特权。《浮士德》中,中世纪的江湖术士浮士德与魔鬼靡菲斯特击节赌赛,遨游世界前曾豪迈声言:"我觉得有勇气,到世界上去闯一趟,去承担人间的祸福,去跟暴风雨奋战,在沉舟的碎裂声中毫不沮丧。"[①]然而,作为稳定性、依附性与私人空间之象征的女性,却与闯世界、"承担人间的祸福"的功业几乎无缘。如《荷马史诗》中的奥德修斯以征服特洛伊的"木马计"和在爱琴海上的浪漫历险受到代代吟游诗人的传颂,而他的妻子珀涅罗珀只能在纺纱织布中无望地等待二十年音信全无的丈夫;浮士德是"那个无目的、无宁息的怪物,像一道瀑布从巉岩奔向巉岩,狂热地咆哮着,一直向深渊奔去",而

---

① 歌德:《浮士德》,绿原译,人民文学出版社,1994年,第16页。

他的情人、蜗居在德国小镇上的市民少女格蕾琴却"在阿尔卑斯山区的小茅屋里给那个小世界圈住,一心忙着她的整个家务"①。创作《奥兰多》期间,伍尔夫在薇塔陪伴下前往剑桥大学做了两场有关"女性与小说"的演讲,后将其修订为著名的《一间自己的房间》。其中,伍尔夫反思了女性艺术家的创作困境,特别提到作家简·奥斯丁极其逼仄的家居生活对她拓展空间想象力的束缚,认为是地理和阅历上的局限性,使她的写作不得不沦为瓦尔特·司各特所说的"两寸象牙微雕",并惋惜另一位女作家夏洛蒂·勃朗特"比任何人都更清楚地知道,她的天赋,如果不仅仅耗费在寂寞地眺望远方的田野上,将会有多么大的收获,只要让她有机会去体验、交往和旅行"②。相形之下,男性则因拥有更多的人身自由而得以体味丰富的人生,积累不同的创作素材。所以伍尔夫认为,如果没有自由自在地与吉卜赛女子或贵妇人厮混,并亲身参战的珍贵体验,很难想象托尔斯泰能写出《塞瓦斯托波尔故事》《战争与和平》与《安娜·卡列尼娜》这样的皇皇大作。所以她既强调了女性拥有一年五百英镑收入和独立精神空间的重要性,同样也指出,"我想到给人拒之门外有多么不愉快;转念一想,给人关在门里可能更糟"③,强调了通过旅行开拓人生、锤炼思想对于艺术家成长的关键意义。《奥兰多》中,主人公的地域跨界包含了在都市与田园、西方与东方之间穿行的漫长旅程,由此得以体验有限人生的多个侧面,获得艺术创造的无限潜能:

  奥兰多现在召唤的,可能是那个砍断套在黑鬼骷髅头上绳索的少年;也可能是又把骷髅头拴好吊起的少年、坐在山坡上的少年、看

---

① 歌德:《浮士德》,绿原译,人民文学出版社,1994年,第91页。
② 弗吉尼亚·吴尔夫:《一间自己的房间》,贾辉丰译,人民文学出版社,2003年,第61页。
③ 弗吉尼亚·吴尔夫:《一间自己的房间》,贾辉丰译,人民文学出版社,2003年,第20页。

到诗人的少年、向女王呈上玫瑰水碗的少年;或者她在召唤那个爱上萨莎的青年、廷臣、大使、军人、旅行者;或许是那女子、吉卜赛人、娴雅的贵妇、隐修士、热爱生活的少女、文人的女恩主……所有这些自我都不相同,她可以召唤他们中的任何一个。(183)

通过异质空间的建构,女性身体与心灵的自由得以舒展,由此领略殊异的风景,体味别样的人生,在丰富的收获中激发艺术创造的灵感冲动。

五

其次,《奥兰多》中的跨界书写还体现为对种族藩篱的跨越:既包括身为男子的奥兰多对神秘冷艳、桀骜不驯的俄国公主萨莎那独特的异国情调的迷恋,及其在此基础上对俄罗斯莽原与冻土的向往,更体现为身为女子的奥兰多对吉卜赛人生活的向往,以至于即便在回到英国之后,吉卜赛营地也始终为其提供了秘密的精神滋养。

作为一个古老的民族,吉卜赛人于10世纪左右从印度旁遮普一带向欧陆迁徙,落脚于今天的罗马尼亚、保加利亚、斯洛伐克等地,也分布在美国、北非、中东等地。辗转迁徙、居无定所的生活方式,使这一生活在大篷车上的民族在部分西方人眼中成为兼具"美"与"恶"的双生花,既神秘浪漫、自由奔放,同时又因其占卜、行乞与歌舞表演等独特的求生手段而受到歧视与迫害,长期以来吸引了众多西方作家与艺术家的关注。吉卜赛人自由而散漫的生活态度与循规蹈矩的英国维多利亚时代中产阶级文明格格不入,但又为不堪清规戒律负累的现代人提供了一个缅怀逝去的乡村文明、对抗工业化与机械化的冰冷世界的出口,因而使得吉卜赛营地在不少作家与艺术家的心目中成为逃离功利主义的现代文明之渊薮的世外桃源。自身拥有西班牙吉卜赛人血统的薇塔的两部小说《遗产》

(*Heritage*,1919)和《挑战》(*Challenge*,1923)中也有对吉卜赛人的突出描写。前辈作家与闺中密友对吉卜赛人的热情深深影响了伍尔夫,使得她将女性艺术家突破传统禁忌、寻求自我实现的梦想与这一流浪民族的自由生活紧密联系在了一起。由于薇塔与她身为外交官的丈夫哈罗德·尼克尔森曾在君士坦丁堡生活过很长一段时期,伍尔夫于是将她心爱的主人公投奔吉卜赛营地的背景设置在了君士坦丁堡。

如浮士德在探索人生真理前所宣称的:"要是我有一件魔袍,把我带到异域番邦,那该多好!就是拿最贵重的衣裳,例如拿一袭皇袍来,我也不会把它换掉。"①对于奥兰多而言也同样如此。热爱写诗的他从孩提时代起,即怀揣着心爱的《大橡树》诗稿。这一卷纸"上面有大海、血和旅行的污渍。……她一直在写这首诗,迄今已近三百年"(136—137)。诗稿见证了他长期追寻缪斯女神,从郁郁葱葱的故乡丘陵到喧嚣繁华的都市伦敦,再到苍凉空旷的土耳其荒原的艰辛历程。被任命为大英帝国驻土耳其苏丹国家全权大使后,他不得不锦衣华服地整日周旋在达官贵胄们中间,虚费光阴。他的烦恼,正是浮士德怀才不遇、只能为封建小朝廷的淫逸君臣作法取乐时的烦恼,亦恰似歌德本人在魏玛公国度过的十年御用文人生涯的写真。因此,公务闲暇时分,吉卜赛人的自由世界便成为奥兰多的心灵寄托:"在使馆时,她常从阳台上眺望这些山脉,渴望到那里去。那里是她一直向往的地方,对喜欢沉思的人来说,那里可以给予思想充分的滋养。……不再需要盖章或签署文件,不再需要描摹花饰,不再需要拜访什么人。"(78—79)而由于他们之间在反叛主流生活方式与价值规约方面的相通性,"那些吉卜赛人似乎视她为自己人"(79)。

吉卜赛人的另类世界于是成为女性追求性别平等的异质空间。这就

---

① 歌德:《浮士德》,绿原译,人民文学出版社,1994年,第30页。

第十二章 弗吉尼亚·伍尔夫的《奥兰多》

是奥兰多"在革命前就与他们保持了秘密联络"（79）的原因，也是她在弃绝了显赫的大使与男性身份之后毅然投奔的新世界："在一棵高大的无花果树的暗影中，一位骑驴的吉卜赛老人在等她。他还牵了另一头带辔头的驴，奥兰多抬腿跨了上去。就这样，在一条瘦狗的护卫和一个吉卜赛人的陪伴下，大不列颠驻苏丹国朝廷的大使，骑驴离开了君士坦丁堡。"（78）而在她以女性之躯回到英国，面临着男权社会对其头衔、财产、地位的剥夺，同时在所谓"时代精神"的驱迫之下勉力成为一个柔弱的贵妇之后，吉卜赛人蔑视世俗财富与名望，以天地为庐、拥抱整个世界的豁达胸襟，更成为她反思与比较不同人生价值的宝贵参照。在回国的船上，奥兰多"觉得，无论上岸意味着何等舒适、富裕、出人头地和地位显赫，但如果这意味着循规蹈矩、奴役、欺骗，意味着拒绝她的爱情、束缚她的手脚、闭紧她的嘴巴、限制她的言语，她宁肯调转船头，再次扬帆驶向吉卜赛人"（92）。在吉卜赛营地，她曾攀登高山，漫游峡谷，在溪流边小坐，"向每一颗星、每一座山峰、每一堆篝火致敬"（80），感受自然的善与美，"追问何为真理，继而是爱情、友谊、诗歌"（81），与诗神一次次邂逅，诗兴与诗情喷涌而出。因此，吉卜赛营地构成了伍尔夫为女性艺术家的成长所开拓的对抗性别压迫的又一重异质空间。

六

除了地域与种族跨界之外，主人公最神奇的跨界是冲破性别间的对峙与壁垒，即在担任大使期间，君士坦丁堡发生了土耳其人推翻苏丹的暴动，奥兰多再度昏睡七天七夜后变成了女人。这一奇妙的构思呼应了人类始祖"双性同体"的圆融特征，集中表达了人类对两性和谐互补的理想境界的向往。

在《一间自己的房间》中，伍尔夫曾提出，与肉体的和谐相对应，头脑中的两性特征同样应该和谐：

  我不揣浅陋，勾勒了一幅灵魂的轮廓，令我们每个人，都受两种力量制约，一种是男性的，一种是女性的；在男性的头脑中，男人支配女人，在女性的头脑中，女人支配男人。正常的和适意的存在状态是，两人情意相投，和睦地生活在一起。如果你是男人，头脑中女性的一面应当发挥作用；而如果你是女性，也应与头脑中男性的一面交流。柯勒律治说，睿智的头脑是雌雄同体的，他说的或许就是这个意思。在此番交融完成后，头脑才能充分汲取营养，发挥它的所有功能。也许，纯粹男性化的头脑不能创造，正如纯粹女性化的头脑也不能创造。[1]

伍尔夫认为优秀的艺术家如莎士比亚等均是拥有"双性同体"的大脑的人，这种大脑"更多孔隙，易于引发共鸣；它能够不受妨碍地传达情感；它天生富于创造力、清晰、不断裂"[2]。"任何创造性行为，都必须有男性与女性之间心灵的某种协同。相反还必须相成。头脑必须四下里敞开，这才能让我们感觉，作家在完整地传达他的经验。必须自由自在，必须心气平和。"[3]通过这种"头脑中的联姻"，艺术家将获得最蓬勃的艺术创造力。这一"头脑中的联姻"，到了《奥兰多》中，即具象化为主人公神奇变性的超现实主义构思。伍尔夫使奥兰多集男性与女性的身份与经验于一体，通过在两性之间的自由穿行，享受情感与智性和谐一体的圆满，由此焕发出惊人的艺术创造力。可见，性别跨界以获得双性的互补、思想与情感的

---

[1] 弗吉尼亚·吴尔夫：《一间自己的房间》，贾辉丰译，人民文学出版社，2003年，第85页。
[2] 弗吉尼亚·吴尔夫：《一间自己的房间》，贾辉丰译，人民文学出版社，2003年，第86页。
[3] 弗吉尼亚·吴尔夫：《一间自己的房间》，贾辉丰译，人民文学出版社，2003年，第91页。

兼容,是伍尔夫为女性艺术家的成长构建的又一重异质空间。

从艺术上看,小说采用传记作者"我们"与读者交流、讲故事的方式展开,笔调轻快、幽默;主人公神奇变性又跨近 400 年时空而依然年轻的构思,整体上具有传奇色彩,但细节又处处逼真而细腻。"布鲁姆斯伯里文化圈"的研究专家赫麦尔妮·李(Hermione Lee)因此写道:"它对《到灯塔去》的挽歌情调扭过头去,又摆脱了《海浪》中对死亡的凝神思考。只有在《奥兰多》和《一间自己的房间》中,弗吉尼亚·伍尔夫才通过妇女写作的观点,摆脱了家庭的压力、宿命,以及疯狂的囚禁,真正解放了她自己。"[1]这部"解放了她自己"的华彩篇章,作为伍尔夫唯一未有死亡阴影笼罩的小说,亦可以被视为一部具有预言性质的女性版本的《浮士德》。

---

[1] Hermione Lee. *Virginia Woolf*. New York: Vintage Books, 1996, pp. 520 - 521.

第十三章
弗吉尼亚·伍尔夫的《弗勒希》

(《弗勒希：一条狗的传记》，唐嘉慧译，上海译文出版社，2009年)

在宠物狗的陪伴下长大的伍尔夫，始终怀有对小动物的亲切情感。薇塔·萨克维尔-韦斯特送给她的那条金色的名叫"平卡"的宠物狗，曾多次被她在日记与书信中提及。在创作长篇小说《岁月》的间隙中，她轻快地写成了以"平卡"为原型的狗的传记《弗勒希》，淋漓尽致地表现出她对狗的热爱与了解，以及对其习性和心态的谙熟。

一

《弗勒希：一条狗的传记》(*Flush: A Biography*, 1933)既呈现了女作家对爱犬的宠溺，再现了19世纪中期维多利亚女王治下著名女诗人伊丽莎白·巴雷特人生中一段最重要的经历，又体现出融虚构与纪实于一炉，幽默俏皮、轻快活泼的艺术风格，是一部以宠物狗的传记为题，实则虚构了勃朗宁夫妇的爱情与婚姻生活细节的小说作品，是对才华横溢的前辈女诗人的致敬之作，读来意趣盎然，令人不忍释卷。

伍尔夫与勃朗宁夫人是有很多相似之处的：她们都出身于上流社会，但却拥有专横跋扈、有着很强占有与控制欲的父亲；她们各自经历了与生活富足而保守压抑的原生家庭及其氛围的剥离，在崭新的知识分子交游

第十三章　弗吉尼亚·伍尔夫的《弗勒希》

圈中脱胎换骨、获得新生,并赢得了志同道合的爱人和美好的婚姻,同时又同样进行着与以男权为中心的社会习俗与文学传统的艰苦对抗,各自成为自己所处时代最为优异的女作家。所以伍尔夫对伊丽莎白的惺惺相惜是必然的。但是,熟读并精研过传记书写的她,并未采纳常规的传记写作方式,而是别出机杼地从女诗人的宠物狗——一条西班牙猎犬弗勒希的感觉、立场、视角与心态出发展开叙述,既是写狗,亦是写人,读来新鲜别致。

二

既是"一部传记",起笔部分,伍尔夫首先煞有介事地对弗勒希的宗亲族谱进行了一番追溯考证,以证明其高贵的血统和纯良的品格。家道中落的女作家米特福德小姐因怜惜伊丽莎白 15 岁时坠马受伤,足不出户、缠绵病榻的生活状态,决心忍痛割爱,将自己的爱犬弗勒希赠送给年轻的女诗人,希望为她孤寂而单调的生活带来一丝生机。于是,弗勒希告别了"三英里界标"的寒酸小屋和在英格兰原野上驰骋的自由生活,怯生生地来到了伦敦的温珀尔街,成为巴雷特小姐虽陈设富丽但阴暗沉闷的幽居生活中最珍贵的伴侣。小说十分精细地表现了弗勒希从野性的天地中来到一个陌生的城市环境后感觉、心态的种种变化,尤其出色地描写了一条活跃的幼犬那异常灵敏的嗅觉,通过弗勒希对伦敦家居与街道生活中捕捉到的各种气味的表现,侧面呈现了维多利亚中期充满烟火气的伦敦生活景象。

弗勒希一方面惦记着他的初恋,在青葱的原野上追逐野兔的自在生活,以及在伦敦街道上他新结识的朋友们对他的呼唤,另一方面又深爱与依恋着他的新主人,愿意为她做出牺牲,即便在门开着的时候也宁愿偎依在主人的身边,躺在她身边的小地毯上。就这样,通过弗勒希的观察与感受,读者们窥见了女诗人在被爱情击中心灵之前沉闷的日常生活状态:倚靠在沙发或床上读书、思考与写作,定期接待几位前来探望的友人,兄弟姐妹会来房间小坐,父亲傍晚时分则会专程前来探视,以及难得在风和日丽的好天气里乘车出门透口气,坐着轮椅在公园里散步,等等。唯有弗勒希能感知女主人的寂寞、孤凄与泪水,也唯有弗勒希能在家人完全盲目的状态下,仅凭蛛丝马迹就能准确预感到其生活中即将发生的重大变故。

因为伊丽莎白开始每天紧张地盼着写有同样字迹的信件的到来,特别是随着冬去春来,更是喜忧参半地等待着一位陌生访客到来的日子。在约定的某个下午,英俊潇洒、风度翩翩的年轻诗人勃朗宁先生终于拜访了他心仪已久的诗歌女神。两人一见如故,侃侃而谈,忘了时间,依依不舍。从此,伊丽莎白的精神状态大变,不仅有了求生的意志,恢复了良好的食欲,甚至开始自己下楼、出门步行。女主人的沉醉、激动、狂喜、不安与对自己的无视全被弗勒希看在了眼里。虽然他嫉妒并极端厌恶这位夺走了他的女主人的爱怜的人,甚至数度策划报复并狠狠地撕咬上一番,然而,深爱着主人的他却不得不妥协、让步,爱屋及乌地逐渐接受了勃朗宁先生的存在。而他被贫民窟中的无赖偷走、虐待并被用来敲诈巴雷特小姐的苦难经历,使得他们之间的感情纽带更加巩固。

伊丽莎白不顾家人的集体反对以及自己娇弱的身体,亲自前往贫民窟与盗匪头子谈判,最终以重金赎回了弗勒希。随后,弗勒希意识到了生活中最大的变故即将发生。因为伊丽莎白不仅在忠心耿耿的女仆威尔森的陪伴下悄悄出了门,回来时手上多了一枚亮闪闪的戒指,她又把它悄悄藏了起来,几天之后更是安排威尔森暗暗先将行李箱转移出去,主仆二人随后带着弗勒希在凌晨时分偷偷离开了巴雷特府!从弗勒希的视角,伍尔夫由此清晰地再现了伊丽莎白为爱情和独立暗自做的精心准备:她与勃朗宁先生私自举行的婚礼,她随后在女仆帮助下逃离父亲的禁锢和黑

第十三章 弗吉尼亚·伍尔夫的《弗勒希》

暗的未来,奔向自由舒展而阳光灿烂的意大利开始新生活的整个过程。

三

喧闹嘈杂、充满了活力的比萨城,和伦敦是多么的不同!目不暇接、嗅到了无数种新鲜气味的弗勒希"这么多年来,他从未感觉如此年轻、活泼过。最后,他头晕目眩却兴高采烈地倒在红色的瓷砖地上呼呼大睡,虽然以前他可以睡在温珀尔街后面房间的软枕头上,却从未睡得这么香甜过"(81)。

不仅弗勒希的生活发生了重大改变,奇迹更是发生在他的女主人身上。

> 现在她不但自称勃朗宁夫人,还在阳光底下炫耀手上的金戒指;她的变化跟弗勒希一样剧烈。弗勒希每天听她说"罗伯特"和"我丈夫"至少五十遍,而且声调里总带着得意,令他颈毛倒竖、心跳加速。不过改变的不只是她讲话的方式而已,她整个人都变了。比方说,以前她只啜一点点波尔特葡萄酒,且老是抱怨头痛,现在她却大杯大杯地喝勤地葡萄酒,睡得既香又甜;餐桌上总摆着一大串连枝带叶刚摘下来的新鲜橙子,不再是一小粒孤零零的酸黄果子;她不再坐着轮椅去摄政公园,却穿上那双厚皮靴,手脚并用地攀岩去;她不再搭乘双头马车去牛津街逛商店,却坐上一辆破烂的出租马车,一路摇摇晃晃地到湖边去欣赏山景;累了,她不再挥手去叫另一辆马车,却坐在石头上看蜥蜴。出大太阳她高兴,天气冷她也高兴。炉火将熄,她会把从公爵森林内捡来的松枝丢进火里,然后他们一起坐在噼啪响的烈火前,用力嗅闻那股辛辣浓郁的松香味儿。(83)

从这里，我们看到了爱情和婚姻给病弱的伊丽莎白带来的神奇力量，使她不仅从病榻上站了起来，而且机智勇敢地挣脱了家庭的羁绊和父亲的控制，在热情奔放的意大利土地上恢复了生机，呼吸到了自由、民主的欢快气息，写出了人生中最美妙的抒情诗歌。她日后闻名遐迩的《葡萄牙十四行诗集》(Sonnets from the Portuguese, 1850)，有很大一部分即写成于这一时期。

正如勃朗宁夫人忙着探索她新获得的自由，并且尽情享受自己新的发现，弗勒希也忙着发现及探索自由。不像在伦敦，在佛罗伦萨，拴狗链、公园管理员的警棍和偷狗贼都不见了踪影，"他飞奔，他驰骋；他的毛皮闪亮，他的眼睛发光。现在全世界都是他的朋友，每一条狗都是他的兄弟"(87)。既然他的女主人已找到了属于自己的牧神潘，如今"他是自己的主人"了，何况"爬满墙的紫藤和金链花正在盛开，洋苏木在庭院中生气勃勃地伸展着，野郁金香缀满田野。他为什么要等呢？"(88)。

弗勒希已到了生命中最华彩的时节。他自由而热烈地拥抱与享受爱情，那是一种"纯粹的爱，简单的爱，彻底的爱，毫无负担的爱，不知羞惭、悔恨为何物的爱，如同采花的蜜蜂才懂得的、当下此刻的爱"(89)。

而在放浪形骸、无忧无虑的状态中，弗勒希再次预感到了生活发生改变的征兆。从1849年的春天开始，一向不大做针线活儿的勃朗宁夫人竟然开始忙碌起缝纫活儿来了！弗勒希焦虑地寻找皮箱与收拾行李的蛛丝马迹，担心又一次的逃亡即将开始。然而，令他困惑不解的是，改变的迹象似乎并不意味着逃亡，相反极其神秘地代表着一种期待，仿佛是某人即将抵达似的。就像当初戒备与敌视勃朗宁先生，担心他夺走女主人对自己的爱一样，"嫉妒又焦虑的弗勒希严密监视每个新来的人"(92)，结果却出乎意料地发现："勃朗宁夫人不靠别人，一个人待在房间里，连前门都没打开，就从一个人变成两个人了！那可怕的东西躺在她旁边，不停舞动双臂,喵喵叫。"(94)这里,伍尔夫以令人捧腹的文笔,极其传神地写出了勃朗宁夫人的怀孕、生产以及这一过程在弗勒希心头激起的强烈反应。整整两个星期,可怜的弗勒希患上了严重的忧郁症,怎么哄都没有用。然而,虽说嫉妒、失落、愤怒而又痛苦,但弗勒希心头最重要的,依然是对主人无怨无悔的忠诚。随着时间的流逝,他终于想通了,悲壮地学着接纳宝宝。"他们把宝宝放在他背上,弗勒希得驮着他走来走去,还得忍受宝宝扯他的耳朵。可是他逆来顺受,风度极佳,即便耳朵被扯,也只转过头去'亲亲那双肥得有酒窝的小光脚'。"(95)结果"三个月之后,那一团羸弱无助,只会乱扯和喵喵叫的小肉球,竟然变得最喜欢他","最妙的是,弗勒希发现宝宝喜欢他,居然他也喜欢上宝宝"。(95)随着勃朗宁夫妇的爱情结晶问世,他们的婚姻之舟驶入了更加宁静、温馨的港湾。现在每个人都各得其所:"勃朗宁先生固定在一个房间内写作,勃朗宁夫人则固定在另一个房间内写作,宝宝在育婴房里玩,弗勒希则在佛罗伦萨的街道上晃荡,享受味道所带来的狂喜。"(97—98)

四

日子就这样一天天逝去了,勃朗宁夫妇渐渐地老去,弗勒希也慢慢变成了一条老狗。他的生活习惯发生了变化,不再喜欢撒欢儿奔跑,相反喜欢慵懒地躺在阴凉的地方躲避灼人的阳光,享受年轻的狗儿们向他倾诉各自的故事,并向他们叙述自己过往的丰富经历。他并不嫉妒他们的活力,因为他自己也年轻过,好好地爱过并被爱着。他甚至常常沉浸在梦中,忆起当年从米特福德小姐身旁溜开,奔到山坡上猎兔子,以及在伦敦白教堂区的强盗窝里被虐待、忍饥挨饿的情景。

一天,从噩梦中醒来后,弗勒希不顾一切地冲回勃朗宁夫人正在其中看书的房间,"跳上沙发,把自己的脸贴上她的脸"(119)。

就在那一瞬间,她突然想起自己曾经写过的一首诗:

你看这条狗。才不过昨天
沉思的我忘了他的存在
直到万千思绪引来泪珠点点
泪湿双颊的我躺在枕头上
一颗如牧神般的毛毛头贴近
多么突然,贴近我的脸——两只澄金的
大眼睛盯着我的眼睛———片垂耳
轻轻拍抚我的双颊,将泪痕擦干!
起先我惊讶,仿佛阿卡迪亚人,
乍见朦胧树丛间半人半羊的神仙
然而,当虬髯的脸庞更贴近
我的泪已干,我知道那是弗勒希。
超越惊讶与哀伤,我感谢真正的潘
透过低等动物,带我登上爱的巅峰。

就在这宁静、甜蜜而又感伤的氛围中,忠诚的弗勒希偎依着他心爱的主人,静静地离开了这个世界。

这个小小的故事,既幽默风趣,又感人至深。它是一曲爱的颂歌,既写出了西班牙猎犬弗勒希对主人一家的忠诚挚爱,也从狗的角度表现了勃朗宁夫妇的传奇情爱和甜蜜婚姻,以及他们各自在爱的润泽下勃发的艺术创造力。勃朗宁夫人的传世名作有赠给丈夫的真挚感人的爱情诗集《葡萄牙十四行诗集》、无韵叙事长诗《奥罗拉·李》等,罗伯特·勃朗宁(Robert Browning)最有代表性的作品则有诗集《男人和女人》(*Men and*

第十三章 弗吉尼亚·伍尔夫的《弗勒希》

Women, 1855）、无韵体叙事诗《指环和书》(*The Ring and the Book*, 1868—1869）等。勃朗宁夫人在丈夫的怀中去世后，被安葬于佛罗伦萨的英国公墓。罗伯特·勃朗宁后来则在英国威斯敏斯特大教堂内获得了永久的安息。而他们忠诚的爱犬弗勒希迄今依然躺在勃朗宁夫妇当年在圭迪府邸的爱巢里，见证着文学史上这段堪称天作之合的诗人之爱。

第十四章
弗吉尼亚·伍尔夫的《岁月》

(《岁月》,蒲隆译,人民文学出版社,2003年)

时间、生命与存在,尤其是女性的生活、困境与精神发展,是伍尔夫终其一生加以关注,并在小说与随笔创作中始终加以探索的核心主题。1928年10月,她以"女性与小说"为题,在剑桥大学进行了两次学术演讲,一次在纽厄纳姆学院的艺术爱好者协会,另一次在格顿学院的艺术爱好者协会。1929年问世的《一间自己的房间》,即是以这两次演讲的内容为基础修订而成的长篇论文,梳理了女性文学传统,反思了女性写作困境,讨论了女性作家与小说等文类的关系,同时提出了"双性同体"的著名构想。

后来,伍尔夫在英国的妇女参政权运动,以及埃塞尔·玛丽·史密斯(Ethel Mary Smyth)等具有女权意识的朋友的影响下,又产生了写作《一间自己的房间》续集的想法,并有了一个初步的标题叫《妇女的职业》。1931年1月21日,她在伦敦全国妇女事务协会组织的一次聚会上再度发表了演讲。一年之后,她将构想具体化到了小说《帕吉特家族》的写作上,并在1932年11月2日的日记中表达了自己将"换换口味写点现实"的愿望,同时将《帕吉特家族》界定为一部"散文(随笔)-小说"(essay-novel),有意将对帕吉特这一英国中产阶级家族成员具体生活的描写,与《一间自己的房间》式的追溯、反思、质疑和论辩性的散文文体合而为一:

第十四章　弗吉尼亚·伍尔夫的《岁月》

……去囊括一切事物、性、教育、生活等等。像岩羚羊一样以最有力、敏捷的跳跃蹦过悬崖,从 1880 年来到此时此地。……一切事物都在自愿汇入那条溪流,就像《奥兰多》那样。当然,发生的事情是,在放弃现实小说这么多年后——自 1919 年以来——《夜与日》是过时的——我发现自己对换换口味写点现实感到无限喜悦,也为拥有难以计数的未知因素而感到无限喜悦。……我确信,这是真正的路线,在《海浪》之后——帕吉特一家自然会导向下一个阶段,即散文(随笔)-小说。①

由于各种事务的纷扰,伍尔夫原定的散文(随笔)部分被放弃了,其关于女性的基本观点后来纳入了随笔《三个基尼》(*Three Guineas*, 1938)中,对小说部分的写作则持续了下来,这就是 1937 年初问世的伍尔夫第八部长篇小说,也是她最长的一部作品《岁月》(*The Years*)。

一

从内容上看,小说与《一间自己的房间》一脉相承,体现出伍尔夫鲜明而又独特的历史意识。历史并非仅仅由伟大人物、重大事件断裂式拼接、连缀而成,而是流动的、连续的,由普通人的寻常琐事、家居日常点点滴滴建构而成。芸芸众生的日常生活和他们的所思所想,因而成为历史必不可少的组成部分。与此同时,过往的正统历史叙述仅仅是由"庄园""十字军东征"等政治法律、军事战争以及教会活动等属于男性的生活组成的,占到人口一半的女性及其生活却在其中籍籍无名,扮演了可悲的缺席者。作为在维多利亚时代晚期的伦敦知识分子家庭中成长起来的女作

---

① 转引自昆汀·贝尔:《伍尔夫传》,萧易译,江苏教育出版社,2005 年,第 386 页。

家,伍尔夫将童年时代的家居记忆、少女时期作为茶桌边的"天使"的黯淡生活,及其所熟谙的中产之家下午茶、晚宴、客厅中的闲谈等日常生活场景,作为历史的见证在帕吉特家族的编年体生活叙事中栩栩如生地呈现了出来。对于痛感女性在历史与现实中遭受的剥夺并体现出越来越清晰的女性意识的伍尔夫来说,帕吉特家族女性成员的生活与命运,尤其会成为她重点加以追踪与表现的内容,成为她独特历史画幅中最重要的主人公。

《岁月》最早的书名是《帕吉特家族》,后来曾被改为《此时此地》。由11个部分构成,每一部分都以提示时光流逝的年代为标题,分别是"1880年""1891年""1907年""1908年""1910年""1911年""1913年""1914年""1917年""1918年"和"现在"。在无情逝去的流年中,伍尔夫通过对一个英国上流社会的家族——帕吉特家族三代人生活的片段式聚焦,象征性地勾勒了自维多利亚时代后期到20世纪30年代二战前夕半个多世纪的社会生活史。

1880年。

4月里一个狂风呼啸的下午。这是英国维多利亚女王统治后期等级秩序森严,伦敦城内的绅士淑女依然保持着中规中矩的生活方式与仪态的时代。这一部分在篇幅上较长,主要包括:帕吉特上校家人聚在一起喝下午茶、用晚餐,晚餐被上校夫人陷入昏迷的危险状况所打断,当晚夫人去世的生活片段;牛津大学的学生宿舍里,帕吉特上校的儿子爱德华与两位同学喝酒聚谈;牛津大学某学院院长马隆夫妇和女儿吉蒂在家中招待与送别宾客,吉蒂小姐第二天先后去上了克拉多克小姐的历史课,到穷朋友罗布森小姐家与她的家人一起喝下午茶,归来后又参加了家中举行的晚宴;马隆太太从爱德华的来信中获知了自己的妹妹罗丝,即上校夫人去世的噩耗,以及家人与亲友前往教堂墓地为帕吉特夫人举行落葬仪式的场景。

小说开局,百无聊赖的埃布尔·帕吉特上校离开军官俱乐部,去他的小情人米拉处呆了一小会儿。而在他阿伯康街的家里,卧病的帕吉特夫人正在楼上的卧室中奄奄一息,几个孩子则等着父亲回来一起喝下午茶。擅长描写上流家庭的社交聚会、茶会宴请场景的伍尔夫,细致表现了帕吉特上校的二女儿米莉与三女儿迪莉娅在少女时代的亲密关系,真实再现了伍尔夫在母亲去世前后和姐姐文尼莎·贝尔之间相依为命的精神维系。长女埃莉诺刚刚走贫访苦归来,其"家庭天使"的气质与美德正是现实生活中伍尔夫同母异父的姐姐斯特拉的真实写照。迪莉娅作为父亲最宠爱的女儿,最理解父亲的心思,亦因母亲长期卧病造成家庭气氛沉闷压抑而对其怀有爱恨交织的复杂情感。

上校回来和家人一起喝茶,客厅里的气氛尴尬而又紧张。晚餐刚端上桌,仆人来报夫人昏过去的消息。刚下班回家的次子、律师助理莫里斯匆匆赶去请医生。当天深夜,夫人去世。幼小的孩子们被唤醒来与母亲做最后的诀别。此处场景中母亲卧房的陈设和气氛,真实复现了少女时代的伍尔夫对母亲去世的诸种印象。

在这一部分里,伍尔夫在纵向的时间轴中截取了数个切面进行了精雕细琢,通过下午茶、晚餐和客厅交谈等生活场景,逼真再现了大家庭中的复杂关系,包括父女间的隔阂、姐妹间的深情、父亲暴躁的性格和小兄妹的口角等等。通过细节、动作、对话与心理描写,伍尔夫让焦点在不同人物之间灵活切换,但更多落笔于三女儿的心理,表现了她与父亲之间的默契,对母亲久病拖累家人、让家庭气氛备感压抑紧张的怨愤等等。

第二个场景同步出现在雨夜的牛津校园。帕吉特上校的长子爱德华在宿舍备考。这个相貌英俊、学习刻苦、热爱古希腊文学的青年才俊的形象,再次表现了伍尔夫对深爱的哥哥托比的思念。小说从他的行为与心理活动展开,表现了他与两位性情大不相同的同学饮酒交谈的场景。

与此同时,在牛津某学院院长的住宅内,马隆夫妇结束了对客人的款待,正在门口送别客人。马隆夫人和帕吉特夫人是亲姐妹。第二天,马隆小姐吉蒂先去克拉多克小姐家上了历史课,受到了她的批评,随后到罗布森小姐家喝了茶。这里,伍尔夫以现实主义的笔法,呈现了贫苦家庭寒酸的家居陈设。也正是由于阶级差异,马隆小姐与罗布森家人显得格格不入。晚餐后,吉蒂陪母亲刺绣、读报、聊天。这一天以马隆夫人收到妹妹去世的消息而告终。

最后的片段是帕吉特夫人的葬礼,主要从迪莉娅的观察与感受展开。

1891年。

秋天到了。伍尔夫在想象中先是抒写了英国北方与南方、牛津、伦敦和乡村不同的秋日风景,随后交代了众多人物在八年后的生活改变:吉蒂已出嫁,成为高贵的拉斯韦德夫人,有了可爱的儿子;米莉嫁给了哥哥爱德华爱打猎的同学休·吉布斯,也已经怀孕;暗恋表妹吉蒂的爱德华成了牛津大学的古典学者,沉浸在希腊文与拉丁文的世界中;而莫里斯终于实现了当律师的梦想,成功地在伦敦拥有了自己的律师事务所。

随后,伍尔夫将长镜头推近并聚焦于埃莉诺,集中呈现了埃莉诺一天之内的忙碌生活。为了照顾家庭和老父,她放弃了婚姻。以下六个场景,浓缩了她的日常生活状态:

她先是匆匆赶去某个委员会参加会议,然后奔至贫民区的房客那里,约见达弗斯落实房屋的修缮事宜;在赶回家中陪父亲用午餐之前,她又匆匆奔向附近的商店为堂妹玛吉挑选生日礼物;饭后,她赶往法院旁听弟弟莫里斯参与的一桩案件的审理,路上还忙着读小弟弟马丁从印度寄来的信件;最后,她逃离了冗长沉闷的审案现场,来到滨河大道散步,从报纸上见到了爱尔兰民族独立运动领袖查尔斯·斯图尔特·巴涅尔逝世的

第十四章 弗吉尼亚·伍尔夫的《岁月》

消息。

与此同时,帕吉特上校在去弟弟迪格比·帕吉特爵士家做客的路上,也在报纸上读到了巴涅尔逝世的新闻。在弟弟家,他和弟媳欧仁妮相谈甚欢。他嫉妒弟弟一家主妇活泼、孩童绕膝,充满混乱与活力的家庭氛围,为自己失去配偶、孩子们都长大远离,只能孤老一人黯然神伤。

1907 年。

又是 16 年过去了。仲夏时节炎热的夜晚,货车在前往伦敦的道路上轧轧前行,而在伦敦市内,夜生活则刚刚开始。欧仁妮和丈夫迪格比爵士带着成年的女儿玛吉出门参加舞会,并为女儿已长成为一个明艳的淑女而备感自豪。而玛吉的妹妹萨莉却因邻家花园中传来的舞曲声而读不成书,睡不成觉。百无聊赖之中,她取下了堂兄爱德华送的一本希腊悲剧《安提戈涅》的英文译本读了起来,然后终于睡着了。

玛吉从舞会回来后来看望妹妹。母亲也来了,母女三人其乐融融。母亲还为两个女儿跳了一段华尔兹舞。后来,母亲被父亲唤走。

1908 年。

3 月。伍尔夫首先从春天无情肆虐、扫荡一切的狂风起笔。在不到一年的时间里,帕吉特夫人欧仁妮、迪格比爵士先后故去,他们在布朗街的房子也出售了。人去楼空,从印度回来的马丁站在门前备觉凄凉,遂回到阿伯康街自家的老宅去看望中风的老父和姐姐。

1910 年。

喜欢在开篇处遥想各处风景变幻的伍尔夫,再度畅想了春日乡下和伦敦的街景。

搬至一个混乱而喧闹的街区居住的玛吉和萨莉在家中为堂姐萝丝前来用午餐做准备。萝丝来到,三人聚谈。饭后,萨莉跟着萝丝去参加一个争取妇女参政权的会议,视角因而在不同人物的感受和情绪间不断转换。

埃莉诺也参加了此次会议,所以心理视角又转向了埃莉诺。拉斯韦德夫人吉蒂也来了,因当晚要去听歌剧,所以穿着不合时宜的亮闪闪的夜礼服。会议结束后,吉蒂用车将埃莉诺带到了地铁口,随后乘车前往考文垂花园的歌剧院,观看歌剧《齐格弗里德》的演出。表兄爱德华也来到了包厢。当晚,玛吉姐妹在闲谈中,听到了外面大街上传来的国王爱德华七世晏驾的消息。

1911年。

随着爱德华七世驾崩,改朝换代,其子乔治五世即位。盛夏时节,在老父去世后,已是55岁的埃莉诺结束了在希腊、西班牙的旅行,前往弟弟莫里斯和弟媳西莉娅在乡村的庄园度夏,并思考着自己的未来安居之所。

晚宴结束后,埃莉诺和西莉娅,以及弟弟的两个孩子佩吉和诺思在暮色中的平台上喝咖啡,谈及家族成员近况,包括帕吉特上校在阿伯康街的房子即将售出,玛吉即将在巴黎分娩,等等。

天黑了,众人返回客厅,陪西莉娅的老母钦纳里老夫人打惠斯特牌。本部分以埃莉诺在床上对自己生活的沉思结束。

1913年。

1月的下雪天。阿伯康街的老宅终于售出,家当都被儿女们分走了,显得空落落的。到了不得不说再见的时刻,为帕吉特家服务了整整四十年的老仆克罗斯比怀抱着奄奄一息的老狗和一些纪念品,泪眼晶莹地离开,带着埃莉诺给的一笔养老金去了里士满的新居养老。下一个场景则是她为心爱的小主人马丁取换洗衣服时和马丁的交谈。

1914年。

开春了,万物复苏。

马丁在圣保罗大教堂的台阶上遇见了堂妹萨莉,于是请她共进午餐。他们谈到了萝丝。萝丝因为在争取妇女选举权的示威游行中砸破了窗玻璃而被捕入狱。午餐后,马丁陪萨莉到圆形池畔与玛吉见面。此时,随着科学技术的不断发展,小汽车已取代了当年的马车,成为城市的主要交通工具。玛吉嫁给了一位法国教授勒内,有了一个孩子。在公园消磨了一段时间后,马丁·帕吉特上尉前往表姐吉蒂、如今已是里格比伯爵夫人的豪宅中参加晚宴。从宴会到咖啡时间,伍尔夫让心理视角在不同人之间自如流转,其间又穿插了对话与动作,显示了作家融外部现实与内在真实、现实主义与现代主义技巧于一炉的娴熟笔法。吉蒂的长子在远方服役,次子在伊顿公学读书。

夜渐渐深了,客人们告辞而去。吉蒂则在仆人的帮助下匆匆去赶前往北方乡村的夜行火车。和达洛卫夫人相似,这位贵妇具有游走于豪华世界内外的双重能力,既是上流社会殷勤周到的女主人,又是对世俗生活抱有自省立场、体现出一定批判意识的边缘人。她不虚荣亦不浮夸,在社交场上甚至显得有些笨拙,内心真正喜爱的是乡村、独处的宁静而真实的时光。小说对吉蒂返回乡村后,第二天清晨即去户外漫游、散步,亲近大自然的所见所闻、所思所想的诗意描写,表达了伍尔夫对什么是真实的生命与有意义的存在的深切思考:

> 她在树林下行走的当儿,似乎起风了。风在树顶歌唱,但在树下却无声无息。枯叶在脚下沙沙;叶间冒出淡淡的春花,一年里最可爱的——蓝花和白花,在软垫似的青苔上颤栗。满眼春色令人愁,她想:它能勾起回忆。物换星移,白云苍狗,她想,沿着林荫小径往上爬。这都不是她的;她儿子会继承的;他的妻子将会在这里步她的后尘。她折下一根细枝;她摘下一朵鲜花,贴到唇边。但她正当盛年;她精力充沛。她迈着大步向前走去。地面突然陡立起来;她的厚底鞋踩在地上,她感到肌肉强健灵活。她把花扔掉。她越爬越高,树木

变稀了。突然她看见夹在两棵条纹树干中间的天特别的蓝。她出来站在山丘顶上。风停了,周围是一望无际的乡野。(238)

吉蒂流连于自然光色变幻的壮观与静美,以及它们给予人的真正的抚慰。就在这一瞬间,她达到了一种新的精神上的领悟。这其中想来也凝聚了伍尔夫本人在乡间寓所的户外漫步时所感受到的美好与纯净:

她的身体似乎缩了;她的眼界似乎大了。她扑到地面上,远眺那波涛般起伏的大地,延伸开去,直到远方连接大海。从这个高度望去,无人耕作,无人居住,自给自足地存在着,没有城镇,没有房屋。楔形的黑影,宽阔的光带,并存着。她注视着,光明在移动;黑暗也在移动;光与影掠过了千山万壑。她耳边响起喃喃的歌声——大地自己在向自己唱歌,独一无二的合唱。她躺着听。她心花怒放。时间静止了。(239)

这种"天人合一"的时刻,正是伍尔夫在其一生和艺术中始终孜孜以求的"存在的瞬间"。

二

1917年。

此时正值一战期间。德国人空袭了伦敦。伦敦城内实行灯火管制,街道上黑黢黢的。冬夜,埃莉诺前往玛吉夫妇的家,与他们以及萨莉共进晚餐。小说写到了恰逢空袭,主客下到地窖躲避的场景。我们看到,虽然战争惨绝人寰,死伤无数,但在伍尔夫的小说中,这类重大历史事件往往构成陪衬与背景,而真正烘托出来的主角是岁月和时间,是普通人在岁月流逝中老去的生命,是埃莉诺对自己生活的思考。

1918年。

退休的老仆克罗斯比寄人篱下,老来无依,虽然腿脚不便,但依然不得不亲自出门去买食物和用品。警报长鸣,礼炮声大作。一战终于结束了。

叙述随后跳跃到了小说中篇幅最长的"现在"。

夏日夕阳西下的时分。此时已是二战的前夕。

埃莉诺住在公寓套房中,正在送别从非洲农场回来的弟弟莫里斯的儿子诺思。她又去过一趟印度,肤色被晒得黧黑。这时的她,已是七十多岁的老妇了。

诺思告别后出门,在伦敦开车。由于长期生活在非洲,他对伦敦的拥挤、繁华与喧闹已很不习惯。他驾车是应约去与堂姑妈萨莉吃饭的。科学日新月异,此时电话和淋浴器都已经出现了。

随着电话铃声响起,场景转至打电话来的埃莉诺和佩吉一起吃饭的过程。饭后,两人叫了出租车前往迪莉娅举办的家族晚会。

电话的另一头,萨莉、诺思和玛吉夫妇也准备好前去赴会。这一部分,伍尔夫的心理聚焦主要集中于家族的第三代知识女性、产科医生佩吉身上。

在迪莉娅家,帕吉特家族的第二、第三代人,还有他们的配偶和朋友们终于相聚了。帕吉特上校的七个子女爱德华、埃莉诺、莫里斯、米莉、迪莉娅、萝丝和马丁都来齐了;他们的表姐妹吉蒂来了;迪格比爵士夫妇的两个女儿玛吉和萨莉也来了。帕吉特家族第三代成员中来的是莫里斯的孩子佩吉和诺思。时光荏苒。吉蒂成了寡妇。爱德华则依然孑然一身。萝丝的耳朵聋了。别的人则或肥胖或衰老。大家相互交谈、打趣、怀旧,直至天明。家族的第二代人伫立于窗边,体现出一种群体雕像的质感,仿佛成为历史的永恒化身:"窗口的那一伙,男的穿着黑白分明的夜礼服,女的有的披红,有的挂金,有的戴银,一时间显露出一种雕像般的神态,仿佛他们是用石头刻成的。她们的衣裙垂下来,形成雕刻一样的僵硬的皱褶。"(379)而在窗外,已是晨曦初露。鸽子在欢啼,微风拂过广场,树枝沙沙作响。小说最后以"太阳已经升起,房屋上方的天空显得格外美丽、单纯、宁静"(381)利落结束。

三

如前所述,作品覆盖的半个多世纪的岁月,涉及了不少在英国甚至是人类历史上发生的重大事件,比如维多利亚女王的驾崩、爱德华七世的即位和驾崩、乔治五世的即位,大英帝国的海外殖民扩张、轰轰烈烈的妇女争取选举权运动、爱尔兰民族独立运动、一战的爆发与终结、纳粹法西斯势力的抬头、人类普遍的文明危机感,等等。但伍尔夫并未使这些重大事件成为叙述的焦点,而使其构成了普通人生活与生命的阶段性背景与陪衬。她真正重视的,是岁月流逝中人的真实的生存状态,红颜易老、韶华易逝反衬出来的人世沧桑和时光无情,是帕吉特家族成员或多或少并潜移默化地所受到的外界现实与历史事件的影响,是这一家族祖孙三代的出生、成长、婚姻、事业、成功、失败与死亡。英国书评家帕梅拉·汉斯福德·约翰逊(Pamela Hansford Johnson)写道:

> 伍尔夫夫人以她的审慎而流畅的技巧、丰富的想象和惊人的洞察力所创造出来的,不仅是记忆之中的斑斓岁月,而且也是岁月在进入记忆之时所散发出的馨香。对帕吉特家,虽然只是尖锐、明晰、概略地交代一番,但却从没有脱离故事的背景。不论他们的存在是多么分散或明显,都永远从属于泰坦时代,那些年代身影相随,有时使人的脸庞难以辨认,有时使人焕发出一种老年的、庄严的美。在伍尔

第十四章 弗吉尼亚·伍尔夫的《岁月》

夫夫人的所有小说中,这一本可以说是最怀旧、最严肃和最感人的。①

由此意义上说,小说的真正主人公其实就是时间。伍尔夫早年在年轻气盛之时,曾经无情抨击了英国老一辈现实主义小说大师阿诺德·贝内特的"物质主义"。晚年的她修正了青年时代的偏激,作品中的现实主义成分也明显抬头。她的《岁月》从某种意义上即有着与贝内特的小说名作《老妇谭》(The Old Wives' Tale, 1908)相近的主题。《老妇谭》以英格兰中部某小镇一家布店老板的两个女儿康斯登司和索菲亚的生活经历谋篇布局,波澜不惊,如同对普通中产阶级妇女的生活实录一般,由此感叹岁月的无情,表明人生只是一个由生入死的衰老过程。小说家 E. M. 福斯特在《小说面面观》中指出:"时间是《老妇谭》一书里真正的英雄。"时间同样是《岁月》中真正的主人公。伍厚恺也认为:"伍尔夫仍然像过去那样,以时间和大自然来提供宏大深远的背景和一种非人类的视角,映照着人类生活戏剧的演变。"②

除了时光与岁月,伍尔夫在作品中亦涵纳了丰富的内容,包括:女性因缺乏教育和职业训练而变得琐碎狭隘,被迫放弃爱好与梦想,被排斥在公共的社会空间之外,只能成为晚宴与茶桌边外表光鲜、内心肤浅空洞的所谓"天使"的可悲处境;战争对人们生活勇气与价值信念的摧残;维多利亚清教主义传统对自由心灵的压迫和窒息;代沟;阶级冲突;对英国殖民事业的批判;等等。如小说中落笔最多的人物之一埃莉诺,作为一个为父亲、为家庭、为弟妹而自我牺牲与奉献的女性,在老父故去、自己开始新生活为时已晚的处境下,不断思索生命的意义。她是一个自我失落、自我牺

---

① 帕梅拉·汉斯福德·约翰逊:《评〈岁月〉》,见瞿世镜编选:《伍尔夫研究》,上海文艺出版社,1988 年,第 288 页。
② 伍厚恺:《弗吉尼亚·伍尔夫:存在的瞬间》,四川人民出版社,1999 年,第 331 页。

牲的传统女性形象。又如吉蒂,作为上层知识分子家庭出身的女儿,只能放弃自己对农业的兴趣,满足自身所处阶层的要求和父母的期待,成为一名周旋于交际场中的贵妇。创作期间,伍尔夫在1933年4月25日的日记中写道:"我想我开始抓住了整体。在此书的结尾,日常的正常生活中的那种压力,将会继续存在。它并不说教,但是,它将包含不可胜数的思想观念——历史、政治、女权运动、艺术、文学——一言以蔽之,它将概括我所知道的、感受的、嘲笑的、鄙视的、喜欢的、赞美的、憎恨的等方面。"[1]著名的传记作家赫麦尔妮·李也认为,《岁月》在某种程度上是对她之前作品主题的重构,是一部集大成之作:

> 《远航》里中产阶级姑娘被压抑了的成长历程;《夜与日》中维多利亚时代传统对下一代的压力(特别是对他们的性选择);《雅各的房间》和《达洛卫夫人》里战争的耗损与创伤,还有《达洛卫夫人》中延续到战后的不公正的社会结构;《到灯塔去》里家庭生活的专制;《奥兰多》中一个帝国的历史的讽刺性盛景;《一间自己的房间》里妇女的缄默无声和她们对英格兰所持的局外人观点;《海浪》里六个人物的孤独、阶级压抑和死亡之感;还有《弗勒希》中从维多利亚式家庭中的逃离;这些先期观念都在《岁月》中寻找到了它们最具颠覆性的、粗粝的和愤怒的表达。[2]

---

[1] Virginia Woolf. *A Writer's Diary*. ed. Leonard Woolf, London: The Hogarth Press, 1954, p. 198.
[2] Hermione Lee. *Virginia Woolf*. New York: Vintage Books, 1996, p. 627.

四

  从艺术上说,在以"生命三部曲"达到了意识流小说创作的巅峰之后,伍尔夫的创作体现了一定的向现实主义文学传统致敬与回归的趋向,体现出不断自我挑战与超越的艺术创新活力,这一点在《岁月》和后面创作的《幕间》(*Between the Acts*,1941)中都有明显体现。创作《岁月》期间,伍尔夫在 1933 年 4 月 25 日的日记中写道:"我希望能表现当下社会的整体——什么也不遗漏:既有事实也有视觉,将两者融为一体。我的意思是,使《海浪》与《夜与日》同步进行。"[①]《夜与日》代表的,是早期的现实主义传统;《海浪》则是其意识流探索的高峰。因此,《岁月》体现出现实主义与现代主义技巧的有机交融。意识流小说鼎盛时期的诸多技巧,如深入挖掘与追踪人物心理的幽微变化,多视角叙事的自如流转,以及象征技巧等等,依然在小说中多有保留。小说采用了历时性的编年体叙事框架,其间容纳了 11 个年份中在某一共同的时间点或时间段上展开,但在不同的空间内发生的生活场景,时间上基本控制在一天之内,呈现了各色人等的生活状态、彼此之间的交往与心理感受。伍尔夫细腻准确地刻画了人物的外貌、服饰、动作与对话,同时又融入了不同人物纷繁的思绪、回忆、印象与感受,勾画了世纪之交的英国中产阶级青年对各自生命形态的选择过程,以及维多利亚价值观和新一代价值观之间的尖锐对立,使得人物的个性化特征与气质跃然纸上。如埃莉诺这位最具自我牺牲精神并作为人际关系黏合剂的女性形象,融合了伍尔夫对母亲朱莉亚、姐姐斯特拉和文尼莎,以及维多利亚时代许许多多"家庭天使"形象的理解。而感到家族聚会沉

[①] Virginia Woolf. *A Writer's Diary*. ed. Leonard Woolf, London: The Hogarth Press, 1954, p. 198.

闷压抑的年轻人诺思则认为,对自己这代人来说,需要过"另一种生活,一种截然不同的生活。不是歌舞杂耍场,不是震天响的传声筒;不是成群结伙、穿戴整齐、跟在领导屁股后面亦步亦趋,循规蹈矩。不是,从内心做起,让外表形式见鬼去吧"(358)。

同时,从整体上看,《岁月》的描写更为细致、具体,没有《海浪》那般抽象与空灵,但依然保留了《海浪》在各部分的前面都加上一个抒情"引子"的形式特征,即在每一部分的开头都有关于时令、季节与天气的抒情性、想象性描写,随后转入帕吉特家族成员的日常生活。如"1910年"部分的开头是这样写的:

在乡下,这是极其平常的一天,流年似水,日月如梭,把翠绿变成橙黄,把青草变为收获,这就是悠悠岁月中的一天。这是一个典型的英国春日,不热不冷,但春光明媚,小山后面的一块紫云也许预示着山雨欲来。青草青青,浮漾着阴影,拂荡着阳光。(136)

"1913年"部分的开头是:

一月天。在下雪;雪下了一整天。天空延展开来,像一只灰鹅的翅膀,羽毛纷纷扬扬落遍英国。万里长空只有漫天飘落的雪花。阡陌铺平了,洼地填满了;雪壅塞了河流,遮暗了窗子,楔入了门户。空中有种细微的淅沥声,一连串轻轻的爆裂声,仿佛空气本身也要化作飞雪;偶尔有一只羊咳嗽,雪从树枝上扑腾落下,或者从伦敦的一家屋顶上大片崩落下来,除此之外,万籁无声。(183)

节令、天气、自然风物的不断复现,正象征着岁月的流逝与自然的循环,并与生命的脆弱形成对比。而除了冬去春来、时令的不断循环之外,小说的这一循环模式,还体现为一些相似的事件也在年复一年地发生,如人的出生、成长、结婚、生子、衰老、死亡等等,这就使得帕吉特家族成为人类生生不息、绵延不绝的象征,就像历经地狱、炼狱与天堂的但丁成为不断涤除罪恶、追求至善的人类普遍精神的象征一样。

第十五章
伊迪丝·华顿的《纯真年代》

(《纯真年代》,赵兴国、赵玲译,译林出版社,2002年)

在西方文学史上,表现一位地位优越的青年男子在订婚之后爱上了另一个女子,痛苦地在屈从社会习俗与追求个人幸福之间纠结的著名小说,有乔治·爱略特的《佛洛斯河磨坊》、约翰·福尔斯的《法国中尉的女人》等等。美国女作家伊迪丝·华顿的《纯真年代》也属性质相类的作品,然而它们结局不同,艺术上也各有特点。《纯真年代》以出色的世俗风情描写与人物心理表现而见长,十分耐读。

一

小说的故事背景是在19世纪70年代称作老纽约的上层社会。男主人公纽兰·阿切尔是一位家族门第古老显赫的年轻人,在一家法律事务所做着悠闲的合伙人。他和明戈特老夫人的外孙女梅·韦兰小姐门当户对,十分般配,家族成员也一致赞同他们的婚姻。梅的表姐埃伦·奥兰斯卡伯爵夫人自小在欧洲长大,父母双亡后由家人做主嫁给了一位富有的波兰伯爵奥兰斯基,但婚姻不幸。她在秘书的帮助下逃离了欧洲,独自返回纽约,希望获得家族的庇护,但却受到社交沙龙的一致抵制,被视为一个伤风败俗、与帮助她逃婚的秘书关系暧昧的女人。

第十五章　伊迪丝·华顿的《纯真年代》

为了表示对明戈特家族的声援,纽兰在埃伦于歌剧院露面的当晚举行的一场年度舞会上宣布了与梅订婚的消息。然而,明戈特老夫人为了欢迎孙女回家而正在筹备的正式宴会却遭到了伪善的上流社会的无情拒绝。尤其是自以为纽约社交礼仪典范与服饰时尚风向标的劳伦斯·莱弗茨先生,为了掩盖自己的风流放荡,更是做出一副道貌岸然的君子模样。纽兰反感于这种伪善,于是带着母亲阿切尔夫人拜访了处于纽约上流社会金字塔顶端的豪门亲戚范德卢顿夫妇。这对深居简出、神秘高雅的夫妇大张旗鼓地邀请了埃伦赴宴,终于将她从险些被整个社交界排斥的窘境中拯救了出来。

但长期浸润在欧洲文化艺术氛围中的埃伦对社交界对她的非议与敌意一无所知,相反以为大家对她都是那么宽厚仁慈;同时,真诚率真的天性也让她一语道破了范德卢顿夫妇拥有如此巨大影响力的天机,即他们的故作神秘与半隐居状态,令纽兰哑然失笑,并恍然大悟。由于埃伦如此毫无心机而又轻松自然地道破了上流社会种种习俗、规矩背后的真相,纽兰顿时产生了一种戳穿假面的快感,与埃伦备感默契。他对社会上约定俗成的两性关系模式、婚姻前景,以及女性被剥夺了受教育权之后所产生的问题产生了新的思考,视野由此被打开,对他生长其间的社会阶层的僵化保守与自以为是产生了越来越多的反感。从范德卢顿家宴会回来的第二天傍晚,纽兰应埃伦之约去她租住的房子看望了她,出来后在一阵冲动之下为未婚妻订了一束洁白的铃兰花,也匿名为埃伦订了一束颜色浓烈的黄玫瑰。

纽兰为订婚后按照字母顺序表逐个拜望家族亲友的繁缛礼节感到不耐烦,漫长的订婚期也让他深感失望。他在事务所的上司交给他一桩新的工作:原来是埃伦坚决要和过去的生活一刀两断,委托事务所通过法律程序与丈夫离婚。但她的家人却因离婚法律诉讼的"丑闻"有可能影响家族荣誉而一致反对,所以希望由纽兰出面来劝说埃伦放弃离婚。纽兰读罢相关文件后来到埃伦家中,一方面对她摆脱恶棍丈夫、重获自由的愿望很是同情与理解,另一方面又迫于家族压力和社会习俗,以陈词滥调规劝埃伦放弃离婚的念头,以免遭受种种流言和诽谤的伤害。埃伦痛心地答应了。

依照多年的惯例,梅和母亲韦兰夫人陪伴惯于无病呻吟的韦兰先生前往南方过冬去了。而获得了保护人范德卢顿夫妇宠爱的埃伦受邀到他们居于乡间的意大利别墅度假。纽兰本已拒绝另一户人家共度周末的邀请,但在收到埃伦告知行踪的短信后迅速改变了主意,电报通知主人即将赴约,原来这户朋友家的度假地距离意大利别墅不远。纽兰前去探望埃伦,两人踏雪前往范德卢顿家的一栋旧宅交谈,不想却被寻踪而来的博福特打断。博福特是一位财大气粗的银行家,拥有老纽约独一无二的豪华专用舞厅。他粗俗而缺乏教养,还风流成性,到处猎艳,虽为社交圈中很多人所不齿,但出手阔绰。埃伦回到纽约后,博福特便紧追不舍,时时纠缠,令纽兰十分痛恨。

回到纽约后的纽兰恍恍惚惚,脑海中尽是埃伦的影子。埃伦又派人送来约他见面的信函。纽兰夜不成寐,思想上激烈斗争了一夜之后,终于踏上了前往南方探望未婚妻的行程。梅对纽兰的到来又是高兴又是吃惊。纽兰要求提前举行婚礼,而梅却直觉地猜到纽兰可能另有所爱,表示愿意给他更多的时间加以选择,但被纽兰否认。返回纽约后,纽兰拜望了明戈特老夫人。某晚,纽兰前去看望埃伦,两人终于互明心迹,情不自禁地拥在了一起。就在纽兰展望两人或许可以各自挣脱婚约的束缚、自由相爱的前景时,梅发给埃伦的电报到达,宣告了婚礼将如纽兰希望的时间提前举行的消息。纽兰回到家中,等待着他的是梅上述内容的电文。小说上卷以纽兰奇怪的失态大笑而结束。

第十五章 伊迪丝·华顿的《纯真年代》

二

小说下卷开始于纽兰与梅豪华而繁冗的婚礼场景。作为一部社会风俗小说，华顿极为精细地铺陈了老纽约金字塔阶层的复杂婚礼仪式。纽兰与他过去多次当伴郎时亲见的所有新郎一样，笨拙而紧张。在明戈特老夫人家举办过婚礼午宴之后，新婚夫妇动身去欧洲度蜜月。纽兰和梅在伦敦和巴黎等地参加了各种社交聚会与拜访活动，其间纽兰结识了一位学识渊博、见解独到的法国家庭教师里维埃先生，对其印象深刻，但邀其做客的愿望遭到了梅的断然拒绝。回国后，回归了家庭生活轨道的纽兰对梅的无知、平庸与思想的空洞失望日深。之前埃伦回避了两人的婚礼，之后也常住华盛顿。但夫妇俩在回国后拜望明戈特老夫人的那一天，埃伦恰在奶奶家中。纽兰来到海滨寻找出来散步的埃伦，但埃伦在防波堤的尽头始终没有转身。

纽兰不顾一切想见到埃伦，并追到了波士顿。两人在海边的一艘游船上互诉衷肠，难得享受到了独处的宝贵时光。在返回纽约的火车上，纽兰见到了里维埃先生，原来他就是之前帮助埃伦逃离的那位秘书，这次又以奥兰斯基伯爵特使的身份前来劝说埃伦回归婚姻。虽然伯爵开出了种种条件诱使妻子回头，甚至要求秘书通过明戈特家族施压，但埃伦始终不为所动。里维埃先生也亮出了自己的真实立场，力劝纽兰阻止埃伦重新堕入火坑。

纽兰又找了借口打算去华盛顿探望埃伦。此时博福特因商业欺诈与非法投机而导致银行破产的消息传出，一时博福特在社交界名声扫地，所有人避之唯恐不及，断绝了与他们夫妇的交往。与博福特夫人有亲戚关系的明戈特老夫人也因此消息轻微中风。埃伦接到电报后匆匆赶回，而纽兰也放弃了原先前往华盛顿的计划，前往车站接回了埃伦。埃伦不畏流俗，公开探望了博福特太太，再次受到众人非议，却受到了同样大胆脱俗、不按常理出牌的大家长明戈特老夫人的赞赏。老夫人决意不顾家人阻挠，恢复给埃伦提供的津贴，以帮助她留在自己身边。

纽兰与埃伦在博物馆见面。埃伦不愿意伤害信任、保护自己的家人，尤其不愿伤害表妹梅，决定斩断情丝，但纽兰却渴望挣脱世俗羁绊，与埃伦远走高飞，将令人窒息的老纽约抛于身后。他甚至奢望获得梅的理解与同情。不想梅以及她身后的家族成员们早就通过暗暗的观察和各种流言猜测到了他与埃伦之间不同寻常的关系，并组成了一张看不见的密网在防范、阻隔他与埃伦之间的一切发展。纽兰决心向梅摊牌，但却被梅阻断了话头。梅告知丈夫埃伦已做出了最后的决定：由于明戈特老夫人的维护与帮助，她将回到巴黎独自生活。

在埃伦被迫返回欧洲的前夜，纽兰和梅夫妇为之举行了一场盛大的告别宴会，这也是年轻夫妇举办的首次正式宴会。位居金字塔顶层、为数不多的贵宾们被请来了，大家心照不宣地站在梅的一边，齐心协力地在殷勤文雅的表象下干着将埃伦逐出这个家族的勾当。纽兰浑浑噩噩地扮演着自己的角色，甚至被剥夺了和心上人最后说几句悄悄话的机会。送走客人后，纽兰下决心要追随埃伦去到天涯海角，斩断与现实生活的一切联系。但梅却告诉了纽兰一个意外的消息，原来她确定自己刚刚怀孕。而在两周之前，梅曾经与埃伦有过一席私下的长谈，并向表姐透露了自己已经怀孕的假消息。而这正是埃伦突然做出放弃陪伴祖母、返回自己深恶痛绝的欧洲的新决定的根本原因。在纽兰第二次决意抛弃一切、追寻幸福与自由的关键时刻，梅再一次成功阻止了他。利用亲情，梅也逼退了表姐，成功捍卫了自己的婚姻。

小说的最后一章已是约30年后，此时的纽兰已是57岁。梅已故去，他们的儿女均已长大成人。这么多年来，纽兰始终在平稳的家庭生活轨道中,是体面的公民、忠诚的丈夫和尽责的父亲,尽管他对婚姻的忠诚是缘于他内心始终另有一座神龛。他同时发觉自己已成了落后于时代的老派人物,被习惯、记忆以及对新事物的惊惧紧紧束缚住了。贴心的长子达拉斯从临终前的母亲那里获知了父亲的秘密,带着纽兰来到了他多年魂牵梦萦却始终未能成行的巴黎,并联系上了伯爵夫人,约定翌日傍晚前去探望。等到父子二人来到伯爵夫人楼下时,纽兰已失去了与之相见的勇气。他沉浸在多年前的幻影之中,在楼下的长凳上枯坐了许久,终于蹒跚离去。

三

这部精巧含蓄而又意味隽永的小说,塑造了给人留下深刻印象的人物形象,表现了心灵的深度与复杂性。

作品是从男主人公纽兰·阿切尔的观察、感受与分析视角展开的,因此,对纽兰的形象刻画最为鲜明地体现出华顿心理现实主义的艺术成就。纽兰出身于老纽约社会金字塔阶层的豪门,毕业于哈佛大学。他博览群书,观察犀利,为人敏感,在学识、修养和精神境界上要远高于周围混迹于俱乐部的花花公子。长期以来,他对自己生于斯、长于斯的小小社会的观念、习俗、道德与禁忌是顺从与接受的,直到他的未婚妻梅·韦兰的表姐埃伦·奥兰斯卡伯爵夫人回到纽约。埃伦的到来打破了纽约社交界的一潭死水,其对艺术的出色直觉和我行我素的行事风格深深吸引了纽兰,使他在感情上一步步沦陷。而埃伦因婚姻而遭受的非议也激发他产生了对现行社会中两性不平等地位的质疑,对周围婚姻现状的反思,以及对婚姻本质的思考,由对埃伦的同情与保护进而发展为对她的爱慕与欣赏。他长期蛰伏的理性精神与自由意识也逐渐苏醒,从此开始以新的眼光审视周围的环境,看出了人们的自命清高与虚伪做作,以及循规蹈矩、保守封闭的生活状态的无聊与空虚。他越来越向往埃伦所代表的那种自由真诚、勇敢追求艺术与美、拥有高尚心灵与丰富精神生活的世界,并在遵照习俗和契约与梅结婚后进一步感受到了妻子在纯洁完美的外表下精神的空洞、灵魂的无趣与无知。他在婚前婚后两度挣扎着想挣脱现实的枷锁,因为埃伦第一次使他认识了真正的生活,他因而无法再继续过虚伪的生活了。但他的种种努力均被梅以及她身后那个顽固而又强大的家族势力所挫败。在梅怀孕之后,纽兰终于放弃了自己的梦想,失落了生命中的花朵,在家庭生活的固定轨道中走过了自己体面的大半生。

纽兰的妻子梅身材健美,容貌秀丽,性情温柔,端庄沉着。为了捍卫自己的爱情与婚姻,她不惜使用心机,在猜到纽兰另有所爱、正在苦苦挣扎的状态后果断提前举行了婚礼,掐断了纽兰与埃伦远走高飞的第一次可能性;婚后,她又利用了埃伦的善良,在表姐面前谎称怀孕而迫使她牺牲了自己的爱情,被迫远离。在众人的眼中,梅是端庄隐忍、娴雅得体的大家闺秀,与埃伦的心无城府、随性无拘形成了鲜明的对比。所以,小说中与梅相配的花是铃兰,而埃伦的则是黄玫瑰。

埃伦是一位沉静美丽、遭受过包办婚姻伤害,最终不惜代价逃离婚姻羁绊的女子。为了摆脱恶棍丈夫,她不惜抛弃财产、地位与头衔,回到纽约过清贫的生活,即便丈夫百般纠缠与重金诱惑也绝不低头。她真诚善良,落落大方,鄙视世俗,富有爱心,同时富有自我牺牲精神。为了不伤害家族的利益,尤其是表妹梅的婚姻,她放弃了离婚,努力克制对纽兰的爱情,最终还是在家族与上流社会的合谋下被迫回到巴黎隐居。

从主题上说,小说首先出色表现了男女主人公追求心灵的真诚、精神的自由与灵魂的默契等天然要求的合理愿望,以及这种要求与现实之间的尖锐冲突与残酷落差。正是这种理想与现实之间、情感与理性之间、自由与责任之间的悲剧性冲突,代表了人类必须面对的永恒困境,所以能够激起读者的强烈共鸣。

其次,作品对老纽约上流社会种种约定俗成的习惯与规约做了异常精细的描写,使其成为一部出色的社会风俗、风情小说。关于这个金字塔社会的构成,小说中写道:

> 其底部的坚实基础,由阿切尔太太所说的"平民"构成,他们多数属于相当有身份的家庭,尽管体面,却没有名望,通过与某个占支配地位的家族联姻而崛起。……从这个富有却不引人注目的底部坚固地向上收缩,便是由明戈特家族、纽兰家族、莱弗斯家族及曼森家族代表的那个举足轻重的紧密群体。在多数人的想象中,他们便是金字塔的顶端了,然而他们自己却明白,在职业系谱学家的心目中,只有为数更少的几个家族才有资格享有那份显赫。(42)

在这个小圈子中,人们总是惺惺作态:母亲装出对女儿订婚与结婚的不情不愿;餐桌上或客厅里的交谈中,人们每当在未婚女子面前提起风流不雅之事,总要装出欲言又止、讳莫如深的模样,以免污了处女们纯洁的耳朵;劳伦斯·莱弗斯虽然四处猎艳,却总是一副道德楷模的嘴脸——正是他一手推动了对埃伦进入社交界的抵制,而在之后却又腆着脸加入了追逐伯爵夫人的行列;为了阻止埃伦的离婚诉讼牵连到家族,明戈特家族成员齐心协力地劝阻她离婚,丝毫没有为她着想,而在伯爵试图以重金为诱饵将之骗回欧洲之时,家族又合力逼迫埃伦就范,甚至不惜断绝了她的家族津贴。

因此,这个阶层害怕一切丑闻与变化。当博福特的银行倒闭、博福特商业欺诈与非法投机一事败露时,除了埃伦之外,人人都急于与这个家庭脱离干系,并竭力维护体统与秩序。

范德卢顿先生与太太从斯库特克利夫回城小住几日,他们是在宣告博福特破产消息时慌忙逃到那儿去的。听说这一悲惨事件使社交界陷入一片混乱,这使得他们俩在城里露面显得越发重要。事态又到了十分关键的时刻,正如阿切尔太太说的,到歌剧院露露面甚至打开他们家的大门,是他们"对社交界义不容辞的责任"。(276)

与此同时,小说既写了社会风习的不变,同样也写了变,暗示了这个看似坚不可摧的金字塔的摇摇欲坠,因为新的迹象在不断出现并动摇其根基,可见上流社会的分崩离析已经为时不远。让阿切尔太太非常看不惯的是,"这年头,女士们一走出海关就到处炫耀她们的巴黎服装,而不像她这一代人那样,先把衣服锁在衣柜里压一压"(224)。作品中,不断有人物敏感地注意到种种迹象并发出哀叹:"在阿切尔太太的心目中,纽约不变则已,一变总是每况愈下,而索菲·杰克逊小姐也衷心赞同这一观点。"(223)博福特夫妇因破产而离开社交界后,之前人人鄙弃的斯特拉瑟斯太太家的周日晚会,现在变得人人趋之若鹜了:"城堡里总会有一名叛变者,当他把钥匙交出后,再妄言它的坚不可摧还有什么用呢?人们一旦品尝了斯特拉瑟斯太太家周日的轻松款待,便不可能坐在家里去想她家的香槟是变了质的劣等货了。"(226)而等到纽兰和梅的儿女长大成人的时候,世道更是变得厉害。如今有了电灯、长途电话,汽车取代了马车,跨越大西洋的航程也大大缩短了。之前,莱弗茨曾在感叹社会堕落之时,尖刻地预言过金字塔中人有朝一日甚至会与博福特家的"杂种"结亲。30年后,事实果然如此。阿切尔夫妇的长子达拉斯和范妮·博福特相爱,正待举行婚礼,而此时的人们对此已经不再大惊小怪了。

由此,华顿通过老纽约的不变与变,表现了时代浪潮激荡下社会生活的变迁,忠实地记录了一个时代的历史。而对于世易时移,同样也出身纽约豪门的华顿表现出了矛盾的态度。小说中借纽兰的心理感受写道:"如今人们太忙碌了——忙于改革与'运动',忙于时新风尚、偶像崇拜与轻浮浅薄——无法再去对四邻八舍的事过分操心。在一个所有的社会微粒都在同一平面上旋转的大万花筒里,某某人过去的历史又算得了什么呢?"(307)对于已经逝去的时代,华顿在无情揭露其虚伪矫饰的同时表达了复杂的眷恋之情;她在正视快节奏的当代生活的同时,又淡淡嘲讽了它令人眼花缭乱的喧嚣与浅薄。

四

小说的艺术特色也十分鲜明。首先,作为一部社会风俗小说,作家通过繁复的细节描写,对金字塔社会中人物的衣饰、表情与体态,豪宅的外部构造、内部陈设与花园景致等均有详尽呈现,留下了那一时代、那一阶层审美趣味的忠实记录。与此同时,小说在对种种陈规旧习不厌其烦的描写中又流露出微妙的讽刺韵味,如小说开头关于纽约音乐院是这样写的:"保守派的人们欣赏它的窄小不便,这样可以把纽约社会开始惧怕但又为之吸引的'新人'拒之门外。"(3)纽兰在音乐院今冬首演《浮士德》的包厢首次露面时,作家同样通过他的心理视角对下述悖论式的法则进行了淡淡的揶揄:"因为音乐界那不容改变、不容怀疑的法则要求,由瑞典艺术家演唱的法国歌剧的德语文本,必须翻译成意大利语,以便讲英语的听众更清楚地理解。这一点纽兰·阿切尔觉得和他生活中遵循的所有其他惯例一样理所当然。"(4)这些纽约豪门之家可分为两派:一派关心吃、穿与金钱;一派倾心于旅游、园艺以及最佳的小说,而"对粗俗的享乐形式则不屑一顾"(28)。因此,"加入你与洛弗尔·明戈特一家共餐,你可以享用灰背野鸭、水龟和陈年佳酿;而在艾德琳·阿切尔家,你却可以高谈阔论阿尔卑斯山的风景和'大理石的半人半神像'"(29)。当阿切尔太太需要了解社交界的新动态而向杰克逊先生发来友好的召唤时,这位喜欢兼收并蓄的先生往往会对妹妹说:"上次在洛弗尔·明戈特家吃饭以后我一直有点痛风——到艾德琳家忌忌口对我会有好处的。"(29)而在写到高踞于金字塔顶端的范德卢顿夫妇的祖传别墅时,作家又是这样用笔的:"笼罩在冬季灰蒙蒙的天空与一片皑皑白雪之间的这座意大利别墅显得相当阴郁,即使在夏季它也保持几分冷淡,连最无拘无束的锦紫苏苗也不敢越雷池半步,始终与别墅威严的前沿保持在 30 英尺开外的距离。"(114)这一夸张而拟人化的描写,惟妙惟肖地表现了这对夫妇冷淡清高、拒人于千里之外的特点。

其次,作为一部出色的心理现实主义小说,华顿聚焦于男主人公纽兰的观察视角与心理世界,将其心理感受表现得异常鲜明、生动。对于纽兰来说,与埃伦的重逢打开了一扇通向新世界的大门,埃伦就像一个精神上的引导者一样,引导着纽兰一步步走出被习惯长期遮蔽的心灵迷雾,得到苏醒与成长。与之相应,作家细腻地呈现了纽兰复杂心理与情感的微妙变化,尤其擅长通过对比表现与凸显人物心理的完整发展过程。如表现纽兰前往波士顿寻找埃伦,满怀见面的激动与期待时,作家是这样写的:"他慢条斯理地吃着早餐。他胃口极好。……自从昨晚告诉梅他要去波士顿办公室,需乘当晚的福尔里弗号并于翌日傍晚回纽约之后,他心中就产生了一种充满活力的新鲜感觉。"(198)然而,信差回来报告说夫人不在,纽兰"因自己的愚蠢而气得满脸通红:为什么没有一到这儿就派人送信去呢?"(199)他茫然走到街上,"这座城市突然变得陌生、辽阔并且空漠,他仿佛是个来自遥远国度的旅行者"(199)。

与埃伦在波士顿海滨的游船上度过的短暂时光滋养支撑着纽兰。作家如此描写了他回到纽约之后的心理状态:"从那以后,他们之间再不曾有过交流。他仿佛已经在自己心中筑起了一座圣殿,她就在他隐秘的思想与期盼中执掌王权。渐渐地,渐渐地,这座圣殿变成了他真实生活的背景,他的理性行为的唯一背景,他把他所读的书、滋养他的思想感情、他的判断与见解,统统都带进了这座殿堂。"(229)与之相反,与梅的相处则使他越来越失望:

> 他暗自沮丧地想,藏在它里面的想法他永远都会一清二楚,在未来的全部岁月中,她决不会有意想不到的情绪——新奇的想法、感情的脆弱、冷酷或激动——让他感到意外。她的诗意与浪漫已经在他们短暂的求爱过程中消耗殆尽——机能因需求的消逝而枯竭。如今她不过是在逐渐成熟,渐渐变成她母亲的翻版而已,而且还神秘兮兮地企图通过这一过程,也把他变成一位韦兰先生。(257)

他感到烦躁和窒息,推开窗户,将头伸到隆冬黑暗的空气中,感觉自己已经成了死人。猛然间,他产生了一个疯狂的念头:"假若是她死了又会怎样?假若她快要死了——不久就死——从而使他获得自由!"(258)这里,将人物无法示人的黑暗的潜意识都挖掘出来了,表现了华顿创作的心理现实主义深度。

小说还有一个突出的特点,即聚焦于各种场景,作品因而成为各类场景的出色衔接与组合,读者得以通过一场场宴会、舞会、歌剧院包厢内的交谈、婚礼、游船、射箭比赛、办公室或马车内的场景来感受社会习俗,想象人生百态。如纽兰得知埃伦被范德卢顿夫妇带到乡间别墅度假,于是找了借口来见她。两人在雪地上相见、心心相印的欢乐情景,被作家表现得异常鲜活:

> "啊,现在——我们先来一次赛跑,我的脚冻得快要不能走了。"

她喊着说,一面抓起斗篷,在雪地上跑开了。那条狗在她身旁跳跃着,发出挑战的吠声。一时间,阿切尔站在那儿注目观看,雪野上那颗闪动的红色流星令他赏心悦目。接着他拔腿追赶,在通向停车场的栅门处赶上了她,两人一边喘息一边笑。

她抬眼望着他,嫣然一笑说:"我知道你会来的!"

"这说明你希望我来。"他回答道,对他们的嬉闹显得兴奋异常。银白色的树木在空中闪着神秘的光亮。他们踏雪向前行进,大地仿佛在他们脚下欢唱。(115)

又如婚后的纽兰夫妇回到纽约,前来探望明戈特老夫人,埃伦回避到海滨散步。纽兰前去寻找,远远看到"从绿柳掩映的小径上拱起一道纤细的木质防波堤,一直延伸到一幢宝塔式的凉亭;塔里站着一位女士,斜倚栏杆,背对着海岸"(187)。纽兰痛苦地意识到自己的已婚身份,没有勇气再向前走,同时想起了歌剧《肖兰》中男女主人公依依惜别的感伤场景。"而远方的那个人影纹丝不动,也始终没有回头。"(187)这一幕凄婉哀伤,令人唏嘘。

总体而言,这部精致唯美的小说,仿佛一首天鹅之歌,令人产生怨而不怒、哀而不伤的独特美感。

第十六章
威拉·凯瑟的《啊,拓荒者!》

(《威拉·凯瑟集:早期长篇及短篇小说》,[美]沙伦·奥布赖恩编,曹明伦译,生活·读书·新知三联书店,1997年)

《啊,拓荒者!》是威拉·凯瑟的第二部长篇小说,也是其"草原三部曲"的第一部,另两部作品分别是《云雀之歌》和《我的安东尼娅》。小说分为《荒原》《邻土》《冬忆》《白桑树》和《亚历山德拉》五部分,集中抒写了美国早期西部移民顽强坚韧的拓荒历程。

一

作品伊始,呈现在读者眼前的便是美国中西部内布拉斯加高地汉诺威小镇的荒寒环境,以及移民们的艰苦生活。

> 那些色调灰暗的低矮房屋在灰蒙蒙的草原上挤作一堆,在灰蒙蒙的天空下缩成一团,而一阵细细的雪花正围着它们飞舞旋转。房屋被随意地搭建在那片硬草甸上;有的看上去像是在一夜之间被搬来,有的则直端端地朝向茫茫旷野,仿佛它们自己正要离群而去。从外观上看,没有一幢房子可以耐久,呼呼寒风不仅从它们的屋顶上吹过,也从它们的地板下边穿过。(159)

在这片荒原上的分水岭地区,约翰·伯格森一家背井离乡,从瑞典移民于此,殚精竭虑,却依然只能过着勉强还旧债、借新债的日子。在这片广袤坚硬的土地上,"犁痕之毫无意义就犹如远古民族在岩石上留下的淡淡划痕,模糊得使人觉得那很有可能是由冰川作用形成,而并非人类艰苦奋斗的一种明证"(168—169)。

然而,在邻居们纷纷抛弃土地和家园,返回城市谋生,或回到欧洲大陆重操旧业的时候,约翰·伯格森却并未低头,而是在奄奄一息中将家庭和土地的管理权交给了长女——聪明能干又有头脑的亚历山德拉,嘱咐孩子们一定要保住这块千辛万苦开垦出来的土地。由此,小说以亚历山德拉为代表的第二代拓荒者的坚守、开拓与成功为中心,谱写了一曲勇敢坚韧的拓荒者之歌。

父亲故去时,家中的小弟弟埃米尔尚年幼,而两个大弟弟奥斯卡和卢则愚蠢守旧,毫无见识。连续三年的干旱与歉收逼得债台高筑的庄稼人不得不贱卖自己的土地逃回了城市,或者迁移至别的有可能更适合耕种的地区。就连亚历山德拉青梅竹马的伙伴卡尔·林斯特伦姆的家人也于绝望中决意离开。卡尔来向亚历山德拉告别,告知他的父亲将回到圣路易斯的烟厂干老本行,需要拍卖宅地与牲口以凑足买船票的钱,自己将要学习心爱的雕刻,到芝加哥谋生。两个鼠目寸光的弟弟奥斯卡和卢也按捺不住,吵着要亚历山德拉卖地搬走。但亚历山德拉在经过认真的实地考察和请教学习后,却冷静而坚决地做出了相反的决定:以宅地为抵押,宁肯借债也要尽可能大量购进土地,包括卡尔家将卖掉的地,因为亚历山德拉对这片土地未来的价值和前景充满了信心。

果然,土地丰厚地回报了热爱她的人们。十多年后的分水岭地区,已成了人畜兴旺、土地肥沃的地方。

卡尔从纽约前来探望亚历山德拉,两人心心相印,但奥斯卡和卢却怀恨在心，嫉妒不安。他们从姐姐的管理决策中获益丰厚，早已成家立业，儿女成行，却还在觊觎着未婚的姐姐身后的庞大财产，竭力阻止亚历山德拉与卡尔的情感发展。他们对姐姐送小弟弟埃米尔上大学也愤愤不平。多年的艰辛劳作与家务管理使亚历山德拉牺牲了青春与爱情，内心十分孤独。只有卡尔真正地爱她、理解与尊重她，所以她非常希望卡尔能留下来与自己在一起。然而，两兄弟在姐姐处碰了钉子后又厚颜无耻地去找了卡尔。亚历山德拉深知自尊、敏感的卡尔不会忍受两兄弟对他侵夺姐姐资产的指责，一定会离她而去，为此伤心不已。埃米尔沉浸在自己的爱情苦恼中也不能理解姐姐的情感需要，倒是埃米尔暗恋的玛丽一语道破了天机。

玛丽·托维斯基是一位性情活泼、有着一双迷人美目的波西米亚女子，童年时代就和埃米尔结下了深厚的友情。少女时代，她被弗兰克英俊的外表所吸引，不顾父亲的反对和这个身无分文的青年私奔并结了婚。心疼女儿的父亲只好从亚历山德拉手中买下了当年卡尔家的那块地，给了小两口一个安身之处。弗兰克性情暴躁、粗鲁无礼，常因对邻居恶语相向而令玛丽羞愧不已并躲到心爱的果园角落寻求安慰。从学校归来的埃米尔暗暗爱着童年时代的这位朋友，并常为她提供弗兰克不愿为妻子提供的帮助。英俊快活而善解人意的埃米尔也使玛丽暗自倾心。然而，碍于玛丽已婚的身份和弗兰克的敏感妒忌，埃米尔在苦恼之下只得离去。

秋去冬来。亚历山德拉在卡尔和埃米尔相继离开后再度陷入了孤独，她和玛丽彼此安慰，玛丽则从远方的埃米尔写给姐姐的一封封信中读出了埃米尔对自己的深情和思念。从墨西哥回来后，埃米尔和玛丽都参加了当地法国教堂举办的一场义卖晚餐会。深夜，利用教堂的灯光暂时熄灭的短暂时刻，埃米尔终于亲吻了玛丽。两人互诉衷肠，表明了心迹，但碍于玛丽有夫之妇的身份，绝望的埃米尔决定再度远行。埃米尔最好的法国朋友、活泼漂亮的阿梅代在农忙时节突然去世,令埃米尔深感人生的短暂与无常。星期天,主教为当地的教徒们举行了盛大的坚信礼仪式。埃米尔在复杂的心情中来到玛丽家,决心在永别之前再看一眼心上人。他在果园深处的角落里找到了正躺在那里冥想的玛丽,忍不住拥抱了她,而玛丽则惊喜地意识到这正是她在梦中渴望的情景。这里,凯瑟以生动细腻的笔触描写了一对犯禁而纯洁的恋人相拥的梦幻场面:

当他来到果园时,太阳正低低地斜挂在那片麦地上方。一道道长长的光柱就像穿透一张罗网一样穿过苹果树枝丛;整座果园都被金色的阳光穿透;阳光是现实,那些树木只是反射和折射光波的干扰。埃米尔轻轻地穿过樱桃树林,往下朝麦地方向走去。当走到低处那个角落时,他猛然停住脚步,用手捂住了嘴。玛丽正侧身躺在那棵白桑树下,她半个脸掩在草中,两眼紧闭着,双手无力地摊在它们碰巧落下的位置。她已经过了一天她那种拥有完美爱情的新生活,而正是那种生活使她像眼前这副模样。她胸脯微微起伏,仿佛她正在酣睡。埃米尔一下扑倒在她身边,把她抱在了自己的怀里。她的双颊又泛起了红晕,她那双琥珀般的眼睛慢慢睁开,埃米尔从那双眼睛中看见了自己的脸,看见了果园和太阳。"我正梦见这情景,"她一边悄声说一边把脸藏进了他的怀中,"别夺走我的梦!"(300)

然而,美梦很快变成了一场噩梦。回家后的弗兰克在马厩里发现了埃米尔的那匹马,于是怒气冲冲地家里家外寻找。他乖戾自私的品格早已使他失去了玛丽的爱情,所以他整天神经紧张,猜疑与痛恨着一切喜爱玛丽的人。嫉妒与疯狂使他失去了理智,他端着枪到处搜寻,终于在白桑树下发现了两个喁喁低语的身影。热血上涌的他迅速地开了三枪,随后骑上埃米尔的马,惊恐地逃往奥马哈。第二天清晨,亚历山德拉好心收留的老人伊瓦尔发现了埃米尔那匹跑回来的马。马的惨状使伊瓦尔预感到埃米尔出了事。他找到了弗兰克弃下的枪,终于在果园深处发现了那对情侣的尸体。埃米尔中弹当即死去,而重伤的玛丽把头靠在心上人的胸前,双手握着他的一只手,脸上带着一种难以形容的满足神情,静静地流血而死。

心爱的弟弟和最亲近的朋友的私情和惨死,给了亚历山德拉沉重的打击。她有很长一段时间恍恍惚惚,甚至不能正常生活。等她终于恢复过来、接受现实之后,她做了一个或许让旁人匪夷所思的决定。她亲自前往州监狱探望了因杀人罪正在服刑的弗兰克,表达了对他的宽恕,并决意为他申请减刑。就在她心力交瘁地返回旅馆、渴望早早回到家乡时,她收到了卡尔的电报。原来卡尔在阿拉斯加的淘金之旅中偶然从报纸上的新闻中获知了亚历山德拉的不幸,当即放下了一切,以最快的速度赶回到了她的身边。亚历山德拉泪如泉涌。幸福的前景在这一对坚贞的情侣面前徐徐展开。

二

如标题所示,小说首先表现了19世纪美国早期西部移民筚路蓝缕的拓荒精神,讴歌了他们在苦难中焕发出来的人性光辉。

美国独立初期人口稀少,特别是西部的处女地,诱惑着大批来自旧大陆的移民从事殖民冒险。从18世纪末19世纪初开始,美国政府鼓励国民向西部边疆迁徙,并给予了一系列政策扶持。成千上万的人越过阿巴拉契亚山向西移动,美国历史上长达百年的"西进运动"(Westward Movement)由此揭开了序幕。特别是1862年颁布的《宅地法案》,更是吸引了大批拓荒者到西部草原地区廉价购买土地,以追求"美国梦"的实现。

"西进运动"中多有对印第安人的血腥屠杀,但移民对西部的大规模农业开发、对美国经济的迅速发展亦起了巨大的作用。

小说中,拓荒精神集中体现在伯格森家族的约翰·伯格森与亚历山德拉·伯格森父女两代人身上。老伯格森将青春和热情全都抛洒在了这片土地上,如果说"在分水岭上度过的前五年是借债度日的五年,后六年则是偿还债务的六年"(169)。在瑞典时,他原来在修船厂工作,后带着家人漂洋过海来到这里奋斗了十余年。"在漫长的十一个年头中,约翰·伯格森只在他终于开垦出来的这片荒地上留下了很少的印记。它仍然是一块野性未泯、暴躁乖戾的土地。……灾难笼罩着这片土地。它的保护神对人类极不友好。"(169)临终前的伯格森在床上回忆着拓荒以来的桩桩往事:"有年冬天,他的牛在一场雪暴中死光,第二年夏天一匹耕马踩进犬鼠洞折断了腿,结果不得不饮弹而亡。另一年夏天他的猪全部死于霍乱,而且还有匹值钱的种马被响尾蛇咬死。他的庄稼一再歉收。"(169)然而,家门外整整640英亩土地是他亲手开垦出来的,他在嘱咐儿女不能像他们的叔叔那样半途而废而要保住土地后,撒手人寰。

亚历山德拉不仅继承了父亲不屈不挠的意志和简洁直率的思维方式,还不断汲取新知识和改进耕种方法,引进现代农业科技。经过十余年的坚持和努力,当年大草原那种粗陋的表面已荡然无存,人们看到的是"一张巨大的棋盘,一块块麦田和玉米地在这张棋盘上划出一个个深浅相间的方格"(199)。春耕时节,

那散发着浓烈而净洁的芳香并蕴藏着强大生机和繁殖力的肥田沃土热切地要委身于犁铧;犁尖到处,泥土伴着轻柔而快活的长叹乖乖地滚到一边,甚至对犁尖的光泽都丝毫无损。收割小麦有时候是夜以继日地进行,遇上大丰年人力马力几乎都不够用。沉甸甸的麦

穗把麦秆压向刀刃,割起来就像剪裁丝绒似的。(199—200)

经过苦心经营,亚历山德拉终于成了分水岭地区最富有的农场的女主人。伯格森家族的拓荒史由此浓缩了一代代西部拓荒者的艰辛生活,可歌可泣。

除了描写拓荒者家族精神的传承,小说还通过对比,表现了各色人等面对艰苦环境的不同态度,其中最为重要的,是伯格森家族和邻居林斯特伦姆家族经营土地的对比:如果说林斯特伦姆家和当地其他很多农家一样,在本钱与辛劳全都付诸东流的情况下,不得不放弃土地、向荒原低头的话,伯格森家族的孩子们却牢牢地在这块土地上扎下了根,而且枝繁叶茂。前往城市学习艺术的卡尔重返家乡,前来看望童年时代的朋友。读者从卡尔外形的变化,以及他与亚历山德拉的对话中,鲜明地看到了两种生活方式给他们带来的差异。亚历山德拉依然是那么淳朴、乐观、健康而俊美,而卡尔"显得比他的实际年龄要老些,身体看上去也不太健壮。他苍白的额前依旧耷拉着一绺圣三角形的黑发,但头顶上的头发已显稀疏,而且他眼睛周围已有了一道道细细的、无情的皱纹。从他两肩高耸且轮廓分明的背影望去,他就像一名正在度假的过分劳累的德国教授。他那张脸显得聪颖、敏感而忧伤"(222)。

一事无成、四处漂泊的卡尔,打算前往西雅图与朋友会合,再加入北方阿拉斯加的淘金者大军,而亚历山德拉则享受着土地给予热爱她的人们的丰厚馈赠。通过这一对比,凯瑟对淳朴的生产与生活方式和土地价值的推崇得到鲜明体现。

与此同时,在凯瑟眼中,土地和自然并非人类无情盘剥与索取的对象,更不是人类的敌手。作为造化的共同产物,人类不仅要善待自然,更要尊重土地、敬畏上苍,在与自然的和谐相处与彼此依存中创建美好的生活。在小说中,这一点首先通过女主人公亚历山德拉体现出来。在连年干旱歉收、人们纷纷抛弃土地之时,亚历山德拉却力排众议,进一步坚定了守护土地的信心。她在带着小弟弟埃米尔考察过河边地区回家的路上,深情地凝望着土地,哼起了古老的瑞典颂歌:"也许自那片土地从地质时代的汪洋中浮现出来之后,这还是第一次有人怀着爱心与渴望将脸朝向它。它在她眼里显得美不胜收,显得富饶、雄壮而瑰丽。她如痴如醉地饱览那广袤的原野,直到她的视线被泪水模糊。"(195)卡尔在从城市返回探望她时,感慨道:"这些年我在别处雕刻别人的绘画,而你却留在家乡绘制自己的彩图。"(222)他深深理解,这片土地属于亚历山德拉,但她更属于这片土地。只有在这里,她才拥有真正的宁静与自由。在小说结尾处,亚历山德拉和卡尔久别重逢。在交谈中,亚历山德拉仿佛成了一个哲学家,因为在她眼中,人类在自然面前是暂时的、渺小的,转瞬即逝,而土地属于未来,属于永恒,是永远值得敬畏的:"我们有来有去,可土地却在这儿永存。只有热爱土地并了解土地的人们才真正拥有土地——暂时拥有。"(326)而这一点,贪婪猥琐的奥斯卡和卢是无论如何都无法理解的,所以亚历山德拉只能对他们的贪欲一笑置之。

  对自然的深情还典型地体现在小说中一位圣愚般的人物伊瓦尔的身上,这位善良而又古怪的老人被当地人视为疯子,因为他不仅从不伤害任何动物,还与动物交上了朋友,能听懂牛、马的语言,为其治病,安抚它们。他在荒原上的洞屋中过着孤居独处而虔诚洁净的生活,守着一汪碧绿的大池塘。"伊瓦尔在那土屋中已经住了三年,可他就像先于他住在这里的北美郊狼一样,从不曾玷污过大自然的容颜。"(178)"他讨厌常人寓所产生的那些垃圾:变质的食物、瓷器的碎片、仍在向日葵地里的旧锅破壶。他更喜欢野草地上的整洁清爽。"(178)就在这种天人合一的自然状态中,伊瓦尔能够充分领悟他所笃信的《圣经》的奥义。更为难能可贵的是,

第十六章　威拉·凯瑟的《啊，拓荒者!》

他成了栖息在池塘里的各色候鸟的守护人,绝对不允许任何人带枪打鸟。他充满情感而又绘声绘色地对年幼的埃米尔谈起了来他的池塘做客的候鸟:

> 它们都从大老远飞到这儿,所以它们都非常累。从它们飞的高处往下看,我们这片土地黑乎乎的,而且平平展展。它们得有水解渴并洗澡才能继续它们的旅行。它们东瞧瞧,西看看,最后终于看见身下有什么东西在闪光,就像嵌在黑土上的一面镜子。那就是我的池塘。于是它们来了,而且没受到惊扰。或许我还撒点儿玉米粒。它们告诉了别的鸟,于是第二年有更多的鸟打这儿经过。正像我们在地上有路,它们在天上也有其道。(181—182)

他还从不吃肉,并指点亚历山德拉给猪提供清洁的饮水和饲料,以避免猪瘟。也正是他最先敏感地从埃米尔那匹马的异常中嗅到了死亡的气息,最先发现了埃米尔和玛丽的悲剧。在当下全球生态环境遭到严重破坏,病毒肆虐,人类遭到自然报复的严峻环境下,读者重温《啊,拓荒者!》中作家超前的生态保护意识,当大有裨益。

三

小说还将乡村、土地和自然置于与城市生活、工业化、现代性的映衬和对比之中,并表达了生活在美国社会由传统农业社会向现代工业社会转型时期的作家凯瑟的复杂态度。

作为一曲拓荒者之歌,凯瑟的描写重点当然是热爱土地的人们,由此也表现出对城市生活的批判性反思。凯瑟本人在儿童时代初到内布拉斯加祖父母的农场时,满目荒凉的景象曾使她颇感失望。但是,"到了第一个秋天结束的时候,那片杂草丛生的土地已在我身上激发出一种强烈的感情来,后来一直未减。它是我生命中的福星和魔咒"①。30多年后,她前往亚利桑那州探望弟弟,并考察了美国西南部各州。重返内布拉斯加大草原唤起了她对童年时代生活的亲切记忆,于是她产生了创作《啊,拓荒者!》的冲动,从此围绕西部大草原的生活展开她的写作题材,一发而不可收。小说中写了卡尔两次回乡对亚历山德拉的探望。第一次是他少年时代随家人在卖掉了土地后返回城市。他爱好木雕,但这一技艺早已过时,所以他只能勉强改学并不真心喜欢的金属蚀刻。由于他对城市生活有着清醒的认识,在亚历山德拉眼中,他并未变成衣冠楚楚且自鸣得意的城里人。相反,他落落寡合,苍老憔悴,敏感忧郁,并自嘲一事无成。对于在城市的无根而漂泊的生活,他有着真切而生动的描述:

　　自由往往意味着哪儿都不需要你。在这儿你是一个具体的人,你有自己的经历,有人会惦念你。但在那些城市里有千千万万像我们这样漂泊不定的人。我们像一堆滚动的石头全都一模一样,因为我们都没有亲人,没有朋友,没有任何财产。我们中有人死去后,人们几乎都不知道该把他葬在哪里。我们的房东太太和熟食店老板就是我们的送葬人,而我们留在身后的往往只有一件大衣和一把提琴,或是一块画板、一架打字机,或任何一件我们赖以谋生的工具。我们一生能勉强做到的就是支付房租,在靠近市中心的地方租几平方英尺的栖身之所得付极高的租金。我们没有自己的房子和自己的家,也没有自己家的人。我们生活在街头、公园和剧院。我们常坐在饭

---

① L. Brent Bohlke. *Willa Cather in Person: Interviews, Speeches, and Letters*. Lincoln: University of Nebraska Press, 1986, p. 32.

店和音乐厅里举目四望,不寒而栗地注视成百上千和我们一样的人。(226—227)

但另一方面,凯瑟也没有将乡村生活理想化和浪漫化。在20世纪上半叶的一批美国西部小说家笔下,东部城市和西部乡镇往往在时间、空间、生产与生存方式上均构成鲜明的对比关系,如舍伍德·安德森(Sherwood Anderson)的《小城畸人》(*Winesburg, Ohio*,1919)、辛克莱·刘易斯(Sinclair Lewis)的《大街》(*Main Street: The Story of Carol Kennicott*,1920)、菲茨杰拉德(Francis Scott Key Fitzgerald)的《了不起的盖茨比》(*The Great Gatsby*,1925)等等,作家们在题材选择与主题呈现上往往具有一定的共性,但在城市化、现代性和道德观念的转型面前却表达了不同的价值立场,具有相异的情感态度。作为这批西部作家群中的一员,凯瑟则虽然坚守以土地为核心的农业价值观,但并不狭隘、保守与固步自封,而是认识到封闭的生活可能导致的精神贫瘠、思想守旧与观念狭隘,如亚历山德拉那两个愚蠢自私且自负的弟弟奥斯卡和卢那般。她对卡尔说:"我们都付出了一笔很高的租金,尽管支付的方式不同。我们在这儿变得越来越滞重迟钝,不像你那样轻便灵活地来去自如,而且我们的思想在逐渐僵化。要是这个世界并不比我的玉米地更广阔,要是除了我的玉米地就再没有别的地方,那我也许会觉得劳动并没有多大意思。"(227)

所以亚历山德拉不仅大力引进现代农业技术和管理方式,保持与变化中的世界的精神联系,还精心培养小弟弟埃米尔,颇有远见地将埃米尔送往城市上大学,希望他有一个更加开阔并可以自由选择的人生。"他应该想干什么就干什么,"亚历山德拉说道,"他应该有一次机会,一次纯粹的机会,我辛辛苦苦为的就是这个。"(223)她还举出自己一位雇工的妹妹的亲身体验与卡尔分享,因为嘉莉走出了玉米地之后再回来的时候心情舒畅:"说她满足于生活并劳动在一个如此宏大而有趣的世界。她说是所有像普拉特河上和密苏里河上的桥梁那么大的东西使她安于生活。而使我安于生活的正是这个世界上所发生的一切。"(227)在经历失去亲友的不幸并和卡尔团聚之后,她愿意接受卡尔的邀请,打算跟着卡尔去看一看新的世界,看看大海。当然,她的根还是牢牢扎在西部的土地上。

现实生活中的凯瑟自大学毕业后不久即辗转于匹兹堡、纽约、华盛顿、波士顿等美国东部各大城市并赴欧洲各国游览,极大地拓宽了自己的视野,结交了很多同道与挚友,她的职业小说家、刊物编辑和艺术批评家之梦主要也是在城市中实现的。1904年,她发表了短篇小说《一场瓦格纳作品音乐会》("Extracts from a Wagner Matinée")。作品中长期生活在内布拉斯加的一个小村庄中的乔治亚娜婶婶,曾经是波士顿音乐学校的一名教师,一位出色的钢琴家,后因为爱情与一个乡下小伙私奔,并随他去了边疆地区。"三十年来,我婶婶从未走出过那块土地方圆五十英里的范围。"(120)当偶然有机会重返波士顿,她在欣赏了一场瓦格纳作品音乐会之后,不禁潸然泪下,久久不愿离开美妙的音乐厅和它唤起的优美的艺术氛围。乔治亚娜婶婶的命运和《啊,拓荒者!》中的玛丽存在着一定的暗合之处,而"草原三部曲"的第二部《云雀之歌》中的女主人公、女高音歌唱家西娅也是冲破了世俗的偏见,在恋人帮助下离开西部小镇去学习音乐,终于像云雀一样振翅高飞,成为纽约大都会歌剧院一颗冉冉升起的新星的。因此,凯瑟既没有盲目地怀旧,也没有肤浅地乐观,而是立足于美国社会由传统向现代转型的过渡时期的特殊现实,对美国拓荒时代特定的历史和土地价值观进行了辩证性的思考。

四

小说还体现出凯瑟可贵的女性意识。女主人公亚历山德拉有远见卓识与行动能力，善于思考并汲取新知识。所以她才能保住父亲的产业并发扬光大，使伯格森家族成为当地数一数二的大农场主。她为人善良宽容，对疯子伊瓦尔、男女仆人，以及身有残疾的穷苦邻居都十分照顾，甚至对枪杀了她心爱的弟弟的弗兰克也充满同情、乐于帮助，是小说中最光彩照人的人物形象。除了上述品质而外，凯瑟还重点表现了她的独立自信和坚强勇敢，这些使得她在两个贪得无厌的大弟弟面前，能够保持尊严和维护权益。当年，是亚历山德拉坚持大量收购土地的决策，才有了伯格森家族的富有。她在两个大弟弟结婚时分割财产，慷慨地满足了他们的愿望。但一心希望由自己的儿女来继承她的财产的奥斯卡和卢不仅以卑劣的手段逼走了深爱亚历山德拉的卡尔，还指责并嘲笑人到中年的姐姐竟然存着结婚的念头。面对自私无礼，却还搬出男性身份耀武扬威的弟弟们，亚历山德拉不卑不亢，据理力争，镇定自若地维护了自身的权益和女性的尊严。

在严酷的自然环境面前，亚历山德拉不仅有女性的柔美、爱心和操持家务的才能，还有着高大健美的身躯，能够承担当时很多由男性承担的艰苦劳作。相较之下，小说中的男性人物则或多或少有着某一方面的缺陷或不足。不必说奥斯卡与卢，小弟弟埃米尔一心想着自己的恋人，却缺乏足够的敏锐和同理心去关心自己的姐姐，忽视了姐姐的情感需求，仿佛从来没有想到过她也是一个有血有肉、需要爱情与家庭的女人；即便是亚历山德拉的心上人卡尔，也在凯瑟笔下显得身体单薄，气质忧郁。由此意义上看，亚历山德拉俨然是凯瑟精心打造的具有"双性同体"气质的女英雄。不少凯瑟的研究者根据亚历山德拉等女性形象，以及凯瑟本人终身未婚、拥有众多女性挚友，并在大学期间着男装、剪短发，以"威廉"这一男性化的名字自称等，认为凯瑟可能存在同性恋倾向，因而学界也有从女同性恋或酷儿视角对她的作品展开研究的。

另一位体现出朦胧的性别自觉和独立思考意识的女性是玛丽。少女时代的幼稚与冲动使她选择了与弗兰克私奔和结婚，在心智尚未成熟的阶段就被父亲和命运安排了在农场的艰苦而乏味的生活。暴躁、自私而善妒的丈夫很快令她大失所望，快乐、活泼的性情和天然的生命活力使她渴求真正的爱情。她青梅竹马的小伙伴埃米尔如今已成长为当地最出色的英俊小伙。两人都暗暗爱着对方，但却碍于玛丽的已婚身份而难以向对方表白情愫。在这样的处境中，玛丽思考着女性生活的不自由，女性意识初步萌生。她羡慕埃米尔可以接受大学教育，可以说走就走，周游世界、开阔人生，因此哀叹女性所受到的种种局限。在向埃米尔倾诉衷肠时，玛丽很干脆地说："要是我像你那样了不起，又像你那样自由，那我决不会让任何事情来使我难受。就像老拿破仑·布吕诺在义卖会上所说，我决不会去追求任何女人。我会搭上第一班火车远走高飞，去享受天底下所有的乐趣。"（284）而现实中的她却只能在白桑树下徒劳地幻想着和埃米尔的爱情美梦成真，无法摆脱现实和婚姻的枷锁，最后倒在了弗兰克的枪下。

凯瑟出生与成长的19世纪后期到20世纪初年，正值西方妇女解放运动的又一次高潮期。一战之后，大多数欧洲国家的妇女先后取得了投票的公民权。20世纪20年代初，美国妇女也获得了完全的选举权，这一权利被明确写入了宪法的第十九修正案。自小接受了多元文化的熏陶，在西部大草原拓荒的历史记忆中成长，又接受了高等教育，来到文明程度更高的东部大都市经受文学历练与艺术熏陶的凯瑟，形成较为自觉的女性意识显然是十分自然的。她笔下女性的成长探索和鲜明的生态意识，对土地的一往情深和对高雅的精神文化的追求，移民们对自身文化传统的坚守和对拓荒时代"美国梦"的诠释等等，使得读者与凯瑟的小说产生了广泛的共鸣，凯瑟也因此成为20世纪上半叶美国最重要的作家之一。

从艺术上看，《啊，拓荒者!》也很有特色。作品塑造了众多栩栩如生

第十六章 威拉·凯瑟的《啊，拓荒者！》

的人物形象。除了亚历山德拉之外，玛丽作为波西米亚人所具有的聪明娇俏、热情如火的性情，卡尔敏锐的艺术气质和善解人意的宽厚品格，埃米尔青春逼人的快活天性和对玛丽隐忍而深刻的爱情，奥斯卡和卢两兄弟的狭窄自负、贪婪自私，卢的妻子安妮的虚荣浅薄，老伊瓦尔的虔诚善良、忠厚体贴等，均给读者留下了难忘的印象。此外，造成血案的弗兰克既令人痛恨，又让人唏嘘，是一个具有悲剧色彩的独特人物。他曾经也是一个英俊的青年，吸引了包括玛丽在内的不少姑娘的芳心。但他身上有太多负面的情绪，总喜欢在想象中自我悲剧化，将自我塑造成一个悲情的男人。他嫉恨玛丽精力旺盛、活泼开朗的好性子，嫉妒她受到所有人的欢迎与喜爱，因而总以羞辱她、折磨她而获得某种变态的快意。他之所以痛恨玛丽善待的一切人，其实是害怕失去妻子。"他早已习惯于认为自己总是陷在绝境之中。他忧郁的性情犹如一个牢笼；他决不可能从那笼中逃出；而且他总觉得肯定是别人，尤其是他的妻子把他关进了那个笼里。他恰好从来没想到是他自己在作茧自缚。"(301)这种自我戏剧化的心理和受害者的先在设定使他在回到家中，在果园深处发现了情难自禁的埃米尔和玛丽抱在一起时，便勃然大怒，迅速向他们射出了三发子弹，却又在极端恐惧中骑马逃走，再向警察当局自首。他心里明白玛丽是个好姑娘，并不希望她受罪，却又鬼使神差般地杀害了她和她的恋人，并为此深受折磨。在亚历山德拉探监并表示希望帮他重获自由后，深受感动的弗兰克表示如果能够出狱，将回到欧洲，"不会再给这个国家找任何麻烦"(319)。

凯瑟在小说中还对四时风景和土地有着大量充满诗意的描写，风景的变化、节令的变迁常与人物的情感发展和命运走向有机交融为一体，彼此映衬，有力地表现了主题。这也使凯瑟的创作不仅具有现实主义特色，也有着浓郁的浪漫主义情调。而她笔下大量象征意象的运用，以及对人物心理的微妙刻画等等，又使她的小说显示出现代主义的艺术特色。

下　编
20 世纪下半叶及新世纪小说导读

第十七章
20 世纪下半叶及新世纪女性文学概览

20 世纪中叶之后,随着战后社会的新格局与女性地位的不断提升,西方妇女解放运动浪潮再度兴起;女性主义文化与文学研究也日渐成为当代西方思想文化中的一支重要流脉,并对女性文学发展产生了强有力的影响;而在全球化语境下的多元文化碰撞格局中,性别因素又与种族、环境、信仰、阶级等多种因素紧密交缠,形成了异彩纷呈而又蔚为大观的女性文学新气象。

二战之后,随着一系列教育改革法案的实施,平民子弟和妇女获得了接受高等教育的权利,一代知识女性开始出现。本来,早在欧美第一次女权主义抗议浪潮的影响下,英国女性已经在 1918 年获得了部分选举权,并于 1928 年获得了普选权。一战期间,女性不仅作为医护人员走上了前线,而且在后方填补了由于男性参战而造成的许多工作岗位的空缺。对创造性生产劳动的参与不仅大大提高了英国女性的自信心,改善了她们的经济处境,亦使她们在经济独立的基础上锻造出独立的人格。随着科技的发展与家用电器的普及,英国女性更是从繁重的家务劳动中获得了较大的解放。到 60 年代中期,英国已有约 1/2 的已婚妇女参加了工作。此时避孕药已进入市场。随着女性可以通过避孕药来控制生育和自己的身体,性革命终于在 60 年代后期到 70 年代爆发,并对主流文化产生了强烈的冲击。第二次妇女解放运动也在英、法、美等国掀起。1968—1969 年间,朱丽叶·米歇尔(Juliet Mitchell)开始在英国大学中开设妇女问题课程。一批具有左翼倾向的女权刊物也如雨后春笋般出现。在运动的推动下,政府有关妇女的一系列新政策法规也纷纷出台。1975年,英国通过了《反性别歧视法》(The Sex Discrimination Act);1991年,英国政府在20世纪70年代的《平等报酬法案》(Equal Pay Act)和《反性别歧视法》的基础上又进一步修订了《工作中的健康与安全管理条例》(Occupational Health and Safety Act),强调对妊娠与哺乳期妇女的保护。

然而,妇女们发现,在争取选举权的斗争取得胜利后,妇女虽然获得了一些平等的权利,但这些权利并未给她们带来平等的机会。不管是在经济、政治,还是社会文化领域中,妇女仍然要面对不同程度的性别歧视,有些甚至是对她们权利的践踏和对她们劳动的剥削,因而她们意识到了使妇女解放运动进一步深化下去的必要性。如果说妇女解放运动的第一次浪潮是以"天赋人权"的人本主义为思想基础、以争取获得以选举权为标志的一系列公民权为特色、以跻身公共的社会空间为目标的话,第二次妇女解放运动浪潮则将关注的焦点集中在探索性别歧视的思想、文化与社会心理根源以及父权社会深层机构的运作机制上,这就使运动具有了强烈的理论色彩,为其从校园之外走进高等学府,从游行队伍走进课堂、走进研究院所等奠定了基础。"女性研究作为一个正规的研究领域于20世纪60年代末在美国形成,此后在英国及其他西方国家相继出现。"[①]朱丽叶·米歇尔于1966年出版了《妇女:最漫长的革命》(Women: the Longest Revolution),1972年出版了《妇女领地》(Woman's Estate);澳大利亚出生的杰梅茵·格里尔(Germaine Greer)于1970年出版了《女宦官》(The Female Eunuch);米歇尔·巴雷特(Michelle Barrett)于1980年出版

[①] 刘霓:《西方女性学》,社会科学文献出版社,2001年,第27页。

了《今日的妇女压迫:马克思主义女性主义分析方法的问题》(Women's Oppression Today: The Marxism/Feminism Encounter);玛丽·雅各布斯(Mary Jacobus)于80—90年代先后出版了《阅读女性:女性主义批评文集》(Reading Woman: Essays in Feminist Criticism, 1986)和《最初的体验:文学、精神分析与艺术中的母性想象》(First Things: the Maternal Imaginary in Literature, Art and Psychoanalysis, 1996);等等。由于运动需要一个术语对剥削、压迫妇女的历史文化及其制度特征进行总体的表述,这一时期,"父权制"(patriarchy)作为妇女受压迫的元凶被提了出来。本来,父权制的概念是用来描述作为一家之主的父亲的权力的,到了妇女解放运动的第二次浪潮中,"父权制"一词则成为研究妇女受压迫问题和分析这一压迫的系统组织的一个重要的理论概念。学者们纷纷对其进行历史分析与心理分析,追溯与探讨其起源、背景与心理机制,丰富了对于妇女受压迫深层根源的认识与理解。而随着西方社会进入后工业化时代,女性主义理论也进入了后现代文化影响的网络,成为这一网络中不可或缺并成就斐然的一个部分,且为当代女性文学提供了不可或缺的理论背景。此时,女性出版机构也大量涌现。1979年,伦敦的"悍妇出版社"(Virago Press)一次推出了九部著作,其中即包括女作家安吉拉·卡特激进的文化研究著作《萨德式女人》(The Sadeian Woman: An Exercise in Cultural History)和《英国女性指南》(The British Woman's Directory)等。强大的女性出版事业也为女性文学的发展提供了良好的条件。

在前代女性文学的滋养与二战以来西方丰富的女性文化与文学研究成果的影响下,当代西方女性文学取得了丰硕的成果。女作家们不仅继承了现实主义文学的优良传统,还有意识地接受了现代主义与后现代主义的诸多技巧以丰富创作,使得作品体现出多元艺术风格的杂糅。从创作主题来说,则既有将对女性命运的探索与揭露西方殖民主义的罪恶、描绘广阔的社会生活画面有机交融到一起,体现出开阔的社会政治视野和温暖的人类情怀的,如莱辛的创作;亦有既坚持表现女性生存困境的传统主题,又在当代全球化的文化语境下偏重于知识女性的精神成长与国际化视野的,如德拉布尔、普拉斯等人的创作;有偏爱通过对神话、童话、民间传说及经典文学文本的解构与重构,以后现代立场审视历史与文化传统,表达出鲜明的女性主义意识的,如简·里斯、拜厄特、安吉拉·卡特和阿特伍德等的创作;还有在小说中表现出深刻的道德与哲学探索的,如默多克、波伏瓦的创作。

1. 简·里斯

简·里斯(Jean Rhys,1890—1979)是出生于英属殖民地多米尼加、有着白人与克里奥尔人双重血统的女作家,这一背景使得她的小说体现出种族与性别的双重主题。1929 年,她发表了处女作《四重奏》(*Quartet*)。30 年代,又先后发表了《离别麦肯兹先生之后》(*After Leaving Mr. Mackenzie*,1930)、《黑暗中的航行》(*Voyage in the Dark*,1935)和《午夜,早上好!》(*Good Morning,Midnight!*1939)三部小说。二战之后,里斯推出了她最著名的小说《藻海无边》(*Wide Sargasso Sea*,1966),以对夏洛蒂·勃朗特小说经典《简·爱》的重构,成为女性主义和后殖民主义文学批评热议的对象。

《简·爱》以第一人称的自叙口吻,描写了 10 岁的孤女简·爱成长为一名家庭女教师的坎坷历程,重点表现了她和男主人公罗彻斯特之间的爱情。罗彻斯特的疯妻伯莎·梅森则是一个具有哥特小说中的神秘色彩的、暴戾而邪恶的形象。自幼熟读《简·爱》的里斯对克里奥尔女人伯莎·梅森的命运深表同情。她在一次访谈中明确指出:"在《简·爱》中她差不多是一个鬼影子。我想我应当赋予她以真实的生命。"[1]不同于《简·爱》,《藻海无边》首先增加了特定的历史背景,使小说具有了更明

---

[1] "Jean Rhys in an Interview by Diana Vreeland." *Paris Review*. 1979.

确的历史感,即故事空间开始于英属西印度群岛的牙买加殖民地的西班牙城郊庄园,时间则为殖民地的奴隶制度被废除之后的19世纪30年代后期。其次,里斯赋予了失语的伯莎·梅森以话语权。作品第一章为"我"即安托瓦内特(伯莎·梅森)的自述。第二章则为安托瓦内特和罗彻斯特第一人称叙述的交叉展开。罗彻斯特的自述充满了对当地风景、气候、民情风俗的强烈异己感和排斥感。而安托瓦内特的自述则表达了对婚姻的恐惧、希望,以及在遭到丈夫的误解、轻视、冷落与背叛,特别是在被剥夺了财产与保障之后的无助与绝望。第三章再次转为安托瓦内特的自述,回忆自己被带到英国、关进桑菲尔德大厦阁楼上的秘密房间,由格蕾丝·普尔看管,被迫隐没在黑暗、寒冷与孤独之中的生活与感受,并忆及被割断与家乡的联系,带往一个陌生国度的海上航程。由此,读者可以看到,伯莎的疯狂是被以罗彻斯特等为代表的父权统治迫害的结果。《简·爱》中罗彻斯特对伯莎的指控与《藻海无边》中奶妈克里斯托芬为伯莎母女进行的辩护形成了鲜明的对比。

  《简·爱》中的罗彻斯特是这样说的:"伯莎·梅森是疯子,而且出身于一个疯人家庭——一连三代的白痴和疯子!她的母亲,那个克里奥尔人既是个疯女人,又是个酒鬼!——我是同她的女儿结婚后才发现的,因为以前他们对家庭的秘密守口如瓶。"[①]而《藻海无边》中的克里斯托芬对伯莎母亲所遭受的迫害则做了这样的解释:"人家把她逼疯的。她儿子死了以后,有一阵子她就稀里糊涂,人家就把她关了起来。人家跟她说她疯了,把她当成疯子看待。问啊问啊,就是没句体贴话,也没有朋友,她丈夫也走了。……到末了——我不知道她疯不疯——她干脆死了心,什么都

[①] 夏洛蒂·勃朗特:《简·爱》,黄源深译,译林出版社,1994年,第330页。

不在乎了。那个照管她的男人几时想要玩她就玩她。"①安托瓦内特对罗彻斯特用疯女人伯莎的名字来喊她的别有用心也做了大胆揭露:"伯莎不是我名字。你用别的名字叫我是想法把我变成另一个人。"②

除了旗帜鲜明的女性主义意义之外,随着后殖民文化研究的兴起,批评家佳·查·斯皮瓦克亦分析了白人女性作家于不自觉中与帝国意识形态的合流,指出正是由于"被理解为英国社会使命的帝国主义是英国文化表述的重要部分之一"③,《简·爱》中出生于西印度群岛的克里奥尔女人伯莎·梅森被刻意赋予了强悍、狂野的兽性,由此成为帝国白人女性简·爱的反衬,并最终"功成身退","完成从她'自己'向虚构的他者的转换,放火焚烧房子,然后杀死自己"。由此,作品可被解读为一则"帝国主义普通认知暴力的寓言",体现的是"为了美化殖民者的社会使命而进行的自我献祭的殖民主体的建构过程"。④ 从此意义上,《藻海无边》实现了"女性主义与对帝国主义的批判"⑤。

2. 多丽丝·莱辛

多丽丝·莱辛(Doris Lessing,1919—2013)是当代英国最重要的女作家之一,2007年诺贝尔文学奖得主。她出生于波斯(现伊朗),5岁时随家人迁居非洲南罗得西亚(现津巴布韦)。由于家人经营农场失败,莱辛童年和少女时期生活困苦,先后当过电话公司接线员、保姆与打字员,后成为南非《卫报》记者。在南非期间,莱辛先后有过两段婚姻,莱辛为她第二

---

① 简·里斯:《藻海无边》,陈良廷、刘文澜译,上海译文出版社,1996年,第99页。
② 简·里斯:《藻海无边》,陈良廷、刘文澜译,上海译文出版社,1996年,第92页。
③ 佳·查·斯皮瓦克:《三个女性的文本与帝国主义批判》,王丽丽译,见张京媛主编:《后殖民理论与文化批评》,北京大学出版社,1999年,第108页。
④ 佳·查·斯皮瓦克:《三个女性的文本与帝国主义批判》,王丽丽译,见张京媛主编:《后殖民理论与文化批评》,北京大学出版社,1999年,第119页。
⑤ 佳·查·斯皮瓦克:《三个女性的文本与帝国主义批判》,王丽丽译,见张京媛主编:《后殖民理论与文化批评》,北京大学出版社,1999年,第119页。

任丈夫的姓。返回英国后,莱辛于 1950 年出版了长篇小说《野草在歌唱》(*The Grass is Singing*)。在这部处女作兼成名作中,莱辛从南部非洲广袤而贫瘠的土地上汲取了丰厚的生活滋养,第一次向西方读者毫不掩饰地展现了种族隔离制度下南部非洲的社会现状,描述了贫穷的白人移民艰难的求生历程,用饱蘸同情的笔墨,表现了女主人公玛丽在种族歧视、性别偏见、阶级分野与文化冲突的夹缝中求取生存而不得,最终走向死亡的悲剧命运。小说面世后于五个月内重版了七次,深受读者欢迎。莱辛也凭借此书登上了英国文坛,被誉为"抗议小说"[1]的代表人物,在"当代英国青年作家中,是最为热心致力说服他人以改革社会的"[2]。

自 1952 年开始,莱辛创作了著名的五部曲"暴力的儿女们"(*Children of Violence*, 1952—1969),包括《玛莎·奎斯特》(*Martha Quest*, 1952)、《恰当的婚姻》(*A Proper Marriage*, 1954)、《风暴余波》(*A Ripple from the Storm*, 1958)、《死胡同》(*Landlocked*, 1965)和《四门城》(*The Four-Gated City*, 1969)五部长篇小说,主人公均为出身于非洲白人移民家庭的女子玛莎·奎斯特。作品描写了她在南非的两次失败的婚姻、政治生活以及返回英国之后的人生探索,具有自传色彩。奎斯特(Quest)在英文中意为"寻求""探索",表明寻求个性发展、探索人生意义是小说的基本主题,同时作品又将人物的精神成长轨迹与其丰富、复杂的社会政治生活体验紧密结合在一起,体现出莱辛小说不断开阔的社会政治视野,以及当代知识女性更为自由而丰富的生活空间。

在"暴力的儿女们"之后,莱辛逐渐将关注重心由殖民主义转向英国社会本身存在的种种问题,尤其是妇女问题。1962 年出版的长篇小说

---

[1] Harry Blamires. *Twentieth-Century English Literature*. London: Macmillan Press, 1982, p. 222.
[2] James Gindin. "Doris Lessing's Intense Commitment." in *Doris Lessing*, ed. Harold Bloom, New York: Chelsea House Publishers, 1986, p. 9.

《金色笔记》(*Golden Notebook*),成为作家最富影响力的代表作。作品以别具匠心的艺术构思与错综复杂的剪裁方法,展现了当代知识女性求索生命意义、思考完美的两性关系的人生经历,浓缩了女性质问生命真谛的浮士德式的追求。

70年代初期,莱辛写了《堕入地狱简况》(*Briefing for a Descent into Hell*,1971)及《黑暗前的夏天》(*The Summer before the Dark*,1973)。从70年代中期开始,她的创作主题和风格都发生了极大的变化。她感到破坏生态环境、核战争将导致文明的毁灭,人类将遭到全球性的大灾变,于是开始写预测人类前途与宇宙未来的小说,将传奇故事、科幻元素和太空小说的成分融为一体,如1974年出版的《一个幸存者的回忆录》(*The Memories of a Survivor*),以及总名为《南船座中的老人星》(*Canopus in Argos: Archives*)的五部小说(1979—1983)。但评论界对这些作品的总体评价不高。著名批评家哈罗德·布鲁姆甚至将其称为"四流的科幻小说"。南非作家库彻(John Maxwell Coetzee)则说"莱辛从来都不是一个优秀的文体学家"。对此,伊莱恩·肖瓦尔特(Elaine Showalter)依然从作家抗拒自己身上的"女性"成分这一心理角度展开分析,将"莱辛的小说中个体意识变成了集体意识,个人意识变成了社会意识,女性意识变成了世界意识"的"转变"解释为"一种系统的、由意志控制的逃离过程,从与自我、与女性分裂之苦闷的痛苦遭遇战中逃离"[①]。

80年代中期之后,莱辛逐渐回归了之前的创作风格,出版了《简·萨默斯的日记》(*The Diaries of Jane Somers*,1984)、《好恐怖分子》(*The Good Terrorist*,1985)、《第五个孩子》(*The Fifth Child*,1988)、《又来了,爱情》

[①] 伊莱恩·肖瓦尔特:《她们自己的文学——英国女小说家:从勃朗特到莱辛》,韩敏中译,浙江大学出版社,2012年,第286页。

(*Love, Again*,1996)、《玛拉与丹恩》(*Mara and Dann*,1999)、《老祖母们》(*The Grandmothers: Four Short Novels*,2003)、《裂缝》(*The Cleft*,2007)等等。在长达半个多世纪的创作中,莱辛一直致力于对时代、生活与人的追问,作品"深入反映了上个世纪以来人类在思想、情感以及文化上的转变","她对于弗洛伊德和荣格心理学、马克思主义、存在主义、神秘主义、生物社会学,以及思辨科学等社会思潮的兴趣均体现在她的小说中,其创作成为时代气候转变的记录"[1],从内容和主题层面上看大致经历了从反殖民主义的社会政治小说向关注女性困境的妇女生活小说过渡,再一变而为生态危机下预言世界未来的宇宙太空小说,随后又向关注现实社会问题但又体现出象征寓意色彩的创作回归的四个阶段,艺术上则体现出现实主义、现代主义与后现代主义实验风格的杂糅。

莱辛还曾经深入研究过精神分析学派的著作,高度关注个人精神尤其是非理性层面的意识状态。60 年代之后,她接触到伊斯兰教中的神秘主义教派——苏非教,并跟随苏非派精神大师伊德里斯·沙赫(Idris Shah)研习过多种有关苏非派教义的书籍,对于这位宗教导师和精神指引者充满了敬意。她说:"我之所以认识伊德里斯·沙赫是因为《苏非》一书,对我而言,它是我迄今为止阅读过的最为令人惊奇的一部作品,好像我的一生都是在等待它的出现并去阅读它。"[2]《四门城》《一个幸存者的回忆录》等,都体现出莱辛受到苏非哲学影响的痕迹。

最后还有一点需要提到的是,1993 年 5 月,莱辛曾应中国作家协会之邀与玛格丽特·德拉布尔夫妇来华,先后访问了中国社会科学院、北京外国语学院(现北京外国语大学)和上海社会科学院等。

---

[1] Jean Pickering. *Understanding Doris Lessing*. Columbia: University of South Carolina Press, 1990, p. 6.
[2] Doris Lessing, "On the Death of Idries Shah." *The Daily Telegraphy*(1996 - 11 -23).

3. A. S. 拜厄特

A. S. 拜厄特的全名为安东尼娅·苏珊·拜厄特(Antonia Susan Byatt, 1936—)，英国小说家、批评家，英国皇家文学协会会员，玛格丽特·德拉布尔的姐姐。她坚持使用更加具有中性色彩的 A. S. 拜厄特之名，以反抗文坛对其创作的狭隘理解，同时表现出追求性别平等的鲜明的女性主义意识。拜厄特著有多种文论作品，如《思想的激情》(*Passions of the Mind*, 1991)、《论历史与故事》(*On Histories and Stories: Selected Essays*, 2000)等。长篇小说有《太阳的影子》(*Shadow of a Sun*, 1964)、《游戏》(*The Game*, 1967)、《花园中的少女》(*The Virgin in the Garden*, 1978)、《占有》(*Possession: A Romance*, 1990)、《未建成的通天塔》(*Babel Tower*, 1996)、《吹哨女人》(*A Whistling Woman*, 2002)等，中短篇小说集有《糖和其他故事》(*Sugar and Other Stories*, 1987)、《天使与昆虫》(*Angels and Insects*, 1992)、《马蒂斯故事》(*The Matisse Stories*, 1993)等。《占有》为拜厄特的代表作，荣膺1990年布克文学奖。

小说《占有》以三层嵌套式结构展开：第一层叙述是由第三人称全知叙述者所进行的对当代西方人文学术研究无聊、拜物，偏好玩弄耸人听闻的时髦术语的生存现状的描写，核心内容是志同道合的青年学者罗兰·米歇尔与莫德·贝利的学术历险与情感发展。小说主人公罗兰·米歇尔是一位文学博士，和女友瓦尔住在阴暗潮湿的公寓地下室内。他热爱19世纪维多利亚时代著名诗人艾什的作品，却由于研究对象不够时髦而始终找不到合意的工作，只好靠打杂谋得微薄的收入，兼职担任英国艾什研究专家布列克艾德的研究助理，日常还要靠女友当秘书的薪水来养活。罗兰在伦敦图书馆内的艾什藏书中偶然发现了诗人写给一位无名女士的两份书信手稿，激动不已，决心考证这段文学秘史。他推测出艾什的秘密恋人是著名的女诗人兰蒙特，于是邀请林肯大学的兰蒙特研究专家、年轻的女教授莫德展开合作研究。莫德对这一谜题亦深感兴趣,于是两人一起前往当年兰蒙特在思尔庄园的故居,并在诵读诗人诗句的过程中获得提示,终于在诗人卧室的娃娃小床下发现了秘藏的情书。

假期中,罗兰与莫德又根据兰蒙特日记,以及艾什的妻子爱伦日记中的线索,重走了当年艾什前往约克郡的自然史之旅的路线。一路上他们仔细重读两位诗人的诗句,终于考证出艾什与兰蒙特曾有过一段隐秘而浪漫的爱情之旅。旅途中,被维多利亚诗人真挚而炽热的恋情所感染,罗兰与莫德之间也产生了情愫。除了第一层叙述,即当代叙述之外,罗兰与莫德等人逐步搜寻到的19世纪人物的大量历史文本,尤其是兰蒙特与艾什的书信、日记、诗文等,构成第二层叙述,即维多利亚叙述,不仅使得两位诗人长达三十余年的秘密恋情浮出水面,亦揭示出维多利亚时代的精神风貌。而两位诗人改写的多篇神话史诗和民间传说讲述的是远古的故事,构成以远古叙述为主的第三层叙述。作家"从叙述内容的历史性出发,有意识地采用了从当代反观历史的眼光作回顾性叙述"[1],获得了历史的纵深感。叙事视角则采用第三人称全知叙述人和以书信、日记等形式展开的多个人物的第一人称限制性视角相互交织的方式,以复合的叙事手法和拼贴的文体与小说结构彼此呼应。

小说中插入、改写、重构了大量古代神话与民间故事,包括希腊神话、《圣经》故事、中古传奇、北欧神话、格林童话等,如北欧神话中的诸神大战、法国布列塔尼传奇中仙女梅卢西娜与骑士雷蒙丁缔结姻缘的故事,以及公主被囚玻璃棺材的故事,等等。如拜厄特本人所说:"在欧洲激荡着

---

[1] 程倩:《历史的叙述与叙述的历史——拜厄特〈占有〉之历史性的多维研究》,人民文学出版社,2007年,第50页。

一种对古典神话和童话的热情,我觉得自己也置身于其中。"①这些重构的故事,在小说中主要是通过维多利亚两位诗人的诗笔呈现出来的,即艾什和兰蒙特在爱情的激荡下,根据神话与传说写成的大型神话史诗和童话作品《冥后普罗赛比娜的花园》《北欧众神之浴火重生》《仙怪梅卢西娜》《玻璃棺材》《黎之城》等。如拜厄特所言:"我在新语境里以或旧或新的方式重述这些故事,我本人也就加入到故事的延续中来了。"②亦如小说人物兰蒙特之言:"所有的古老故事都经得起以不同的方式一再地讲述。只是要求让必不可少的简洁、清晰的故事形式保持鲜活、经过打磨。……还得添加上作者你自己的东西,使所有这些都显得有新意和原创性,不带隐秘和个人目的。"③有研究者认为:"小说中穿插的神话和童话故事,再现出神话时代的原始景观,与维多利亚社会风貌以及当代现实生活形成了一种对应性比照。这样,小说以神话时代的虚拟历史为背景,完成了对当代社会生活和维多利亚时代的考察。"④

作为一位具有鲜明女性意识的作家,拜厄特在《占有》中对历史的回溯、对神话传说的重构等是与对女性生存处境的关注密切相关的。拜厄特"对女性生存的历史渊源进行探究,从神话里寻找和挖掘母系文明及女性传统,重新解读传统叙事中的诸多女性意象,书写女性群体'被边缘化被遗忘的没有记录的历史',对女性生存境况进行历史性透视"⑤。这首先体现在"用女性血脉历史为线索来组织叙事":

---

① Christien Franken, "Preface." in *A. S. Byatt: Art, Anthouship, Creativity*. New York: Palgrave, 2001, p. XIV.
② A. S. Byatt. *On Histories and Stories: Selected Essays*. London: Chatto & Windus, 2000, p. 131.
③ A. S. Byatt. *Possession: A Romance*. London: Vintage, 1991, p. 350.
④ 程倩:《历史的叙述与叙述的历史——拜厄特〈占有〉之历史性的多维研究》,人民文学出版社,2007年,第127页。
⑤ 程倩:《历史的叙述与叙述的历史——拜厄特〈占有〉之历史性的多维研究》,人民文学出版社,2007年,第173页。

从远古神话里的女神到维多利亚时代的女性人物直至当代女学者,三个不同时代的多位女性组成祖辈、母辈及女儿辈大致完整的母系家族系列,追溯代代相传的女性历史传统,揭示出源远流长的母系血脉谱系,凸现女性生命的历史流程。女性人物的个体经验集合成女性历史的整体经验,展示女性群体的历史形象,反映出古今女性之生存和命运的共通性和延续性,女性生命在这种独特的历史叙述中滋生出新的意义和价值。[1]

其次,兰蒙特对法国神话中梅卢西娜故事的改写,同样体现出鲜明的性别立场。梅卢西娜原来是生活在诺曼底地区森林中的精灵,善于魅惑迷路的行人并置他们于死地,像塞壬似的具有邪恶的特性。但在改写的诗歌中,梅卢西娜是为了获得人的灵魂而嫁给了凡人、云游骑士雷蒙丁的。兰蒙特把她描写成一个试图摆脱自己半人半蛇的宿命,却又遭受了爱人的背叛并被迫和爱子分离的不幸母亲,表现出对她的巨大同情。

最后,小说还以当代女学者莫德等人追踪文学秘史这一情节为叙述契机,挖掘出多位维多利亚女性人物的日记、书信及未能发表的诗歌等,让女性发出了各自的叙述声音。

由于在文学创作与研究方面的出色成就,拜厄特先后荣获大英帝国司令勋章(CBE)和爵级司令勋章(DBE),并于2008年被《泰晤士报》评为"1945年以来50位最伟大的英国作家"之一。

4. 玛格丽特·德拉布尔

玛格丽特·德拉布尔(Margaret Drabble,1939—)是当代英国成就

---

[1] 程倩:《历史的叙述与叙述的历史——拜厄特〈占有〉之历史性的多维研究》,人民文学出版社,2007年,第173页。

卓著的学者型作家,A. S. 拜厄特的妹妹。德拉布尔于 1960 年以优异的成绩从剑桥大学毕业。在校时,她酷爱戏剧并开始练习写作,毕业后与丈夫克莱夫·斯威夫特(Clive Swift)一同参加了皇家莎士比亚剧团。但不久即因怀孕无法参加演出,转而从事写作。作为二战之后崛起的一代知识女性中的一员,她于 60 年代步入文坛,在战后风起云涌的女权主义运动与思潮的滋养下,以表现知识女性在自我实现与家庭幸福间的两难困境而体现出鲜明的时代性。她的作品曾先后荣获约翰·卢埃林·里斯纪念奖、詹姆斯·泰特·布莱克纪念奖、《约克郡邮报》最佳小说奖、美国文学艺术学院爱德华·摩根·福斯特奖等,并于 1980 年和 2008 年分别获得英国女王授予的大英帝国司令勋章和爵级司令勋章。

德拉布尔还一直在大学教授文学课程,并撰写了大量理论著作、散文随笔和文学评论,主编过华兹华斯、奥斯丁、哈代、伍尔夫等经典大师的文集,并著有《阿诺德·贝内特传》(*Arnold Bennett: A Biography*,1974)及研究作家的故乡风物对其创作影响的专著《作家的英国:文学中的景色描写》(*A Writer's Britain: Landscape in Literature*,1979),主持了《牛津英国文学词典》(*The Oxford Companion to English Literature*,1985,2000)的编纂。她还多次受英国文化委员会委派赴海外讲学,1993 年曾访问中国。

作为文坛的常青树,德拉布尔笔耕不辍,以宽阔的艺术视野呈现了半个多世纪以来西方知识女性的奋斗与探索,被《纽约时报》书评副刊誉为"当代英国的编年史家"。1963 年,她的处女作《夏日鸟笼》(*A Summer Bird-Cage*)一出版即获得好评。作品表现了和作家一样刚从校门步入社会,怀抱自我实现的美好憧憬的年轻知识女性萨拉·贝内特在职业发展和爱情幸福之间的两难抉择与困境。第二部作品《加里克年》(*The Garrick Year*,1964)同样是对女性境遇的观察和探索。女主人公爱玛·伊万斯已进入婚姻并有了孩子。她被迫放弃了心爱的电台新闻播音工作,跟随当演员的丈夫到外地巡回演出,但婚姻并不幸福,于是她试图寻找新的情感寄托。女儿险遭溺水的事件激发了她强烈的母性,她奋不顾身救起了女儿,并决心牺牲自己的自由以维护家庭的完整,同时在母爱中寻求生命的寄托。《磨盘》(The Millstone,1965)是德拉布尔早期作品中较为成熟的一部,以一个未婚母亲兼女博士罗莎蒙德·斯塔西的经历探讨了女性发展职业与兼顾母性的可能性。罗莎蒙德正在攻读博士学位,为了保持生活的独立和精神的自由,她刻意保持与异性的距离并排斥性关系。然而,一次偶然的机缘却使罗莎蒙德怀了孕。在怀孕生产以及艰辛地独自抚养女儿的过程中,她的精神境界却获得了升华,在神秘的血缘亲情中获得了崇高感和强烈的精神满足,而这种满足也帮助她克服了种种困难,顺利完成了学业并最终获得大学教职。小说对母性与母爱的感人描写,甚至使得伊莱恩·肖瓦尔特把德拉布尔称为"写母性的小说家"[1],认为"对于生物性创造和艺术创造这对女性矛盾,德拉布尔找到了女人的解决方式。怀孕是一种认识方式,是一个教育过程,不仅帮助罗莎蒙德'全神贯注、思想清晰'地写论文,而且使人类状况的抽象概念对她变得实在而具体"[2]。这部小说为德拉布尔赢得了里斯纪念奖并被改编成电影《非常感谢你们》(Thank You All Very Much)。德拉布尔早期的这几部作品均以女性主人公第一人称的叙事方式展开,并融入了作家自身的经历与体验,具有鲜明的自传色彩,显示了年轻知识女性从被迫在事业与情爱之间抉择的两难,到为了家庭的完整而无奈地放弃事业,再到以母爱牺牲情爱、努力追求事业发展与母性职责之间的平衡的心路历程。

---

[1] 伊莱恩·肖瓦尔特:《她们自己的文学——英国女小说家:从勃朗特到莱辛》,韩敏中译,浙江大学出版社,2012年,第283页。
[2] 伊莱恩·肖瓦尔特:《她们自己的文学——英国女小说家:从勃朗特到莱辛》,韩敏中译,浙江大学出版社,2012年,第283页。

1967年,《金色的耶路撒冷》(Jerusalem the Golden)出版,写一位富有才华和进取精神、家境贫寒的少女主人公克拉拉·毛姆无法忍受母亲的冷漠和清教家庭的清规戒律,逃离家乡,来到伦敦寻找心中的圣地——金色的耶路撒冷的故事,既表现了克拉拉母女两代人的发展困境,也探讨了清教道德禁忌与个人情爱、精神成长之间的内在冲突。1969年出版的《瀑布》(The Waterfall)同样探讨了女性的生存困境。进入70年代,德拉布尔先后创作了《针眼》(The Needle's Eye,1972)和《黄金国度》(又译《金色的世界》,The Realm of Gold,1975)。虽然同样围绕知识女性自我实现的主题展开,但《黄金国度》与之前作品的不同在于:主人公已人届中年,不仅在专业领域业绩出色,是一位称职的母亲,后来还找到了一位志同道合的终身伴侣。80年代的作品《中年》(The Middle Ground,1980)同样通过新闻记者凯特的故事,表现了知识妇女睿智与达观地应对人生挑战、摆脱信仰危机的心理过程。这些变化的出现或许既是作家本人第二次婚姻幸福美满的投射,亦与她事业成功和人生体验更为丰富、能够更为自信与练达地掌控生活有关。

1977年的《冰雪世界》(The Ice Age)是德拉布尔小说创作从早期转入中期的标志。小说不仅改以男性为主人公,而且挣脱了"家庭小说"的狭小视野,开始描绘英国社会的广阔现实,将人物的命运与时代紧密结合,表现出强烈的社会批判精神。80—90年代创作的"光辉灿烂"三部曲,即《光辉灿烂的道路》(The Radiant Way,1987)、《一种自然的好奇心》(A Natural Curiousity,1989)和《象牙门》(The Gates of Ivory,1991)向读者呈现了一幅撒切尔夫人执政时期的英国社会图景。

她把自己称为"社会历史学家",雄心勃勃地记录了从1950年代到1980年代英国的发展变化,涉及广阔的地域和社会层面,从工业城市约克到首都伦敦,从工人群众到中产阶级上层知识分子。……忠实地再现了在福利国家新世界的希望鼓舞之下成长起来的一代女性,她们在严酷的现实生活中所遇到的种种挫折和困惑。[1]

新世纪以来,德拉布尔又先后创作了《厉娥》(The Peppered Moth,2001)、《七姐妹》(The Seven Sisters,2002)、《红王妃》(The Red Queen,2004)、《海夫人》(The Sea Lady,2006)、《纯洁的金宝宝》(The Pure Gold Baby,2013)等多部作品,依然主要围绕当代知识女性的生存困境与解决之道展开小说主题,但在多元化的国际背景下,又体现出新的时代特征。

从艺术上看,德拉布尔不仅深受以勃朗特姐妹为代表的维多利亚女性文学传统的影响,20世纪女作家凯瑟琳·曼斯菲尔德和弗吉尼亚·伍尔夫创作的影响,还专门为20世纪初的现实主义小说家阿诺德·贝内特写了长篇传记,显示出对现实主义文学传统的执着与深情。她在1967年接受英国广播公司的专访时即已表示:"我宁可呆在我所仰慕的、正在消亡的传统之末,也不想站在我所不齿的传统之端。"[2]尽管如此,在现代主义、后现代主义文学与传统现实主义小说影响互渗的时代语境中,她的作品还是体现了与时俱进的新气象与自我超越的活力,以摇曳生姿的叙事艺术探索了女性文学不断自我突破的可能性。

5. 艾丽丝·默多克

艾丽丝·默多克(Iris Murdoch,1919—1999)是当代英国一位高产且享有崇高声誉的女作家,在长达四十年的创作生涯中出版过26部小说、6部剧作、1部诗集和5部哲学著作。她曾于1948—1963年间在牛津大学

---

[1] 瞿世镜、任一鸣:《当代英国小说史》,上海译文出版社,2008年,第180—181页。
[2] Bernard Bergonzi. *The Situation of the Novel*. London: Macmillan, 1970, p. 65.

任哲学讲师,思想上深受柏拉图、萨特、弗洛伊德、尼采、康德和维特根斯坦等的影响,这些在她的小说中均有体现。1953年,默多克出版了哲学著作《萨特,一个浪漫的理性主义者》(Satre, Romantic Rationalist),这是她在二战之后于比利时结识法国哲学大师萨特之后的思想结晶,探讨了萨特作为存在主义哲学与文学代表人物的思想观点。1954年,其小说处女作《在网下》(Under the Net)出版,并因其中浓厚的思辨色彩,引发了评论界对其小说与存在主义哲学联系的广泛关注。

此后,默多克每隔一两年即推出一部新作,共有6部小说获得布克文学奖提名,并终于以1978年问世的《大海,大海》(The Sea, the Sea)获此殊荣。此外,她的小说《黑王子》(The Black Prince, 1973)获得詹姆斯·泰特·布莱克纪念奖,《神圣的和亵渎的爱情机器》(The Sacred and Profane Love Machine, 1974)获得惠特·布莱德奖。1994年,默多克不幸罹患阿尔兹海默病,并于1999年去世。文学批评家、牛津大学文学教授、默多克的丈夫约翰·贝利(John Bayley)为其写下了《献给艾丽斯的挽歌》(Elegy for Iris, 1999),纪念他们夫妇之间数十年来相濡以沫的爱情与婚姻。该书中译本以《当贝利遇到艾丽斯》为题,由李永平翻译,于2006年在新星出版社出版。2013年,上海文艺出版社再以《献给艾丽斯的挽歌》为题,出版了该著。

西方学界一般将默多克的小说创作分为四个时期:第一个阶段即早期主要作品有《在网下》、《逃离巫师》(The Flight from the Enchanter, 1956)、《大钟》(The Bell, 1958)、《被砍掉的头》(A Severed Head, 1961)等,体现出萨特存在主义哲学的鲜明影响,并因富于荒诞意味的喜剧感和独特的象征使用而受到评论界的关注;第二个阶段主要表达对宗教与政治问题的关注,多采用象征与哥特式手法来描写怪异的故事,重要作品有《独角兽》(The Unicorn, 1963)、《天使的时光》(The Time of the Angels,

1966)、《美与善》(*The Nice and the Good*,1968)等;第三个阶段即黄金时期主要对道德问题和人类的生存境遇加以探讨,主要作品有《黑王子》、《神圣的和亵渎的爱情机器》和《大海,大海》等;第四个阶段主要是 20 世纪80—90 年代的创作,包括《修女和战士》(*Nuns and Soldiers*,1980)、《绿衣骑士》(*The Green Knight*,1993)和《杰克逊的困境》(*Jackson's Dilemma*,1995)等。[1]

由于默多克哲学思想的纷繁复杂以及小说主题的多元性与开放性,她的作品"宽容地接纳了批评界从各个层面、各个角度对它进行的研究和评论,现实主义、存在主义、女权主义、神秘主义、精神分析学说以及新柏拉图主义等文学或哲学思潮、流派都或多或少地可从她的作品中找到相应的位置"[2]。由于被誉为"作为哲学家的小说家",或者"作为小说家的哲学家",默多克小说中的哲学意蕴始终是学界关注与挖掘的基本主题。马尔科姆·布拉德伯里(Malcolm Bradbury)即认为默多克的小说"在主题上倾向于形而上的思考,技巧上倾向于寓言和象征主义"[3]。盖·巴克斯(Guy Backus)指出"默多克的小说目标在于缓解她在道德哲学中存在的紧张关系"[4]。彼得·J. 康拉迪(Peter. J. Conradi)则认为她的作品"是对人性本身复杂性和多样性的洞察"[5]。

默多克的小说常表现复杂的两性关系和爱情婚姻主题,但她和莱辛一样,同样否认自己是一个女权主义作家,不希望别人把她的作品孤立地

---

[1] Robert Welch ed. *Concise Oxford Companion to Irish Literature*. Oxford: Oxford University Press, 1994.
[2] 瞿世镜、任一鸣:《当代英国小说史》,上海译文出版社,2008 年,第 110 页。
[3] Malcolm Bradbury. "The Romantic Miss Murdoch."*Spectato*(Sep. 1965) , p. 263.
[4] Guy Backus. *Iris Murdoch: The Novelist and Philosopher, the Philosopher as Novelist: The Unicorn as a Philosophical Novel*. New York: Peter Lang, 1986, p. 15.
[5] Peter. J. Conradi. *Iris Murdoch: The Saint and the Artist*. Hampshire: Macmillan, 1986, p. 77.

放在女性文学的狭窄视野中加以解读,认为对性别的过分强调有时反而会导致更深的性别压抑。所以,她倾向于以非性别化的视角,以更为广阔的视野来表现当代社会生活,关注社会现象和人们的生存处境。她在接受访谈时说:"我认为我想写点从总体来看,并不在意你是男性还是女性的东西,因此你最好是男性,因为男性代表的是普通的人,而不幸的是,女人永远只能是女人。"①与此立场相连的是,作为女性作家,默多克并不刻意去追求具有女性特点的叙事风格,相反喜欢采用男性叙事视角,借此表明自己同样具有出色地驾驭男性叙事视角的能力。她的早期创作尤其喜欢采用第一人称男性叙事。狄波拉·约翰逊(Deborah G. Johnson)由此称她为"一个带着男性面具的女性作家"②。但是随着女性主义文学批评的兴起,依然有部分研究者从性别视角分析默多克的小说,并得出了颇有新意的结论。

从艺术上看,默多克并未使自己的小说成为哲学理念的传声筒,而是深受古希腊罗马作家、沙士比亚、狄更斯、托尔斯泰、陀思妥耶夫斯基、贝克特等的经典作品的影响,努力坚持现实主义创作传统,同时又吸纳了现代主义和后现代主义的多元创作技巧,如象征、反讽、元叙事、互文、戏仿等等。她的创作还体现出英国文学中的幽默喜剧传统以及视觉艺术等的明显影响。她认为喜剧性是小说的基本因素,因而善于通过富于戏剧性的情节设置以达到一种荒诞的喜剧效果,表现生命的偶然性。

默多克的早期小说以艺术的形式集中体现了她对萨特存在主义"自由"观的理解。《在网下》是其第一部带有荒诞色彩的哲理喜剧小说,形象地表现了幻想中的生活与真实生活之间的差距与冲突。小说的主人公

---

① Deborah Johnson. *Iris Murdoch*. Brighton: The Harvester Press, 1978, p. XII.
② Deborah Johnson. *Iris Murdoch*. Brighton: The Harvester Press, 1978, p. 2.

兼第一人称叙述者杰克·唐纳格是一个自我中心主义者,试图将自己想象的模式强加给生活,却遭遇了一次次的挫败。杰克不停地在寻找过去的朋友,试图重建与他们的联系。但当他真的与朋友们见面之后,却总是由于自身的偏执、自私和强加于人而失去与他们的友谊,并与爱情失之交臂。事实表明,杰克与朋友们之间并不存在真正的理解与友谊,他只是盲目地在被自己的幻想着色的世界中寻求着自由,而他的"自由"却总在妨碍着别人的自由。他虽然是故事的叙述者,但又始终是各种事件的"局外人"。由此,默多克提倡一种具有道德感的自由,要由自我中心转向他人的世界。《在网下》所揭示的人与人、人与现实之间的关系,与默多克在创作小说期间受到存在主义关于"自由选择"以及要承担起相应的责任的观念有关。作品体现出作家以幻想与现实的矛盾构建小说基本冲突的特点,其作品具有的哲学思辨倾向、对道德问题的严肃思考、对爱情伦理的关注和对理性与情感之间的抉择加以探讨等特点也初露端倪。

6. 安吉拉·卡特

安吉拉·卡特(Angela Carter,1940—1992)是当代英国著名的小说家、剧作家、记者与评论家。她出生于萨塞克斯郡的伊斯特伯恩,在20世纪50年代的新写实主义氛围中长大。她在布里斯托大学读书期间主修英语与中世纪文学,同时广泛阅读了欧洲浪漫主义、现实主义和现代主义文学作品,以及人类学、社会学、心理学和民俗学等方面的书籍。她自幼深受擅长讲述童话故事的外祖母的影响,喜欢阅读与搜集世界各地的民间传说。她也是当代英国少数公开承认自己是女权主义者的作家之一,"是最早公开从事女性主义批评和妇女运动的英国女作家之一"[1]。其作

---

[1] 伊莱恩·肖瓦尔特:《她们自己的文学——英国女小说家:从勃朗特到莱辛》,韩敏中译,浙江大学出版社,2012年,第302页。

品以魔幻现实主义、女权色彩、哥特风格、童话改写等特点而著称,并于2008年被《泰晤士报》评为"1945年以来50位最伟大的英国作家"之一。

卡特一生著有长篇小说9部,第一部作品《影舞》(Shadow Dance, 1966)获得成功后,接连发表了三部长篇小说,即1967年的《魔幻玩具铺》(The Magic Toyshop),1968年的《数种知觉》(Several Perceptions)和1969年的《英雄与魔鬼》(Heroes and Villains)。《数种知觉》为卡特赢得了毛姆文学奖,同年卡特与第一任丈夫离婚,用获得的奖金旅居日本两年,在那里的所见所闻为她后来的许多作品奠定了基础。肖瓦尔特在《她们自己的文学——英国女小说家:从勃朗特到莱辛》中称"后来她曾盛赞革命性的1968年,认为这一年是她政治和女性主义'成年'的分水岭"[1]。在《前线杂记》("Notes from the Front-line")中,卡特回忆说:

感觉就像纪元初年,一切神圣的都在遭到亵渎,而我们拼命地在抓住人与人的真正关系。所以马尔库塞和阿多诺这样的作家就像我的性和情感生活实验以及各种无政府-超现实主义的智性冒险实验一样,成了我个人走向女性主义的成熟过程的一部分……我可以确定,自己就是在那段时间,在那时的一些争论中,在我对身边社会的意识大大增强的1968年夏天,开始质疑我作为女人这一现实之本质的。[2]

1970年,卡特创作发表了两部由厄洛斯·基斯(Eros Keith)配图的童

---

[1] 伊莱恩·肖瓦尔特:《她们自己的文学——英国女小说家:从勃朗特到莱辛》,韩敏中译,浙江大学出版社,2012年,第301页。
[2] 安吉拉·卡特:《前线杂记》,转引自伊莱恩·肖瓦尔特:《她们自己的文学——英国女小说家:从勃朗特到莱辛》,韩敏中译,浙江大学出版社,2012年,第301页。

话故事集:《驴皮王子》(*The Donkey Prince*)和《Z 小姐,年轻的黑暗女士》(*Miss Z, the Dark Young Lady*)。前者取材于格林童话《驴皮》,后者则讲述了一只迷路的鹦鹉误入 Z 小姐的家,被 Z 小姐劝说回到家乡的故事。

1971 年,卡特回到英国,发表中篇小说《爱》(*Love*),第二年又发表了一部带有魔幻色彩的小说《霍夫曼博士的地狱恶魔机器》(*The Infernal Desire Machines of Doctor Hoffman*)。旅居日本的经历为卡特创作第一部短篇小说集《烟火》(*Fireworks: Nine Profane Pieces*, 1974)提供了灵感。1976—1978 年间,卡特在谢菲尔德大学开设写作课程,其间将 17 世纪法国作家夏尔·佩罗(Charles Perrault)的童话翻译成英文版的《夏尔·佩罗的童话故事集》(*The Fairy Tales of Charles Perrault*, 1977),同年发表了长篇小说《新夏娃的激情》(*The Passion of New Eve*)。

1979 年,卡特发表了惊世骇俗的文化评论集《萨德式女人》与短篇小说集《染血之室与其他故事》(*The Bloody Chamber and Other Stories*)。《萨德式女人》作为非虚构类文集,不仅借鉴了福柯、罗兰·巴特、拉康等人的理论,而且吸收了西蒙娜·德·波伏瓦《我们必须焚毁萨德吗?》(*Faut-il brûler Sade?*)中的意见,从身体、欲望和精神的角度着手,成为当时令人震惊的先锋派作品。而《染血之室与其他故事》则通过对传统童话的改写,既暗示了女性的欲望,也凸显了女性颠覆性想象力的力量,荣获切尔滕纳姆文学节奖。

此后,卡特还创作了两部长篇小说《马戏团之夜》(*Nights at the Circus*, 1984)与《明智的孩子》(*Wise Children*, 1991),两部短篇小说集《黑色维纳斯》(*Black Venus*, 1980)、《美国鬼魂与旧世界奇观》(*American Ghosts and Old World Wonders*, 1993)。《美国鬼魂与旧世界奇观》是在卡特去世后问世的,并与作家其他未发表的短篇小说合为短篇小说总集《焚舟纪》(*Burning Your Boats*),于 1995 年出版。2005 年面世的《安吉拉·卡特的精怪故事集》则由她于 1990 年收集的《悍妇故事集》(*The Virago Book of Fairy Tales*, a. k. a. *The Old Wives' Fairy Tale Book*)与 1992 年去世前未编写完成的《奇闻怪事》(*The Second Virago Book of Fairy Tales*, a. k. a. *Strange Things Still Sometimes Happen: Fairy Tales from Around the World*)合编而成。《马戏团之夜》荣获詹姆斯·泰特·布莱克纪念奖。

卡特被加拿大女作家玛格丽特·阿特伍德誉为"童话教母"(Fairy Godmother)[1],卡特以对童话的热爱和作品中丰富的童话元素,创造出鲜明独特的艺术风格。她对夏尔·佩罗童话故事特别的偏爱、在日本生活的经历,以及曾作为杂志记者特有的资料采集能力,使得她的作品杂糅了不同国家地区、不同时代的童话。她不仅翻译童话、改写童话、搜集编辑世界各地的童话故事,还将童话人物的身份、经历甚至名字直接植入自己的长短篇小说之中,因而甚至有人认为她的所有作品,都是在不同程度上对童话所做的不同方式的改写。关于改写童话的目的,卡特如此解释:"我的目的并不是'版本',或者像美版的书中说的极为可怕的'成人'童话,而是从传统的故事中提取潜在的内容,并将它作为新故事的开始。"[2]这就是说,卡特对童话这种体裁和童话元素的热爱,与她反传统的女性主义立场密不可分。也就是说,卡特是以当代的立场,尤其是女性主义的立场,对传统的童话故事进行了激进的女性主义改写。这一点尤其在其短篇小说集《染血之室与其他故事》中体现了出来,其中对《美女与野兽》《灰姑娘》《小红帽》《白雪公主》《睡美人》《蓝胡子》等西方世界的人们耳熟能详的童话故事与民间传说均进行了改写。

---

[1] Ana María Sánchez-Arce. *Identity and Form in Contemporary Literature.* London: Routledge, 2013, p. 107.
[2] Kate Laurens. "This White Rose: Virginity in *The Bloody Chamber*." *The Corinthian*, Vol. 15, p. 102.

如小说集的标题故事《染血之室》即是根据蓝胡子在城堡中秘密杀妻的著名故事改编的。故事中,蓝胡子残忍地杀死多位前妻,并将尸体堆放在一间禁止年轻新娘进入的房间内。而卡特的《染血之室》则首先置换了叙述主体,改以无名女主人公第一人称回顾性叙述的形式,由"我"在多年之后讲述了自己17岁时的生命故事。在与《染血之室与其他故事》同一年问世的《萨德式女人》中,卡特尖锐地指出:"童话中塑造的完美女性的教训就是:在被动中生存也就是在被动中死亡——被杀害。"①所以,她改写的童话颠覆了传统男权话语对女性被动、温顺、懦弱性格的设定,着力表现了年轻的女主人公在认清丈夫残忍嗜血嘴脸后的觉醒与成长。其次,卡特也在母女亲情的渲染中瓦解了男强女弱的传统故事模式。在危急时刻,虽然城堡的电话线被割断了,但母女间的心灵感应还是促使母亲代替原来故事中的哥哥或骑士们,千里迢迢地骑马赶来,杀死了萨德式的侯爵,救走了女儿。所以肖瓦尔特认为,作品通过"对《简·爱》中红房间的后现代想象","改写了传统的童话,既暗示了女性欲望之强烈的、情欲的潜文本,也凸显了女性想象的颠覆性潜能"。② 除此之外,卡特还着力表现了当代意识观照之下女性身体和欲望所具有的革命性意义。如她的另一篇故事《与狼为伴》是对夏尔·佩罗和格林兄弟的《小红帽》的改写。小红帽去看外婆的途中经过一片树林,遇上一个英俊的青年猎人,产生了朦胧的性意识。当她发现猎人原来是由狼伪装而成的时候,她并没有惊慌失措,而是从容地脱下衣服,踏上了狼床,用情欲征服了他,凭借"性"的力量在危险关头保全了自己。小说中占据中心地位的是一个在性行为上

---

① Angela Carter. *The Sadeian Women : An Exercise in Cultural History*. London: Virago Press, 1979, p.77.
② 伊莱恩·肖瓦尔特:《她们自己的文学——英国女小说家:从勃朗特到莱辛》,韩敏中译,浙江大学出版社,2012年,第305页。

采取主动、进攻、挑战姿态的少女，而代表男性的狼则失去了施虐的威力，相反成了少女的性俘虏。她征服了他，从此快乐地活着，"她知道谁也别想吃掉她"。玛格丽特·阿特伍德在《与虎为伴》（"Running with the Tiger"）中认为，这部短篇小说集是一种"逆写、回嘴，最重要的是读者对一种整合的诸多可能性的探索"①。通过解构女性的传统形象、暴露女性性别特质的人为建构性质，卡特激进地消解和颠覆了男性传统价值观。艺术上，卡特利用了女性哥特小说场景中的黑暗城堡、迷宫等禁锢特征，来表现男权制度压迫下女性的心理感受，达到了内容与形式的有机统一。

作为卡特最知名、获得赞誉最多的长篇小说，《马戏团之夜》同样以对童话的女性主义改写而著称。《马戏团之夜》以魔幻现实主义的手法，描写了一个年轻的美国记者杰克·沃尔泽和长着翅膀的空中女飞人表演者菲芙斯的爱情故事。故事背景是1899年的伦敦，以美国记者沃尔泽对长着翅膀的马戏团演员菲芙斯的跟踪采访为线索，讲述了他们的一段神奇的冒险之旅。本打算戳穿女飞人谎言的沃尔泽在马戏团即将赴俄罗斯和美国巡回演出之前采访了菲芙斯。女飞人在为沃尔泽专门进行了表演之后，又向他讲述了自己的生活故事，包括从天鹅蛋中"孵化"而出，在妓院中长大，第一次用神奇的双翅飞翔，再到被送进了雌性怪胎博物馆以满足男人变态的好奇心，最后从绑架中逃脱，成为马戏团中女飞人表演者的传奇经历。在相处的过程中，沃尔泽不仅渐渐放下了对菲芙斯的疑心，甚至还因对她的同情和对她善良品格的钦佩而产生了爱情。他也逐渐对马戏团中那些或为小丑或为畸形人的女性产生了真挚的同情，意识到她们同样是有人格尊严的。所以，他决定真实地记录下这段由那些默默无闻的

---

① Lorna Sage ed. *Essays on the Art of Angela Carter: Flesh and the Mirror*. London: Virago Press, Rev. and Updated Ed., 2007, p. 178.

或很快将被人忘却的女艺人的历史。最终,相爱的两个人收获了圆满的结局,小说亦在虚与实之间,预言了新世纪自由独立新女性的诞生。

《马戏团之夜》中对经典的重构,不仅体现在改写"睡美人"的故事和化用歌德小说《威廉·迈斯特的求学时代》中的迷娘形象上,更体现在女主人公形象与希腊神话中海伦形象的对比上。希腊神话中,斯巴达王后丽达和丈夫斯巴达王廷达瑞俄斯以及化身为天鹅的众神之父宙斯交合后,分别诞下了两枚鹅蛋。鹅蛋碎裂,从中生出了四个孩子。一只鹅蛋里孵出的卡斯托耳和克吕泰涅斯特拉有着斯巴达王的血统,另一只鹅蛋里孵出的波吕丢刻斯和海伦则是宙斯的孩子。神话中的海伦因绝顶的美貌而成为男性竞相争夺与炫耀的对象,并终因导致了长达十年的特洛伊战争而被斥为倾国倾城的红颜祸水。至于她本人,是没有为自己申诉的权利的。而卡特笔下的这位将自己的出生定义为海伦式"孵化"而出的、半女人半天鹅的孤儿菲芙斯,则主动控制了话语权以言说自身,拒绝了沃尔泽通过命名赋予其身份并将之客体化的意图。她不仅独立自强,还乐于助人,是小说中即将到来的新世纪中新女性的化身,她憧憬"在一个新的时代中所有的妇女都不再被束缚在地上"[1],希望"被那可恶的礼仪捆住手脚的女性再也不会受苦,挣脱心灵的枷锁起来飞翔"[2]。她那对如天鹅般神奇的翅膀代表着超现实的力量。通过飞翔,她可以逃离历史上与现实中女性被压抑、被束缚、被残害的命运,远离苦难,远离牢笼。小说还表达了作家对于因爱而结合的和谐的两性关系的呼唤,通过对善解人意、富于同情心和人道主义精神的男性人物沃尔泽形象的塑造,表达了消除两性隔阂、重建两性和谐关系的美好希望。

---

[1] Angela Carter. *Nights at the Circus*. London: Chatto and Windus, 1984, p. 25.
[2] Angela Carter. *Nights at the Circus*. London: Chatto and Windus, 1984, p. 255.

7. 玛格丽特·杜拉斯

玛格丽特·杜拉斯(Marguerite Duras,1914—1996)是20世纪后期法国著名的女作家。她原名玛格丽特·多纳蒂约,生于法国殖民统治时期的越南,青少年时代一直生活在越南。18岁时,她回到法国巴黎,学习法律、数学和政治,后来在殖民部工作。第二次世界大战期间,她参加过抵抗运动。其成名作《抵挡太平洋的堤坝》(*Un barrage contre le Pacifique*,1950)以她母亲的亲身经历为素材,描写了一位侨居越南的法国贫穷小学教员为了保住自己在海边的土地,徒劳无益地修筑堤坝,企图抵挡太平洋的洪流的悲剧性故事。杜拉斯早期的作品还有《直布罗陀的水手》(*Le marin de Gebraltar*, 1952)、《塔吉妮亚的小马》(*Les petits chevaux de Tarquinia*,1953)等。

此后,杜拉斯转向中篇小说创作,陆续发表了《街心花园》(*Le Square*,1955)、《如歌的中板》(*Moderato Cantabile*,1958)、《昂德马斯先生的午后》(*L'Après-midi de M. Andesmas*,1962)、《毁灭,她说》(*Détruire dit-elle*,1969)等等。这些中篇小说或描写不同社会阶层的人之间不可靠的爱情,或描写人的某种微妙的感情和感受,艺术上别具一格。

1984年,杜拉斯出版的具有自传色彩的中篇小说《情人》(*L'Amant*)获得当年的龚古尔文学奖,并为作家赢得了世界性的声誉。小说在20世纪30年代法属殖民地越南的时空背景下,叙述了一位贫穷的法国白人少女与年长很多的华人富商之子之间一段逾越种族、等级与年龄界限的悲剧性恋情。作品以散文诗式的感伤而抒情的笔调和蒙太奇式的镜头跳跃与组接,勾勒出早熟、聪慧而又放浪不羁的女主人公形象,并体现出浓郁的异国风情和作家鲜明的个人印记。杜拉斯还是一位优秀的戏剧作家。她的电影剧本《广岛之恋》(*Hiroshima mon amour*,1960)、《长别离》(*Une aussi longue absence*,1961)、《印度之歌》(*India Song*,1974)等拍成电影后均轰动了国际影坛。她也因此成为法国电影界"左岸派"的杰出代表之一。

8. 玛格丽特·阿特伍德

当代加拿大文坛最为重要的女作家是玛格丽特·埃莉诺·阿特伍德（Margaret Eleanor Atwood,1939— ），她被誉为"加拿大文学女王"。阿特伍德同时也是加拿大最具影响力的女性主义文学理论与批评家之一。迄今为止，她已出版了 10 多部诗集，包括《循环游戏》(The Circle Game, 1966)、《你是快乐的》(You Are Happy, 1974)、《真实的故事》(True Stories, 1981)和《火宅的早晨》(Morning in the Burned House, 1995)等，对 20 世纪加拿大诗歌的发展做出了重要贡献。她的重要小说作品包括《浮现》(Surfacing, 1972)、《使女的故事》(The Handmaid's Tale, 1985)、《猫眼》(Cat's Eye, 1988)、《别名格雷斯》(Alias Grace, 1996)、《盲刺客》(The Blind Assassin, 2000)、《羚羊与秧鸡》(Oryx and Crake, 2003)、《珀涅罗珀记》(The Penelopiad, 2005)、《好骨头》("Good Bones", 2010)和《证言》(The Testaments, 2019)等，是当代文坛一位特别多产的作家。《浮现》的女主人公"我"接到了故乡老邻居的来信，被告知"我"的父亲于几天前突然失踪。于是，"我"离开了工作的繁华都市，和朋友大卫、安娜夫妇及"我"的恋人乔驱车回到了阔别多年的故乡——加拿大魁北克荒凉清幽的湖区上一个偏僻而又美丽的小乡村。作品以女画家"我"现实中的寻父经历和脑海中对自己过往生活的回忆与联想为线索展开故事。在阿特伍德的笔下，"我"的寻父历程就是一个摆脱束缚、回归自然、回归本真的历程。在《浮现》中，阿特伍德通过"我"的探索、回忆和反思，以"生存"为中心，表达了多方面的主题：首先，"我"身为一个加拿大人的忧虑，体现了作家思考加拿大如何在美国强邻的影响和保持民族个性的夹缝中求取生存的强烈的民族意识；其次，"我"作为人类的一员返璞归真的尝试，体现了作家探索全人类的家园——大自然应该如何在人类文明的现代化进程的侵扰和破坏下求取生存的生态意识;最后,"我"作为一个女性对现实中不平等的两性关系的反抗,则体现了阿特伍德对现代女性如何在男权传统观念主导的社会中求取生存的性别问题的深入思考。因此在西方评论界,有人将《浮现》视为一份民族宣言,有人将它理解为一篇生态学论文,也有人认为它是一部具有鲜明的女性主义意识的小说。

2003年,作家推出了长篇小说《羚羊与秧鸡》,以惊人的想象力,描摹了距离我们并不遥远的未来世界中一幕幕令人触目惊心的末日景象,发展了西方文学中的反乌托邦小说传统。2005年,作家又出版了小说新作《珀涅罗珀记》,以重述希腊神话中的奥德修斯故事为突破口,经由人物叙述视角的转换,通过女主人公奥德修斯的妻子珀涅罗珀打破数千年的沉默,以第一人称向当代的我们叙述"她"的故事的巧妙构思,体现了鲜明的女性主义的文化观与历史观。2019年,《使女的故事》续作《证言》(*The Testaments*)问世,再度将读者的吸引力带进了为基督教原教旨主义操纵的、黑暗恐怖的极权世界基列国,表现了女性坚韧不屈的群体反抗以及最终的胜利,体现出阿特伍德构想的"正反乌托邦"社会的亮色与希望。小说荣获当年的布克文学奖。

9. 西尔维娅·普拉斯

西尔维娅·普拉斯(Sylvia Plath, 1932—1963)出生于马萨诸塞州,是美国著名的"自白派"女诗人、小说家,也是艾米莉·迪金森和伊丽莎白·毕晓普(Elizabeth Bishop)之后最重要的美国女诗人。她的童年在波士顿附近一个名叫温斯洛普的海滨小镇度过,父亲为波士顿大学教授、杰出的昆虫学家,但在西尔维娅8岁时就去世了。为了谋生,她的母亲被迫每日坐车往返波士顿,教人秘书课程。西尔维娅很早即显示出在文学艺术方面的出众禀赋。1950年,她在《十七岁》杂志上发表了人生第一篇短篇小说《夏日不再》("And Summer Will Not Come Again"),同年,又在《基督教科学箴言报》上发表了一首题为《苦涩的草莓》("Bitter Strawberries")的诗歌。1950年9月,西尔维娅依靠奖学金和一位著名小说家的资助,进入马萨诸塞州著名的女子学院史密斯学院学习。她学业出众,又有多篇短篇小说和诗歌发表,因而对自己的职业前景充满了希望,然而随着年龄的增长和对世事的了解,她也日渐意识到了社会对女性贤妻良母固化角色的期待与她的人生憧憬之间的矛盾。1951年,她因短篇小说《明顿家的星期日》("Sunday at the Mintons")获得了著名时装文化杂志《小姐》组织的小说比赛大奖;1953年,她再次成为《小姐》全国小说比赛的两位获奖者之一,并作为代表史密斯学院的客座编辑来到纽约,为《小姐》工作了一个月。关于这段时期,西尔维娅在亲自执笔的1953年8月《小姐》大学专号的介绍文字中曾有生动的描述:"这一季我们都是凝望星辰的人,陶醉在蓝色夜空营造的氛围里。"和她崇拜的文学偶像共餐、交往与合作使她认识道:"从我们偏爱的领域里,那些亮度最高的星星在我们职业和未来的计划上投下明亮的光辉,影响着我们的抉择。"[1]

然而,这段时期在美国历史上也正是多事之秋。共产党员卢森堡夫妇被处以电刑,反共的参议院议员约瑟夫·麦卡锡正在极力攫取政权,而艾森豪威尔刚刚就任总统。这些事件,均成为西尔维娅以自己的大学时代生活为基础的自传性长篇小说《钟形罩》(*The Bell Jar*, 1963)中故事发生的潜在背景,并在小说中有依稀反映。二战之后,美苏进入冷战时期,美国国内反共势力甚嚣尘上,保守主义氛围日益浓重。战争之前与期间,美国女性纷纷走上了职业岗位,获得了施展才华的广大天地。然而,战后的她们又被驱赶回相夫教子的传统家庭生活空间,职业型或事业型女性

---

[1] 转引自《钟形罩》中文版"附录":《西尔维娅·普拉斯的一生》,洛伊斯·艾姆斯,译林出版社,2007年,第240—241页。

成为人们侧目的对象,往往要付出牺牲家庭幸福生活的代价。《钟形罩》的主人公大二女生埃丝特正是处在这样一种榜样缺失的氛围中。对埃丝特来说:

> 时装杂志的圈子越来越显出其肤浅造作,回乡则意味着回到波士顿郊区那死气沉沉的夏日世界,这两者都给她带来极大压力。在纽约,周遭压力曾将她性格内部的豁口紧塞,此时回到家里,这些豁口越裂越大,令人心悸。她对周围世界——她自个儿以及邻居们那无聊乏味的居家生活——的乖僻观点越来越成为其看待事情的唯一视角。①

西尔维娅的这段分析非常准确地概括了她本人(埃丝特)精神崩溃的心理背景。西尔维娅先后经历了失眠、抑郁、自杀未遂、被送入精神病院接受休克疗法及其他疗法,慢慢恢复过来的痛苦经历。如她后来回忆的:"这是一段黑暗、绝望、幻灭的时日——其黑暗只有人类思想的炼狱可比——象征性的死亡、令人麻木的休克治疗——然后是缓慢而痛苦的身体和心理的重生。"②

从精神病院康复后,1955年6月,西尔维娅以最优异的成绩从史密斯学院毕业,旋即获得富布莱特基金资助赴剑桥大学进修,邂逅了未来的英国桂冠诗人特德·休斯(Ted Hughes)并与之相爱成婚。西尔维娅先后生了两个孩子,生活也陷入了拮据。她既要照顾孩子、料理家务,又要创作

---

① 转引自《钟形罩》中文版"附录":《西尔维娅·普拉斯的一生》,洛伊斯·艾姆斯,译林出版社,2007年,第243页。
② 转引自《钟形罩》中文版"附录":《西尔维娅·普拉斯的一生》,洛伊斯·艾姆斯,译林出版社,2007年,第243页。

小说和诗歌,常常分身乏术,精疲力竭。她向朋友抱怨说:"一年写出几首我还钟意的诗歌看起来像是挺有成就,其实不过是被大片空格隔开的几个令人满意的小点点。"①这期间,她完成了《钟形罩》并于1963年出版了该著。她告诉朋友说:《钟形罩》"是一部自传体的学徒之作,我只有写了这部小说才能将自己从过去释放出来"②。这部回忆自己接受精神病治疗的痛苦经历的小说,起到了帮助作家宣泄伤痛、获得心理疗愈的弗洛伊德式的作用。

此时,已和特德分居的她只身带着两个孩子,生活异常艰难,一边要忍受绝望和病痛的折磨,一边还在坚持创作诗歌。1963年2月11日清晨,西尔维娅打开煤气,自杀身亡,最终还是没有逃过"钟形罩"的魔爪。西尔维娅辞世后,休斯整理出版了妻子的遗作,包括诗集《爱丽儿》(*Ariel*, 1965)、《涉水》(*Crossing the Water*, 1971)、《冬树》(*Winter Trees*, 1971)和《普拉斯诗全集》(*The Collected Poems*, 1981)等,这些作品奠定了普拉斯作为美国最著名的"自白派"女诗人的卓越地位。诗集《爱丽儿》尤为读者所称道,再版七次,获得普利策诗歌奖。小说《钟形罩》描写了一位才华横溢、事业心和自尊心都极强的大学女生埃丝特·格林伍德在短暂的人生片段中发生的故事。擅长写作的埃丝特对未来事业的发展充满了期待,然而无论在纽约的花花世界,还是在保守的故乡小镇,对女性的陈腐角色的限定都使她觉得无法实现自己的人生梦想。她感到自己就像被浸泡在钟形罩内的药水和酸腐空气中的死婴一样,有着强烈的窒息感。小说中的基本意象"钟形罩"象征着扼杀妇女希望和禁锢她们创造力的父权社

---

① 转引自《钟形罩》中文版"附录":《西尔维娅·普拉斯的一生》,洛伊斯·艾姆斯,译林出版社,2007年,第246页。
② 转引自《钟形罩》中文版"附录":《西尔维娅·普拉斯的一生》,洛伊斯·艾姆斯,译林出版社,2007年,第247页。

会。埃丝特在绝望中数度自杀未成,后被送入精神病院接受电击疗法的治疗。小说写到埃丝特病愈出院为止,因深刻表现了女性成长中的困境,而成为西方女性文学中的一部精品,并被誉为杰出的女性成长小说。

10. 美国非洲裔和华裔女性文学

从 60 年代开始,以艾丽丝·沃克(Alice Walker,1944—　)、托妮·莫里森(Toni Morrison,1931—2019)为代表的一大批黑人女性作家在美国文坛掀起了新的黑色浪潮。她们不再停留于控诉美国社会对黑人的种族歧视这一层面,而是从独特的角度描写女性经验,在抨击种族歧视的同时揭露性别歧视,或者主要反映黑人妇女争取妇女平等权利的斗争。

艾丽丝·沃克出身于南方佐治亚州一个贫苦家庭,靠奖学金资助上了大学,思想上受到黑人民权运动领袖马丁·路德·金的影响,曾积极参与 60 年代的黑人民权运动。她第一部长篇小说《格兰奇·科普兰的第三次生命》(*The Third Life of Grange Copeland*,1970)描述的是居住在佐治亚州小镇上的黑人家庭科普兰家格兰奇、布朗菲尔德、露丝三代人的故事,探索了黑人的人性扭曲与贫困处境之间的内在联系。第二部长篇小说《梅丽迪恩》(*Meridian*,1976)则讲述了一位青年女性在民权运动中的斗争与遭遇。她的代表作《紫颜色》(*The Color Purple*,1982)以书信体小说的形式,展现了黑人女性西莉由逆来顺受的家庭女奴成长为一位自食其力、受人尊敬的劳动妇女的精神历程。西莉 14 岁时便被继父强暴,生下的两个孩子也被继父夺走送人。后来,她又被继父当成没用的累赘,转手给了一个急需女人帮他照料孩子与从事家庭劳作的男子。西莉在丈夫的身体暴力、精神漠视和性虐待面前逆来顺受,实在无法忍受时,只能将自己想象为一棵没有知觉的树。后来,她在泼辣勇敢的儿媳索菲亚和热情奔放的布鲁斯歌手莎格的感染下,逐渐走向了坚强与自尊。最后,西莉和莎格一起离开了自己那冷酷、专横而无能的丈夫,凭借一手漂亮的缝制裤子的才能开起了公司,摆脱了经济依附,终于赢得了人格的独立和丈夫的尊重,并与自己失散已久的妹妹和两个孩子幸福团圆。小说因深刻揭示了黑人社区和家庭内部男性对比自己更为弱小的女性施加暴力的残酷现实而独树一帜,同时也感人肺腑地表现了黑人女性之间团结互助的深厚的姐妹情谊,成为表现沃克有别于白人女性主义的"妇女主义"理想的一部经典之作。小说先后荣获1983年的普利策奖、美国国家图书奖和美国国家书评人协会奖等多项大奖,艾丽丝·沃克也成为荣膺普利策奖的第一位黑人女作家。1998年,艾丽丝·沃克又出版了小说《在我父亲微笑的光芒下》(*By the Light of My Father's Smile*),从性别、宗教、战争和种族几个方面,对几代人的不同价值观念进行了表现。

当代美国著名作家托妮·莫里森堪称当代美国黑人女性作家中最出色的代表,荣获1993年诺贝尔文学奖,是历史上第一位获此殊荣的美国黑人作家,也是继赛珍珠之后第二位荣获诺贝尔文学奖的美国女作家。

莫里森于1949—1953年在霍华德大学就读,1953年进入康奈尔大学攻读硕士学位,研究福克纳和伍尔夫等作家的小说作品,1955年获得文学硕士学位。此后她先后在南得克萨斯大学和霍华德大学任教。20世纪60年代后前往纽约担任兰登书屋编辑,主编的《黑人之书》(*The Black Book*)叙述了美国黑人300年的历史,被称为"美国黑人历史的百科全书"。1989年起出任普林斯顿大学教授。

莫里森自70年代初开始发表作品,先后出版了《最蓝的眼睛》(*The Bluest Eye*,1970)、《秀拉》(*Sula*,1973)、《所罗门之歌》(*Song of Solomon*,1977)、《柏油娃娃》(*Tar Baby*,1981)、《宠儿》(*Beloved*,1987)、《爵士乐》(*Jazz*,1992)、《天堂》(*Paradise*,1999)、《爱》(*Love*,2003)、《恩惠》(*A Mercy*,2008)、《家园》(*Home*,2012)和《孩子的愤怒》(*God Help the Child*,2015)共11部长篇小说。除此之外,莫里森于1983年发表了短篇小说

《宣叙调》("Recitatif"),1999年还推出了童话诗《大盒子》(*The Big Box*)。笔耕不辍的莫里森曾先后获得多种文学奖项与荣誉,如美国国家图书奖、普利策奖、美国国家书评人协会奖、基安蒂·鲁芬诺·安蒂科·法托国际文学奖和伊凡·桑德罗夫终身成就奖等。1993年,由于她"在小说中以丰富的想象力和富有诗意的表达方式使美国现实的一个极其重要的方面充满活力",莫里森荣获诺贝尔文学奖。

《最蓝的眼睛》以贫困的黑人家庭中的小女孩作为故事的主人公,讲述了年仅12岁的佩科拉一年间的不幸遭遇。由于父亲的粗暴、母亲的冷漠以及周围同学的奚落,佩科拉自惭形秽地认定,自己之所以不受大家喜爱是由于自己那丑陋的肤色。在白人文化价值观念的影响与扭曲下,佩科拉天真地以为,自己只要拥有如白人童星秀兰·邓波儿一般"大大的蓝色的漂亮眼睛"就可以改变自己的命运。在遭受生父奸污、早产了一名死婴之后,佩科拉陷入了渴望一双"最蓝的眼睛"的疯狂状态之中。作品"展示了由白人强势文化冲击所造成的黑人心灵文化迷失的悲剧"[①]。《秀拉》是莫里森另一部广有影响的作品。小说成功地塑造了一位蔑视传统幸福,不断寻找自我、发掘自我的黑人女性秀拉的形象。作品着重描写了秀拉和挚友奈尔之间的交往、她们共享的秘密与互补的性格,以及她们之间强有力的情感维系。少女时代的秀拉与奈尔即有内在的精神契合。共同的种族身份、精神孤独和确认自我的需要,使她们之间结成了深厚的姐妹情谊,然而,父权社会规定的婚姻关系又强行拆散了她们。奈尔在父母的压力下回归了传统的生活轨道,与裘德结了婚。秀拉则在操持完好友的婚礼后,开始了长达十年的漂泊求学之旅。等她重返家园时,虽孑然

---

① 王守仁、吴新云:《性别·种族·文化——托妮·莫里森与二十世纪美国黑人文学》,北京大学出版社,1999年,第27页。

一身但风采依旧。秀拉将与异性的交往视为不断发掘与认识自我的手段,这使她在整个社区被视为一个邪恶的女巫。她对生活的这一态度与沦为"被扭曲了的"生活"中间的一个成员"的奈尔之间也存在着太大的差异,以至在秀拉和裘德上床之后,两个朋友痛苦地断绝了关系。三年后,奈尔前来探望病危的秀拉,秀拉依然对奈尔对传统生活的依附进行了尖锐的批评。直到秀拉去世24年后,奈尔在秀拉的墓前才意识到自从丈夫出走之后自己痛苦的根源。她原来以为自己一直在为裘德而痛苦,现在终于意识到她一直思念的其实是秀拉。托妮·莫里森细腻感人地描绘了两位黑人妇女之间精神契合的深度与力量,成为表现姐妹情谊的一部受人称道的著名作品。

作为20世纪最具代表性的黑人女作家,莫里森始终坚持从一个黑人、一个女性的视角出发去从事创作。她笔下的黑人世界是一个承载着历史和传统,有着困惑、冷漠、追寻与关爱的世界。借助于这个世界,莫里森探讨着性别、种族和文化等中心问题。从艺术上看,莫里森一方面继承了黑人女性文学的传统,善于借用黑人神话和民间故事的框架以建构她的故事体系,充分调动布鲁斯、爵士乐等黑人音乐元素来彰显黑人的文化价值观,另一方面又吸收了西方传统与现代小说的创作技巧,如意识流表现手法和多角度叙事方式。她光怪陆离的小说世界,也体现出魔幻现实主义的奇妙色彩。

20世纪70年代以来,美国华裔作家群的影响力也越来越大,而在他们当中成就最突出的同样是女性作家。她们往往在种族身份与性别身份复杂缠错的背景下,描写女性主人公在中西不同文化传统的交叉作用下,不断自我定位的人生追求。最有代表性的作家是汤亭亭(Maxine Hong Kingston,1940—)和谭恩美(Amy Tan,1952—)。汤亭亭最有影响的作品是小说《女勇士》(*The Woman Warrior: Memoirs of a Girlhood Among*

Ghost, 1976)。作品讲述了一位华裔少女"我"的成长历程,具有一定的自传色彩。华裔身份为汤亭亭提供了从中美两种文化中汲取滋养的可能性,作品中涉及了多种有关中国神话、传奇、历史故事及民情风俗的描写。"我"通过家族故事及个人在美国学校和社会中遭遇的描写,表现了中国传统与美国现实之间的矛盾,呼吁美国社会中的少数族裔打破沉默,改变白人主流文化长期以来形成的对华裔的刻板印象。汤亭亭目前已成为当代美国健在的作家中作品被各种文选收录率最高、大学讲坛讲授最多和大学生阅读得最多的作家之一。谭恩美最著名的小说是《喜福会》(*The Joy Luck Club*, 1988),它曾雄踞美国《纽约时报》畅销作品排行榜长达九个月之久。《喜福会》以平易、流畅、质朴而感人的笔调,描写了旧金山四对华人母女两代人的故事。母亲们对女儿们怀有真诚、无私的爱。然而,中国式的母爱却又常常表现为对女儿生活的干涉甚至婚姻的包办,而这些是逐渐适应美国生活方式、具有独立自主精神与新型价值观念的女儿们所无法接受的。于是,两代人之间产生了由中美不同的文化背景、生活习惯、思维方式和价值观念而导致的冲突与碰撞。女作家又细腻地展示了母女深厚的亲情纽带对上述种种冲突的化解,以及双方的理解、包容与尊重,读来感人至深。作品以对中西文化冲突、性别冲突等的丰富表现,而成为当代美国华裔文学中的一部经典之作。谭恩美的作品还有《灶神爷之妻》(*The Kitchen God's Wife*, 1991)、《百种神秘感觉》(*The Hundred Secret Senses*, 1995)和《接骨师的女儿》(*The Bonesetter's Daughter*, 2001)等等。

综上所述,西方女性文学在漫长的历史长河中,已经取得了非凡的成就。女作家们的作品创作题材广泛,主题内涵丰富,艺术技巧多样,所采纳的文学形式也在不断丰富之中。随着女性社会地位的不断提高,她们的创造才情还将获得更加充分的发展。

第十八章
多丽丝·莱辛的《金色笔记》

(《金色笔记》,陈才宇、刘新民译,译林出版社,2000年)

《金色笔记》是多丽丝·莱辛最厚重的一部长篇小说,在世界各国拥有广泛声誉,其丰富的思想内涵和复杂的艺术形式,也激发了学术界的多种讨论和读者们的阅读挑战。

一

《金色笔记》的主人公是女作家安娜·沃尔夫,她用四本不同颜色的笔记记录了自己在不同时期的生活经历和情感变化。同时,安娜还在写一部名为《自由女性》的小说,主人公的名字也叫安娜。小说的主体就是由这部约六万字的小说手稿、四本笔记本的内容,以及倒数第二部分出现的金色笔记构成的。具体来说,小说的结构顺序如下:《自由女性》第一部分,随后依次是黑、红、黄、蓝四本笔记本所记的内容;《自由女性》第二部分,然后再次是黑、红、黄、蓝四本笔记本内容的循环。这一循环进行过四轮之后,作家插入了完整的"金色笔记"的内容,最后是《自由女性》的第五即最后一部分。这就是说,除了"金色笔记"之外,作家是将《自由女性》分割成五个部分,四本笔记本的内容则分割成四个部分,彼此交错在一起,构成完整的小说叙述的。

具体说来，《自由女性》基本上是以现实主义的第三人称全知叙述展开的，从1957年伦敦的夏天开始，主要围绕安娜·沃尔夫与其身为二流女演员的闺蜜摩莉·雅各布的交谈，以及她们与摩莉的前夫理查一家的交往进行。两位朋友都挣脱了家庭的羁绊，独自抚养着子女，自命为新时代的"自由女性"，并常为什么才是真正的"自由女性"展开争辩。第一部分的场景主要是安娜与摩莉的交谈，以及摩莉的前夫理查到来之后两人为了儿子汤姆的前途展开的争论。身为成功的企业家的理查希望儿子子承父业，但曾经是共产党员的摩莉和安娜都不希望汤姆走上为富不仁的道路。第二部分主要通过汤姆的自杀事件，揭示英国社会中的青少年教育问题。摩莉虽然不希望汤姆成为他父亲那样薄情寡义、缺乏家庭责任感的商人，但经常也对汤姆放任不管，将之托付给安娜照顾。正处于青春叛逆期的汤姆偷看了安娜的四本笔记，对人生感到绝望而自杀，结果双目失明，令安娜内疚不已。第三部分叙述被理查冷落的现任妻子玛丽恩原来只能借酒消愁，但在汤姆成为盲人后改掉了酗酒的习惯，每天读报给汤姆听。两个被家庭抛弃的人由于彼此的需要，而找到了相互慰藉、相互温暖与生存下去的力量。安娜13岁的女儿珍妮特宁愿进入保守的寄宿学校，也不愿和母亲生活在一起。第四部分讲述汤姆和玛丽恩参加游行被捕。最后一部分写理查和玛丽恩打算离婚。玛丽恩和汤姆出去度假，摩莉把理查的孩子们接到自己家中照顾。安娜则沉溺于大量阅读与整理剪报，并重读自己的四本笔记，同时希望再找个男友以缓解自己的孤独。"安娜发现自己优游终日无所事事，便拿定主意找个男人以结束这种状态。这是她为自己开的处方。"(684)她先是和一位美国的电影剧本作家纳尔逊交往，但性生活失败。后来，一个名叫索尔的美国作家借住她家，与安娜同居了五天。摩莉打算再婚，嫁给一位"进步商人"。安娜则决定放弃写作，换一种生活方式，去一家婚姻福利中心工作。

二

　　笔记本部分以第一人称即安娜的口吻,从文学、政治、爱情和意识四个方面,展现了安娜不同侧面的生活与精神人格。如安娜本人所宣称的:"我记着四本笔记,一本黑色笔记,是记述作家安娜·沃尔夫的情况的,一本红色笔记,和政治有关,一本黄色笔记,用来根据自己的经历写故事,还有一本蓝色笔记,我尽量把它当做日记。"(505)"黑色笔记"主要是安娜关于二战期间自己在非洲生活的纪录,包括她在与影视编剧商议如何将自己的畅销小说《战争边缘》改编成合适的影视剧本时的分歧,表达了对种族歧视和殖民主义的反思。"红色笔记"讲述了她在1950—1957年间由一个坚定的共产党员到最后因失望而退出英国共产党的过程,是对政治生涯的反思。安娜对于共产党的态度十分矛盾:一方面,她信仰共产主义理想,"希望能由此结束我们所过的那种破裂的、分离的、不能令人满意的生活方式"(173),相信"尽管对苏联的批评绝大多数都是对的,但肯定还有一部分人在那里拿时间做交易,等待着匡正现状,等待回归真正的社会主义的一天的到来"(171)。另一方面,社会主义阵营内部的领袖崇拜、党内纷争和政治清洗等也让安娜深感失望。在"黄色笔记"中,安娜试图写一个关于自己的故事。这部名叫《第三者的影子》的长篇小说是对她自己爱情的解读,也是对两性关系的思考。安娜根据自己的形象虚构了女主人公爱拉这个人物。单身母亲爱拉虽与保罗、迈克尔、杰克等人交往,但始终无法找到能够满足自身情感需要的男性,精神近乎崩溃。"黄色笔记"的其他部分则是19篇短篇小说的创作素材和一些戏仿之作。"蓝色笔记"采用日记体,是安娜对自己不同心理状态的描述,以及相应的心理分析和治疗的纪录。而"金色笔记"则记录了"我"与一位名叫索尔·格林、身份为美国作家的房客的交往与短暂的爱情。在交往中,安娜开始学会接受人生的不完美和世界的混乱，认识到这就是人类历史的一部分，懂得了抗争和努力的过程本身就是生命意义之所在，由此重新找回了生命的意义，学会与这不完美的、混乱的世界达成妥协。随着安娜内心世界的变化，她的写作障碍症不治而愈，她也开始从封闭的自我中走出，成为一个完整的人。

三

关于小说令人费解的结构方式，莱辛在给出版商的信中解释说：这是"一次突破形式的尝试，一次突破某些意识观念并予以超越的尝试"[1]。而针对评论界对作品的误解与批评，莱辛在1964年接受的一次采访中再度强调："这是一部结构高度严谨、布局非常认真的小说。本书的关键就在于各部分之间的关系。"[2]这就是说，莱辛是有意将小说的形式处理与主题的表达紧密结合在一起的。四部笔记不仅反映了安娜不同的生活侧面，也呈现了现实生活中个人生活的支离破碎。所以，从被分割的四色笔记本到完整的金色笔记，象征着主人公由分裂到整合的精神自愈过程。四分五裂的笔记象征着人物分裂的内心世界，作家以此暗示生活的无序，而最终结构的整合则与人物的精神康复和向整体性的回归相呼应。

从内容上看，《金色笔记》因对女性独立意识及生存困境的真实描述而成为当代妇女解放运动背景下一部重要的作品。玛格丽特·德拉布尔因之将莱辛称为"被围困的世界中的卡桑德拉"[3]。批评家伊莱恩·肖瓦

---

[1] Anni Pratt & L. S. Dembo eds. *Doris Lessing: Critical Studies.* Madison: University of Wisconsin Press, 1974, p. 20.
[2] Roy Newquist ed. *Counterpoint.* Chicago: Rand McNally, 1964, p. 418.
[3] Margaret Drabble. "Doris Lessing: Cassandra in a World under Siege." *Ramparts.* Vol. 10. February, 1972, p. 50.

第十八章 多丽丝·莱辛的《金色笔记》

尔特在《她们自己的文学》中也写道:莱辛"对社会气候有着气压计一般非凡的灵敏度,但她是占潮流之先的人,而不是用一部小说给潮流作结的人。因此《金色笔记》对知识、政治女性所做的百科全书似的研究领先于并在某种意义上引发了妇女解放运动"①。然而,小说中《自由女性》的标题是具有浓厚反讽意味的。从表面上看,安娜是一位典型的自由女性。她是一位畅销书作家,依靠小说《战争边缘》获得经济来源,可以独立抚养女儿。她的经济独立和战后较为宽松的社会文化氛围使她得以自由地选择生活方式,包括与男性同居,以及拥有"一间自己的房间"来写作,等等。然而,她在生理和情感上均无法摆脱对男性的依赖,她需要男性来填补她生活中的空缺,但一次又一次的恋爱失败加剧了她精神崩溃的过程。可见,离异与独身、理想与现实之间的差距并不能给女性带来真正的"自由"。除此之外,安娜还必须协调好她作为母亲和情人的双重角色之间的关系,在不同的角色之间进行转换,这也导致了她的不自由。所以伊莱恩·肖瓦尔特评价说:

>   20世纪60年代的小说,尤其是多丽丝·莱辛的力作《金色笔记》,已开始以各种幻灭和背叛的警示指出,所谓"自由女性"其实说到底并不怎么自由。莱辛的自由女性是马克思主义者,她们认为自己懂得女性受到的压迫怎样与阶级斗争联系起来;她们有职业,有孩子,过着独立自主的生活;但她们仍然是分裂的无助的人,仍被锁入依附男人的格局中。②

---

① 伊莱恩·肖瓦尔特:《她们自己的文学——英国女小说家:从勃朗特到莱辛》,韩敏中译,浙江大学出版社,2012年,第285页。
② 伊莱恩·肖瓦尔特:《她们自己的文学——英国女小说家:从勃朗特到莱辛》,韩敏中译,浙江大学出版社,2012年,第279页。

也正是由于"'自由女性'其实说到底并不怎么自由",虽然小说被德拉布尔盛赞为"一部解放史的文献",是对女性智力最复杂的描写,但莱辛也通过小说审视了女权运动的理论主张与实际效果。她坚持否认小说写的是女性解放问题,不愿接受评论界对作品做女权主义的解读,甚至还严肃地批评了女权主义在思维方式、理论方法上的不可取之处。对此,伊莱恩·肖瓦尔特的阐释是"几乎从她写作生涯一开始,莱辛就在反抗她自己身上的'女性'成分,尤其是在叙事技巧中表现出来的'女性'成分"①,认为"莱辛尚未能正视她自己作品中的基本女权主义含义,她还游离于'真正的女性视点'之外"②。但我们或许也可以这么理解:莱辛不仅关注两性间的关系,更加重视女性在当代生活中的地位、处境,以及女性自身如何获得精神成长。她关注女性,但又超越了性别问题;她有强烈的性别意识,但只是希冀以女性命运去观照当代人类的生存处境。我国英国文学专家瞿世镜先生采访过莱辛并与之有过深入的交流,因而他的分析或许更加符合作家的原意:

> 莱辛在这部小说中,深刻地揭示了西方社会中人们的生存状态、生存困境、生存前景。在这幅四分五裂的灾难性图景之前,女性的特殊困境被凸现出来。……莱辛所要着力描绘的是"整个时代",妇女问题不过是其中的一个突出部分。这就是莱辛比那些把妇女问题孤立起来的女权主义者们棋高一着之处。正是辩证的整体观,使她避

---

① 伊莱恩·肖瓦尔特:《她们自己的文学——英国女小说家:从勃朗特到莱辛》,韩敏中译,浙江大学出版社,2012年,第286页。
② 伊莱恩·肖瓦尔特:《她们自己的文学——英国女小说家:从勃朗特到莱辛》,韩敏中译,浙江大学出版社,2012年,第288页。

免陷入女权主义的片面性。①

对照莱辛在 1971 年小说再版的序言中的表述,我们可能可以理解得更加清晰:

> 就女性解放这一论题,我当然是支持的……我觉得女性解放运动不会取得多大的成就,原因不在于这个运动的目的有什么错误之处,而是因为我们耳闻目睹的社会上的政治大动荡已经把世界组合成了一个新的格局,等到我们取得胜利的时候,假如能胜利的话,女性解放运动的目标也许会显得微不足道。②

这即是说,"女性解放是世界进步中的一个部分,会随着其他问题的解决而解决,作者的目的在于通过对个人尤其是女性命运的描绘来展示更为广阔的社会背景和人生经验,而不是为了宣扬女权主义"③。

艺术形式上,《金色笔记》将《自由女性》和四部笔记交叉推进,从内外两个视角揭示了安娜的生活经历和精神状态。《自由女性》采用第三人称全知视角的传统叙述方式,语言晓畅,情节清晰,具有现实主义特色。笔记中则语言模糊混乱,句子破碎,情节发展缺乏逻辑性,体现出私人化的特征。笔记的叙述中还融入了元小说、文体拼贴、戏仿等后现代主义技巧,并掺入了大量与情节内容联系并不紧密的"离题"小故事、简报、新闻及各类写作素材,充分调动了读者主动

---

① 瞿世镜、任一鸣:《当代英国小说史》,上海译文出版社,2008 年,第 148—149 页。
② Doris Lessing. "Preface." in *The Golden Notebook*. London: Harper Collins Publishers, 1971, p. 8.
③ 刘岩、马建军、张欣等编著:《女性书写与书写女性:20 世纪英美女性文学研究》,上海外语教育出版社,2012 年,第 114—115 页。

参与建构文本的积极性。小说还体现出作家深厚的精神分析理论素养,大量描写了人物的梦境,反映了人物复杂破碎的心理意识,与主题呈现相得益彰。

第十九章
西尔维娅·普拉斯的《钟形罩》
(《钟形罩》,杨靖译,译林出版社,2003年)

《钟形罩》是西尔维娅·普拉斯唯一的长篇小说,也是一部具有自传色彩的女性成长小说,1963年1月以维多利亚·卢卡斯的笔名在伦敦出版。译林出版社在该著中文版的封面宣传语中,将其称为"写给女性读者的《麦田里的守望者》"。

一

小说采用19岁的女大学生埃丝特·格林伍德第一人称的叙述方式展开,主要描写了"我"在纽约和波士顿的两段人生经历。"我"少年丧父,生活穷困。曾接受过高等教育并嫁给了自己当年的教授并在婚后当上了全职太太,但丈夫的早逝迫使格林伍德太太不得不依靠教授速记课程的微薄收入养活自己、女儿和儿子。埃丝特十分聪明,又非常勤奋,所以一路靠奖学金披荆斩棘,顺利成为名牌女子学院的学生。1953年的夏天,酷爱诗歌与小说创作的她因参加了时装杂志《淑女时代》的征文比赛并获了奖,应邀和另外11个姑娘一起,来到纽约担任杂志的实习编辑一个月,并有机会参观各类展览、观看电影、品尝美食、听音乐会、与文人名流共进午餐等,费用全包。故事就是从埃丝特由保守宁静的波士顿近郊小镇第一次来到灯红酒绿的纽约,在令人眼花缭乱的各种活动中叙述自己的经历、见闻开始的,其中还穿插着对之前的男友巴迪·威拉德,以及其他男性朋友如康斯坦丁等的回忆。

小说伊始,"我"住在纽约一家专供年轻女性下榻的酒店里,处在"一生中最春风得意的时候"(2),因为,"一个在某个犄角旮旯的小镇上生活了十九年的女孩子,穷得连一份杂志都买不起,拿着奖学金上了大学,然后这儿得个奖,那儿又得个奖,最后呢,把纽约玩得滴溜溜转,跟玩她的私家车似的"(2)。各色礼物像雪片一样地飞来,还有各色宴饮、时装等等,可以极大地满足一个女孩的虚荣心。然而,本应像其他女孩般兴高采烈的她却始终不在状态,"我觉得自己好似龙卷风眼,在一片喧嚣骚乱裹挟之下向前移动,处在中心的我却麻木不仁、了无知觉"(3)。

为了寻求刺激,并了解真实的纽约,"我"和同伴多琳心血来潮地中途放弃了参加某个晚会的安排,跟着两个陌生男人去了酒吧,后又跟其中一个名叫莱尼的流行音乐节目主持人去了他家。多琳和莱尼眉来眼去,关系变得越来越暧昧。埃丝特则在醉醺醺中于深夜独自步行回到了酒店。"我"的指导老师、《淑女时代》编辑杰·西临时将"我"喊到办公室。杰·西看中了埃丝特出色的才能,对她寄予期望,嘱咐她好好工作,并给她布置了小说审稿的活儿。从小到大功课全优的埃丝特虽然一路势如破竹般走到了今天,对自己的未来有着雄心勃勃的期待,但在杰·西的严肃教育面前,竟然情绪低落,感觉索然无味,仿佛失去了先前的热情与动力:"就在那天上午,杰·西那人揭下了我的面具,我感到我对自己的所有令人不快的怀疑现在都一一落到实处,我没法再遮掩下去了。十九年来,我一直忙于追逐高分以及这样那样的奖学金和助学金,现在呢,我劲头没了,步子慢了,无可挽回地退出了赛跑。"(27—28)

在《淑女时代》精心举办的午宴上,埃丝特贪婪地享用着平时根本吃

第十九章 西尔维娅·普拉斯的《钟形罩》

不上的各色美食,如鱼子酱、冷鸡肉、蟹肉色拉和鳄梨等等,随后跟着同伴们一起去看了一场很糟糕的电影。"我"和贝特西因身体不适中途退场,一路呕吐回了酒店,然后"我"晕了过去。等"我"苏醒过来,才知道原来是午餐的蟹肉出了问题,姑娘们全都食物中毒了。

埃丝特恢复以后,应邀与一位名叫康斯坦丁的联合国同声翻译用便餐,并怀着报复男友巴迪的心理随康斯坦丁去了他的住处。"我"的母亲和巴迪的母亲曾是大学同学,各自嫁给了她们的教授后,又在同一座小镇安了家。巴迪高大英俊,先在耶鲁大学读书,后又进了医学院,看上去是个前途无量、品行端正的优秀学生。他应埃丝特之请带她参观了医院,不仅见到了解剖尸体、浸泡在玻璃瓶中的死婴,甚至还见到了医生为产妇接生的场面。两个人回到巴迪的寝室后,关系进一步走向亲昵。就在两人为了加深了解,就男女之事开始讨论时,埃丝特意外地问出了巴迪曾在整整一个夏天和一个放荡的酒吧女招待厮混的真相。原来打算和巴迪在婚前保持童贞之身的梦想幻灭了,埃丝特意识到"自始至终他都是在装假,好像他有多单纯似的"(66)。更让她不可接受的是,他和女招待发生关系的时间,恰与他们的恋爱时间同步。"自那以后,我心中有样东西干脆就冻住了。"(67)巴迪在她心中成了一个伪君子。只不过巴迪刚巧被查出患了肺结核,必须到肺结核疗养院去疗养,埃丝特才一时没有决然和他一刀两断。在威拉德夫妇的安排下,埃丝特去疗养院探望了巴迪。她拒绝了巴迪的求婚,却在练习滑雪时意外摔断了一条腿。

在康斯坦丁的住处,埃丝特进一步回想了她和巴迪曾经的关系,并认真思考着婚姻前景,想象要是康斯坦丁成了自己的丈夫,生活会是什么样子。她觉得自己唯一擅长的便是赢奖学金和奖品,而这个时代快要结束了。在社会和家庭的压力下,埃丝特在结婚生子与自我实现之间纠结不已。"我开始数我不会做的事情。"(71)这些她毫不擅长也没有兴趣的事,包括烹饪、速记等等。"我舞跳得糟糕透了。我唱歌老是跑调。"(72)于是,"平生第一次我觉得自己简直就是个废物。问题是,我一直都是个废物,却从来没有自知之明"(72)。但另一方面,"我"十分不甘于以速记员的身份为男性服务,因为"我还想口授我自己的激动人心的信件呢"(72)。"我想要变化,想要兴奋,想我自己往四面八方射出箭去,就像七月四日独立日的火箭射出的五彩缤纷的礼花。"(78)她沮丧地想象着为丈夫准备一日三餐、穿着睡衣、戴着卷发器、整理床铺、没完没了清洗脏盘子的人生画面,意识到"对于一个十五年来门门功课拿优的女孩来说,这似乎是一种凄凉的、荒废的人生"(79)。她从威拉德太太和母亲的婚姻生活中都看出了这一点,于是决然地躲开了康斯坦丁,回到了酒店。

实习结束,姑娘们要返回家乡了。前一个夜晚,埃丝特跟着多琳前往郊区,参加了一个乡村俱乐部的舞会。她差点儿遭到一个心理扭曲而具有厌女倾向的粗暴男子马科的强暴。埃丝特成功自卫,打伤了马科。夜半时分,"我"站到酒店的高处,"将所有的衣服都送给了夜风"(106)。

二

如果说小说第一到第九章主要写的是埃丝特在纽约的经历,从第十章开始,则写的是"我"返回家乡小镇后的生活。在母亲接她回家的车上,埃丝特获知没有被写作训练班录取的意外消息,仿佛挨了当头一棒。一直对自己的写作能力满怀信心的她深感沮丧,加之纽约生活给她带来的无所适从感,使她变得吃不下饭,睡不着觉,看不了书,写不了字。她丧失了执着追求的兴趣与能力,变得邋邋遢遢、胡思乱想。她不打算像邻居太太那样有了六个孩子,又已身怀六甲,她放弃了暑期课程修习的计划,拒绝了与巴迪重归于好,开始接受精神科医生的治疗。

戈登医生的休克疗法未能奏效。埃丝特想了各种办法自杀,最终都因下不了手或身体本能的抗拒而未能如愿。她乘坐公共汽车去了波士顿，找到了海滨的一座监狱想混进去，又来到海滩上枯坐。她尝试过上吊，又在朋友邀约游泳时想淹死自己，去当地医院做志愿者的工作也以失败告终。她前往父亲的墓地大哭了一场，终于偷来了母亲的安眠药，钻进了家中的地窖深处，打算静静地告别人世，在获救后再次被送进了精神病院。埃丝特继续挑衅生事，结果被关了禁闭。

曾因埃丝特优异的写作禀赋而专门为她提供奖学金的著名作家吉尼亚夫人从报纸上读到了埃丝特自杀的消息，从她的状况中看到了曾经的自己，专门为她安排了在私立医院的休养与治疗。她"飞抵波士顿，将我从拥挤的市立医院病房中接出来，眼下正用车送我到一家私立医院去，那里有操场、高尔夫球场和花园，就像一家乡村俱乐部，她将支付我的一切费用，就像付我奖学金一样，直到她在那儿认识的大夫将我治愈为止"（179）。在这里，埃丝特碰上了温柔体贴的年轻女医生诺兰，有了更多的自由，以及出门散步的权利，甚至连休克疗法也不是记忆中那种撕裂神经的恐怖电击，而是可以沉沉睡去。她一步步走向好转，很快就可以返回学校了。埃丝特曾经的朋友琼也成了她的病友，但埃丝特并不愿意成为她的同性恋对象。在获准进城之后，埃丝特去诊所接受了节育手术，满心欢喜地认为"自己正爬向自由呢，不用再担忧恐惧，不必因为跟人发生了关系就非得嫁人，尽管他不合心意"（214）。在获得了对自己身体的控制权之后，埃丝特的下一步目标是找一个合适的男人以放弃童贞。然而埃丝特的轻率任性以及身体的特殊情况使得她意外地大出血并紧急就医。小说以埃丝特返回精神病院，意外听说了琼自杀的消息、自己即将获准出院而告终。

三

虽然作品并不算长,但看似玩世不恭、口是心非,还有着一点痞痞的味道,却又聪慧自傲、敏感脆弱的女主人公埃丝特,给读者留下了深刻印象。如前所述,现实生活中的西尔维娅·普拉斯一直苦苦地在为人妻、为人母的家庭事务和天才的艺术家、创造者的角色之间挣扎。所以她提炼了自己大学时代的一段经历,以自传性的书写表现了一代年轻知识女性在身份认同、角色归属方面所遭遇的困扰,能够激起不同时代、不同国别读者的强烈共鸣,因为她在成长的关键时期所面对的人生抉择的困扰并未过时。

这种困扰首先体现为社会期待、传统习俗、舆论压力对女性传统角色的认同和对女主人公的规训。"我"是学业出众的女生,"从小到大我一直对自己说,如饥似渴、废寝忘食地学习、读书、写作和工作就是我想做的事情,而且,似乎确实如此,我干什么都很出色,功课全优,甚至到我上大学时这种势头也无人可挡"(30)。然而,在要求女性回家的保守主义时代氛围中,社会期待她的是做得一手好菜,以秘书的身份为前程似锦的男人服务,并擅长唱歌跳舞等才艺。在她的周边生活中,符合这类条件的女性比比皆是,如自己的母亲和巴迪的母亲都曾接受过高等教育,但随后都放弃了职业追求,嫁给了各自的教授,过起了全职主妇的生活。她家的邻居、挺着大肚子的渡渡·康威则整天忙着用各种食品"喂养她的六个孩子,毫无疑问,她还会用同样的东西喂养她的第七个孩子"(111)。而她在《淑女时代》的同伴多琳和贝特西,很快也会加入她们的行列,因此埃丝特觉得自己就是个没有自知之明的废物。另一种女性类型是她在杂志社的指导老师杰·西,这位博学多识、事业出色的优秀编辑,常与著名学者、作家交往,然而,她戴着厚厚的眼镜片,相貌丑陋,态度生硬,似乎也不是

埃丝特向往的女性样板。人生的两难和榜样的缺失使得埃丝特陷入了无所适从的窘境之中:

> 我看见我的人生像小说中那棵无花果树一样,枝繁叶茂。在每一个树枝的末梢,仿佛丰腴的紫色无花果,一个个美妙的未来向我招手,对我眨眼示意。一枚无花果是丈夫、孩子、幸福的家,另一枚是诗人,又一枚是才学出众的教授,一枚是埃·格,了不起的大编辑,再一枚是欧洲、非洲、南美,另一枚是康斯坦丁、苏格拉底、阿提拉以及一堆姓名古怪、从事非凡职业的情人们,再一枚是奥林匹克女队冠军,在这些无花果的上上下下还有许许多多我不大辨认得出的无花果。(73)

这些无花果代表的当然是年轻的埃丝特对未来人生的期许与梦想,然而,残酷而平庸的现实难以让她拥抱如此丰沛的人生。"我"饥肠辘辘地坐在无花果树的枝丫上,"哪个都想要,但是选择一枚就意味着失去其余所有的果子。我坐在那儿左右为难的时候,无花果开始萎缩、变黑,然后,扑通,扑通,一枚接着一枚坠落地上,落在我的脚下"(73)。

与身份认同和榜样缺失相关的另一重困扰,是当时的美国社会中有关女性童贞的陈腐之见。舆论的宣传、母亲的教诲、男友的期待,都要求埃丝特婚前要保持童贞之身,洁身自好。万一怀上孩子,就会万劫不复,名声扫地。然而,在埃丝特看来,这种婚前保持童贞的要求,对男女双方都应该是一样的。"女人只能有一种生活,必须清清白白,而男人却可以过双重生活,一种清白,一种不清白,这种想法我没法接受。"(77)这是接受了良好的教育又享受到历史上数次妇女解放运动成果的大学女生埃丝特的自然反应。这就是为什么她在意外得知巴迪一边和她卿卿我我,一边又与女招待多次发生关系时会如五雷轰顶、备受打击的缘故。她愤恨地将巴迪归为伪君子,下决心拒绝了他的求婚。不仅如此,激愤的埃丝特还决定自暴自弃以示报复:"既然要找一位年已二十一岁却依然清清白白还要有头脑的热血男儿难如登天,我还不如把自己的贞节问题也抛到脑后,然后嫁给一个同样没有贞节的人,这样,当他开始叫我痛苦时,我也可以叫他尝尝痛苦的滋味。"(77)任性的埃丝特终于利用获准到波士顿城里闲逛的机会,做了节育手术,将身体的控制权掌握到了自己的手中。在得意洋洋地认为自己已成为"我自己的女人"(215)之后,埃丝特选中了一位年轻有为的数学教授欧文,初探性爱的世界。"自从我获悉巴迪·威拉德的腐化之后,我的贞操一直像磨石一般沉沉地压在我的脖子上。长久以来,贞操对我都是那么重要,我总是下意识地、不惜一切地维护它。我已经捍卫了五年时间,现在我腻味了。"(220)她对欧文并无情爱,对埃丝特而言,这个男人只是她对抗格格不入的世界和获得自由的一张入场券。之后,埃丝特觉得自己已完完全全地获得了自由。如前所述,小说写到埃丝特即将离开精神病院、回归大学生活为止,并未写到其未来的人生。而在现实生活中,一切远没有如此简单。西尔维娅·普拉斯最终是忍受不了生活的困窘和丈夫的背叛,开煤气而死的,遗下了两个可爱的孩子和她心爱的诗作。如小说中埃丝特的一段心理独白所说的:"对于困在钟形罩里的那个人,那个大脑空白、生长停止的人,这世界本身无疑是一场噩梦。"(229)小说中的埃丝特暂时逃离了钟形罩,而现实中的西尔维娅却在钟形罩的窒息中死去了。

结合美国另一部著名的成长小说、塞林格的《麦田里的守望者》来看,两部作品都写了20世纪50年代的少男少女与现实社会的格格不入以及各自绝望的抗争,但霍尔顿嘲弄、反抗的是保守的美国中产阶级的假模假式、伪善造作,渴望的是他的妹妹菲比所代表的纯洁无邪的童真,所以霍尔顿梦想成为一名麦田里的守望者;而埃丝特作为一名女性,在成长过程中遭遇的困扰则更加鲜明地体现出性别特征,集中表现了年轻女性在步入人生的过程中面临的特殊问题,比如职业发展与个人幸福之间的两难,社会对女性贞操的单方面要求,等等。小说也因所反映的女性心理问题和社会问题的普遍性而赢得广泛的共鸣。

四

小说的艺术特色也很鲜明。

首先是象征意象的大量使用。作为一名出色的诗人,普拉斯拥有独到而丰富的想象力,这一点在作品中意象的选择上有突出体现。小说中最具代表性并纵贯全书的象征意象,自然非"钟形罩"莫属。该意象作为桎梏、压抑与窒息年轻女性的自由发展空间,使其身心扭曲、精神崩溃的传统道德与社会压力的象征,具有主题性的意义。其原初形象,取自埃丝特跟随男友巴迪去他就读的医学院附属医院参观,所见到的盛放死于母腹的畸形胎儿标本的钟形玻璃罐子。在埃丝特心目中,这一意象与黑暗、病态、窒息、死亡紧密相连。以后,每当埃丝特感受到来自方方面面的压力、自由发展的渴望受限时,总会想到这一可怖的意象。她因精神崩溃要被家人和资助人送入某私立医院。在汽车后座上,母亲和弟弟警惕地抓住车门把手,防止她寻找机会跳出车去。普拉斯如此描写了"我"的心理:"不管我坐在哪里——在船甲板上也好,或巴黎呀、曼谷呀的某个临街咖啡馆里也好——我都是坐在同一个钟形玻璃罩底,在我自己吐出来的酸腐的空气中煎熬。"(179)"钟形罩里的酸腐空气像填塞衬料似的将我四周的空气塞得满满实实,叫我动弹不得。"(179)在善解人意的诺兰大夫的精心治疗下,埃丝特逐渐恢复,也克服了对休克疗法的畏惧,配合治疗。某天,她结束了治疗,被诺兰大夫带到室外,享受到了久违的自由的快乐,

"钟形罩被提起了,悬挂在我脑袋上方几英尺的半空中。我能呼吸到流动的空气了"(207)。1970年,西尔维娅的母亲曾就《钟形罩》的美国版本即将发行一事,给纽约哈泼和罗出版社的责任编辑写了一封信,回忆了女儿的一段自白:"我想它会展示一个面临精神危机的人那种与世隔绝的感觉……我试着透过一只钟形罩子歪曲视像的凸形玻璃来描述我的世界以及其中的人们。"(249)钟形罩是病中的西尔维娅对世界的感觉,也浓缩了受压制的女性群体对世界的感受。

除了钟形罩这一主题意象之外,小说中还有不少幽闭性的空间意象,同样象征性地表达了女性在以男权为中心的历史文化传统中所感受到的压迫感,以及无奈之下以幽闭的方式寻求庇护、逃避压力的心理倾向。私密空间,因而常常成为女性自外于男权世界的避难之所。在纽约时,埃丝特在惶惑无助的情况下,"总是在浴缸里冥想"(19),因为"我泡在热水中比其他任何场合都要来得自在"(19),"躺了将近一个钟头,觉得自己又纯净如初了"(19)。浴缸,成为女性寻求安全、自我疗伤的重要空间。这一特征,不仅出现在西尔维娅笔下,也不止出现在西方女作家笔下,在20世纪90年代中国的女性写作热中,不少作家也酷爱以内室、浴缸为代表的幽闭、窄小的私密空间的书写,表现女性自我放逐于社会边缘的一种特殊的对抗姿态。埃丝特服下安眠药、藏身其间的阴暗地窖,是小说中另一个重要的幽闭空间。"我折腾了好一会儿,试了好几次,才把自己的身体举起来塞进洞口,然后就像一个小矮人似的蜷缩在洞口的黑暗之中。"(162)这些意象,对于小说主题的呈现起到了重要的作用。

其次是精致灵动的比喻,令读者过目不忘,充分显示出西尔维娅作为一名杰出诗人的独特想象力。如小说开篇,1953年纽约的盛夏,闷热不堪。作家写道:"才早上九点,头天夜里悄悄潜入的隐约带有乡间湿气的清新味儿就已蒸发殆尽,像是一个美梦的尾巴。"(1)埃丝特在纽约所住的女子酒店的窗口,远眺这座与自己格格不入的城市。在她的眼里,"这座城市就这么悬挂在我的窗口,平展展的,像一张海报,闪闪烁烁,光怪陆离"(18)。为了摆脱疲乏烦躁的情绪,"我想钻进被单里去睡一觉,可是对我来说,那就好像把一张满纸涂鸦的脏分分的信纸塞进一个清清爽爽、干干净净的信封里一样"(19)。于是"我"决定洗一个热水澡。回到家乡后,埃丝特胡思乱想着自己的未来,思维活跃亢奋而又病态,"一个又一个计划在我脑子里蹦蹦跳跳,就像一群疯疯癫癫的兔子"(117)。关于给埃丝特留下噩梦般记忆的休克疗法,"我"紧张不安,"在楼下大厅时,我想问问他休克疗法到底是怎么回事,可是张开嘴却说不出话来。只是瞪大了眼睛,死命盯着那张在我面前浮动的熟悉的笑脸,那张脸就像一张盛满了保证的盘子"(136)。而这些奇巧新颖的比喻,又常常和主人公的心理状态、精神状态等联系在一起,表现人物在玩世不恭、万事毫不在乎的情况下一种既揶揄别人也自我揶揄的机智与幽默,突出体现了这位天才少女的特征。而从纽约返回波士顿后,随着精神的崩溃,"我"对世界和他人,包括自身的看法,通过比喻的使用,常常又体现出卡夫卡笔下人物那种不动声色的自暴自弃,或黑色幽默般的沉重,与人物新的处境和心理状态紧密相连。

第二十章
玛格丽特·德拉布尔的《金色的耶路撒冷》

(《金色的耶路撒冷》,吕俊、侯向群译,译林出版社,2001年)

《金色的耶路撒冷》初版于1967年,写的是女主人公克拉拉·毛姆从少女时代到青年时代的一段人生经历与精神成长,采用人物回忆的倒叙与当下生活的顺叙相结合的方式展开,以第三人称视角进行,侧重人物的内心感受,主要落笔于女主人公克拉拉的视点与心理活动,也兼及男性人物加布里埃尔,以及他的妻子菲利帕等人的心理视角。

一

克拉拉成长于英格兰北方约克郡的一个小镇诺瑟姆。她的父亲毛姆先生在她16岁时因车祸去世,母亲毛姆太太则深受清教思想观念的束缚,为人吝啬刻薄,对丈夫、儿女都冷淡无情,在丈夫的葬礼上不仅没有穿丧服,而且居然一滴眼泪也没有流。她同时又自视甚高、虚荣自负,不屑和别人来往,造成了家中压抑、阴沉、令人窒息的气氛。从来感受不到母爱的温情与鼓励的克拉拉因而极度厌恶家庭与家乡,急于挣脱与逃离,奔向外部世界。她天资聪慧,学业优异,身体发育也很健美,深受学校老师宠爱,终于得以依靠伦敦大学的奖学金离开小镇,追求梦寐以求的生活与自由。

第二十章　玛格丽特·德拉布尔的《金色的耶路撒冷》

深受现实主义与自然主义文学传统滋养的作家德拉布尔十分擅长表现环境对人物性格、处境与命运的影响。小镇家庭的寒酸、刻板、黯淡与封闭，构成了女主人公奋力挣扎逃离的基本背景。在17岁即将中学毕业时，经过努力，克拉拉获得了和同学前往巴黎短期游学的宝贵机会。巴黎的经历拓宽了她的视野，她通过与男女同学的交往、名胜古迹的游历、各类讲座的聆听，以及观影与舞会等等，不断认识与提升自我。尤其是她违背禁令独自偷偷前去蒙马特区游逛，与一位意大利青年邂逅并共同观影的经历，使她获得了对自我与他人的新认知，她也从中获得了被别人需要的刺激与满足感，产生了大胆往前闯的勇气。

她来到向往已久的伦敦，追寻她童年记忆中J. M. 尼尔创作的圣歌中那个金色的耶路撒冷。通过参加诗歌朗诵会、结识各色人等，她努力去理解新鲜的话题，融入陌生的世界。她和学艺术的克莱利亚成了朋友，到她家做客，发现了和记忆中的家乡迥然相异的人际关系、家庭氛围与艺术世界。克莱利亚的父亲是诗人，母亲则是著名的作家与文学评论家。小说通过对克莱利亚家卧室、客厅、花园等的精细描绘，呈现出一处处诗意的、拥有高度文化艺术气息和高雅精神生活的空间。克拉拉吃惊地发现，在这些充满了烟火气息、世俗情韵的生活空间里，父母、家人、朋友之间可以侃侃而谈，丰富与共享彼此的精神世界，进入美不胜收的文学与艺术的天地。保存完好的家庭相册则表现出家庭成员之间共享的记忆，与她自小长大的那个没有爱与温情的苦涩家庭形成了鲜明的对比。这进一步加剧了她逃离故乡、留在伦敦，创造属于自己的自由天地的愿望。

由于和克莱利亚交往频繁，克拉拉也获得了德纳姆家庭的接纳与欢迎，认识了克莱利亚英俊的哥哥加布里埃尔。克拉拉对加布里埃尔很有好感，而加布里埃尔的婚姻看起来美满，实则不幸。他的妻子菲利帕漂亮时髦，但实际上虚荣自私，只关心自己的感觉和享受，完全意识不到丈夫的需要，光鲜靓丽的外表下是冷漠、懒惰、无能的实质。她不会做家务，不做饭不做卫生，放任三个孩子不管，家里肮脏邋遢。她害怕怀孕偏偏又生了三个孩子，从此不让丈夫再触碰自己。克拉拉的出现唤起了加布里埃尔久违的冲动与热情，两个人热恋起来，寻找一切可能的机会做爱。加布里埃尔为了能与克拉拉有更多时间相处，甚至创造了去巴黎出差一周的机会，邀请克拉拉同行。而克拉拉也不惜向学校导师撒谎说母亲生病，需要回家探视，而请了一周的假。就这样，他们双双飞到了巴黎。

这一对偷欢的情侣在旅馆房间尽情做爱，在不同的咖啡厅和酒吧喝酒、吃饭。临回伦敦的前一天，加布里埃尔大胆邀请克拉拉一起去看看他接洽工作的电视台，结果两人意外地在路边的咖啡馆遇到了加布里埃尔的哥哥马格纳斯。在加布里埃尔回电视台工作的一段时间内，克拉拉和马格纳斯在巴黎街道上漫步，克拉拉大胆订下了当晚和马格纳斯的聚会。

回到电视台，克拉拉见到了加布里埃尔的法国朋友，并执意三人一起在台内的小食堂用午餐。她又随意邀约了他们的几位同事参加当晚的聚会，享受到了自作主张的满足感。在电视台大楼内探险的过程中，她在一间工作间的门上见到了当年在前往巴黎游学的船上邂逅的那个男孩的名字，并敲门见到了彼得·哈洛森。当晚，一大群人转移到彼得的公寓喝酒至后半夜，克拉拉因自己独立组织了这次庞大的酒会而感到高兴。夜半时分，在醉酒的状态下，她甚至接受了马格纳斯的拥抱和亲吻，享受着放任自我的滋味。但等她从厨房出来时，意外发现加布里埃尔已经不辞而别，猜测是由于他撞见了她和自己哥哥的暧昧，无法面对。克拉拉回到她和加布里埃尔的旅馆房间，发现他因醉酒而沉沉睡去。第二天清晨，克拉拉没有叫醒加布里埃尔，而是一个人揣着回伦敦的机票，径自返回。

回到公寓的她，意外收到了来自家乡的一封电报，发现母亲病重住院，为此深感羞愧，意识到是自己的撒谎遭到了报应。她匆匆赶回小镇，

第二十章 玛格丽特·德拉布尔的《金色的耶路撒冷》

见到了冷漠的哥哥和同样恶毒冷漠、因癌症折磨已容颜大改的母亲。当夜,她来到母亲的房间,看到了母亲年轻时的照片和当年在日记中写下的散文与诗歌,意识到母亲原来也曾年轻快乐过,也曾有过追寻新生活的梦想。加布里埃尔打来电话问候,决定来她成长的地方看一看,并接她返回伦敦。克拉拉想着母亲将会去世,而她还将活下去,努力迎接命运的挑战。

二

小说主要描写了女主人公克拉拉从少女时代到大学期间的自我发现与精神成长,以逃离与追寻为主要线索结构故事,表现了人物寻找心目中金色的耶路撒冷的朝圣之旅。作为一部成长小说,作品当然是在时间向度上展开的,以主人公的回忆与当下生活的往返交织,呈现了克拉拉由少女到青春期的生活变化,因为成长是需要时光的磨砺与沉淀的。如果说小说与以往的成长小说在时间处理上有所不同的话,那么主要是在历时性的顺叙之外增添了人物不断回溯往事的内容,更多体现了当代小说在叙事上的复杂性;与此同时,主人公在时间中的成长又与其在空间中的位移同步。一个个空间场景的转换、更迭与位移,浓缩了主人公阅历不断丰富、视野逐渐拓宽与主体意识渐进发展的螺旋式上升过程,体现出丰富的文化意蕴。德拉布尔也由此使得空间书写成为其女性成长小说的重要维度与基本特色。

作品中第一个重要的空间当然是主人公的故乡、英国北方约克郡的小镇诺瑟姆,以及她那个阴沉压抑、令人窒息的家。由于母亲成长于保守狭隘、清心寡欲的家庭环境,婚后生活又很不如意,所以她将生活中的种种怨毒发泄在丈夫与孩子身上。家中没有欢笑与温情,也没有访客与聚谈,一切爱的抚触甚至礼物均被视为低下的生活趣味而遭到唾弃。逼仄的家庭环境和令人窒息的精神氛围逼迫少女克拉拉想方设法地逃离,想象一个完全不同的异度空间:"想像的世界是克拉拉避难的家园。而她所居住的真实世界是如此痛苦,充满敌意,以至于她对任何与另一种生存方式有关的东西都想满怀激情地抓住不放。"(27)正是在这样的背景下,她无限憧憬圣歌中所描绘的"金色的耶路撒冷"(28),憧憬那个"真正的人间尘世里的天堂"(29),努力要"在那些儿童的金色世界中寻觅这种复制世界的闪光之处,寻找更博大、更热情的大地"(29)。作为克拉拉心目中美好新生活的象征,对"金色的耶路撒冷"的追寻贯穿了她的整个成长过程。

进入中学阶段,在游泳馆的淋浴间里,她的自我意识开始苏醒:"她站在那儿,凝视着自己,从各个角度上观察着,就好像在看另外一个人。她就好像是一尊乳白色的雕像,一尊被淋湿的雕像,水中的雕像,是维纳斯刚从海面上升起,双乳就如纹理可见的白色大理石一样润泽光滑。"(47)而小镇上的书店则提供了一种关于别样的精神生活的可能性;在终于争取到去巴黎游学一周的宝贵机会后,又黑又脏的小镇车站"对她来说已成了让她充满荣耀的地方,一想到它的功能,它在她的眼中就变成了美丽无比的地方"(59),因为从这里她可以"飞向一个光辉灿烂独一无二的天地"(60)。

而在上述一个个小空间中,最具代表性的是回国前一晚克拉拉违背禁令独自前往的巴黎北部蒙马特区。这是流浪艺术家云集之所,同样也藏污纳垢,所以学校明令女孩不得前往。然而,这一禁区却又成为克拉拉满足好奇心和探险欲、挑战规则与认识自我的场域。她在街头结识了过来搭讪的意大利青年,并欣然应约与他同看了一场电影。通过男孩对她的欲望,她进一步感受到了自我的魅力和他人的需求,并尝试着去探究两性关系中的种种奥秘。她虽然最终拒绝了男孩的进一步邀请而匆匆赶回了宿舍,但却充满了历险后的快乐,感到自己是活着的,"在刚才这么短的时间内她经历了这么多的事,让她有一种满足感,一种从未有过的满足感"(71)。她"感到她的生活越来越充实了"(80)。所以在接到了伦敦大学的入学通知书后,克拉拉已经很镇定,决意"毫不犹豫地一个人向前闯"(81)了。

三

女主人公朝圣途中的第二个重要空间自然是伦敦。小说家同样设置了人物活动的一个个密集的空间场所,作为克拉拉人生历练的重要背景。如她参加诗歌朗诵会后在剧院化妆室和酒吧间内聆听了学术争论,一个丰富的精神世界由此在她面前展开。通过努力跟上并理解人们的交谈,她的思想水平在一步步提升。"她也意识到了她多年来所追求的东西现在已来到眼前。"(15)这场讨论于她而言更重要的是结识了克莱利亚,一个与她的成长背景完全不同的姑娘。这个充满艺术气息,在画廊工作,拥有身为出色作家的父母和智力超群的兄弟姐妹的女孩,满足了克拉拉对完美女性的所有梦想,也成为克拉拉心中学习、模仿的榜样。而由于她们的关系日益亲密,克拉拉也由此被引入了德纳姆家,进入了一个拥有高度精神生活的文化空间。

无论是德纳姆夫妇的客厅、克莱利亚的卧室,还是家中位于半山坡上的花园,到处充满了文学艺术的气息:墙上装点着各色油画与图片,靠墙是整排的书架,屋角有钢琴,地上散落着各色花瓣,床头有各种凝聚着童年记忆的温馨的玩具,德纳姆夫人则坐在草坪上读书。克拉拉"感到生活就应如此"(96)。不仅如此,大名鼎鼎、著作等身的作家与评论家德纳姆夫人不但没有架子,还温柔慈爱、善解人意,一手养大了五个优秀的子女,目下又在帮着克莱利亚照顾别人家的婴儿。克拉拉在从德纳姆家回来后常常产生精疲力竭的感觉,"就好像走了很远的路,又好像在浏览了极富吸引力的艺术长廊,在每件精美的作品面前花费了太多的精力。她很想看,可是那些东西又是那么高远深奥,她绞尽脑汁想吸收它们可是仍力不从心"(112)。因为她贫瘠的成长环境的影响,她一时还不习惯于这样的兴趣,这样的展示方式,这样的探寻,这样充满同情地回忆的强大能力。她也不习惯于这样高朋满座、其乐融融的大家庭的真实存在。"德纳姆一家让她进入了一个她以前从未深入过的领域"(117),"她有一种感觉,如果她应属于一个地方,那就应该是这样的地方"(122—123)。所以她吃力但又无比向往地想跟上这个家庭的步伐。克拉拉的向往,代表着对一种更加温情、高尚、诗意、体面的生活方式的向往。通过一次次的"发现",一次次的进入,她向金色的耶路撒冷又迈进了一步。就在这一时期,克拉拉和克莱利亚的哥哥、英俊的加布里埃尔偷偷相爱了,因为他也是她所羡慕的生活方式的一部分。

如果说通过和克莱利亚的友谊,进入德纳姆家人的社交圈子,并成为加布里埃尔的秘密情人时,克拉拉还是怯生生的,怀着崇敬心态并仰视着他们的话,再访巴黎则成为她自我意识发展并走向成熟的关键一步。巴黎于是成为克拉拉精神成长的第三个重要空间。

在巴黎,克拉拉与加布里埃尔无所顾忌地亲密相处,也在这一过程中思考自己究竟需要的是什么,学着定位自我与他人、与世界的关系。她意识道:"她希望通过他来给自己定位。……也并不是需要一个男人,而是要通过一个男人来看其他事物,感受其他的生存方式。她希望感到自己是属于这个世界的。"(179)她用自己的也用他人的视角去观察这个世界,试探与异性相处的方式以及关系发展的限度,并通过马格纳斯对她的兴趣和对弟弟的嫉妒而感到"一种全新自我的感觉突然在心中涌动,那么公开,那么大胆,那么充满自信"(187)。由此,她逐渐产生了一种脱胎换

第二十章 玛格丽特·德拉布尔的《金色的耶路撒冷》

骨的自由感,原先那个封闭畏怯的自我中开始裂变出新的元素。她从藏藏掖掖、见不得光的地下情人,时时处处都要依赖加布里埃尔支付费用的仰人鼻息者,开始变为主动出击、尝试安排和掌控生活、实现自我意志的人。她在事先并未征求加布里埃尔意见的情况下即敲定了当晚和马格纳斯的约会,在加布里埃尔和他的朋友面前力主在电视台的小食堂午餐,自作主张地邀约晚上的客人,甚至还在已经迷路的情况下依然镇定地在电视台的楼内探索,敲门进了只有一面之缘的彼得·哈洛森的办公室。"她第一次大胆地显示自己的权威"(192),鼓动大家喝酒去,而"他们都说行,都说好主意,让我们喝酒去"(192)。由此,她一改丑小鸭的身份,在陌生的巴黎发起了一场成功的聚会,甚至还接受了马格纳斯的暧昧,半推半就地品尝了"放任的滋味"(196)。

与此同时,克拉拉对自由的追寻也不是没有底线与边界的,比如与马格纳斯的接吻与拥抱,可能正是加布里埃尔不告而别的原因,为此她内疚不已;她以探视生病的母亲为由撒谎请假,结果真的收到了报告母亲住院的电报,为此也深为自责。加布里埃尔从酒会上离去后,克拉拉决定离开他独自飞回伦敦。"她感到自己已全部地改变了,她变成了另一个人,但这却给了她无限乐趣,因为在她内心里总有一种快慰,尽管这种快慰是不太说得出口的。她已走上了一条路,而且她知道已走得很远了,已难以回转了。"(198)她在候机时意识到,"她已和过去决裂了"(201)。与对自由的限度的思考相连,克拉拉也开始意识到了理想与现实之间的可能差距,并提醒自己不能一味沉溺于幻想,因为正如她儿时阅读的寓言故事《金色的窗子》中所描述的那个小男孩,他在出去玩时,"在山坡上看到一座房子,窗子都是用金子制作的,于是他就去寻找这座房子,这时他突然意识到,这座房子就是他自己家的那座房子,而那金光灿灿的光只是太阳反射的光而已"(30)。而克拉拉在深入克莱利亚和加布里埃尔的家庭生活与人际交往等的过程中,也逐渐感受到了克莱利亚与马丁关系的种种神秘之处,以及加布里埃尔夫妇貌合神离的婚姻真相。她"越是接近她认为是生活本身的那个严密封锁的阴暗处时,那些阴影就变得越重,而且还在增长"(170)。理想与现实之间的落差使她开始窥见了耶路撒冷金色光环背后的种种暗影,进一步走向理性与成熟。"她开始了漂泊,就像花被剪下来,脱离了原来的根,或者是一粒种子,一粒随风飘零的种子,可以没有任何畏惧地任凭落在怎样的土地上。"(201)克拉拉就是一粒随风飘零的种子,从故乡来到伦敦,又漂泊到了巴黎。通过不同空间的流转,她努力汲取阳光雨露,最终会在现实的磨砺下生根开花。

综上,小说通过一系列的都市生活想象与文化空间书写,为女主人公的成熟与发展提供了重要的物质生活背景和精神试炼场所,而这种空间的流转与时间的迁延也是同步的。母亲的病重和克拉拉的返乡,促使主人公进一步了解并理解了母亲的过往。20岁的母亲在照片上开怀大笑的样子,以及她曾经写下的作品,均表现了当年的她同样神采飞扬,有过青春的期许与自我实现的梦想。由此,两代女性的逃离与追寻接续起来,形成了呼应与延展,克拉拉逃离小镇,在都市空间中奋斗、逐梦,寻找金色的耶路撒冷的过程因而具有了一代代女性追寻自由与梦想的象征意义。母亲的诗句"啊,让我们去寻找一个更光明的世界,/在那里,黑暗将无能为力"(207)和克拉拉铭记于心的"我们用牛奶和蜂蜜向你祝福"(28)的"金色的耶路撒冷"彼此呼应,既暗示了一代代女性追寻、发展的艰难,也暗示了这一主题的代际传承。所以小说最后,克拉拉夜晚躺在床上想道:"她的母亲就要死去,但她自己还将活下去,她将活下去是因为她决心要活下去,因为她没有想到死,她要战胜命运而活下去,不管命运待她如何,都无奈于她,根本奈何不了她。"(218)未来的她,还将在朝圣的路上拥有更为丰富的旅程,体验更为绮丽的人生风景。

第二十一章
托妮·莫里森的《秀拉》

(《秀拉》,胡允桓译,南海出版公司,2005年)

《秀拉》中人物的活动背景,开始于一战结束前后的美国俄亥俄州小镇梅德林,主要描写了20世纪20—60年代位于山谷中的梅德林小镇旁边的山顶上名叫"底层"的黑人聚居区的生活。作品分为两部。

一

出生于梅德林的黑人青年夏德拉克在一战中脑部受伤,变得精神失常,回到家乡后将每年的1月3日立为"全国自杀节"。

"底层"的赖特一家祖孙三代由三个女人构成:身为妓女的罗歇莉,罗歇莉美丽优雅的女儿海伦娜,和海伦娜的独女奈尔。匹斯一家同样呈现三代女性的生活:夏娃婚后生下了两女一子,后被丈夫波依波依遗弃。为了养活嗷嗷待哺的三个孩子,夏娃不得不乞求邻居的接济与照顾。等到小儿子"李子"断奶之后,她远走他乡,回来后只剩下了一条腿。人们传说她是故意让火车轧断了自己的一条腿,从而获得大笔保险金的。她用带回的钱买了一栋大宅子,出租给房客,从此过上了稳定的生活。她收养了三个孤儿,给他们取了同一个名字杜威,身边还围绕着一大群男性朋友。女儿汉娜在丈夫早逝后,仿佛做慈善般地和镇上的男人们发生着关系,是个离不了男人的女人。汉娜的独生女儿秀拉从小是一个桀骜不驯的勇敢女孩,她独特的标记是眼皮上有一个像一朵带枝条的玫瑰花一样的胎记。同龄的奈尔和秀拉在孤寂中长大,关系十分亲密。她们共同对抗白人移民家庭的男孩子们的欺凌,也保守着秀拉失手将一个黑人小男孩"小鸡"甩入河心淹死的秘密。

"李子"从一战的战场上回来,变得邋邋遢遢,偷自家的东西出去变卖,还染上了毒瘾。夏娃经过痛苦的思想斗争,在堕落的儿子身上浇上了煤油,残忍地烧死了他。而在大火燃起、母女对视的一瞬间,汉娜猜出了实情。汉娜询问母亲是否爱过她的几个孩子,夏娃则回答说在当年极度困苦的日子中,她生存的唯一目的就是要把他们养大成人。汉娜在某种幻灭状态中在院子里点燃火堆自焚,痛苦死去。这一幕恰好被夏娃看见。为救女儿,夏娃拖着残肢从二楼的窗口跳下,却未能救到女儿,但还是满身鲜血地向女儿的方向艰难爬行。而此时的秀拉在门边看到母亲的惨状,却袖手旁观。

奈尔长大后嫁给了英俊的黑人青年裘德,在"底层"举行了一场盛大的婚礼。秀拉为好友的幸福而高兴,但在奈尔婚后便离开了"底层"。

十年之后,即1937年,在一场罕见的由知更鸟泛滥造成的灾害中,秀拉孑然一身地回到了梅德林。在与外婆夏娃的对话中,她针锋相对,气场强大,显示出独立不羁的个性和对传统观念的叛逆。秀拉知道夏娃当年烧死小儿子"李子"的往事,对她言语威胁,祖孙俩相互提防起来。秀拉终于把外婆送进了养老院。

秀拉与奈尔相见,分外高兴。在裘德眼中,秀拉眼皮上的胎记不是什么玫瑰花,而是一条响尾蛇。秀拉和裘德睡觉被奈尔发现。裘德在被秀拉抛弃后离开了梅德林。奈尔陷入了极度的茫然与痛苦之中,与秀拉的关系破裂。

由于秀拉集外婆的蛮横乖戾和母亲的自我放纵于一身,她成了"底层"的公害。她睡遍了那些有家室的男人,尤其成了黑人妻子们痛恨的对象。大家同仇敌忾地对付秀拉,以至于她的归来反而促成了当地人们的团结和改变,比如:贝蒂由一个对儿子"茶壶"不管不顾的自私女人变成了尽职的母亲;芬雷先生坐在走廊上啃鸡骨头时,抬头看见秀拉,竟然被一块鸡骨头卡住了喉咙而当场咽了气;在大家的眼里,秀拉眼皮上的胎记"不是一株带枝的玫瑰,也不是一条毒蛇,而是从一开始就印在她脸上的汉娜的骨灰"(216)。人们纷纷传说着与秀拉有关的种种异象,仿佛她是一个女巫或恶魔、每个人的不幸之源。

在极度的孤独中,秀拉和阿杰克斯成了一对恋人,享受着性爱的欢愉。然而阿杰克斯是一个酷爱自由、向往飞行的人。他之所以被秀拉吸引,正是因为她与众不同,没有以爱的名义对他加以任何要求和限制。随着一步步被他吸引,秀拉变得也爱起了打扮,爱起了家居生活,渴望独占他的爱,享受甜蜜的二人世界。这种对爱情的依赖性使得阿杰克斯预感到秀拉很快就要变得和其他女性没什么区别,"他的目光随着一瞬间的温和和遗憾而黯淡了"(229)。随着戴敦航空表演的到来,他终于弃她而去。

秀拉再度陷入了孤独。她生了重病,只有奈尔前来探望。但两人言语间还是发生了冲突。秀拉指责奈尔已完全被周遭的环境所同化,奈尔则忍不住质问秀拉为什么明明不爱裘德,却还要诱惑她的丈夫,导致她的家庭破裂。秀拉却认为既然她们是好朋友,奈尔完全没有必要为此耿耿于怀。两人不欢而散。

秀拉孤独死去,黑人们满心舒了一口气。大家都感到随着秀拉的离去,一个更加明朗的日子即将来临。1941年的"全国自杀节",人们跟随着摇铃呼唤人们离开这个世界的夏德拉克展开了一场游行,并来到了尚未完工的河底隧道挖掘工程的开口处,在异常狂热的激动和喜悦心情中破坏了铁门钻了进去。由于工程不肯雇佣黑人劳动力,人们在非理性的情绪中破坏隧道内的设施,造成了塌方事件,多人被淹死或窒息而死。

到了1965年,情况发生了很大变化。20世纪60年代,美国黑人民权运动如火如荼,梅德林山谷里的白人聚居区和山上黑人聚居区之间的森严壁垒被打破了,"底层"瓦解了,种族压迫有所缓解,黑人的生活方式也发生了很大的变化。奈尔前往新的养老院去探视了夏娃,随后又去了黑人公墓区看望了秀拉。她回想起秀拉的尸体被发现和安葬的过程,在恍惚中,仿佛从路旁的树梢间看到了秀拉苗条的身影。她意识到,在如此漫长的岁月中,原以为自己一直在想念裘德,其实想念的都是秀拉。奈尔放声大哭,痛悼她们之间的情谊。小说到此为止。

二

《秀拉》从20世纪20年代初一直写到60年代中期,笔墨集中于美国中西部俄亥俄州小镇梅德林位于"底层"的黑人聚居区中黑人命运的描写,堪称一部20世纪上半叶黑人生活的编年史。在这部编年史中,托妮·莫里森不仅涉及了她的小说一以贯之的主题,即书写黑人的苦难与不幸,同时也探索了生活中的神秘、人性的复杂与幽暗,还继承了艾丽丝·沃克的文学传统,拓展了黑人女性书写的一个新的内容,即女性姐妹情谊。

作为20世纪下半叶黑人作家中最杰出的代表,莫里森创作的首要特色是集中书写黑人的生活与命运,《秀拉》当然也是如此。1981年,美国黑人批评家豪斯顿·贝克(Houston Baker)发表了一篇有影响的论文《美国黑人文学的年代变迁与近来的批评》("Generational Shifts and the Recent Criticism of Afro-American Literature"),指出从20世纪50年代到80年代早期,美国的黑人写作与批评经过了三个阶段:50年代和60年代早期堪称是一个融合的时期。此时的黑人作家相信，进入美国主流文化不仅是必要的，而且是可能的。第二代作家在60年代中期之后黑人民权运动蓬勃开展、黑人种族自豪感日渐增强、黑人要求从政治上肯定种族身份与文化的背景下，提倡"黑人美学"(Black Aesthetic)。在根据"黑人美学"原则建立起来的黑人艺术中，黑人身份和文化与美国白人种族主义者对黑人充满鄙视的类型化描述存在着极大的差别，尤其是那些与非洲文化存在着千丝万缕联系的艺术形式，代表了黑人审美活动的真实性。1968年，美国高校正式开设了黑人研究课程，黑人作家文集、黑人文化百科全书性质的著作也纷纷出版。莫里森就是在"黑人美学"总结黑人文化传统、探索"黑人美学"独特秉性、高扬黑人自豪感的文化氛围中成长起来，并写下了《最蓝的眼睛》《秀拉》等早期名作的。

梅德林的黑人，住在北风呼啸、无遮无挡、土地贫瘠、水土流失严重的山顶上，可是这块土地却被白人统治者美其名曰"底层"。"底层"得名于当年的白人奴隶主"拿黑鬼开心的玩笑"(138)：

> 一位挺不错的白人农场主对他的黑奴说，要是黑奴能够干好一件难办的活计，就许给他人身自由和一块低地。后来黑奴把活计干完了，就要求白人履行主人一方的诺言。自由嘛，容易得很——农场主没有反对的意思。可是他不肯放弃任何土地。于是他对黑奴讲，他要把山谷里的一块土地给黑奴，心里实在不痛快。他原来是想给对方一块"底层"的土地。黑奴大睁着眼睛不解地说，他认为山谷的土地就是低地。主人说："噢，错啦！看见那一带山了吗？那才是低地，富饶肥沃。"(138)

高高的山顶上虽然"水土流失严重，连种子都会给冲掉，而冬天寒风又呼

啸不已",但主人却愚弄黑人说,那是天堂的底层,"当上帝往下看的时候,就是低地啦"。(138)

小说中,除了物质上的无耻盘剥与欺骗,白人统治者对黑人在精神上也实行高压政策,动用法律等一切国家机器的权力压迫黑人。住在夏娃大宅中的"柏油孩子"喝醉了酒,误闯了汽车道。市长的侄女开车急转弯,撞上了另一辆车。警察们赶来,不由分说地逮捕了"柏油孩子"。黑人们在监狱外足足站了一个半小时,才获准探监。而"他们终于被获准进去之后,来到审讯室,却看到'柏油孩子'在角落里蜷曲着身子,遍体鳞伤,浑身上下剥得一丝不挂,躺在屎尿上"(228)。除了酷刑毒打,还有人身侮辱。而当黑人们对此表达了抗议之后,"整个事情以传讯这三名黑人而告终"(228—229)。强权即真理,白人对黑人的无礼蛮横可见一斑。

白人对黑人的奴役还悲剧性地表现在黑人精神上的卑微与奴性意识上,因为种族不平等的观念已经内化并深入他们的骨髓。《最蓝的眼睛》中的黑人小姑娘佩科拉为了获得父母的爱,渴望拥有一双如白人小女孩秀兰·邓波儿一般湛蓝、美丽的大眼睛,以为这样就不会遭人嫌弃,最终精神失常。在《秀拉》中,黑人的这一自卑的奴性意识典型地体现在海伦娜·赖特的身上。她本是一位端庄高雅、容貌秀丽、生活优裕的女性,在梅德林深受黑人的敬重。她身穿新裁制的天鹅绒连衣裙,带着小女儿奈尔乘火车前往南方探亲。在忙乱中,她们没有找到指定给黑人乘坐的车厢,只好穿过一节坐了二十几个白人的车厢到黑人车厢去,路上却遭到了一个粗野无礼的白人列车员的刁难。在他蛮横的态度面前,海伦娜"所有旧时的致命弱点以及由此而形成的所有旧时的恐惧一下子都郁结在胸膛,双手也随之颤抖起来了"(149)。

海伦娜以急于讨好和乞求活命的谦卑态度赶紧掏出了火车票,认错道歉。

　　他站在那里两眼死盯着她。片刻,她才意识到他要她往边上靠靠,让出路来。她一手拉起奈尔,母女俩使劲往前挤,才找到一个木制座椅跟前的一个立足点。接着,起码是谁都莫名其妙地,当然奈尔无论是当时还是事后都弄不明白,海伦娜脸上毫无道理地堆满了笑容。就像在肉铺门口刚刚被一脚踢出来的街上的小狗摇着尾巴一样,海伦娜脸上堆满了笑容。她冲着那橙红色面孔的列车员露出了挑逗的微笑。(150)

这件事给女儿奈尔留下了羞耻的痛苦印象。而在她们南归的漫长旅途中,黑人女性没有专用厕所,只能到铁轨边的草丛中解决大小便问题。正是南方之行,使得奈尔的自我意识开始萌生。她照着镜子,下决心地说:"我就是我。我不是他们的女儿。我不是奈尔。我就是我。"(155)"这次旅行,抑或是她所发现的那个'我',给了她力量,她要独立地而不是靠母亲去交一个朋友。"(156)小说也由此通过旅行,书写了女性的精神成长,加入了女性旅行文学书写的悠长传统。

三

　　小说既表现了黑人群体所承受的苦难,以及人们的坚韧乐观和对生活的热爱,同样也并不讳言人性的幽暗,因而在表现黑人尤其是黑人妇女的复杂人性方面,达到了相当的深度。作品亦以呈现生活之神秘的文本空白,引发读者的进一步探究和思考。较之处女作《最蓝的眼睛》中对黑人善恶相对单一的描写,作品在挖掘生活的广度与深度方面都推进了一大步。

这一特点，在匹斯家族的三代女性身上均有体现。夏娃深爱着她的三个孩子。在丈夫波依波依弃家出走，将生活所有的重负和艰辛全甩给了夏娃之后，她并没有怨天尤人，而是从只有一块六毛五分钱、五只鸡蛋和三棵甜菜的绝境中挺了过来，将三个孩子养大成人。她在邻居的帮助下先是熬到了"李子"断奶的年纪，随即毅然离家远行，牺牲了自己的一条腿，骗取了铁路公司的保险金，回来买了一栋大宅子，为孩子们和自己提供了稳定的生活。她骗保的行为自然是不对的，但其作为一个无依无靠的黑人母亲的无奈却让人唏嘘。然而正是这同一位母亲，在心爱的小儿子"李子"从一战战场回来，浑浑噩噩、染上了毒瘾之后，她却在他身上浇上了煤油，亲手残忍地将他烧死在了床上。这一事件又深深影响了女儿汉娜。她从母亲的眼神中看出了事实真相，对母亲是否真正爱过他们产生了幻灭之感，终于在院子里自焚而死。而夏娃在二楼的窗户中恰好见到了这一场面，她撞破了窗户，不顾身体残疾，硬是从二楼跳了下来，想扑灭女儿身上的大火，结果并没有成功。汉娜痛苦死去，夏娃也鲜血淋漓地被送到了医院，差点因失血过多而死去。从这里可以看出，她对女儿的爱又是炽烈的、真挚的、忘我的。

如前所述，汉娜在丈夫早逝后很快对镇上的黑人男子投怀送抱，来者不拒，满足着几乎所有人对她的欲望，以及自己的欲望。她毫无贞操观念，却又和气大方，待人和善。当地的黑人男子们从汉娜那里常常能获得久违的优越感与满足感，因而会奋不顾身地保护她。然而，她对独生女秀拉，却又说出了"我爱她"，"但又根本不喜欢她"之类令人费解的话，更不幸的是她与邻居的这段对话偏偏被少女时代敏感的秀拉偷听到了。这对她将来的成长和人生态度也产生了一定的负面影响。

人性中的矛盾与幽暗，在秀拉的身上体现得尤为复杂。她从母亲和她没完没了的情人那里懂得了性爱的愉悦，也从母亲背后对她的评价中形成了与母亲格格不入的感情。在汉娜自焚当天,从二楼窗户中轰然落地的夏娃注意到旁观中的秀拉那张满不在乎的脸和袖手旁观的神情,十分痛心。秀拉在重病弥留期间,脑海中浮现出一幕幕往事。关于母亲自焚时自己的心情,她是这样回忆的:"我站在那儿看着她烧,感到浑身战栗,我愿意她就那样一个劲地痉挛,一个劲地舞蹈下去。"(239)这种母女情感,实在是令人匪夷所思的。

秀拉少女时代也曾犯下大错。一次和奈尔在河边玩耍时,她碰到了黑人小男孩"小鸡"。她逗小男孩玩,先是帮他爬上树,后又抓着他的小手转圈圈,逗得小男孩大笑不止。结果一不小心,由于惯性的力量,她和小男孩的手松开了,"小鸡"被甩到河里淹死了。"'小鸡'落水的地方水色变暗,跟着便恢复了。秀拉眼望着淹没小孩的水面,手掌心还保留着刚才他小小的手指使劲攥着她的感觉。两个女孩子盼着他再咯咯笑着漂上来。她们紧盯着水面。"(178)尽管伤心内疚,但秀拉一直和奈尔保守着这个天大的秘密。而在成年之后,秀拉干下的另一桩蠢事,是勾引了奈尔的丈夫裘德,造成了夫妇不和与裘德的离家出走。这是另一件令人深感蹊跷之事。奈尔关心秀拉的婚事,为好友的归来而满心欢喜。然而秀拉却满不在乎地诱惑了裘德,虽然她并不爱他,事后又抛弃了他,给奈尔造成了致命的伤害和打击。"奈尔弓着身子趴在小而明亮的房间里等待着。她等待着那最古老的哭喊。这种尖号不是为了别人,不是出于同情一个烧死的孩子或者一个死去的父亲,而是为了一个人自身痛楚而从内心深处发出的个人的哭喊。"(211)

秀拉成了"底层"最受唾弃的人。她对母亲的死无动于衷、将夏娃送进养老院的行为均被人们议论纷纷。我行我素的秀拉在镇上的妇女们心中激起的愤怒简直令人难以想象:"因为她只和她们的男人睡上一次就再也不理睬了。汉娜原来也是个害人精,可是她在讨好这些女人,她的方式就是需要她们的丈夫。而秀拉只是试上一次就把他们一脚踢开,连一句使他们能够忍气吞声的借口都没有。"(216)具有讽刺意味的是,秀拉的邪恶竟然改变了当地的风气:"妻子开始疼爱丈夫,丈夫开始眷恋妻子,父母开始保护他们的子女,大家动手修理住宅。还有最主要的,他们还抱起团儿来反对他们中间的那个害群之马。"(218)

如果说之前莫里森塑造的黑人女性或善良淳朴或虚荣势利,形象相对单薄,到了《秀拉》中,终于出现了矛盾、复杂、丰满甚至神秘的黑人女性形象。秀拉一生都在无悔地寻找自我,发掘自我,在一定程度上代表着复杂矛盾、难以捕捉、独立不羁、变动不居的现代性,可谓20世纪美国黑人文学中第一个蔑视传统幸福的黑人女性。

四

小说还有一个重要的主题,即黑人女性的姐妹情谊,她们的自我发现与精神成长。

奈尔和秀拉作为两个家庭的独生女,都在孤寂中长大,所以她们彼此亲近,成了最好的朋友。

> 当她俩相遇时,先是在栗色大厅中,后来隔着跳绳相望,马上就感到了旧友重逢时那种惬意和舒畅。因为她俩多年以来就已发现,她们既不是白人又不是男人,一切自由和成功都没有她们的份,她们便着手把自己创造成另一种新东西。她们的相遇是十分幸运的,因为她俩彼此对对方成长有利。她们都和母亲相去甚远,于父亲又都毫不了解(对秀拉来说是因为她父亲已不在人世,对奈尔来说则是因为她父亲还活在人世),于是就在彼此的眼睛中发现了她们正在追求的亲密感情。(172)

第二十一章 托妮·莫里森的《秀拉》

这种深厚的姐妹情感既体现在面对爱尔兰移民家的男孩子们的欺负时，秀拉会毫不胆怯地用刀子割破自己的手指，鲜血淋漓地吓退他们，体现在她们共同保守着失手淹死"小鸡"的秘密、忧伤与悔恨，更体现在她们的秘密仪式上。莫里森浓墨重彩地描绘了两个12岁的姑娘所玩的游戏，及其蕴含着的神秘而庄重的仪式感。她们认真地挖了两个杯子大小、一模一样的洞，随后把周围能找到的废物与碎片一股脑地都扔进了洞里。"然后，她们便仔仔细细地培上挖出来的土，还用拔出来的草盖满这小小的坟头。"（177）而在干这一切的时候，"两人谁也没吭一声"，"心头涌起了一股难言的激动不安"。（177）两人成了彼此的安全港，沉浸在自己的小小世界里，有了共同面对周围苦难而沉重的外部世界的勇气。在循规蹈矩的父母的管教下，奈尔的个性被磨灭了大半，是秀拉使她恢复了真实的内在自我。

但奈尔还是选择了和秀拉不同的人生。她进入了婚姻，向世俗的世界低头、妥协，成为和世世代代的女性一样艰辛劳碌的黑人母亲，而秀拉却离开了梅德林，出去闯了世界，见了世面，上了大学。对于秀拉来说，她和奈尔之间的感情是最为深厚的，即便男人也无法拆开，所以她不管不顾地和裘德上了床，并没有感觉到这会对奈尔产生多大的伤害。所以，"当奈尔的表现与其他女人一模一样时，秀拉感到震惊，更感到伤心"（220）。在十年的外部生活中，秀拉"一直在寻找一个朋友，经过一段时间，她发现：一个情人并不是一个同志而且永远也不可能是——起码对一个女人来说是如此"（220）。她和异性的交往，只不过是她借以自我发现、自我探索的一种方式，她是绝不愿为世俗观念和婚姻家庭所羁绊的，所以她在去世前坦白地道出了自己和奈尔的不同。而在多年之后，奈尔终于意识到，自己一直思念着秀拉。

由于对两位黑人女性超越时光与生死的深挚友情的表现，《秀拉》也得到了黑人女同性爱文学批评学者的青睐。1977年，美国学者芭芭拉·史密斯（Barbara Smith）发表了论文《走向黑人女性主义批评》（"Toward a Black Feminist Criticism"），将女同性爱因素融入黑人女性主义文学批评之中，将黑人女同性爱现象作为认识当代黑人妇女写作的重要切入点，明确地将《秀拉》作为黑人女同性爱的经典作品进行了解读，将作品中描写的黑人女性之间的深厚友情和精神支撑理解为父权制统治之下妇女的一种反抗形式。在芭芭拉·史密斯看来，尽管小说中的女性角色有明显的异性爱，如夏娃、汉娜和奈尔都有过自己的婚姻，但小说的中心内容却是秀拉和奈尔之间的交往、她们共享的秘密与互补的性格，以及她们之间强有力的情感维系。

少女时代的秀拉与奈尔之间存在着内在的精神契合。当她们初次相遇在"醇香馆"，继而又相逢在隔空摇着的跳绳前的时候，她们感到像老朋友那样自然和惬意。共同的种族身份、精神孤独和确认自我的需要，使得她们结成了深厚的姐妹情。然而，父权社会规定的婚姻关系强行拆散了她们。虽然秀拉成功逃避了婚姻，但奈尔还是在父母的压力下回归了传统的生活轨道。奈尔与裘德的婚事使她们的关系暂时疏远了。秀拉在卖力地操持完奈尔的婚礼后，开始了长达十年的漂泊、求学之旅。婚礼上，即将陷入祖祖辈辈重复不断的女性命运的奈尔，伤感地凝视着秀拉远去的蓝色背影。

十年后，秀拉重返家园，孑然一身但风采依旧。夏娃质问她多久才结婚，但秀拉表示并不愿意变成另外一个人。正如秀拉将奈尔视为回到家乡的理由之一，也只有奈尔为秀拉的回归感到欢欣。与几乎沦为旧生活附庸的奈尔不同，秀拉从来不把男人置于至高无上、缺之不可的地位。十年的游历使她接触了各色各样的异性，却从未使她与别人产生过志同道合的精神默契。不幸的是,她的这一生活态度与现在的奈尔之间产生了太大的差异,以至于在秀拉和裘德上床之后,两人痛苦地断绝了关系。

绝交三年之后,奈尔前来探望奄奄一息的秀拉,秀拉依然对奈尔对传统生活的依附进行了批评,两人之间有过一段意味深长的交锋。托妮·莫里森在接受采访时说的一段话,可以说是启发读者理解这段对话的一个有力的注解:"奈尔没有能够'飞跃'……她不了解她自己。即使到最后,她也不了解。她只是刚刚开始……另一方面,秀拉知道怎样去了解自己,因为她反省自己,对自己进行实验。"①

直到秀拉去世二十四年后,奈尔在秀拉的墓前方才意识到自从丈夫出走之后自己痛苦的根源,意识到自己对秀拉的思念。正是如此,芭芭拉·史密斯认为:无论在对感情的表达、对女性人物的塑造,还是在对两性爱的描绘方面,《秀拉》都是一部"十足的"女同性爱小说,认为只有从女同性爱的角度分析文本,才有可能充分阐释秀拉那令人费解的"邪恶",以及两位女性主人公之间的深厚感情对抗拒男性文化霸权和传统生活价值的意义。虽然史密斯的阐释未必得到作家莫里森本人以及部分读者的认同,但她起码提供了分析作品和人物的一个独到的角度。

除了丰富的思想内涵,莫里森小说在形式方面也别出蹊径,如碎片化的叙事风格,人物多视角叙事和意识流的插入,等等。作家精心组织叙事进程,激发读者主动参与、拼接故事,填补文本空白,寻找谜底与答案,因而常常使得作品的艺术形式精巧繁复而富有趣味性。《秀拉》正是这样一部精致含蓄且耐人寻味的优秀作品。

---

① 转引自王守仁、吴新云:《性别·种族·文化——托妮·莫里森与二十世纪美国黑人文学》,北京大学出版社,1999年,第71—72页。

第二十二章
艾丽丝·默多克的《黑王子》
(《黑王子》,萧安溥、李郊译,译林出版社,2008年)

《黑王子》是艾丽丝·默多克的第 15 部长篇小说,也是她最受好评的作品之一。

一

小说由"本书编辑前言"、"布拉德利·皮尔逊前言"、正文、"布拉德利·皮尔逊所作后记"、"书中人物所作后记四篇"和"本书编辑后记"六大部分构成,其中"书中人物所作后记四篇"又包含克丽斯蒂安、弗朗西斯、蕾切尔和朱莉安所作的四篇后记。"本书编辑前言"是以第一人称"我"的口吻所展开的本书编辑 P. 罗克西尔斯的一段交代成书背景及他与作者关系的文字,同时也点出了小说的主旨:"不管从其深层含义还是从其表面形式来看,它写的都是关于爱的故事。人类进行创造性的奋斗、他们对智慧和真理的追求,就是一个爱的故事。"(1)"布拉德利·皮尔逊前言"则不仅交代了小说正文所运用的时间处理方式,更简略说明了这部具有自传性质的作品的主人公的家世背景、职业身份、个性爱好,以及他的艺术观念。

布拉德利原是税务部门的一个小官员,因为酷爱写作而辞了职,打算

第二十二章　艾丽丝·默多克的《黑王子》

隐居海边专事创作。虽然已 58 岁了,但他在创作上始终未获得公认的成功,只有为数不多且不为公众所知的少量作品,同时抱有对艺术的理想主义信念。小说主体分为三部分,以布拉德利临死前在监狱中留下的手稿的形式,讲述了他的人生经历。

二

故事伊始,"我"收拾好行装,正打算离开伦敦,前往海滨一个偏僻的村子隐居,不想被一个不速之客——他痛恨的前妻克丽斯蒂安的弟弟弗朗西斯打乱了计划。就在弗朗西斯无耻地纠缠他、告知姐姐已成为一个有钱的寡妇并准备与他鸳梦重温的消息时,布拉德利接到了来自他的同行兼朋友阿诺尔德·巴芬的电话。阿诺尔德是一位写作速度极快并酷爱挖人隐私的畅销书作家,布拉德利是他的伯乐兼保护人,两人长期以来保持着精神上亦父亦友的关系。阿诺尔德惊慌失措地告知妻子蕾切尔可能被自己失手打死的电话彻底改变了布拉德利的生活。他匆匆赶去,由此卷入了巴芬家庭的矛盾纷争,并最终因此丧命。小说打一开局,默多克即暗示了命运的神秘性和人生的偶然性。

在夫妇争吵中,蕾切尔其实并未如阿诺尔德以为的那样死去,相反,复仇的种子已在她心中种下。为了报复丈夫以及摆脱空虚压抑的郊区中产阶级主妇生活,她多次向布拉德利示爱。此时,布拉德利的妹妹普丽西娜也因和丈夫的冲突而离家出走,前来投奔哥哥,并意图自杀。前妻克丽斯蒂安又不断骚扰、纠缠。意志薄弱的布拉德利疲于应付诸多变故,离开的计划也因一次次意外和自己的懒散而拖延。巴芬夫妇 20 岁的独女朱莉安向布拉德利请教写作,两人因志同道合而彼此相爱。由于年龄的悬殊,他们的爱情遭到了巴芬夫妇的竭力阻挠和侮辱。朱莉安逃离家庭,和布拉德利驱车来到海边。布拉德利做爱失败,此时又接到弗朗西斯关于普丽西娜服药身亡的噩耗。为了满足情欲并永远占有朱莉安，布拉德利隐瞒了消息，并未应弗朗西斯的请求而及时赶回。朱莉安扮演莎士比亚的黑王子哈姆莱特的形象激发了布拉德利的欲望，他终于成功地占有了朱莉安。然而半夜时分赶来的阿诺尔德无情地道出了真相，并揭发了布拉德利向朱莉安隐瞒真实年龄的事实。朱莉安在痛心、幻灭之下于当夜不辞而别。布拉德利赶回伦敦寻找朱莉安，在从朱莉安的来信中猜到她的去向并再次打算离开伦敦时，来自巴芬家的电话又一次响起。这次是蕾切尔向布拉德利求助，小说开头时的暴力事件再度出现，只不过这一次是蕾切尔用同一把火钳将阿诺尔德打倒在地，并真的置其于死地。布拉德利安抚蕾切尔并竭力帮她制造无罪的假象，却因这一次没有弗朗西斯在场，以及自己留在暴力现场的指纹而被警方指控为杀人凶手。

三

因此，这个第一人称讲述的故事主要由三条线索交织而成。第一条线索即主线为布拉德利与朱莉安的爱情；第二条线索为布拉德利与巴芬夫妇的纠葛；第三条线索为布拉德利与妹妹普丽西娜的关系。其中还交织着布拉德利与前妻克丽斯蒂安、妻弟弗朗西斯以及妹夫罗杰等的矛盾。他的后记则记载了自己在蒙冤入狱后各色人等的反应，以及在患癌症临死前对自身命运的反思，包括对终于可能留下一部传世之作的庆幸之情。四篇后记则基本上否认了布拉德利陈述的故事，而且几乎都在赤裸裸地进行自我辩白、自我宣传，用编辑后记中的话来表述，即：

不论布拉德利本人会怎么想或怎么做，当他看到这些作者各自心中的小算盘时难保不惊叫起来。每一篇后记都在为自己做广告，其中不乏粗劣之作和雕琢精品。哈特伯恩夫人宣传她的高级女子时装店,马娄"医生"鼓吹他的伪科学、他的"咨询室"和他的著作。巴芬夫人则为她那已广为人知的公众形象——受苦的寡妇脸上贴金。这位夫人说布拉德利入狱之后,她就把他彻底遗忘了,至少这倒是肺腑之言。贝利夫人则宣称她是位作家,稍后我会涉及她那篇精心撰写的短文。(454)

在此,默多克让人们的自我中心主义都现出了原形。

如前所析,默多克早年受到萨特存在主义哲学中自由选择思想的濡染。但作家又在以柏拉图为代表的希腊古典哲学注重"善"的伦理意识的影响下,强调自由与道德之间的联系。她反对以自我为中心、缺乏约束的所谓自由,相反认为人需要从自我的小天地中走出,克制自私的天性,努力认清现实,关爱他人和世界,以突破自身的局限。如切丽尔·K.博夫(Cheryl K. Bove)所言:"对默多克而言,艺术家肩负着正确反映现实——包括自由及其他各种特征——的道德任务。她也对读者寄予很大的信任,鼓励他们在理解艺术和人生的真相时,与利己主义作斗争。"[1]亦有学者认为:"默多克的哲学研究和小说创作所探讨的问题,用一句话来概括就是:生而自由的人在偶然性的世界中如何现实地存在。她本人所倾向的答案是:道德地。"[2]所以,道德主题在《黑王子》中表现得十分明显。小说开始时,布拉德利是个孤独、封闭、全然以自我为中心的人物。他对阿诺尔德的世俗成功是有所不满与嫉恨的,他痛恨前妻,对妻弟粗暴而冷漠,对因婚姻失败前来寻求庇护与帮助的妹妹也十分不耐烦,认为她影响

---

[1] Cheryl K. Bove. *Understanding Iris Murdoch*. Carolina: University of South Carolina Press, 1993, p.17.
[2] 许健:《存在·自由·道德——英国当代小说家艾丽斯·默多克思想主脉研究》,《中山大学学报》(社会科学版)2011年第3期。

了自己自由的生活,竭力要把她推回丈夫的怀抱。在默多克的小说中,爱往往具有举足轻重的地位,并在拯救人物的自闭与孤独,使人物认识世界与他人的过程中起到关键的作用。如默多克所言:"在某些附带条件下,艺术和道德是同一的。它们两者的本质都是爱。爱是对个体的感知,爱是极其艰难地认识到自我以外的东西的存在……爱是对真实的发现,艺术和道德也是这样。"①对于身为作家的布拉德利而言,爱还能使其脱胎换骨,消除因不能真正尊重他人、理解世界而遭遇的创作瓶颈,达到真理和善,实现创作出优秀作品的可能。所以他在手稿的后记中写道:"柏拉图认为,人类的爱是通向知识宝库的大门。通过朱莉安开启的这扇门,我进入了另一个世界。"(427)他意识道:"早些时候,我认为我有能力去爱朱莉安,就有能力写作,有能力作为我毕生追求的那种艺术家而生存。"(427)由于对朱莉安深挚的爱,布拉德利走出了孤独的个人天地,理解并宽恕了蕾切尔杀夫并嫁祸于自己的行为,忏悔了自己对妹妹的冷酷无情,与前妻取得了和解,意识到自己对所发生的可怕事件负有部分责任,并在新的精神境界下写出了"一个纯粹的爱的故事"(429),由此,自由、道德、真理、善与爱融为了一体。

---

① Iris Murdoch. "The Sublime and the Good." *Chicago Review* 13, Autumn 1959, p.51.

第二十三章
安吉拉·卡特的《染血之室》

(《染血之室与其他故事》,严韵译,南京大学出版社,2015年)

《染血之室与其他故事》含10篇童话与传说故事,为安吉拉·卡特于1979年推出的第二部短篇故事集。作为对经典童话与传说故事的当代重构,卡特表示:"要把这些传统故事中蕴藏的现代内容提炼出来,用作新故事的开端。"(《导读》,Ⅱ)她将虚幻作品"作为现实之外的另一种人类经验形式",通过探索事件发展的多种可能性,以期"有助于改变现实本身"。(《导读》,Ⅳ)因此,她运用出色的视觉想象力,创造出一个个令人惊诧而又栩栩如生的人兽混杂的世界,充满着邪恶、致命而又诱人的哥特风味。作为对童话与民间故事情有独钟的作家,《染血之室与其他故事》深受17世纪法国作家夏尔·佩罗编著的《往日的故事或传奇》的影响。卡特不仅于1977年将此著译成英文出版,还在序言中称赞了佩罗"完美的技巧和他善意的嘲讽"。而对虐恋与暴力题材的偏好,则直接来自另一位法国作家马奎斯·德·萨德(Marquis de Sade)。但作为一位深具女权主义意识的当代作家,卡特又通过重构,改写了佩罗的道德箴言,并颠覆了萨德笔下逆来顺受的女性形象。如故事《穿靴猫》是对民间故事《高塔里的公主》或格林童话《莴苣姑娘》的重写,模仿薄伽丘《十日谈》与意大利即兴喜剧的诙谐有趣而又带有玩世不恭的油滑风味,以穿靴猫费加洛的自述,写他通过拉皮条,成就了一位年轻的军官和受到无能善妒的粗蠢老丈夫幽闭的美貌少妻的好事的滑稽故事,赞美了生命的激情与爱情的魔力。《狼人》与《与狼为伴》是格林童话《小红帽》故事的当代版本。后者中的"女孩"一改源故事中小红帽单纯、无知、受骗、被害的模式,而是由被动变为主动,由弱者变为强者,由无知到充满欲望,她勇敢、智慧、沉着,不仅勇于满足自己的欲望——"女孩大笑起来,她知道自己不是任何人的俎上肉。她当着他的面笑他,扯下他的衬衫丢进火里,就像先前烧光自己的衣服"(192),还以征服者的形象占有了英俊的狼人。最后,"她在外婆的床上睡得多香多甜,睡在温柔的狼爪间"(193)。从艺术上说,该故事集的各则故事风格多变:既有《老虎新娘》中的温暖诗意,《穿靴猫》的灵动甚至油滑,又有《爱之宅的女主人》中诡谲怪诞的哥特风味;既有细腻逼真的细节呈现,又有华丽的浪漫抒情。"单单是色彩纷呈、生动鲜活、感性艳丽的语言,加之引经据典、俏皮的笑话、跨文化的指涉、时髦的警语,仍可以让人不忍掩卷。"(《导读》,Ⅹ)

《染血之室》是其中最长、最具特色的一篇故事,风格华丽而又诡异,具有浓郁的传奇色彩与哥特风味,体现出卡特早期创作的典型特征。

一

故事以第一人称"我"的回忆与叙述展开。"我"是一个家境贫寒的音乐学院女学生,身为军官的父亲早亡,17岁的她与母亲相依为命。一次在为上流社会的宴会演奏钢琴助兴时,她被一位身份显赫、富可敌国的侯爵看中,成了他的新娘。小说正是从"我"接受侯爵的求婚,告别了母亲,在夜行火车上驶向她即将开启新生活的神秘城堡和未知命运时忐忑不安的紧张心情开篇的。

火车将"我"和侯爵留在一个荒僻黑暗的所在,继续前行。两人被等候的司机接回了位于布列塔尼海边的一座古堡之中。侯爵一件件褪下小

第二十三章　安吉拉·卡特的《染血之室》

新娘的衣衫,细细观赏着她的身体,随即却又神秘地消失了。第二天白天,在粗暴地占有了"我"的童贞后,侯爵宣布将马上动身前往纽约,处理一桩紧急公务,行前将古堡的钥匙交给了"我",但特别交代其中最小的那把钥匙开启的房间是整座城堡中唯一不得进入的"禁区"。但侯爵的禁令无疑更像一种诱惑。"我"在意外、孤独、无聊而又好奇的心情的支配下,当晚即身不由己地找到了侯爵明令禁止入内的房间,鬼使神差般地打开了房门,却逐一发现了丈夫三位前任妻子惨不忍睹的尸体。在震惊与恐惧中,"我"手中的钥匙掉落在地,粘上了再也无法洗去的血迹,而恰在此时,按原计划已在前往纽约的船上的侯爵却突然出现在了"我"的面前。

侯爵宣布"我"因不恰当的好奇心要遭受斩首殉教的惩罚。就在侯爵磨刀霍霍,高高举起祖传的礼剑即将砍下时,急促的马蹄声响起。原来"我"的母亲从新婚女儿打来的唯一一次电话中觉出了异样,当即果断地赶到了城堡。就在侯爵向母女二人再次举起屠刀时,母亲举起父亲留下的古董手枪,一枪射死了侯爵。"我"捐出了侯爵的遗产,嫁给了危难中陪伴在侧的盲人调音师,和母亲一起过上了宁静快乐的生活。

二

这个横空出世、仿若出现在卡夫卡笔下的故事,自平衡被打破开始,又以平衡的恢复告终,体现出鲜明的寓言与传奇色彩。故事中残酷杀害历任妻子的冷血侯爵,令读者想起民间传说中的蓝胡子,仿佛该故事的一个当代版本。小说还体现出卡特作品标志性的哥特印记,融性爱、欲望、暴力、死亡于一体,色彩浓丽炫目,给读者带来强烈的情感与视觉冲击。总体看来,小说体现出如下几个方面的鲜明特色。

首先,通过一系列悬疑暗示、空间书写和探秘经历展示浓烈的哥特小说风味。

在作品中，卡特精心设置了一系列悬疑性的细节，以暗示人物行为的怪异与命运的恐怖。如戴在"我"手上的火蛋白石婚戒曾经属于历任妻子。那么，这枚戒指是如何一次次从她们的手上被取下的？侯爵第三任妻子据说刚死三个月。也就是说，他是在服丧期内再次娶妻的；侯爵送给"我"的结婚礼物，那根红如鲜血、紧紧扼住脖颈的红宝石项链，不像是装饰美人玉颈的珠宝，似乎更像刀斧下血淋淋的伤口，预示着侯爵之后对"我"的斩首判决。

传统的哥特文学中，阴沉神秘、危机四伏的地理空间，如古堡、修道院、暗道和废弃的地下室等常常成为主人公探险或罹难的重要背景，《染血之室》同样如此。作为侯爵杀妻魔窟的那座海边古堡，卡特是这样写的：

> 童话故事般的孤寂场景，雾蓝色的塔楼，庭园，尖栅大门，那座城堡兀立在大海怀抱中，哀啼的海鸟绕着阁楼飞，窗户开向逐渐退去的紫绿色海洋，通往陆地的路径一天中有半天被潮水淹没阻绝……那座城堡不属于陆地也不属于海水，是两栖的神秘之地，违反了土地与浪潮的物质性，像忧愁的人鱼停栖在岩石上等待，无尽等待，多年前溺毙于远方的情人。(13)

而"我"是这样经过了长长的、不断下沉的回廊，开始了对染血之室的探访的："我用火柴点燃寥寥一根蜡烛，拿在手里往前走，仿佛悔罪之人。长廊两旁挂着沉重的织锦，我想是来自威尼斯，烛火不时照出这里一个男人的头，那里一双丰满乳房露在衣服的裂缝外……走廊蜿蜒向下延伸，铺着厚地毯的地面有几乎察觉不出的轻微斜度。"(35)在这一哥特式的背景中，"我"仿佛正在走向地狱的中心："这条走廊漫长曲折，仿佛我走在城堡的肠道里。最后,这条走廊通往一扇遭虫蛀蚀的橡木门。"(35)读者会感到,随着作家的娓娓道来,作品的哥特风格正逐渐加强。就这样,通过精心设计,作家引领读者半推半就地进入了一个邪恶、诱人而致命的世界之中,一如小说集中文版前的《导读》的作者海伦·辛普森(Helen Simpson)所说的:"她的想象力中确有一种残忍肉欲的品质,浸淫了哥特的主题。"(《导读》,III)

除了悬疑暗示和空间设置,作品的哥特风格还体现在人物惊悚刺激的探秘行为本身,这也是读者往往对哥特文学欲罢不能的重要原因。在一个梦幻般的世界中,读者紧跟着"我"的视线与脚步,先是无意或有意地掉入了侯爵借钥匙设下的陷阱,随后发现了办公室中的秘密抽屉,由此得知侯爵变态的色欲,因为他的抽屉和书柜中满是表现折磨虐待女性的色情书籍与画作。其后则夜探禁地,揭示真相,发现这隐藏着巨大秘密的房间原来是侯爵的"私人屠宰场"(40),陈列着他杀人的各种刑具。这个屠宰场中的牺牲品,就是他的历任新婚妻子。第一位妻子,那位被勒死的歌剧女高音,尸身赤裸地横陈在放置灵柩的台架上,由一圈白色的蜡烛环绕:"在她喉头,我看见他勒毙她留下的青色指痕。清冷悲哀的摇曳烛火照在她紧闭的白色眼睑上。最可怕的是,死者的嘴唇露出微笑。"(37)第二位妻子,曾经风情万种的前咖啡厅女招待,身着婚纱的尸体悬吊在半空中,"骷髅头以一组看不见的线悬吊,看来仿佛兀自飘浮在沉重静止的空气中,戴着一圈白玫瑰,披着蕾丝薄纱,便是他新娘的最后形象"(37)。而第三位妻子,那位罗马尼亚女伯爵,尸身竟然被如直立的棺材般的"铁处女"包裹,"全身被百道尖钉穿透,这个吸血鬼国度的后裔看来仿佛刚死,如此充满鲜血……"(38)直面真相后的震惊与恐怖,使得"我"仓皇逃离这人间地狱,并最终在母亲和盲人调音师的帮助下摆脱了梦魇。由此,正义得到了伸张,读者的好奇心也获得了满足。

三

其次,小说的又一鲜明特色在于人物形象塑造得栩栩如生。

虽然只是短篇故事,人物关系并不复杂,但单纯稚嫩又勇敢机智的"我",俊美温柔、体贴细致的盲人调音师,尤其是不知名的变态丈夫,还有"我"那英姿飒爽、豪气冲天的母亲,均给读者留下了深刻的印象。通过"我"的观察,读者看到这位蓝胡子式的丈夫是这样首次出场的:"那头深色狮鬃掺杂了几绺银白,但人生经历却没有在他奇特、沉重,几乎如同蜡像的脸上留下皱纹,反而像是将那张脸洗刷得平坦光滑,犹如海滩上的石头被一波接一波浪潮冲去棱角。有时候,当他听我弹琴,厚重眼皮低垂遮住那双毫无光亮亮总令我不安的眼睛,那张静止的脸看起来就像面具。"(5—6)这张苍老而又年轻、高深莫测,鼻梁上架着一只单片眼镜,仿佛蜡像般惨白的脸,有着"死亡般镇定的面容"(20)。这位侯爵性格也十分怪异。在他高雅精致的服饰下是一颗冷漠残忍、深不可测的心。他可以无比温柔地甜言蜜语,带"我"去听歌剧,赠送昂贵的珠宝与服饰,也可以迅速变脸,粗暴咆哮,将"我"视为满足变态色欲的对象,待欲望满足便实施虐杀。他在实施虐杀前精心安排了仪式,美其名曰"殉教",仿佛是要进行庄严神圣的宗教祭献,迫使"我"在领受斩首之前要净身沐浴,盛装打扮,还要戴上紧紧卡住脖子的红宝石项链。然而,等到母亲骑马赶到,这位不可一世的侯爵竟然也成了一只纸老虎,被亲手射杀过一头真虎的母亲一枪毙命。

母亲是故事中笔墨不多却光彩照人的新女性形象。当年的她曾为追爱而放弃了富贵安定的庄园主小姐的生活,而当心爱的丈夫英年早逝后,她又坚强地独自抚养幼小的女儿,变卖首饰以支持女儿完成音乐学院的学业,让女儿在温暖与亲情中健康成长。在"我"的心目中,这位母亲"轮廊如鹰、桀骜不驯"(4),曾面不改色斥退一船海盗,在瘟疫期间照顾一整村人,还亲手射杀了一头吃人老虎。这位敏锐而勇敢的母亲,从女儿到达丈夫家中打给她的第一个也是唯一一个电话中,便从女儿的哭腔中嗅到了危险的来临,当即跳上火车从巴黎赶往城堡,借来当地农民的一匹马,不顾危险涉过海水,在千钧一发的时刻赶到,用丈夫留下的那把手枪射死了杀人魔,拯救了女儿和盲人调音师的性命。她策马疾行的场面,豪气冲天,富有传奇色彩:"我朝窗外瞥了走投无路的最后一眼,宛如奇迹般看见有人骑着马,以令人眩晕的高速沿堤道奔驰而来,尽管如今潮水已冲到马蹄上覆毛的高度。骑士的黑裙挽在腰间好让她尽全力极速冲刺,穿着寡妇丧服的、豪气干云的疯狂女骑士。"(51)母亲的从天而降,使得侯爵欲对"我"实施的斩首仪式瞬间转换为正义女神对邪恶的审判,给人以大快人心之感,而母亲的形象愈发威风凛凛:

你绝对没看过比我母亲当时模样更狂野的人,她的帽子已被风卷走吹进海里,她的发就像一头白色狮鬃,裙子挽在腰间,穿着黑色莱尔棉线袜的腿直露到大腿,一手抓着缰绳拉住那匹人立起来的马,另一手握着我父亲的左轮,身后是野蛮而冷漠的大海浪涛,就像愤怒的正义女神的目击证人。我丈夫呆立如石,仿佛她是蛇发女妖,他的剑还举在头上,就像游乐场那种机械装置的玻璃箱里静止不动的蓝胡子场景。(54)

等到侯爵终于反应过来,垂死挣扎之际,"她毫不迟疑,举起我父亲的手枪,瞄准,将一颗子弹不偏不倚射进我丈夫脑袋"(54—55)。母亲的行动干净利落,毫不拖泥带水,而卡特的叙述同样漂亮干脆,直击人心。

四

最后，小说还体现出传奇色彩与现代元素的奇妙结合。

从传奇色彩来看，故事明显化用了西方文化中臭名昭著的杀妻狂魔蓝胡子的传说。如前所述，1977年，卡特翻译了法国作家夏尔·佩罗的童话故事集。这本薄薄的童话集对卡特的小说产生了深刻的影响。《染血之室与其他故事》正是卡特在翻译了佩罗的童话后创作出来的短篇小说集，其中充满了对传统童话故事的改写。《蓝胡子》最早出现在佩罗的《往日的故事或传奇》里，也是其中血腥味最为浓重的一则故事。卡特对蓝胡子的故事情有独钟，《染血之室》正是得名于蓝胡子藏匿被其杀害的历任妻子尸体的房间。卡特本人在1983年的笔记里回忆道："我在1977年写了一部反神话的小说，《新夏娃的激情》……然后笔调逐渐舒缓，开始转向民间故事，以及一本童话故事《染血之室与其他故事》。"[①]与此同时，卡特对热衷于描写虐恋的法国作家马奎斯·德·萨德作品的阅读，以及对其长达十年的批判，也给她的早期思想与创作带来了巨大影响。"她热衷于将佩罗和萨德联系在一起，那时她正在同时研究萨德。她将《贾斯汀，或不幸的美德》描述为'一个黑色的，反向的童话'。"[②]当代加拿大文学女王玛格丽特·阿特伍德也认为，《染血之室》是卡特将佩罗的《蓝胡子》与萨德隐秘的欲望结合起来的产物："作为对蓝胡子故事的重构，它为卡特提供了一个类似萨德笔下食人者明斯基[③]的男主人公，加上萨德式的

[①] Aidan Day. *Angela Carter: The Rational Glass*. Anchester University Press, 1988, p.132.
[②] Martine Hennard & Dutheil de la Rochère. *Reading, Translating, Rewriting: Angela Carter's Translational Poetics*. Detroit: Wayne State University Press, 2013, p.20.
[③] 明斯基：萨德的《朱丽叶的故事》中生活于亚平宁半岛上的隐修士。他自称是被大自然吐出来吃人肉的家伙。

第二十三章 安吉拉·卡特的《染血之室》

刑室与一些阴森得恰到好处的亡妻就彻底完满了……这个怪物的妻子单薄、惨白、贞洁，正是萨德乐于施予他邪恶的强暴、羞辱和残杀的那种少女。"①

然而，佩罗或许是她的"童话教父"，但卡特并没有像一个温顺驯服的女儿那样全盘接受他的"魔法"礼物。她对萨德作品的研读也伴随着对其的犀利批判。她甚至在《染血之室与其他故事》出版同年，写了一本《萨德式女人》，并在思想文化界引起了轩然大波。因此，她的《染血之室》又体现出鲜明的现代意识与女性主义锋芒，仿佛她在翻译佩罗的蓝胡子故事时心意难平，心中同时已经在酝酿自己的故事版本并不吐不快，终于在《染血之室》中酣畅淋漓地表达了出来。在佩罗的《蓝胡子》中，蓝胡子作为城堡的主人和少女的丈夫，是拥有绝对权威的人物。他的新婚妻子打开了丈夫城堡中的禁室，发现了所有被杀害的前妻的尸体，仓皇逃离。当蓝胡子发现钥匙上的血迹之后，妻子"跪伏在她丈夫的脚下，哭泣着请求他的宽恕；她对她违背丈夫指令的行为真诚忏悔。她如此美丽，她眼中的痛苦令石头做的心肠都会融化，但蓝胡子的心比任何石头都更加坚硬"②。作为童话故事，常有正义战胜邪恶的美满结局，佩罗的故事也不例外。蓝胡子最终因无情杀戮遭到了惩戒，但佩罗同样也表达了这样的道德寓意：女性过度的好奇心会给自己带来祸端，招致可怕的惩罚。所以卡特在《萨德式女人》中写道："作为欲望的对象而存在，也就是被动的存在。所谓被动的存在，其实就是在被动中死去，也就是，被杀死。这就是童话故事关于完美女人的道德训诫。"③这段话非常准确地表达了一位当

---

① Margaret Artwood. "Running with the Tigers." in *Flesh and the Mirror, Essays on the Art of Angela Carter*, ed. Lorna Sage, London: Virago Press, 2012, pp. 136–137.
② Angela Carter. *The Fairy Tale of Charles Perrault*. Penguin Classics, 2008, p. 8.
③ Angela Carter. *The Sadeian Women: An Exercise in Cultural History*. London: Virago Press, 1979, p. 77.

代女性作家对女性传统的被动身份与可悲命运,以及佩罗童话故事中迂腐的道德意味的批判。

因而,卡特汲取了蓝胡子故事的城堡背景、基本结构和人物设定,同时又通过母女二人的协力反抗,不仅给故事安排了一个恶有恶报、大快人心的美好结局,还通过对传统童话的重构与改写,使得古代故事焕发出女性主义的光彩。原故事中解救新娘的娘家兄弟变成了"我"那宝刀未老的母亲。

女性不复逆来顺受、安于命运的特征还体现在"我"的身上。故事开始,"我"仿佛是处女祭品、受虐者,但是,"我"生活在拥有铁路、汽车、电话、钢琴的现代社会,接受了高等教育,拥有理性分析的能力和遇险自救的意识。她明知侯爵的远行有可能是一个圈套,依然决意探索禁区的奥秘。当她发现染血之室后,首先想到的是寻求外援,然而城堡里的电话线已被切断。她坐下来开始弹琴:"我掀开钢琴盖,也许觉得自己的这套魔法此刻或许能帮助我,从音乐中创造一个五芒星形保护我不受伤害。"(46)音乐让她镇定下来,她叛逆地抬起头颅,静待即将到来的命运。当侯爵返回家中时,她甚至机智地打算以身体迷惑丈夫:"若他上床到我身旁,我当下便会勒死他。"(53)在孤立无援的境地中,她争取到了盲人调音师的珍贵帮助,努力拖延时间以为自己争取一线生机;在听到母亲策马赶来的声音时,她一跃而起,迅速打开了房门,终于成功获得了救援。玛格丽特·阿特伍德指出:"这个被动的女主角最终在作者笔下逃过一死,是因为她不再是'纯真'完美的……她那魁梧的丈夫给她的性启蒙并不仅仅是她脖颈周围血色红宝石的项链,还有她前额血红的印记:一个记号。"[1]这

---

[1] Margaret Artwood. "Running with the Tigers." in *Flesh and the Mirror, Essays on the Art of Angela Carter*, ed. Lorna Sage, London: Virago Press, 2012, pp. 136–137.

个记号,仿若美国浪漫主义小说家霍桑《红字》中终身佩戴在女主人公海丝特·白兰胸前的那枚鲜红的 A 字,代表着对虚伪、非人的宗教与道德禁忌的质疑、挑战与摒弃。"我"已不再纯洁柔弱如羔羊一般任人宰割,而是勇敢、坚强、独立、机敏的当代女性。小说中还有母女相依为命、心有灵犀的细节,以及救援者由新娘的兄弟更改为母亲的情节等等,亦均体现出卡特自觉的女性主义意识。所以海伦·辛普森认为:"她把传统的童话故事拿来,用它们创作新的故事,……用它们来尝试事物的多样性。"(《导读》,Ⅲ)

此外,母亲骑马、射虎、射杀恶魔的传奇经历,以及"我"夜闯禁室、震惊于暴力真相而一时失手,将钥匙落到地上的血泊中,从此这血渍再也无法洗去,"那泄露秘密的血渍已变成一个标记,形状和颜色都像一枚扑克牌红心"(48)。侯爵将这个犯禁的标记按在"我"的前额上,从此,"我"的眉心便永远印上了那枚鲜红的印记等等,这些超越日常生活经验的浪漫书写,均体现出卡特奇特的想象力。

卡特还热衷于描述奢华的饰物,擅长用艳丽而感性的语言表现丰富的场面,体现出非凡的视觉化书写特征,如卡特这样描写了侯爵满足其变态欲望的婚床:

> 床架表层是乌木、朱漆和金叶,雕刻着滴水嘴怪兽,白纱帐在微微海风中飘动。我们的床。四周有好多镜子!墙上都是镜子,镶着饰有缠枝花纹的华贵金框,映照出我有生以来所见最多的白百合。他让人在房里摆满了百合,以迎接新娘,年轻的新娘。年轻的新娘变成我在镜中看见的无数个女孩,全都一模一样。(15)

而在染血之室中,首先映入"我"眼帘的景象,是房间正中央阴惨的烛光中横陈着首任妻子裸体的停尸架:"出自文艺复兴时期的工匠之手,四周围满白色长蜡烛,前端一只四尺高的大花瓶,釉色是肃穆的中国红,瓶里插一大把百合,跟他摆满我房里的百合一模一样。"(37)哥特传奇、恐怖故事、华丽叙事一直吸引着卡特,成为她众多作品的独到标记,《染血之室》正是一个典型。

伊莱恩·肖瓦尔特在1999年修订再版的《她们自己的文学》新增的序言《这二十年:重返〈她们自己的文学〉》中写道:"自《她们自己的文学》初版以来出现的作家中,至少有一个——安吉拉·卡特——一定会列入任何女性文学的经典或传统。"[1]她还在修订版中新增的第12章《大笑的美杜莎》中,单列一节"卡特之乡",专论了卡特的创作,认为她的创作"标志着英国女性文学传统的一个全新的转折","对正在开放和转化中的英国女性创作产生了至关重要的影响"。[2]《染血之室》正是这样一篇凸显了女性想象的颠覆性潜能的出色作品。

---

[1] 伊莱恩·肖瓦尔特:《她们自己的文学——英国女小说家:从勃朗特到莱辛》,韩敏中译,浙江大学出版社,2012年,第20—21页。
[2] 伊莱恩·肖瓦尔特:《她们自己的文学——英国女小说家:从勃朗特到莱辛》,韩敏中译,浙江大学出版社,2012年,第300页。

第二十四章
玛格丽特·杜拉斯的《情人》

(《情人》,王道乾译,上海译文出版社,1997年)

《情人》在20世纪30年代法属印度支那殖民地越南的时空背景下,以"我""她"不时变换的叙事口吻,追怀了女主人公少女时代的一段往事。居于回忆中心的,是她作为一个贫穷的法国白人少女与一位年长很多的中国房地产富商的独生子之间逾越种族、阶级与年龄界限的悲剧性恋情,以及在这一事件发生前后的种种往事。

一

故事开始时,"我"是一个15岁半的少女,一对经济困窘的法国移民夫妇的小女儿。她的父亲作为殖民当局的一位低级公务员已经病故,母亲则继续在这片贫瘠的土地上坚忍地生活,以在当地女子小学当校长的微薄收入,苦苦支撑着四口之家。由于没有贿赂行政当局,在海边租来的土地竟然是无法耕种的盐碱地,辛苦筑起的大坝也无法抵挡太平洋的滔滔洪水,土地很快被冲垮,葬送了母亲发财致富的梦想。母亲偏爱长子,只称呼他为"我的孩子",对小儿子和小女儿则并称为"两个小的"。长子吃喝嫖赌,打架斗殴,欺压弟妹,抽鸦片成瘾,不惜偷盗与变卖家中可怜的财物,甚至偷到仆人头上。母亲无奈之下,只好将他送回法国读书。这个败家子竟然又花光了母亲的积蓄，一夜之间就赌博输掉了母亲辛苦十年为他买下的房产、土地与树林。为了捞钱，这个无耻的儿子甚至可以出卖自己的老母亲和妹妹。而"我"的小哥哥长期处于大哥的恫吓与欺凌之下，从小就胆小怕事，窝囊无能，并很早死去。

　　成长在这样一个压抑冷漠、反常病态的家庭里，"我"是一个大胆早熟、放荡不羁的聪慧少女。15岁半那年，在湄公河的轮渡上，"我"身穿一件灰色的旧绸裙，头戴一顶不合时宜的男帽，脚蹬一双带金色条纹的高跟鞋，很有个性地站在船舷边。这个白人小姑娘吸引了轮渡上一辆黑色豪华汽车中风度翩翩、身穿白色柞蚕丝绸西装的华人青年。于是他下了车，犹犹豫豫地过来搭讪，并邀请她上了自己的汽车。回到西贡后，"我"从此过上了乘汽车去女子中学上学、放学后又有车送回女子寄宿学校的生活。当然，"她"也成了这位青年的地下情人。青年是当地最富有的华商的独子，在中国人聚居的堤岸有一套属于自己的小小公寓。"他"曾被送往巴黎留学，却过着一掷千金的浪荡生活，最后被父亲断了生活费，被迫回到西贡。"她"被"他"带到中国城中这套闹中取静的公寓里，两人疯狂而尽情地做爱。很快，白人小姑娘不守妇道的行为路人皆知，"她"读书的中学和寄宿的女子学校下了禁令，禁止其他女孩和她说话。但由于母亲的默许和纵容，学监也只好睁一只眼闭一只眼，不再对"她"进行训诫。于是，"她"更加我行我素，无视众人的目光，过着白天上学或逃学，天天晚上在"他"的房间中纵情欢愉的日子。

　　母亲在刚发现事有蹊跷时，曾疯狂地打"她"、检查"她"的内衣，为这个丢脸的小女儿哭泣，但很快便变得满不在乎了，尤其是在"她"从"他"那里获得了一枚贵重的钻石指环之后。大哥和小哥哥趾高气扬而又旁若无人地在"他"请客的豪华中国饭店中大吃大喝，饭后又敲竹杠去另一处地方跳舞喝酒，但又对"他"视若无睹以显示自己的优越和对"他"种族身

第二十四章 玛格丽特·杜拉斯的《情人》

份的蔑视。而在这样的气氛威压下,"她"在公开场合同样也不肯正视自己的异族情人。

"他"的父亲、那个躺在烟榻上一直抽着鸦片的老人同样坚决反对"他"和一个声名狼藉的白人小娼妇交往,并以剥夺"他"的财产继承权相威胁。"他"痛哭流涕地乞求父亲能够允许他与"她"的交往,因为在"他"而言这是一生中唯一一次的激情之爱,但"他"的父亲却宁肯他死也绝不接受。这一对情人依然夜夜在公寓中相会,从肉体的爱抚和绝望的哭泣中寻求安慰。终于,白人小姑娘被送回法国的时间到了,从法国来的邮轮已经到港。在残酷的分别即将到来的绝望氛围中,"他"已经无力做爱,只能无限凄楚地爱抚"她"。汽笛长鸣,宣告邮轮即将离港。"她"向前来送别的母亲和小哥哥挥手作别,脸上全然是一副若无其事的模样。而远远地在港口的专用停车场附近,有一辆黑色的汽车停在那里,身穿白色制服的司机站在车边。"她"和坐在车里的"他"远远地对视着,进行着最后的告别。

邮轮上的时间是漫长的。一天在夜色降临时分,在主甲板的大客厅里,有人奏响了肖邦的圆舞曲。音乐声汹涌而来,少女直挺挺地站在那里。后来"她"哭了起来,想到了堤岸的那个男人。"她一时之间无法断定她是不是曾经爱过他,是不是用她所未曾见过的爱情去爱他,因为,他已经消失于历史,就像水消失在沙中一样,因为,只是在现在,此时此刻,从投向大海的乐声中,她才发现他,找到他。"(93)

"她"回法国以后,"他"依照家里的安排和儿时订婚的中国新娘成婚,但一直无法与其相处。之后随着时间的流逝,"他"慢慢向现实妥协,将新娘当成了"她"的替身。多年之后,"她"结婚、生子、离婚、写书,成了一名作家。而"他"带着他的女人来到了巴黎。"他"给"她"打电话,依然还是那种胆怯的、颤抖的声音。"他对她说,和过去一样,他依然爱她,他

根本不能不爱她,他说他爱她将一直爱到他死。"(95)

二

小说以杜拉斯本人少女时代在法属印度支那的生活经历为基础,有着明显的自传色彩,以散文诗式的感伤而抒情的笔调和蒙太奇式的镜头跳跃与组接,体现出浓郁的异国风情和作家鲜明的个人印记。其核心主题,是一段没有未来而凄楚绝望的爱情。

这爱情发生在殖民地上一个未成年的白人少女和一个27岁的富有华人青年之间,存在着明显的种族与阶级鸿沟,所以是忧伤、绝望而没有未来的。两个人都明白这一点,所以他们从无关于未来生活的幻想,只是在当下投入的极乐狂欢中麻痹自我、逃避现实。因为爱而绝望,又因为绝望而爱。"在我们交往期间,前后有一年半时间,我们谈话的情形就像这样,我们是从来不谈自己的。"(42)他们自欺欺人地以钱色交易来定位这种关系,以此消减自我折磨的痛苦。无论跟母亲还是对情人,"她"都承认是为了钱才和"他"在一起的,也从不愿正视自己对"他"的感情。但实际上,父亲的早逝、母亲的偏心、大哥的无耻、小哥哥的懦弱,使这个家庭长期处在冷漠与敌意之中,家人之间谁都不愿直视对方的眼睛说话。在经济的窘迫和情感的匮乏中,孤独的"她"有着强烈的认同、陪伴与爱的需要,而这些需要只有在情人的身上才能获得满足。所以,"吻在身上、催人泪下"(40)。堤岸的公寓,成为少女对抗生活炼狱的小小的天堂。但碍于他们不同的种族身份,"她"的白人优越感与羞耻心,"她"也知道,时候到了他们就不得不分离。与其离别时伤痛,不如不要承认这段情感。

而对"他"来说,庞大的家族产业唯一继承人的身份,也使"他"的爱情不可能获得家族的接纳。然而,他们不敢承认、不愿正视的爱情又是忠贞而神秘的。"她"在回到法国后,"没有忘记那个痛苦的男人。自从我走后,自从我离开他以后,整整两年我没有接触任何男人。这神秘的忠贞应该只有我知道"(62)。而在"他"这方面,"他"虽然和来自中国北方抚顺的新娘结了婚,但"也许很长时间未能和她相处,大概也拖了很长时间不同意给予他财产继承人的地位。对于白人少女的记忆依然如故,床上横陈的身影依然在目。在他的欲念中她一定居于统治地位久久不变,情之所系,无边无际的温柔亲爱,肉欲可怕的阴暗深渊,仍然牵连未断"(94)。以致多年以后,"他"重返巴黎,给"她"打电话时的声音依然颤抖:"我仅仅想听听你的声音。"(95)而由于时光流逝、物是人非,这段青葱时代的爱情更显示出沧桑的模样。

而与令人唏嘘的爱情相伴随的,是"我"的回忆中家庭成员之间的彼此憎恨与家庭氛围的粗鲁和冷酷。

> 这个家庭就是一块顽石,凝结得又厚又硬,不可接近。我们没有一天不你杀我杀的,天天都在杀人。我们不仅互不通话,而且彼此谁也不看谁。你被看,就不能回看。看,就是一种好奇的行动,表示对什么感到兴趣,在注意什么,只要一看,那就表明你低了头了。(47)

> 在我们家里,不但从来不庆祝什么节日,没有圣诞树、绣花手帕、鲜花之类,而且也根本没有死去的人,没有坟墓,没有忆念。只有母亲有。哥哥始终是一个杀人凶手。小哥哥就死在这个哥哥手下。反正我是走了,我脱身走了。到小哥哥死后,母亲就属于大哥一人所独有了。(49)

在自暴自弃的绝望感中,"我"渴望杀人与逃离。

死总是缠着我不放。我想杀人,我那个大哥,我真想杀死他,我想要制服他,哪怕仅仅一次,一次也行,我想亲眼看着他死。目的是要当着我母亲的面把她所爱的对象搞掉,把她的儿子搞掉,为了惩罚她对他的爱;这种爱是那么强烈,又那么邪恶,尤其是为了拯救我的小哥哥,我相信我的小哥哥,我的孩子,大哥的生命却把他的生命死死地压在下面,他那条命非搞掉不可,非把这遮住光明的黑幕搞掉不可,非把那个由他、由一个人代表、规定的法权搞掉不可,这是一条禽兽的律令,我这个小哥哥的一生每日每时都在担惊受怕,生活在恐惧之中,这种恐惧一旦袭入他的内心,就会将他置于死地,害他死去。(8)

这个家庭又是变态与近乎乱伦的,不仅母亲对长子怀有炽烈得反常、令小儿子和小女儿嫉妒的情感,"我"对小哥哥似乎也有一种特殊的依恋与保护倾向,她称呼小哥哥为"我的孩子",会为了他去和大哥拼命。而在母亲关起门来痛打不检点的女儿时,在门外偷听的大哥也获得了一种强烈的满足与快感。

与此同时,"我"又深爱和同情、理解着苦难的母亲。所以在"她"和"他"独处的过程中,母亲和家庭始终是她倾诉的中心话题。

我告诉他,在我的幼年,我的梦充满着我母亲的不幸。……我说,她是让贫穷给活剥了的母亲,或者她是这样一个女人,在一生各个时期,永远对着沙漠,对着沙漠说话,对着沙漠倾诉,她永远都在辛辛苦苦寻食糊口,为了活命,她就是那个不停地数说自己遭遇的玛丽·勒格朗·德鲁拜,不停的诉说着她的无辜,她的节俭,她的希望。(40—41)

三

除了爱情与家庭，小说还大胆表现了人的身体欲望。由于作品是从"我"或"她"，即法国少女的叙述视角展开的，所以其中对女性身体感受、性爱欲望与体验的真实表现，使得小说成为法国女性主义文学理论家埃莱娜·西苏(Hélène Cixous)提出的女性"身体书写"的重要代表。其中，女性离经叛道，成为性爱的主体，身体欲望的觉醒获得表现，而男性反而成了被欣赏的客体。由此，男强女弱、男主动女被动的传统两性关系模式与性爱规范遭到了颠覆。小说如此描写两人第一次做爱时女孩的主动与大胆："她不慌不忙，既耐心又坚决，把他拉到身前，伸手给他脱衣服。……她求他不要动。让我来。她说她要自己来，让她来。"(34)他们就在中国城中心繁华闹市这间闹中取静的斗室中，沉浸于肉欲的渊薮，女孩也从中获得了新的认知、新的体验，从与情人的肌肤相亲中获得了狂欢极乐、抚慰陪伴。

  城市的声音近在咫尺，是这样近，在百叶窗木条上的摩擦声都听得清。声音听起来就仿佛是他们从房间里穿行过去似的。我在这声音、声音流动之中爱抚着他的肉体。大海汇集成为无限，远远退去，又急急卷回，如此往复不已。我要求他再来一次，再来再来。和我再来。(38)

这一方面体现了作家的女性主体意识，另一方面也和种族关系错综复杂地糅合到了一起："他"因黄种人的种族身份而在白人面前被处理成具有阴性气质，显得阴柔、被动，核心标志就是"他"胆怯、懦弱并常常哭泣，外在的显性标记则是拥有金黄色、柔软而滑腻的肌肤，这成了"我"渴望与爱抚的对象。小说从"她"的感受视角写道：

> 肌肤有一种五色缤纷的温馨。肉体。那身体是瘦瘦的，绵软无力，没有肌肉，或许他有病初愈，正在调养中，他没有唇髭，缺乏阳刚之气……她抚弄那柔软的生殖器，抚摩那柔软的皮肤，摩挲那黄金一样的色彩，不曾认知的新奇。他呻吟着，他在哭泣。他沉浸在一种糟透了的爱情之中。(34)

小说中多次调动"我"的触觉、嗅觉，表现对情人身体的欣赏和欲望："他的皮肤透出丝绸的气息，带柞丝绸的果香味，黄金的气味。他是诱人的。我把我对他的这种欲望告诉他。"(37)这里，中国情人的柔软肌肤与黄金、丝绸的联系，均体现出杜拉斯作为一位西方作家对东方和中国的刻板印象与猎奇幻想。

小说中对人的身体欲望的表现，还呈现为对同性情欲的直白刻画。海伦·拉戈奈尔是"我"在女子寄宿学校的同学，也是学校仅有的两位白人少女之一。她是一位邮政局低级职员的女儿，中途入校，胆怯孤独，智力平庸，非常依恋"我"。她对自己的已经发育的身体之美并不自知，但已体验过男女情事的"我"却深深为其身体所吸引。小说中"我"对海伦身体不厌其烦的表现，已经超出了一位少女对同龄姐妹身体美好的欣赏，而打上了强烈的欲望印记。

> 海伦·拉戈奈尔在长凳上紧靠着我躺着，她身体的美使我觉得酥软无力。这身体庄严华美，在衣衫下不受约束，可以信手取得。(60)

海伦·拉戈奈尔叫人恨不得一口吞掉,她让你做一场好梦,梦见她亲手把自己杀死。她有粉团一样的形态竟不自知,她呈现出这一切,就为的是在不注意、不知道、不明白它们神奇威力的情况下让手去揉捏团搓,让嘴去噬咬吞食。海伦·拉戈奈尔的乳房我真想嚼食吞吃下去,就像在中国城区公寓房间里我的双乳被吞食一样。在那个房间里,每天夜晚,我去加深对上帝的认识。这一对可吞吃的粉琢似的乳房,就是她的乳房。(62)

"我"因与情人的爱情而激发出了身体与心理上的欲望,而这一欲望既包含对异性同样也包含了对同性的强烈欲望,所以"我"甚至产生了将海伦带到自己和情人幽会的公寓、参与复杂的性游戏的惊世骇俗的幻想。由此,杜拉斯通过"身体书写",让女性的血肉之躯说话,探索了人性的幽暗之处。

作为一个特立独行的作家,杜拉斯笔下女性的主体意识还呈现为强烈的自恋。作家少女时代确实有过一段异域恋情,所以不惜用了《战争笔记和其他文本》《抵挡太平洋的堤坝》《伊甸园影院》《情人》和《中国北方的情人》五个文本,并以不断变形的情人形象,来表现他们对这个个子瘦小、身材平板、脸上还有雀斑,身后拖着两条沉甸甸的辫子的白人女孩的共同迷恋,可见这段恋情在她的心底是刻骨铭心的。《情人》第一段的经典开头即已表现出自恋意味:

我已经老了,有一天,在一处公共场所的大厅里,有一个男人向我走来。他主动介绍自己,他对我说:"我认识你,永远记得你。那时候,你还很年轻,人人都说你美,现在,我是特为来告诉你,对我来说,

我觉得现在你比年轻的时候更美,那时你是年轻女人,与你那时的面貌相比,我更爱你现在备受摧残的面容。"(5)

杜拉斯亦不厌其烦地多次描画了 15 岁半时的"我"出现在渡轮上的不羁形象,包括衣服、皮带、鞋子、帽子等等,娓娓道来。白人小姑娘回国后,中国情人与他的中国新娘完婚,但依然迟迟无法与之同房。最终,随着时间的流逝,"对白人姑娘的爱欲既是如此,又是这样难以自持,以致如同在强烈的狂热之中终于重新获得她的整体形象,对她的欲念、对一个白人少女的爱欲也能潜入另一个女人,这样的一天终于来临了"(94)。这里杜拉斯分明在暗示她的读者,中国新娘始终只是白人姑娘的一个替身罢了。小说最后一段已是战后多年,时光荏苒,物是人非。但"他"再次来到巴黎,依然无法对"她"忘情。"他"始终关注着"她"的信息,渴望听到"她"的声音,而在听到之后声音便开始打颤,表示"他"一直爱着"她",并将爱"她"到死。

四

此外,从小生活在印度支那的杜拉斯,毫无疑问有着浓厚的东方情结。一方面,她表现出对东方风物强烈的爱与深刻的记忆,以及作品中对热带风情绘声绘色的描写,另一方面,她的东方情结中亦有意无意地流露出种族优越意识,以及西方人对东方的刻板印象。《情人》中对中国城堤岸喧嚣、肮脏环境的描写,对中餐馆吵吵嚷嚷的用餐氛围的描写,对中国人抽鸦片、赌博、能挣钱、包办婚姻、家族意识,以及父亲对儿子的威压等的表现,都是如此。杜拉斯的种族意识还突出地表现在对"他"的形象塑造,以及"他"与"我"以及"我"的家人的关系描写上。小说中的中国情人没有名字,只是作为一个客体而存在,他的话语、他的生活和心理始终在由"她"转述。他温柔多情,胆怯被动,具有鲜明的阴性气质,作家是这样描写"他"对"她"的搭讪的:"他慢慢地往她这边走过来。可以看得出来,他是胆怯的。开头他脸上没有笑容。一开始他就拿出一支烟请她吸。他的手直打颤。这里有种族的差异,他不是白人,他必须克服这种差异,所以他直打颤。"(29)再如,"我"和中国情人交往,心里是感觉羞耻的,所以不愿意当面承认,而宁可将之说成一桩钱色交易;"她"的家人肆无忌惮地消耗情人的钱财,并为他赠送给少女的贵重礼物而暗自高兴,然而,他们也是不屑与这个"低等"民族的男人平起平坐的。"我"要求情人请她的家人在豪华中餐馆吃饭。"几次晚饭请客的经过情况都是一样的。我的两个哥哥大吃大嚼,从不和他说话。他们根本看也不看他。他们不可能看他。他们也不会那样做。"(43)情人付钱,但没有任何人说一声谢谢。"我的两个哥哥根本不和他说话。在他们眼中,他就好像是看不见的,好像他这个人密度不够,他们看不见,看不清,也听不出。"(44)而在哥哥的嚣张气焰面前,"当着他们的面,我也不和他说话。有我家人在场,我是不应该和他说话的"(44),因为"他在我大哥面前简直成了见不得人的耻辱,成了不可外传的耻辱的起因"(45)。杜拉斯的东方情结,与她的种族身份与意识是复杂地交织在一起的。

五

从艺术形式上看,首先,小说由第一人称"我"的回忆展开,由一个男人向"我"走来,对已是沧桑老妇的"我"的赞美和对"我"年轻时代的回忆引出"我"的时光之慨,由此开始了对童年、少女时代以及之后的人生经历的追溯。同时,第一与第三人称的"我"与"她"之间又自由切换。"她"常常化身为一个由作家用长镜头加以回望与冷静描写的客体,使得作品体现出含蓄节制的叙述风格,产生一种洗尽铅华的美感。作品亦常以自由

间接引语来描写人物之间的对话,如轮渡部分。作家采用如此方式表现了两人之间的第一次交谈:

> 他一再说在这渡船上见到她真是不寻常。一大清早,一个像她这样的美丽的年轻姑娘,就请想想看,一个白人姑娘,竟坐在本地人的汽车上,真想不到。
> 他对她说她戴的这顶帽子很合适,十分相宜,是……别出心裁……一顶男帽,为什么不可以?她是这么美,随她怎样,都是可以的。
> 她看看他。她问他,他是谁。他说他从巴黎回来,他在巴黎读书,他也住在沙沥,正好在河岸上,有一幢大宅,还有蓝瓷栏杆的平台。她问他,他是什么人。他说他是中国人,他家原在中国北方抚顺。……
> 从此以后我就再也不需搭乘本地人的汽车出门了。从此以后我就算是有了一部小汽车,……
> 他在讲话。……她听着,注意听他那长篇大论里面道出的种种阔绰的情况,……(29—31)

其次,小说在叙事上还有一个突出的特点,即通篇对短句的使用。看似平淡、冷漠,但暗流汹涌,耐人寻味。小说中第一次表现白人少女邂逅中国情人的轮渡场景时,是这样开始的:

> 对你说什么好呢,我那时才十五岁半。
> 那是在湄公河的轮渡上。
> 在整个渡河过程中,那形象一直持续着。(6)

第二十四章 玛格丽特·杜拉斯的《情人》

关于复杂的母女关系,以及家庭对女儿未来人生道路的影响,杜拉斯写道:

> 我可能第一个离家出走。我和她分开,她失去我,失去这个女儿,失去这个孩子,那是在几年之后,还要等几年。对那两个儿子,没有什么可忧虑的。但这个女儿,她知道,总有一天,她是要走的,总有一天,时间一到,就非走不可。她法文考第一名。(21)

关于小姑娘和她坐在黑色汽车内的情人之间的永别,作品更是写得不动声色:

> 车子离法国邮船公司专用停车场稍远一点,孤零零地停在那里。车子的那些特征她是熟知的。他一向坐在后面,他那模样依稀可见,一动不动,沮丧颓唐。她的手臂支在舷墙上,和第一次在渡船上一样。她知道他在看她。她也在看他;她是再也看不到他了,但是她看着那辆黑色汽车急速驶去。最后汽车也看不见了。港口消失了,接着,陆地也消失了。(91—92)

杜拉斯还善于操控延宕的艺术。如关于渡河,即白人少女与中国情人的初次邂逅,虽然他们的爱情构成了小说的回忆中心,而这一段奠定了之后两人关系的基础,但小说家却采取了"犹抱琵琶半遮面"的叙述方式,欲说还休,在调动起读者的强烈期待后又宕开一笔,王顾左右,以此来延长审美快感的持续时间。如写到小姑娘上了回西贡的轮渡,写了其不伦不类的装束后,读者满心以为下面很快就会转入男主角的出场了,不想笔触却又转向了其他内容,如两个哥哥、母亲,以及自己一头浓密的红发等等,看似东拉西扯;之后,笔触才转回到轮渡,转回到"一个风度翩翩的男人"(17)。但当读者再度急切期待着阅读两人之间情感的发展时,作家又像故弄玄虚一般,转而描述起"我"自己儿时的生活来了。就这样,渡船上的一点点细节,在与童年时代生活和17岁回到法国之后的生活的交织中逐渐展开,读者从中读到了父母的去世、小哥哥的死、大哥哥的鬼混与堕落等等。作品的层次渐渐丰富起来,读者也渐渐理解了,爱情故事的展开,与家庭生活的回忆,"我"返回法国后的生活,包括二战期间法国文坛的状况等等,是相互映衬并互为底色的,由此,一幅色彩斑斓而又因时光而黯淡的画幅徐徐展开。作品也不断在当下、过去的时空中切换交织起来,而生命的沧桑、人性的底色扑面而来。杜拉斯以文字筑起堤坝,抵挡时间洪流的淘洗与冲刷,在此过程中,也逐渐完成了经典化的过程。

《情人》获得1984年的龚古尔文学奖,使得杜拉斯在全世界范围内名声大噪;1992年,由珍·玛奇和梁家辉主演的同名电影上映,更是使得中国国内也刮起了一阵"杜拉斯"旋风。杜拉斯的女性身体写作特色,冷静含蓄的短句书写和时空交错、多线交织的叙述方式,均对部分中国当代女作家产生了重要的影响。

第二十五章
玛格丽特·阿特伍德的《使女的故事》
(《使女的故事》,陈小慰译,译林出版社,2001年)

近年来,反乌托邦文学(anti-utopian literature)备受瞩目,尤其是苏联作家尤金·扎米亚京的《我们》、英国作家阿道司·赫胥黎的《美丽新世界》和乔治·奥威尔的《一九八四》,更是被并称为"反乌托邦小说"三部曲,以对极权恐怖和科技滥用的未来想象振聋发聩。反乌托邦文学与欧洲文学史上源远流长的乌托邦文学可谓一体两面。从古希腊哲学家柏拉图的《理想国》、喜剧家阿里斯托芬的《鸟》,到英国作家弗兰西斯·培根的《新大西岛》(New Atlantis, 1627)和威廉·莫里斯的《乌有乡消息》(News from Nowhere, 1891),均蕴含着批判现实、遥想美好未来的乌托邦理想;进入18世纪之后,面对科技理性与"进步"话语压制人性的新现实,作家们开始推演世界发展的黯淡图景,反乌托邦文学开始崛起。20世纪以来,在两次世界大战、经济危机、唯科学主义泛滥与极权主义猖獗的新形势下,反乌托邦文学更是涂抹出一幅幅阴森可怖的地狱前景,戳破海市蜃楼的美妙幻象,成为乌托邦文学的"黑暗底片"。玛丽·雪莱的《弗兰肯斯坦》、威尔斯的《莫洛博士岛》(The Island of Doctor Moreau, 1896),以及"反乌托邦小说"三部曲等,都是反乌托邦文学的代表作。

然而,大部分反乌托邦作品由于出自男性作家之手而有意无意地体现出对女性形象的扭曲和对女性意识的遮蔽,甚至存在一定的性别歧视倾向，典型者如《一九八四》。20世纪下半叶以来，随着女性小说家的介入，反乌托邦文学中女性失语的局面开始得到扭转。英国作家多丽丝·莱辛的《一个幸存者的回忆录》、安吉拉·卡特的《新夏娃的激情》，以及加拿大作家玛格丽特·阿特伍德的《使女的故事》等，均体现出对西方反乌托邦文学传统女性意识缺失的强力矫正。尤其是《使女的故事》，一方面在揭露极权恐怖的主题上深受《一九八四》影响，另一方面又体现出身为女性作家的阿特伍德自觉的性别立场。通过分析《一九八四》和《使女的故事》这两部反乌托邦小说代表作的跨时空对话，读者可以观察到女性立场为反乌托邦文学带来的新变化。

一

作为英国著名的小说家、散文家和社会批评家，乔治·奥威尔（George Orwell，1903—1950）的《动物农场》（*Animal Farm*，1944）和《一九八四》（*Nineteen Eighty-Four*）对20世纪的思想文化产生了巨大影响，奥威尔也由此被誉为"一代人的冷峻良知"。《一九八四》以20世纪上半叶西方世界的政治格局为基础，遥想了极权国家大洋国无所不在的高压统治，描写了孤独者温斯顿·史密斯的抗争与失败。《使女的故事》则是被誉为"加拿大文学女王"的玛格丽特·阿特伍德的重要作品，甫一问世即斩获加拿大总督奖、洛杉矶时报奖等多项大奖，在国际文坛拥有崇高声誉。2017年，根据小说改编的电视剧更是包揽了美国电视剧最高奖——艾美奖的五项大奖。小说假想20世纪末的美国在一次政变后变成了由男性统治的宗教原教旨主义极权国家——基列共和国。女主人公奥芙弗雷德通过口述自己成为基列国的生育工具使女后，在统治者大主教家的苦难经历，披露了该国阴森恐怖的社会氛围。

《使女的故事》在诸多方面表现出对反乌托邦传统的继承。阿特伍德

第二十五章　玛格丽特·阿特伍德的《使女的故事》

曾在科幻小说评论集《在其他的世界:科幻小说与人类想象》(*In Other Worlds:SF and the Human Imagination*)中回忆了奥威尔的著作伴随自己成长的历程。她9岁读《动物农场》,高中时代开始读《一九八四》:"我一遍又一遍地读,它和《呼啸山庄》已经成为我的最爱。"[1]《我们》《美丽新世界》和亚瑟·库斯勒(Arthur Koestler)的《正午的黑暗》(*Darkness at Noon*,1940)等反乌托邦杰作也都让她爱不释手。《一九八四》中大洋国"用充满恨意的扰乱心志的口号将民众牢牢捆缚在一起,蓄意扭曲言语的意思,毁灭一切真实的历史而用所谓的记录填充历史记录的空洞"[2]的统治策略,给她留下了刻骨铭心的印象。她终于在1984年开始创作《使女的故事》,向前辈大师表达敬意。

两部作品首先在叙述框架上彼此呼应,均将故事设置于未来一次军事政变后建立起来的极权世界,但描写的场景具有高度的现实性,由此警醒读者危机就在身边。阿特伍德自陈《使女的故事》"继承了自《美丽新世界》和《一九八四》以来的推测性社会小说传统。《一九八四》不是科幻小说,只是对未来的1984年可能的生活状况的推断。同样,《使女的故事》也只是对我们生存其中的当今社会稍稍迂回的表现"[3]。人物也因此常陷入对往昔美好生活的追忆,使得场景在过去与当下之间交叉穿行。在《一九八四》中,主人公温斯顿不时沉浸在对逝去的母亲和妹妹的思念之中,梦见美好的"黄金乡";在《使女的故事》里,"一切发生在那场大劫难之后,他们枪杀了总统,用机枪扫平了整个国会,军队宣布进入紧急状态"(200)。温斯顿被抓进"友爱部"后,在酷刑摧残下成为"一个死灰色

---

[1] 玛格丽特·阿特伍德:《在其他的世界:科幻小说与人类想象》,蔡希苑、吴厚平译,河南大学出版社,2018年,第172页。
[2] 玛格丽特·阿特伍德:《在其他的世界:科幻小说与人类想象》,蔡希苑、吴厚平译,河南大学出版社,2018年,第173页。
[3] Nathalie Cooke. *Margaret Atwood: A Biography.* Toronto: ECW Press, 1998. p.277.

的骷髅一样的人体"①,最终精神崩溃,出卖了恋人裘莉亚,"他战胜了自己。他热爱老大哥"②。奥芙弗雷德在即将被秘密警察逮捕的严峻关头被地下抵抗组织"五月天"搭救,不知所终。近两个世纪后(2195年前后),她口述的录音带被发现,形成了这部小说。《一九八四》最后有一个关于"新话的原则"的附录,《使女的故事》亦以关于基列国的一次国际研讨会收尾,呼应了《一九八四》的写作方式。

两部小说的互文特征,更重要的是表现了极权国家等级森严、敌视人性、惩戒肉体、规训思想的共性:大洋国有老大哥、核心党、外围党及无产者四个阶层,其中占人口总数2%的核心党党员掌控着国家。基列国则由大主教构成最高统治集团,女性被分为不同的等级:夫人(大主教妻子)、嬷嬷(使女的训导者)、使女(为大主教繁衍子嗣的工具)、马大(大主教家的女仆)、经济太太(平民妻子)、荡妇(在秘密俱乐部中为大主教提供性服务的年轻女性)和坏女人(上了年纪失去生育能力的女性,或未能怀孕生子的使女)。大洋国里,到处有电幕监视着人的行动,监听着每一种声音。巡逻队的直升机在屋外盘旋,潜伏在身边的思想警察随时会逮捕异端分子。夫妻之情、亲子之爱没有容身之地,唯一的感情表达是对"老大哥"画像的膜拜和对他人的告发。在《使女的故事》中,政权由少数男性大主教掌控,他们刻板搬用《圣经》词句,通过散布各处的秘密警察即"眼目"和所谓的"天使军"镇压反叛者。戴着墨镜的"眼目"和他们"黑色的有篷车"令人不寒而栗:"车身上戴着白色翼眼标志。它没有拉警报,但其他车辆还是避之不及。它沿着街道缓慢巡行,似乎在寻找什么目标,就像潜行觅食、伺机而扑的鲨鱼。"(195)两国统治者还动用各种方式如"秘密

---

① 乔治·奥威尔:《一九八四》,董乐山译,上海译文出版社,2009年,第313页。
② 乔治·奥威尔:《一九八四》,董乐山译,上海译文出版社,2009年,第344页。

第二十五章 玛格丽特·阿特伍德的《使女的故事》

处决"、在围墙上将人吊死的公开"挽救仪式"和送"隔离营"等迫害异端,煽动群氓同仇敌忾的恐怖气氛。

再者,大洋国和基列国的统治者都高度重视话语对人民的思想钳制和精神愚弄。大洋国的口号是:"谁控制过去就控制未来,谁控制现在就控制过去。"①温斯顿所在的"真理部"的日常工作就是篡改历史、捏造谎言:"每个季度在纸面上都生产了天文数字的鞋子,但是大洋国里却有近一半的人口打赤脚。"②统治者还通过减少词汇量、强制使用"新话"以达到控制思想的目的:"我们是在消灭老词儿——几十个,几百个地消灭,每天在消灭。我们把语言削减到只剩下骨架。十一版中没有一个词儿在二〇五〇年以前会陈旧过时的。"③而"新话"的全部目的是要缩小思想的范围:"最后我们要使得大家在实际上不可能犯任何思想罪,因为将来没有词汇可以表达。凡是有必要使用的概念,都只有一个词来表达,意义受到严格限制,一切附带含义都被消除忘掉……词汇逐年减少,意识的范围也就越来越小。"④同样,在《使女的故事》中,电视连篇累牍地播放"天使军"打败叛军的胜利消息,"从来没有打败仗的报道"(95)。而"事实上,根本无所谓什么前方:故事似乎在几个地方同时进行"(95)。屏幕上还会出现胡子拉碴、肮脏不堪的俘虏的特写镜头。亲切慈祥的播音员,恰如《一九八四》中那位无所不在的"老大哥":"他从屏幕上向外平视着我们,健康的肤色,花白的头发,坦诚的双眼,眼睛周围布满智慧的皱纹。这一切使他看上去就像一个大众心目中的理想祖父。"⑤在语言控制的力度上,基列国甚至超越了大洋国,因为统治者意欲彻底清除语言和思想带来的

---

① 乔治·奥威尔:《一九八四》,董乐山译,上海译文出版社,2009 年,第 40 页。
② 乔治·奥威尔:《一九八四》,董乐山译,上海译文出版社,2009 年,第 48 页。
③ 乔治·奥威尔:《一九八四》,董乐山译,上海译文出版社,2009 年,第 59 页。
④ 乔治·奥威尔:《一九八四》,董乐山译,上海译文出版社,2009 年,第 60—61 页。
⑤ 乔治·奥威尔:《一九八四》,董乐山译,上海译文出版社,2009 年,第 95 页。

麻烦,所以剥夺了绝大多数女性甚至部分男性读书写字的权利,使女们更是沉默的群体,商店名称也从文字改为图形。结果正如美国思想家汉娜·阿伦特(Hannah Arendt)所指出的:"极权主义运动将目标定在组织群众,并且获得了成功。"[1]

可见,《使女的故事》在多方面继承了《一九八四》的传统,对极权统治的反人性本质进行了出色的刻画,成为当代反乌托邦文学中重要的一环。同时,阿特伍德又站在女性主义的立场上,重点揭示了极权主义对女性的压迫,将反乌托邦文学的主题从人性的自由进一步拓展至女性的自由。

二

20世纪30—40年代,在法西斯主义盛行、西班牙内战爆发的时代背景下,奥威尔预感到种种乱象的可怕前景,通过政治讽喻小说揭露了极权主义对人类的摧残。传记作家杰弗里·迈耶斯(Jeffrey Meyers)称赞奥威尔"在一个人心浮动、信仰不再的时代写作,为社会正义斗争过,并且相信最根本的是要拥有个人及政治上的正直品质"[2]。然而,奥威尔笔下人的自由似乎并不包含女性的自由,相反体现出男权中心的意识形态。美国马萨诸塞大学学者达芙妮·帕泰(Daphne Patai)在《奥威尔神话:对男性意识形态的研究》(The Orwell Mystique: A Study of Male Ideology, 1984)中通过对奥威尔作品的系统解读,指出男性中心论贯穿于他所有的创作。譬如,奥威尔对女性智力明显持否定态度,认为她们不能欣赏真正的艺

---

[1] 汉娜·阿伦特:《极权主义的起源》,林骧华译,生活·读书·新知三联书店,2008年,第403页。
[2] 杰弗里·迈耶斯:《奥威尔传》,孙仲旭译,东方出版社,2003年,第452页。

术,无法与之进行深度的思想交流。他认为"康拉德才华的最好证明就是女人们都不喜欢他"①;而萧伯纳后期作品越写越差的标志是"它们只配用来安慰那些渴望拥有高雅品位的胖女人们"②。在《一九八四》中,思想者温斯顿与裘莉亚之间几乎没有过严肃交谈,他们走到一起也并非出于志同道合。裘莉亚首度出现时,奥威尔即通过温斯顿之口评论说:"总是女人,尤其是年轻的女人,是党的最盲目的拥护者,生吞活剥口号的人,义务的密探,非正统思想的检查员。"③女性浅薄、无知与盲从的突出实例,是温斯顿名义上的妻子凯瑟琳:"她毫无例外地是他所遇到过的人中头脑最愚蠢、庸俗、空虚的人。她的头脑里没有一个思想不是口号,只要是党告诉她的蠢话,她没有、绝对没有不盲目相信的。"④在尚未接近裘莉亚之前,温斯顿痛恨她"青年反性同盟"成员的身份,而在幻觉中"想象自己用橡皮棍把她揍死,又把她赤身裸体地绑在一根木桩上,像圣塞巴斯蒂安一样乱箭穿身。在最后高潮中,他污辱了她,割断了她的喉管"⑤。而在两人成为情人之后,裘莉亚也只是温斯顿或奥威尔心目中欲望的对象与化身,以搜集脂粉、口红、丝袜、香水和高跟鞋取悦男人,是温斯顿口中"腰部以下的叛逆"⑥。无产者阶层的女性在奥威尔笔下更是愚昧、低俗与丑陋的。他在街上行走,听到愤怒与绝望的喊声,原以为无产者起来反抗,结果发现只是一群披头散发的妇女在抢夺一只锅。他还在日记中记录了自己嫖妓时对妓女的观感:"她一头倒在床上,一点也没有什么预备动作,就

---

① Peter Stansky & William Abrahams. *The Unknown Orwell: Orwell, the Transformation*. Stanford: Stanford UP, 1994. p. 100.
② George Orwell. "Letter to Brenda Salkeld." CEJL, Vol. I, 1934. p. 143.
③ 乔治·奥威尔:《一九八四》,董乐山译,上海译文出版社,2009年,第12页。
④ 乔治·奥威尔:《一九八四》,董乐山译,上海译文出版社,2009年,第76页。
⑤ 乔治·奥威尔:《一九八四》,董乐山译,上海译文出版社,2009年,第18页。
⑥ 乔治·奥威尔:《一九八四》,董乐山译,上海译文出版社,2009年,第181页。

马上撩起了裙子,这种粗野、可怕的样子是你所想象不到的。"①这里,叙述者的性别优越感和对女性的蔑视暴露无遗。由此,奥威尔虽然笔锋直指独裁统治,但女性却似乎并非他真正关注与尊重的群体。

进入20世纪70年代,人类亲历了一系列由有毒气体、核废弃物所导致的环境公害事件。得益于当代女性主义文化思潮的滋养,面对生态恶化、人类生育能力不断下降的新形势,阿特伍德不仅揭示了极权专制与男权统治之间的共谋关系,还呈现了女性成为首当其冲的环境受害者的现实,体现了鲜明的生态女性主义立场。她曾这样回忆自己的创作动机:

> 假如女人的位置是在家里,那么为什么她们不在那儿?该怎样让她们重返家庭?如果你掌握了美国的政权,那么你的施政纲领将是什么?……我的小说是从处死叛党者的场景(后来我把它移到了小说的结尾)和我的主人公吃鸡蛋开始写的,那时,我还没给主人公和整部小说起名字。当时我在一张纸上写满了男人的名字,在每一个名字前面加上Of,最后我选择了Offred(奥芙弗雷德)这个名字,这样做有三个理由。第一,这个名字很古怪,大多数人很难立即看出它是什么意思——只是一个简单的男性名字前加上一个简单的表示归属的词of。②

作家从女主人公被剥夺了姓名与自我,仅以男性占有物而存在的命名方式起笔,不仅象征性地揭示了基列国的男权压迫本质,也鲜明地表达了为女性代言的立场,通过对作为"国有资源",在人口凋零、畸胎甚多的基列

---

① 乔治·奥威尔:《一九八四》,董乐山译,上海译文出版社,2009年,第77页。
② Margaret Atwood. "If You Can't Say Something Nice, Don't Say Anything at All." in *Language in Her Eye*. ed. Libby Scheier et al. Toronto: Coach House, 1990. pp. 18 – 19.

第二十五章 玛格丽特·阿特伍德的《使女的故事》

国为大主教们繁衍子嗣的使女的生活回忆,表现了女性的悲惨命运。

使女们"全身上下,除了包裹着脸的带翅膀的双翼头巾外,全是红色,如同鲜血一般的红色,那是区别我们的标志"(18)。她们先是被迫在拉结-利亚感化中心接受嬷嬷们的训导,随后被分配到老迈的大主教家充当生育机器:"充其量我们只是长着两条腿的子宫:圣洁的容器,能行走的圣餐杯。"(56)小说令人毛骨悚然地描写了大主教家例行的授精仪式——先是诵读《圣经》,随即由大主教、无法生育的夫人和使女共同完成整个过程:"我不说做爱,因为那不是他正在做的。说性交也不合适,因为这个词意味着两人参与,而现在却只是一个人的事。"(109)不堪忍受的奥芙弗雷德只能紧闭双眼,努力"将自己与自己分离"(10)。使女的分娩场景同样具有非人的仪式意味:社区的所有夫人与使女均须参加,见证家有喜事的夫人和分娩使女同坐一张产凳,煞有介事地模拟分娩的过程。除了使女,大主教夫人身为统治阶层的一分子,同样是男权统治的牺牲品,年老色衰的她们不得不忍受丈夫的冷漠,以及在授精与分娩仪式上的尴尬与嫉妒;年老的女性更因在男权社会中的失效而被强行带往隔离营清扫核废料,全身皮肤剥落,痛苦死去;奥芙弗雷德最好的大学同学,曾经意气风发、桀骜不驯的莫伊拉,虽然成功绑架了嬷嬷,逃离了感化中心,令"她们至高无上的权力出现了破绽"(153),最终还是在被捕后成为专供大主教们淫乐的妓女。

在呈现了女性被压迫的普遍性后,阿特伍德还特别揭露了基列国实施性别迫害的内在机制,即除了严酷的肉体侵害与精神麻痹,统治者还动用国家机器和舆论力量,通过剥夺女性的工作权和冻结电子银行卡,剥夺女性的经济独立权和反抗的可能性。由此,女性只能对男性产生人身依附,从社会退居家庭。奥芙弗雷德本来是一位职业女性,和丈夫因爱建立了家庭。然而,一夜之间,她失去了工作和存款,也失去了在丈夫面前的自信心与安全感:"我觉得整个人在缩小,当他搂住我,拥我入怀时,我缩成了玩具娃娃那么大。我觉得爱正抛弃我独自远行","我们不再彼此相属。如今我属于他"。(210)这里,值得注意的是,阿特伍德改写了《一九八四》中的一个数学公式,使之生发出新的意义。温斯顿在秘密日记中写道:"所谓自由,就是可以说二加二等于四的自由。"① 作为自由的表征,二加二等于四象征了客观规律和知识理性,背后是对人性的珍视和自由意志的高扬。这也就是在可怖的刑讯室中,审讯者奥勃良通过酷刑逼迫温斯顿放弃对之的坚持的原因:"有时候是四,温斯顿。但有时候是五。有时候是三。有时候三、四、五全是。"② 到了《使女的故事》中,这一公式首先体现为大主教代表的男权意志对女性智力的蔑视:"女人不会加法,他曾经开玩笑地说。当我问他是什么意思时,他说,对女人来说,一加一加一再加一不等于四。那等于几?我问,以为他会说等于五或者三。还是一加一加一再加一,他回答。"(214)但"我"却反其道而行之,将大主教的阐释重新解读为女性个体独特性的标志:"大主教说得对。一加一加一再加一不等于四。每一个都是独一无二的,无法将它们相加。不能相互交换,不能以此换彼。无法相互代替。"(222)这里,经由对一个数学公式的意义改写,阿特伍德表达了对女性不屈意志和独立存在的执着追求,深化了女性自由的主题。

三

除了对一个数学公式的具体改写,《使女的故事》从整体上看同样可以被视为对《一九八四》的女性主义改写。这即是不少评论者将《使女的

---

① 乔治·奥威尔:《一九八四》,董乐山译,上海译文出版社,2009年,第93页。
② 乔治·奥威尔:《一九八四》,董乐山译,上海译文出版社,2009年,第288页。

故事》称为"女性主义的《一九八四》"的原因所在。这一改写不仅体现在作家对女性苦难的关切、对女性自由主题的拓展上,更表现为对女性抗争及其希望的呈现。在此方面,作家首先通过对女性声音的传达凸显了话语与权力之间的内在关联,其次也表达了与奥威尔不同的乐观主义倾向。

如前所分析的,基列国压迫女性群体的制度性策略之一是剥夺话语权。那么,女性要确认自身的存在,首先要从话语权的夺回开始。如果说《一九八四》主要呈现的是男性作者的叙述权威,《使女的故事》则采用了和温斯顿的第三人称全知叙述不同的第一人称叙述,集中表达了女性强烈的主体意识,以及与女性群体交流的欲望。奥芙弗雷德并非传统意义上的"女英雄",她没有闺蜜莫伊拉和具有女权倾向的母亲那么张扬和自信,相反有些怯懦,但却更具真实性和代表性。她心怀与母亲、丈夫和女儿重逢的一线希望而隐忍偷生,但还是在孤独中尝试通过各种形式来发出自己的声音:"我"会哼唱过去时代的"禁歌",以对美好过往的回忆支撑自己坚持下去;"我"清晰地意识到"名字对一个人来说至关重要"(97),"我一遍遍叨念着自己原来的名字"(113)。"我把那个名字珍藏起来,像宝贝一般,只待有朝一日有机会将其挖出,使之重见天日。"(97)"我"还利用在书房陪大主教取乐的机会,通过阅读被禁毁的"流行杂志",用过去时代"无畏、从容、自信"的女性形象来激励自己,因为"她们没有恐惧,也不依附某人"(181)。

除了孤军奋战之外,基列国的女性还暗暗通过各种渠道谋求团结与互助。即便没有并肩的战友,也要将信念作为宝贵的遗产传递给后来者。小说中多次出现奥芙弗雷德在自己那间牢狱般的小房间的衣橱深处发现的一行神秘的"拉丁文",那是前一任使女在上吊自杀前用指甲刻出来的:"别让那些杂种骑在你头上。"(216)对奥芙弗雷德来说,这不仅是女性间彼此激励的纽带,更是"一声命令"(169)。正是这一"命令"激励着奥芙弗雷德在逃出魔爪后以录音的方式，为后代留下了基列国的女性受难史：

> 是讲，而不是写，因为在我身边没有可以书写的工具，即使有也受到严格禁止。但是，只要是故事，就算是在我脑海中，我也是在讲给某个人听。故事不可能只讲给自己听，总会有别的一些听众。
>
> 即便眼前没有任何人。
>
> 讲故事犹如写信。亲爱的你，我会这样称呼。只提你，不加名不带姓。加上一个名字，就等于把你和现实世界连在一起，便平添了莫大风险和危害：谁知道你活下来的机会能有多少。因此，我只说你，你，犹如一支古老的情歌。你可以是不止一人。
>
> 你可以是千万个人。
>
> 我眼下尚无危险，我会对你说。
>
> 我会当作你听到了我的声音。（44）

阿特伍德曾在其剑桥大学演讲集《与死者协商——布克奖得主玛格丽特·艾特伍德谈写作》(*Negotiating with the Dead: A Writer on Writing*, 2002)中写道："小说中进行书写的虚构人物，鲜有不为任何人而写的。通常就算是写虚构日记的虚构作家，也希望预设读者的存在。"[①]奥芙弗雷德的声音，就是为了传递给后来者的。小说的口述构思在一定程度上受到爱尔兰剧作家贝克特(Samuel Beckett)的剧作《克拉普的最后一卷录音带》(*Krapp's Last Tape*, 1958)的启发。剧中，克拉普用录音带写日记，年复一年，倾听自己过往的生活。19 世纪美国"自白派"女诗人艾米莉·迪金

[①] 玛格丽特·阿特伍德：《与死者协商——布克奖得主玛格丽特·艾特伍德谈写作》，严韵译，上海三联书店，2007 年，第 91 页。

第二十五章 玛格丽特·阿特伍德的《使女的故事》

森亦曾秘密地给世界写信。她相信未来会有读者认真阅读她的作品,就像使女希望后人可以认真倾听她的故事一样。因此,小说文本中以斜体书写的"你",既是和奥芙弗雷德从未谋面的其他使女,向她透露"五月天"的求救暗号而自己不幸罹难的奥芙格伦,也代表了我们每一个人。

所以,两部小说都通过对梦魇般的极权社会的控诉,呼唤人性的自由。只不过《一九八四》中,唯有温斯顿才是秘密日记的拥有者与书写者,而《使女的故事》中,则是被压迫的女性群体在通过各种形式打破缄默,发出自己不屈的声音。

其次,阿特伍德表达了与奥威尔不同的乐观主义倾向。或许正是奥威尔一方面将希望寄托在无产者身上,另一方面由于自身思想的矛盾性又将无产者表现为愚昧与盲从的一群,所以小说的结局是灰暗的。温斯顿在极刑折磨下从肉体到灵魂均全线崩溃,最终以屈服与麻木结束了与强权之间的不平等对话,真心相信二加二等于五,过着行尸走肉般的生活,直到"等待已久的子弹穿进了他的脑袋"[1]。但阿特伍德却始终怀抱对人类未来的乐观信念,因而塑造了一个全新的极权抗争者奥芙弗雷德的形象:与裘莉亚相比,她是一个头脑冷静、行事缜密、意志坚强、为人隐忍的女性。漫漫长夜中,她依靠不断唤起往日生活的温馨记忆来保持自己的理性,不断重复自己的真实姓名而提醒自己是一个独立的个体,通过与母亲、莫伊拉、前一任使女以及奥芙格伦等的精神维系而怀抱对未来的希望。与温斯顿相比,她在反抗过程中始终保持着清醒的个人意识,没有放纵个体的欲望,没有出卖他人,没有自暴自弃,最后也没有被极权统治所吞噬。她甚至还不惜撕开血淋淋的创口,在黑暗中通过完整的口述留下了基列国的滔天罪证,保存了人类历史上一段惨痛的历史。与奥威尔

---

[1] 乔治·奥威尔:《一九八四》,董乐山译,上海译文出版社,2009年,第344页。

的悲观主义相连,大洋国的暴政似乎坚不可摧,人类的未来似乎是无望的;而《使女的故事》中的国家机器从一开始就显示出裂痕和脆弱的特性,暴露出统治基础受到撼动的可能性。基列国的不少人仍然保留着对历史与幸福的记忆,地下抵抗组织活跃着,女性与受压迫的底层男性依然不时有着思想与行为上的僭越。小说虽留下女主人公去向不明的开放式结尾,但还是通过录音带的存在,有力地暗示了人类光明的前景。

综上,作为一部女性主义的反乌托邦小说杰作,《使女的故事》既以对极权乌托邦的深刻揭露,有力继承了奥威尔《一九八四》所代表的政治讽喻传统,又以跨越时空的对话性表达了阿特伍德对女性生存的特别关注,并在生态环境恶化的时代语境下揭示了人类生存面临的共同危机,深化与拓展了反乌托邦文学高扬全人类自由的普遍主题。如阿特伍德所说,她尝试的是从女性角度来重写反乌托邦小说,即裘莉亚眼中看到的世界。而让裘莉亚、奥芙弗雷德们发声,不仅使读者看到了极权世界的另一种黑暗,亦使我们多了观察与反思现实与未来世界的一重新的维度。

第二十六章
玛格丽特·阿特伍德的《羚羊与秧鸡》
（《羚羊与秧鸡》，韦清琦、袁霞译，译林出版社，2004年）

早在18世纪，卢梭即在《论科学与艺术》《论人类不平等的起源与基础》等长文中揭示了文明与自然、科技与人性间的严峻冲突，虽不无偏激，但其天才的预见性以及对人类命运的忧患意识，却使他在西方思想史上拥有了无与伦比的地位。继卢梭之后，越来越多的智者进一步对科技文明的异己性与非人性进行批判，赫胥黎的小说《美丽新世界》尤其从对现代化的担忧出发，构思了一个具有反乌托邦意味的暗淡的"美丽新世界"。

进入21世纪，世界依然充斥着恐怖与灾难。暗杀、绑架、自杀式炸弹袭击等恐怖事件与地震、海啸、瘟疫等自然灾难纷至沓来。人类痛苦地意识到，科学技术的日益发达，并未给自身带来更多的幸福。作为一位具有深切的社会责任感、清醒地窥见了文明那半张狰狞面孔的作家，有"加拿大文学女王"之誉的玛格丽特·阿特伍德在2003年推出了第11部长篇小说《羚羊与秧鸡》，以惊人的想象力，描摹了距离我们并不遥远的未来世界中一幕幕令人触目惊心的末日景象。小说之所以在问世当年即被提名角逐诺贝尔文学奖并进入英国布克文学奖决选名单，一个重要的原因显然在于其振聋发聩的警世意义。可以说，作家通过又一个"美丽新世界"的梦魇，举起了一面让我们每个人都反躬自省的镜子。

一

　　小说的第一个特点是采用了交叉并进的双线复式结构,由作为主人公的"雪人"进行勾连,通过"雪人"的回忆、联想、幻觉、梦境,倒叙了少年吉米(即后来的"雪人")和格伦(即后来的"秧鸡")的友谊与成长故事。

　　小说开篇处,文明世界已沦为一片废墟。劫后余生的"雪人"孤独地生活在热带海滨,退化成为一个半树栖的近似野人的生物,在酷暑、干渴、饥饿的状态下,和自然界虫兽的侵扰进行着绝望的斗争。这是一位21世纪的鲁滨逊。然而,具有讽刺意味的是,笛福笔下那位18世纪的鲁滨逊身上洋溢着文明人的自豪和优越感。他以征服者自居,表现出凭依文明的力量战胜自然的强烈的自信心和乐观进取精神,代表了欧洲资本主义黄金时代的文化理想。但这位21世纪的鲁滨逊却是文明毁坏生态的目击者与批判者。他身上充斥着的,是强烈的孤独、痛苦、茫然和危机感,令人想到卡夫卡《地洞》中那只惶惶不可终日的可怜小鼠。

　　在形影相吊的境地中,"雪人"开始回忆儿时以来的生活。于是,"雪人"为生存而进行的鲁滨逊式的努力,以及他为寻找更多的食物与药品不得不重返文明的废墟进行探险的征程,便构成了小说的第一条主线;而由他的回忆、联想等片段交织拼缀起来的童年、少年时代的生活场景,他与"秧鸡"的经年友情,他们各自的成长及个性、禀赋的差异等,便构成了小说的第二条主线。

　　吉米与"秧鸡"都在门禁森严、与世隔绝的"大院"中长大。他们的父母都曾是"大院"中的精英,即从事绝密的生物技术和基因变种试验的生物学家。无论是"奥根农场""荷尔史威瑟大院",还是后来"秧鸡"蓄意制造了灭绝人类的"剧腐"病毒的"雷吉文-埃森思公司",都是未来世界中一些彼此严酷竞争的高科技生物公司。它们在动物身上进行基因嫁接试验，以培育供人类移植用的器官，甚至蓄意研制病毒，再提供药品以牟取暴利。

吉米和"秧鸡"在缺乏家庭温情以及和人类的正常交流的封闭的人工环境中长大。在玩电脑游戏和浏览各色荒诞无聊的色情网站的过程中，两人气质、情趣上的差异日益呈露。吉米最终进了以舞蹈艺术家玛莎·格雷厄姆的名字命名的学院，而"秧鸡"这位拥有异秉的少年则顺利进入了为"大院"培养尖端人才的沃特森-克里克学院，并最终成为雷吉文-埃森思公司的核心要员，藏身于"大院"幽深处的"天塘"，从那里扩散了一种极为恐怖的致命病毒，终至葬送了人类，包括他自身。

吉米和"秧鸡"的冲突，象征了美、艺术、人性价值与冷冰冰的科学理性、实利主义原则的尖锐对立。但玛莎·格雷厄姆学院包括吉米后来供职的安诺优公司的寒酸破败和沃特森-克里克学院及雷吉文-埃森思公司的富丽豪华的对比，却显然表现了作家对现代社会唯利是图原则盛行、人文艺术走向沦落与世俗化的可悲现实的深切惋叹之情。吉米明白：他毕业后的出路，就是"用华丽而肤浅的辞藻去粉饰这个冰冷、坚硬、数字化了的现实世界"（194）。这是作家笔下未来新世界的阴暗图景，可又何尝不是当下的现实呢？

除了作为主轴的双线之外，作家还穿插了吉米和"秧鸡"家庭生活的变故、吉米母亲的辞职出走与被捕受刑、吉米对来自亚洲的少女"羚羊"的爱恋及"秧鸡"与"羚羊"的关系等副线，使作品的情节更为充实饱满、摇曳生姿，并更加有力地表现了作家对文明堕落的反思。

二

用主人公意识的流动进行串联，使故事场景灵活自由而不露痕迹地在历史与当下之间切换与交错，构建一种现实的危机感和历史的沧桑感，是为小说的又一特色。

从文明的浩劫中侥幸逃生的经历,使"雪人"成了对过度膨胀和失去约束的科技文明的自觉审视者。回忆与现实的不断切换,给"雪人"也给小说的读者营造了一段适当的时空距离,使我们得以通过一位崩溃世界的零余者与局外人的视角,看到了高科技那迷人的光环背后黑暗的阴影,以及阴影下人性被异化的可笑而可悲的事实。

在儿时吉米的眼中,城市被叫作"杂市",色情网站与大麻毒品充斥着人们的生活。吉米趁感恩节假期去探望"秧鸡",吃惊地发现:沃特森-克里克学院的男女满足生理需要完全是遵照实利主义的科学原则,由学生服务部安排进行的。用"秧鸡"的话说,"价钱从奖学金里扣,就跟扣住宿费一样"。"作为一种体制,它避免了能量向没有任何产出的渠道分流,以及情绪受挫引起的不适。"(215)

在沃特森-克里克学院,吉米像刘姥姥进了大观园一般大开眼界。这个具体而微的"美丽新世界"由人工合成物主宰着,那里有羊蛛的雕像、假岩石、聪明墙纸、没有鸡脑袋但却源源不断提供鸡的各个部位的鸡肉球等等。狂妄的人类通过基因嫁接"有了上帝的感觉"(53),可是,吉米却感到"好像有某道线被逾越了,好像发生了什么越轨的事"(213)。吉米的困惑正是阿特伍德的困惑。她在一次访谈中说:"如果我是上帝,我会很不安。他创造了一切,并且认为这一切都是美好的。但现在人类正在这件艺术品上到处胡乱涂改。"

值得注意的是,作品两次提到了玛丽·雪莱的科幻小说《弗兰肯斯坦》。弗兰肯斯坦这位"现代普罗米修斯"(这是该小说的副标题)创造出身长八尺的怪物,却被毁掉了终生幸福。他的毁灭,正表现了玩火者的悲剧下场。"弗兰肯斯坦"因而在英语中成为一个专有词汇,意为"无法控制自己的创造物而反遭毁灭的人"。从此意义上说,"秧鸡"们不就是一

第二十六章 玛格丽特·阿特伍德的《羚羊与秧鸡》

个个弗兰肯斯坦吗？关于玩火者的结局,作家这样写道:"这儿就是'秧鸡'和'羚羊',他们残留的部分。他们已被秃鹫瓜分了,尸骸四处散落,大大小小的白骨交错而杂乱地堆着,像一副庞大的拼图玩具。"(437)

三

小说第三个突出的特点,是在情节设置上对于《圣经》故事的戏仿。通过戏仿,作家营造了一种类似于黑色幽默的特殊效果,巧妙地暗示了主题。

作为一位擅长制造悬念并运用层层剥笋的方式逐渐使谜底水落石出的艺术大师,阿特伍德在小说的开篇处,即通过"雪人"的观察,在读者面前呈现了一个奇异的物种——"秧鸡人"。他们美丽温顺、安静无知,一律有着发绿的眼睛,一丝不挂的身体散发出特殊的气味,并以草叶为食。那么,他们是一种怎样的奇异造物？作家并没有使读者的好奇心当即获得满足。随着故事的展开,我们才慢慢了解这一由"秧鸡"率领的生物技术精英秘密研制出来的人造人的奥秘:通过改造和古猿大脑差不多落后的机制,"雷吉文-埃森思希望能很快向市场提供类型齐全的杂交品种。他们将能够创造出精品宝宝来,这些宝宝可以具有任何体貌、心智或精神上的特征,供顾客挑选"(315)。"秧鸡"无限自豪地向吉米详细解释了"秧鸡人"的原理、功用及其无限可观的商业前景,俨然像是《创世记》中那位万能的造物主。然而可悲的是,这位试图与神一试高下的人,最终为自己亲手策划的瘟疫所葬送。另一个戏仿的例子是吉米。劫难降临,吉米接受了垂死的"秧鸡"的嘱托,勇敢地承担起了"秧鸡人"的牧者的使命。他带领他们冒险离开"天塘"、穿越杂市、来到海滨寻找新乐土的旅程,呼应的正是摩西受命率领受苦受难的以色列人冲出埃及、穿越沙漠、横渡红海,终于在流淌着奶和蜜的迦南定居的伟大征程。可是,这位未来世界的摩西不仅自身伤痕累累，而且无法确定这一新的物种会不会又在另一轮进化循环中搬演人类的历史，从而重蹈覆辙。与《圣经》故事的暗合及不同的结局，象征了当代人的无奈处境。

此外，作品总体构思上的荒诞和具体细节上的逼真相结合而形成的一种独特的艺术风格，亦给读者留下了难忘的印象。一位叫琳达·L.理查兹的书评家惊叹道："即使是最坏的想像在现实面前也会黯然失色，这句话对你我来说也许千真万确，但不适用于玛格丽特·阿特伍德。她能想像真正的梦魇，而她杰出的才华又让我们能够如此生动地分享她的梦魇。"作为一部探索文明在失控后将在何等程度上危及人类自身的小说，作家调动了丰富的科学知识，并发挥了高度的想象力，在读者面前建构起了一个立体化的未来世界。同时，她又有着极为细腻、逼真和准确地描写场面、事件、形象、细节的才能。荒诞与真实的独特结合使我们自然联想到了卡夫卡的《变形记》，一部同样以荒诞、夸张和变形的表现主义手法展现人性异化的作品。两部作品同样真切地表现了作家的人文情怀。阿特伍德自陈"我几乎一生都在思考跟随'假如……'而来的故事情节"，而当她正在多伦多机场候机大厅一边构思着这部表现虚拟灾难的小说，一边等待着十分钟后的登机时，一个真实的灾难刚刚发生，那天是 2001 年 9 月 11 日。所以，阿特伍德表现了对这个"困扰着"她的世界的理解，一如卡夫卡笔下对"一切障碍都在粉碎我"的慨叹。

当 9·11 事件、炭疽、SARS、埃博拉病毒等尚未淡出人们的记忆之时，当新冠病毒依旧肆虐全球时，读读《羚羊与秧鸡》中对未来世界到处散布着快速变异的病毒，惊惶不已的人们不得不时时戴着锥形口罩，以过滤和阻隔空气中有害物质的描写，相信读者的心中一定会重新漾起苦涩的感觉。我们不得不思考这样一个问题：为了所有人的缘故，是否有必要改变我们的生存方式？

第二十七章
玛格丽特·阿特伍德的《珀涅罗珀记》
(《珀涅罗珀记》,韦清琦译,重庆出版社,2005年)

20世纪中后期,西方文学中多有重述与再造经典的文本出现。这些作品往往在原作人物关系与情节框架的基础上大胆发挥,通过叙述视角和言说方式的转换,对旧有故事进行重述。如英国作家简·里斯作为《简·爱》前篇的长篇小说《藻海无边》、美国作家唐纳德·巴塞尔姆(Donald Barthelme)戏仿格林童话和迪斯尼版动画片的中篇小说《白雪公主》(Snow White, 1967)和美国作家约翰·厄普代克(John Updike)挑战莎士比亚经典悲剧《哈姆莱特》的长篇小说《葛特露和克劳狄斯》(Gertrude and Claudius, 2000)等,均为这一重述与再造序列中的佳作。2005年,加拿大文学女王玛格丽特·阿特伍德推出了重述希腊神话的小说新作《珀涅罗珀记》,亦再一次引起了人们对这位宝刀未老的作家创作才情的关注。

一

作为20世纪下半叶西方一种引人瞩目的文学现象,经典重述与西方文学由现代主义向后现代主义的过渡,与后现代主义重估传统价值、消解既定权威的潮流之间,隐含着许多微妙的联系。女性主义作为后现代思潮中的一个重要分支，以揭露历史传统与现行文化中的父权中心本质和弘扬女性价值为旨归。它认为历史是一种建构，是"他"所讲述的"故事"，体现了权力拥有者的话语暴政。而作为加拿大最具国际影响力的女作家和女性主义文论代表的阿特伍德，则通过《珀涅罗珀记》讲述了一个"她"的"故事"，使得这部小说成为女性主义烛照下重述经典的一部力作。

《珀涅罗珀记》是2005年3月正式启动的全球重述经典、重造神话的大型出版合作项目之一。全球共有30余家出版社、数十位作家参与，其中不乏诺贝尔文学奖和布克文学奖获奖作家的加盟。中国著名作家苏童也参与了对孟姜女故事的重构。神话之所以成为重述的首选对象，首先是因为它作为绽放于人类童年时代的花朵滋养了无数人的心灵，具有其他文类无可比拟的得天独厚的历史辐射力；其次，神话作为人类祖先旺盛想象力的产物，往往又以变形的方式折射出人类社会的发展进程，体现出母系社会向父权制社会过渡的历史印痕。比如希腊神话中俄瑞斯忒斯杀母为父复仇的故事，以及埃斯库罗斯以此为题材创作的著名悲剧三部曲，均反映了"女性富有历史意义的失败"；希腊神话中以奥林匹斯山上的天父宙斯为中心的新神谱系体现的一夫多妻制，显然也表现了现实生活中男女地位的差异；在小亚细亚一带民间短歌基础上形成的荷马史诗，同样有很多实例显现出地中海沿岸诸国以父权制为中心并向私有社会形态过渡的痕迹。女性要么被处理成弑君篡位、心狠手辣的荡妇，如阿伽门农的妻子克吕泰涅斯忒拉；要么被理解为男性竞相争夺的尤物和引发战争的祸水，如珀涅罗珀的表妹海伦。这位众神和凡人的宠儿轻佻而虚荣，天生为男性的追逐而活，是一朵在鲜血浇灌下盛开的玫瑰。而奥德修斯的妻子珀涅罗珀则以20年的孤灯独照为代价，换得了忠贞的好名声。因此，借用西蒙娜·德·波伏瓦"女人不是天生的，而是文化生成的"观点可以

第二十七章 玛格丽特·阿特伍德的《珀涅罗珀记》

发现,神话作为一种变形的历史,是渗透了父权制物化与妖魔化女性的历史观的;而对神话进行重述,则具有了正本清源的文化还乡意义。

基于此种原因,阿特伍德爽快地加入了重述神话的行列。早在 20 世纪中期求学于多伦多大学维多利亚学院期间,阿特伍德即深受神话原型理论的代表人物诺思洛普·弗莱(Northrop Frye)的熏陶,随后在长期的文学实践中,亦表现出对神话经久不衰的浓厚兴趣。她的很多诗歌均涉及神话题材,比如 1974 年的作品《你很幸福》(You Are Happy)即从希腊神话中的女怪喀耳刻的角度,重述了奥德修斯故事,表现女性作为战利品,只能被动地面对男性欲望的主题,探索了两性关系中的权力政治;1995 年的诗集《焚毁之屋的早晨》(Morning in the Burned House)更是涉及了多样化的神话题材。[①]《珀涅罗珀记》则是阿特伍德在女性主义价值观的烛照下反思既定历史叙述的扛鼎之作。这部小说的独特之处,首先在于以重述神话为突破口,经由人物叙述视角的转换,通过女主人公打破数千年的沉默、以第一人称向当代的我们叙述"她"的故事的巧妙构思,体现了女性主义的文化观与历史观。

在荷马史诗《奥德修纪》中,珀涅罗珀是英勇的伊塔刻国王奥德修斯的妻子。她以对丈夫忠贞不渝的典范形象而出现,她的事迹也成为各个时代训诫妇女的教科书。海伦与帕里斯私奔后,奥德修斯随即踏上了去特洛伊的征程,一走便是 20 年。在此期间,珀涅罗珀一边操持着伊塔刻的政务,一边抚养倔强不驯的儿子忒勒马科斯,同时还得抵挡一百多个求婚者的纠缠。当奥德修斯历经艰险、战胜各种妖魔、钻出了诸多女神的寝帐而最终返乡后,他杀死了所有求婚者,同时也没有放过妻子身边的 12 位女仆。

---

① 傅俊:《玛格丽特·阿特伍德研究》,译林出版社,2003 年,第 356 页。

在史诗中,珀涅罗珀只是一个副线人物。至于她在20年等待中的痛苦与绝望,不仅在史诗中付诸阙如,也是丈夫奥德修斯和儿子忒勒马科斯不屑一顾的。卷一中,忒勒马科斯当众粗鲁地责备母亲:"你还是回到自己房间里做你的事去吧,回到你的织机和纺梭那边,命令女奴们干她们的活;讲话是男人们的事,首先是我的事,因为我是这家的主人。"①珀涅罗珀听了这番话居然也不敢再辩,反而认为儿子的话有道理。但阿特伍德却以女性作家天然的理解与同情,以及女性学者理性的价值立场勘破了这一既定历史叙述背后的暗影,将那位终日在家绩麻、以泪洗面的女性推到了历史的聚光灯下,并投注以人文主义的温情关怀。这才有了小说中的第一人称女性叙述视角,对"以前不知道的几条印在书上的仿真陈述"(2)、"他所讲述的版本"(2—3)、"官方的说法"(3)进行补充与修正。小说第一部分《低俗艺术》中,珀涅罗珀说道:"我已是死人,因而无所不知。"(2)她不再甘于自己只是"一个训诫意味十足的传奇。一根用来敲打其他妇人的棍棒","一个或一系列故事"的主人公。(3)过去的日子里,在奥德修斯的"圆滑""狡诈""狐狸般的诡秘"和"狂妄"面前,"我三缄其口;或者,若要张嘴的话,说的都是他的好话。我没有和他作对,没有提出难堪的问题,没穷追不放。在那些岁月里我只要善始善终,而要善始善终最好就是把该锁的门锁好,在一片喧嚣狂暴中安然入眠"。(3)"而今既然其他人都气数已尽,就该轮到我来编点儿故事了。""所以我要讲自己的故事了。"(4)这种女性主体的自我言说,正是美国女性主义文论家伊莱恩·肖瓦尔特所倡导的"她们自己的文学"。

小说《珀涅罗珀记》还使第一人称单数"我"和复数"我们"的叙述交

---

① 荷马:《奥德修纪》,杨宪益译,上海译文出版社,1982年,第10页。

相辉映、彼此补充,进一步将个体女性命运的呈现拓展而为对女性集体命运的沉重反思与诘问。阿特伍德采用了别致的艺术形式,使王后珀涅罗珀的身世回忆和她最为信任的 12 位贴身女仆诉说自身悲惨命运的合唱歌咏彼此穿插应和,创造出一唱三叹的艺术效果。

二

小说中,王后的回忆由《我的童年》《我的婚事》《望穿秋水》《奥德修斯和忒勒马科斯杀了女仆》等 19 个片段组成,女仆的歌咏则包括《小孩儿的哀歌》《理想爱人》《奥德修斯的审判》等 10 组合唱歌词。这一形式戏拟了希腊悲剧的表演程式,通过对古希腊圆形剧场中悲剧演出场景的还原,仿佛使读者真切地看到了那位哀怨而不失庄重节制的珀涅罗珀,听到了围绕在她身边的女仆的哀诉。

关于被吊死的女仆,史诗中是这样描写的:奥德修斯先是残杀了所有求婚者,背着珀涅罗珀叫来女奴,要她们搬走求婚者的尸体,用水和海绵把椅子和餐几擦洗干净,然后准备用长剑砍杀她们:"叫她们全部丧命;那样她们就不能再去想怎样顺从求婚人,同他们私通的一切欢情了。"[①]而儿子则更有创意:

  可不能让她们痛痛快快的死掉。

  他把一根黑色船上的绳索绑在大柱子上,把绳子另一头扔过亭子,把女奴们高高挂起,让她们的脚碰不到地。就像修翎的画眉或鸽子在寻找地方栖宿的时候,陷入深藏在榛莽里的网罗,落到苦痛的卧

[①] 荷马:《奥德修纪》,杨宪益译,上海译文出版社,1982 年,第 290 页。

床上;正是这样女奴们排成一行仰着头,让绳扣拴到每人颈上,遭到惨死;她们用腿挣扎了一会儿,时间没有多长就断气了。①

阿特伍德在"前言"中明确交代了小说与史诗不同的叙述角度:

> 我选择了将故事的讲述权交给珀涅罗珀和十二个被吊死的女仆。这些女仆组成了齐声咏叹的合唱队,其歌词聚焦于在仔细读过《奥德修纪》后便会油然而生的两个问题:是什么把女仆们推向了绞刑架?珀涅罗珀扮演了何种角色?《奥德修纪》并没有把故事情节交代得严丝合缝,事实上是漏洞百出。一直以来,这些被绞死的女仆便萦绕在我心头。(前言,2)

究竟是什么把女仆们推向了绞刑架?这些女仆自小被从做农民、奴隶的双亲那里买走或拐走,在宫中服务。她们没有对自己身体的所有权,无论是主人还是来访的贵族都可以随心所欲地玩弄她们。小说第一组合唱歌《跳绳式韵律》中,被吊死的女仆唱道:

> 我们在空中舞动
> 我们的赤足在抽搐
> 诉说着您行事不公(6)

第四组合唱歌《忒勒马科斯的诞生》中,她们又唱道:

---

① 荷马:《奥德修纪》,杨宪益译,上海译文出版社,1982年,第290—291页。

第二十七章 玛格丽特·阿特伍德的《珀涅罗珀记》

我们的生活被编织在他的生活中;他是孩子时
我们也是孩子
我们是他的宠物和玩具,假扮的姐妹,他的微不足道的同伴
我们跟着他生长,跟着他嬉笑,跟着他奔跑
尽管我们没有着落,我们饥饿,晒得满脸雀斑,几乎没有肉吃
他理所当然地视我们为他所有,不论是为了
做什么:照顾并服侍他吃饭,为他洗澡,给他逗乐
摇着他睡觉,虽然我们自己的小身子已快散了架
我们哪里知道,当我们在沙地里陪伴他
就在这岩石和山羊遍地的小岛的港口旁边玩耍时
他已注定要成长为屠杀我们的少年冷血杀手……(57—58)

她们也有自己的梦想,也渴望"穿亮闪闪的红裙子","和所有爱恋着的男子睡觉/奉献给他们无数的亲吻";然而从梦中醒来,她们却不得不"重新又开始辛苦劳碌/还得听从命令撩起衣裙/忍受所有流氓无赖的凌辱"。(104)

阿特伍德清晰地向读者暗示了女仆和珀涅罗珀命运的联系以及她们本质上的一致性,因为她在把女仆写成月亮女神阿耳特弥斯身边的 12 位月亮少女时,是把王后写成月亮女神的化身、月亮少女们的女祭司长的。12 位女仆"被奸污以及随后被吊死可能象征了母系的月亮文化遭到了颠覆,颠覆者便是一个正在崛起准备夺取权力,崇拜父神的野蛮人群体"(138)。所以,女仆们后来又化身为蛇发、犬首、蝙蝠翼的 12 位复仇女神,开始了对奥德修斯的追逐。

因此,珀涅罗珀"我"和 12 位女仆"我们"在幽冥中穿越了千年雾瘴向当代读者直接言说的构思,使得小说成为一部真正的"女书"。话语权

的转移造成了价值取向、道德评判以及爱情观的深刻逆转,体现了边缘话语对主流话语、"野史"对"正史"的挑战。

三

作为一部重构经典之作,小说体现出鲜明的互文特征。除了以女仆组成歌队戏仿希腊悲剧的演出形式,对地狱冥府的具象化描摹体现出作家对维吉尔史诗《埃涅阿斯纪》和但丁《神曲》的继承,女仆对奥德修斯的追逐令人真切地想起萨特境遇剧《禁闭》中令人不寒而栗的地狱图景之外,作品还和荷马史诗一样,同样遵照故事发生的自然顺序展开,并通过主、副线的交织营造出一种双重叙述。只不过和史诗不同的是,珀涅罗珀的身世和婚姻生活,以及与女仆共同构筑的友爱世界上升为主体,而奥德修斯所代表的暴力、杀戮和阴谋则下降为由断断续续的道听途说连缀起来的副线内容。这种呼应与对照既使小说与史诗密不可分,又巧妙地实现了价值的转换。

如果说,《奥德修纪》呈现的是动荡、好斗、注重武力的男性世界,那么,《珀涅罗珀记》展示的则是安宁、平和、充满温馨的女性生活。小说叙述中心的变更,有着作家自觉的历史反思意识为支撑。弗吉尼亚·伍尔夫早在《一间自己的房间》中已质疑了传统历史叙事虚伪的"宏大"性,认为"现在的历史有些怪异、失真、偏袒一方"[1]。她在评价特里威廉教授的《英国史》时批评他的历史无非"十字军东征……大学……下议院……百年战争……玫瑰战争……文艺复兴时期的学者……修道院的解体……农业和宗教争斗……英国海上霸权的起源……无敌舰队……"[2],偶尔能进

---

[1] 弗吉尼亚·吴尔夫:《一间自己的房间》,贾辉丰译,人民文学出版社,2003年,第39页。
[2] 弗吉尼亚·吴尔夫:《一间自己的房间》,贾辉丰译,人民文学出版社,2003年,第38页。

入历史的几个女性不是女王便是贵妇。在福柯的历史谱系中,无论是疯癫、疾病、犯罪还是性等边缘文化因素,亦并不是确定不移的"客观事实",而是"观念""知识""话语"的建构。他认为历史是由无数点点滴滴、血肉丰满的个体生活组成的,其中充满了矛盾、断裂、空隙和不连续性。在《知识考古学》中,他这样呼吁:"要重建一种话语,重新找到那些从内部赋予人们所听到的声音以活力的、无声的、悄悄的和无止息的话语。"①

由此角度观之,阿特伍德笔下的女性生活,体现的正是女性主义的历史意识,私人生活场景被赋予了不下于攻城略地的文化意义。珀涅罗珀15岁时即被作为交易对象从一个男人之手转入另一男人之手:"像一袋肉似的被交给了奥德修斯。请注意,是一袋金子包装的肉。一种镀金血布丁。"(36)而婚礼则高度仪式化地表现了男性对女性实施掠夺与征服的实质:

> 床上花团锦簇,门槛洒过了水,祭酒也准备停当。守门人立于门外以防惊恐的新娘夺门而逃,同时也阻止她的亲友闻其尖叫时破门而入。所有这些只是在演戏:仿佛新娘是被拐骗来的,而婚姻的美满就该是一种被认可的掳掠。应该是一种征服,一种对敌人的蹂躏,一次戏仿的杀戮。是应该见血的。(39)

在荷马史诗中,除了珀涅罗珀之外,其他寥寥几位女性如海伦和安德洛玛格同样只是点缀性的配角。然而,阿特伍德的小说却充满诗意地抒写了女性世界的温情,充满了家居细节的种种描摹和女性情感的细腻刻

---

① 米歇尔·福柯:《知识考古学》,谢强、马月译,生活·读书·新知三联书店,1998年,第33页。

画。珀涅罗珀和12位贴身女仆合力破坏求婚计划中的配合与默契,使得读者产生了她们既亲如母女又情同手足的印象。她们虽然"不得不非常小心,说话声压得很低,但那些夜晚却有一种过节的气氛,甚至,有一种欢闹的意味"(94)。她们共同品尝夜宵,拆织布,讲故事,猜谜语,编笑话。"在火把摇曳的光线中,我们白天紧绷的面孔变柔和了,举止也有了变化。我们简直成了姐妹。到了清晨,我们的眼眶因缺少睡眠而发黑,我们交换着同谋者会心的微笑,还时常飞快地捏捏彼此的手。"(104)

相反,特洛伊的暴力世界却被消解了价值与意义。在《望穿秋水》部分,作家仅以一页左右的篇幅,将倾国倾城的特洛伊之战简约成为毫无意义的非理性荒诞:"街道被血染得殷红,王宫则火光冲天;无辜的童男被扔下悬崖,特洛伊的妇女被作为战利品瓜分,国王普里阿摩斯的女儿们也在其中。"(69)由此,阿特伍德通过重述奥德修斯故事,既与史诗形成互文,又对之实行了解构。

小说不仅通过重述神话表现了新的历史观与价值观,这一文化还乡之旅还清晰地呈现出发人深省的现实意义。因为珀涅罗珀的时代虽已远逝,但我们又深知:以父权制为中心的社会文化并未随着科技的进步而发生根本的改变。当今世界中,海伦所代表的取悦、依附男性,自我客体化的审美观依然广有市场。作家通过珀涅罗珀之口说道:"正是通过她我才知晓了美人斑、遮阳镜、裙撑、高跟鞋、束腰、比基尼、有氧锻炼、身体穿孔以及吸脂术。然后她便侃侃而谈自己是如何的调皮,引起了多么大的骚动,还有毁了多少男人,有多少帝国因她而崩溃。"(156)而奥德修斯也脱胎转世,"做过法国将军,曾是蒙古入侵者,曾是美国的企业巨头,曾是婆罗洲猎取人头的蛮人。他当过影星、发明家、广告商"(158)。虽然历史已经走过了近3000年,但两性真正和谐平等的理想还远未实现。在许多国家,性别平等已然是无可更改的法律事实,但以男性为中心的文化价值

第二十七章 玛格丽特·阿特伍德的《珀涅罗珀记》

观却依然以或公开或隐蔽的形式存在着。所以阿特伍德通过珀涅罗珀之口这样感叹道:"世界仍然和我的时代一样凶险,只是悲惨和苦难的范围比以前更深广得多。而人性呢,还是一如既往的浮华。"(157)由此,穿越时空的珀涅罗珀提示我们:只要平等和谐的人类理想尚未实现,阿特伍德及其他诸多思想家、文学家等所倡导的女性主义文化观便有其存在的理由。

不难看出,《珀涅罗珀记》通过历史与当下、凡人生活与幽冥世界、真实与荒诞、男性世界的暴力和女性世界的温馨等多重因素的映照与冲突,赋予古老的神话以新的生命,呼应了后现代主义重估价值、让边缘的"他者"发声的趋势。由于重述经典使原定的价值失去了无可置疑的确定性,文学经典因而成为一种可供再生产的丰富资源。经典重述为读者提供了在不同的历史观与文化观之间创造对话的可能性,亦使文本生发出了新的意义层面。多元、异质文化的并存与狂欢,也许正是后现代语境下经典重述的部分意义所在。《珀涅罗珀记》正是由此角度,为我们理解大量涌现的当代重述文本提供了启示。

第二十八章
玛格丽特·德拉布尔的《七姐妹》
（《空床日记》，林之鹤译，南海出版公司，2008年）

作为玛格丽特·德拉布尔在迈入新世纪的门槛之后创作的第一部重要作品，长篇小说《七姐妹》从题材选择、主题挖掘以及多元叙述视角三个方面，探索了女性性别书写新的叙事空间。

一

首先从选材方面来看，作家一方面延续了得心应手的女性题材，另一方面又以其独特性而显示出深挚的人道主义情怀。即较之于男性作家包括众多女作家笔下的女主角均貌美、至少是年轻的特征，德拉布尔聚焦于红颜已逝、失去了生育能力与部分女性性征，在男权世界中不复具有魅力与价值的老年女性，以对弱势群体的关注而在当代小说创作中独树一帜。

具体说来，德拉布尔笔下的女主人公常常具有鲜明的自我指涉性，即作家往往将自己的人生历练与精神成长赋予她的人物，反过来说，她笔下的人物亦伴随、见证了作家的生命体验，构成年龄逐渐增长而阅历不断丰富的长长的女性形象系列，"作家几乎不可避免地会写一些跟自己年龄段相关的经历，以及当时心中的困扰"[1]。由此，她的"经历"与"困扰"，亦是

---

[1] Peter Firchow ed. *The Writer's Place: Interviews on the Literary Situation in Contemporary Britain*. Minneapolis: University of Minnesota Press, 1974, p. 12.

二战期间出生、60年代开始步入成人世界的整整一代知识女性的"经历"与"困扰"。到了《七姐妹》中，作家聚焦于同龄的老年女性的生活境遇与精神挣扎，将这一在文学舞台上备受冷落的群体推至聚光灯下。

小说中的主人公坎迪达出生于20世纪40年代，由于遭到丈夫的背叛和女儿们的冷落，而由庄园与宴会的女主人沦落为伦敦西区一栋高层建筑内的寓居者，有着无用、自卑、被社会所抛弃的强烈羞耻感："羞耻是萦绕在我心头的一个词语。"（6—7）老年女性的生存，可说波澜不惊，用主人公的原话来说就是："我们处于人生的第三个阶段，依赖我们生活的人已经过世或者已经成年。"（50）她们每日均要面对衰老、病痛、孤独与死亡的恐惧，但"我"还是勇敢地记下了每日的点点滴滴：

> 我感到在这虚无缥缈之中存在着某种重要的东西，它代表着希望的缺失，不过，我认为在某些地方，希望也许会伴随着我。这种虚无缥缈是很有意义的。如果我沉浸其中，也许它就会变成别的什么东西。我置身于这如同茫茫大海的虚无之中，我希望在写作的时候能发现某些更实在的目的。我相信，一定有值得重视的人或事在遥远的海岸上等待着我。（3）

在茫茫虚无中，日记写作成为主人公自我救赎、维护尊严、提升生命价值的基本手段。所以，小说主体部分由主人公记录自己的历史过往与当下生活的自述构成，中文版或许出于商业上的考虑而更名为略带暧昧的《空床日记》。

而在题材的具体处理方面，德拉布尔又由个体人物的描摹扩大而为群像的塑造，不仅使表现的社会生活面更为开阔与丰富，亦大大深化了主题。雷蒙德·威廉斯（Raymond Henry Williams）认为，20世纪以来，英国小说即分化为"社会小说"与"个人小说"两种不同的传统:"在社会的小说中可能有对一般生活,即集体的精确观察和描写;在个人的小说中可能有对人物,即构成集体的单位个体的精确观察和描写。"①德拉布尔的创作道路似乎更多地体现为由"个人小说"向"社会小说"的发展,这应该与其社会生活面日益宽广、创作视野逐渐打开有关。早期创作中单打独斗、深陷各种困境与烦恼中的孤独女主人公多有出现,自《光辉灿烂的道路》开始,德拉布尔更多地表现女性间的凝聚力,表明自己作为"社会历史学家"的雄心,其作品亦渐可被看作时代女性特征的全景式记录。她在接受访谈时清晰表明了自己的这一努力:"虽然我不认为所有的作家都有义务去记录他们所生活的时代,但是在英语小说中这一直是个传统上乐此不疲的主题。这也接近我的主题。"②《七姐妹》中,这一特色进一步获得发展。作为精通古希腊罗马文学的学者型作家,德拉布尔擅长从古典题材中汲取灵感。《象牙门》的标题即源自荷马史诗的《奥德修纪》。《七姐妹》的标题亦取自希腊神话中阿特拉斯囚反抗宙斯而被罚顶天,其七个女儿升天成为七姐妹星团的典故。作品中,随着情节的渐次展开,读者也慢慢认识了"维吉尔旅行团"的七名成员:首先是坎迪达中学时代的闺蜜朱莉娅·乔丹,这位多次离异的情色作家,我行我素,大胆恣肆而又才情过人;其次是坎迪达萨福克时代的邻居、唠叨刻薄的老处女萨莉;高雅睿智的杰罗尔德太太是一位诗人和热爱维吉尔的古典学者,正是她开设的维吉尔班启发了后来的埃涅阿斯之旅;另三位人物则分别是夜班学员、活跃能干的巴克利太太辛西娅,具有异国情调的前电视台职员阿奈和康奈尔大学研究生毕业的司机兼导游瓦莱里娅。伍尔夫曾在《一间自己的房间》

---

① 转引自瞿世镜、任一鸣:《当代英国小说史》,上海译文出版社,2008年,第329页。
② 唐岫敏:《我们都是历史的一部分,随着历史变化而变化——英国作家玛格丽特·德拉布尔访谈》,《文艺报》2003年9月9日。

第二十八章　玛格丽特·德拉布尔的《七姐妹》

中指出:小说史上少有将"两位女性描述为朋友的例子","她们的形象,总是在与男性的关系中得到展现。想想就让人奇怪的是,直到简·奥斯丁时代,此前小说中的所有出色女性,不仅是给另外一性看来,而且完全是从其与另外一性的关系角度来看的"。① 伍尔夫认为这一现象是男权意识有色眼镜下的产物,呼吁女性作家抒写更为真实而丰富的女性生活与女性关系。她自己是这样做的,德拉布尔亦继承了这一女性写作传统。《七姐妹》中,女性间的凝聚力所发挥的作用在坎迪达身上体现得尤为显著。她过去一直过着从中产之家的淑女到中产之家的主妇的生活,从未独立生活过一天,也从未有过工作经历:"我的一生是这么碌碌无为。我是个局外人,生活让我成为一个局外人。我从生活中退了出来,尽管我的生活从来没有遇到过什么困难,但是我却从生活中退了出来。"(109)丈夫背叛后,她没有如人们所期待的那样默默忍受,而是选择孤独而有尊严地离开:"就像修女循着神的脚步进入修道院,我开始独居。我既感到恐惧,又感到希望。"(45)刚搬来时她"在想在伦敦我真能认识四个人吗?"(44)"第一天夜晚,当我到家时,我打开了酒瓶,自己斟了一杯,站在那里,从高高的窗户望出去。我打开收音机,找到了音乐节目。……第一天夜晚,我坐到那儿的时候,内心里满是一种强烈的莫名预感。我的命运没有成形,没有方向。"(49—50)然而,她很快在同性友人那里收获了友情,受到朋友们独立与自由精神的感染,恢复了被人需要、受人欢迎的自信。如坎迪达在想到朱莉娅时这样写道:"我盼望她的电话,因为她的确以她自己的方式表现出奇特的可靠,甚至是可以依赖的。她是个道德败坏的女人,但是,她会站在我的一边,如果我需要有人站在我一边的话。她绝不会被打倒。"(31)坎迪达的生活面由此渐渐打开:"突然间,我受挫的生

---

① 弗吉尼亚·吴尔夫:《一间自己的房间》,贾辉丰译,人民文学出版社,2003年,第72页。

活变得有滋有味起来。它变得很充实,萨莉来吃过午餐,我从她的来访中挺了过来。朱莉娅·乔丹目前在伦敦逗留,说下星期要来看望我。我的社交生活实在是太忙碌了,充满活力的活动激发了兴趣,一个接着一个。"(52)她开始享受打破禁忌、突破角色禁锢的状态:"在过去的一两年之中,我做了许多从来没做过的事。"(64)

  回顾文学史,我们看到,易卜生写到了娜拉的出走,鲁迅也写到了子君的离家,但他们的主人公都是年轻女性,尚可结婚生子,或许尚有学习求职的希望,也就是说,她们是在传统男权世界中尚有利用价值的人,但德拉布尔却别开生面地写出了老年妇女开拓新生活的勇气:

> 我应当感到无能为力,但是我并没有这样。我感到比过去更加强有力了,比起我与那个好人安德鲁结婚的时候更加有力。安德鲁可是他那个阶层的栋梁,其他人仰慕的人物。那时我是他的新娘,一个他钟爱的人。另外,现在也比我三次成为妈妈、可以孕育小生命的时候更强有力了。我解释不了这种强有力的感觉。(51)

而这期间,姐妹情谊起到了重要的支撑作用。到了作家于 2004 年创作的《红王妃》中,女性间的共鸣甚至穿越了时空,体现为跨文化的三代人,即 18 世纪李氏王朝的红王妃、当代英国的知识女性霍利威尔博士以及博士来自中国的养女之间的彼此支撑,体现出更加鲜明的奇幻色彩。

二

  其次,就主题呈现而言,德拉布尔关注女性生存困境的特征是前后一贯的,但在后期创作中则更为开阔、豁达并显示出乐观色彩。早期小说多写向往外部世界的知识女性面对婚姻与家庭牢笼的困惑,表现母爱与情爱的冲突,而这些背后又潜藏着在清教背景下成长的作家所感受到的清教道德和禁忌与人的情爱本能之间的对立,《夏日鸟笼》《加里克年》《磨盘》《瀑布》等莫不如是。70年代中期的作品《黄金国度》中的中年主人公弗朗西丝则终于挺过了精神危机,事业与爱情均取得成功,小说亦摆脱了早期沮丧悲观的格调而拥有了美满的结尾。80年代的作品《中年》同样通过新闻记者凯特的故事,表现了知识妇女睿智与达观地应对人生挑战、摆脱信仰危机的心理过程。这些变化的出现或许既是作家本人第二次婚姻幸福美满的投射,亦与她事业成功和人生体验更为丰富,能够更为自信与练达地掌控生活有关。到了《七姐妹》中,德拉布尔集中探索的是老年女性摆脱困境、精神升华的途径。虽然和多丽丝·莱辛一样,德拉布尔曾经否认自己的作品属于女权主义写作,然而她在追求全社会的"权利、公正和拯救"的人道主义旗帜下对妇女生存境况的探索,依然发散出浓烈的女性主义气息。

在《七姐妹》中,女性的自我救赎主要通过以下几种途径得以实现:一是打破幽闭状态,通过学习不断获得自我提升。在德拉布尔的小说中,空间往往具有隐喻的意义。以窄小的内室、宫闱与病房等为代表的逼仄空间,暗示了主人公遭逢的诸多限制。在《红王妃》中,幽禁思悼王子、令其窒息惊惧而死的米柜,令人震惊地成为与全球化的时代趋势直接对立的"幽闭恐惧症"的象征意象。在《七姐妹》中,坎迪达则通过星期四夜校维吉尔《埃涅阿斯纪》课程的学习延展了自己的生活空间:"在我开始伦敦新生活的最初几个月,它是我孤独生活的支柱。这是一个绝好的班级,我特别喜爱这个班级,我是十分认真的学生。为什么我要加入这个班级呢?因为我认为它会使我结识到朋友,它也许会使我找到在往日生活中不曾了解过的朋友。"(10)二是以写作摆脱失语与缄默,同时自我反思与认识他人。"现在,我已经有两天没有玩单人纸牌游戏了。我为自己感到庆幸。写作是一项很好的替代。"(21)坎迪达反思了自己的更年期症状、对丈夫的冷落及性冷淡，认识到虽然安德鲁有错，但自己"并不会为了我的不足去责备安德鲁，我现在不责备他了"(42)。三是适应环境并关心他人。为了战胜流逝的时间与逼仄的空间，坎迪达加入了健身俱乐部，并如社会工作者一般关怀与帮助病人，由此走出了顾影自怜的怨愤，认识到天下还有那么多比自己更不幸的人。

特别值得注意的是，小说重点表现了旅行的意义。爱读《埃涅阿斯纪》的坎迪达梦想前往意大利那不勒斯，"想在我上天堂之前去参观一下那片燃烧的土地"(69)，缅想"沿着埃涅阿斯的足迹旅行将会是妙不可言的。他从特洛伊的战火中毫发未损地走出来，放弃战死和被俘虏的部下，继续走他辉煌的无情之路"(110)。从表层看来，维吉尔旅行团的故事仅仅构成小说的主干情节，德拉布尔作为古典学者，在故事中插入故事，融入希腊、罗马神话传说亦不足为奇，然而，在这部作品中，七姐妹的旅行和维吉尔《埃涅阿斯纪》的互文关系是作家精心安排的结果，也就是说，小说通过当代人物与远古英雄的呼应不仅传递了历史的厚重感，更以女性旅行的主题实现了小说意义的延展。

具体说来，作为个体探索世界与自我认知的基本形式，旅行伴随着人类文明的发展进程，旅行书写呈现个体生命经验的功能因而不言而喻。但在男权世界及男性作家的笔下，奥德修斯与埃涅阿斯可以穿越现实与幽冥，浮士德能够纵贯古今，鲁滨逊、格列佛、以实玛利与马洛得以在神秘壮阔的海上历险，而简·奥斯丁和她的主人公们只能过着家居生活，艾米莉·勃朗特在荒野踯躅，艾米莉·迪金森更被称为"阿默斯特的女尼"。恰如孤女简·爱虽先后受到"红房子"、寄宿学校和桑菲尔德大厦的桎梏，却始终心怀对远方的激情和探索世界的模糊渴望一样，伍尔夫在《一间自己的房间》中也感叹："我想到给人拒之门外有多么不愉快；转念一想，给

第二十八章 玛格丽特·德拉布尔的《七姐妹》

人关在门里可能更糟。"[1]她认为,在女性参与公共事务的时机未臻成熟之际,旅行写作可以成为女性通过想象延展自我发展空间的有效手段。由此观之,德拉布尔的女性旅行书写,由于特殊的性别指涉而凸显出映射女性生存现状与文化心理的珍贵价值。在其后期创作中,《象牙门》已经表现出作家通过旅行寻求跨文化沟通的倾向。《七姐妹》中,坎迪达们重温远古的神话之旅,自北非迦太基渡海前往意大利寻访冥府、深入女预言家西比尔占卜命运的洞穴的复杂行程,实则也隐喻着女性的劫后重生,因为秉承神的旨意告别爱人而在西西里登陆,又历经艰险缔造了未来罗马国家的埃涅阿斯,其光荣使命正是特洛伊的浴火重生。就在姐妹们怀揣着对那片"燃烧的土地"的梦想之际,德拉布尔让坎迪达带领着读者重温了《埃涅阿斯纪》第六册中描摹金枝的美丽词句:

> 一棵树立在那儿,
> 天后朱诺声称那是她的所有物,
> 浓密的树林,阴森的夜晚,
> 阻挡人们投向这棵幸福之树的目光。
> 它长了一个树枝,
> 看起来是多么奇妙,
> 双色的树皮、树叶,
> 都是令人眼花缭乱的黄金……
> 灿烂的暮色光辉透过那绿色的树叶照下,
> 如同长于冬青树上的,
> 那冰冷的槲寄生。(80)

---

[1] 弗吉尼亚·吴尔夫:《一间自己的房间》,贾辉丰译,人民文学出版社,2003年,第20页。

这根叩开冥府大门的金枝,代表的正是七姐妹把握自身命运的美好梦想。

为了呈现这一主题,小说以多种形式,在远古英雄的历险与维吉尔旅行团的朝圣之旅间建立起了内在联系:到达迦太基古国即今天的突尼斯的当晚,旅行团成员们便如履行仪式般重温了史诗。杰罗尔德太太

> 认为她们应该看看第四册二百五十九行到二百七十八行的部分,这部分描述了墨丘利去拜访在迦太基的埃涅阿斯。埃涅阿斯披着由金线缝制的华丽紫色斗篷,正忙于为城堡奠基,就在这时,墨丘利突然来拜访他,告诉他要记住他作为罗马和意大利创始人的使命。埃涅阿斯不应当在利比亚这豪华的东方乐土上消磨时光,他拥有一个更辉煌的未来。(148)

此后,埃涅阿斯之行与七姐妹之游更如一暗一明两条线索平行发展:告别非洲前,她们上了史诗关于非洲的最后一部分内容的课程,重温了舵手佩林纳拉斯之死;在乘坐以希腊神话中的山中仙女阿瑞托莎的名字命名的渡轮穿越地中海时,七姐妹更是倚栏远眺,遥想当年英雄的行迹:

> 无情的埃涅阿斯在他动身到意大利去时,是否就是在这里回眸一望,凝视狄多自焚的熊熊大火?她诅咒了罗马和迦太基两城之间持久不去的仇恨,她拒绝在阴曹地府与他相见重归于好。埃涅阿斯是在夜间从迦太基偷偷动身的,但是,现在是下午,大白天,空气热烘烘的,悄无声息,偶尔有风。那将埃涅阿斯吹离正轨漂到西西里的西风并没有出现在这个港口,谁也弄不清在她们到了浩瀚的海面上后,等待她们的将是什么。(170)

第二十八章　玛格丽特·德拉布尔的《七姐妹》

在阿佛纳斯湖畔，她们找到了维吉尔当年题词的石头，"庄严肃穆地站在那里，念着长方形基石上的话语"(183)。德拉布尔还多次援引史诗中的原文，以与当下人物的活动交相辉映。如前述坎迪达遥想意大利之旅时脑海中自然跳出的关于金枝的描写；大家讨论行程时吟哦的第六册四百九十到四百九十四行，即表现埃涅阿斯在冥府遇见阿伽门农的部下，他们惊恐地离他而去，他想嘶喊却喊不出声的诗句。还有来到北非的当夜，坎迪达在房间远眺大海时所想起的关于狄多女王的诗句。

通过上述诸多形式的呼应，作家将七姐妹的旅行表现为与英雄埃涅阿斯的漂泊同样具有意义的告别过去、实现梦想、掌握命运与凤凰涅槃的旅程。小说中写道："狄多女王越过许多世纪从她的城堡里向她们行注目礼，因为她知道她们还记得她。"(135)狄多作为命运的牺牲品古往今来一直是文人骚客悲情吟诵的对象，但如今的女性已经可以用多种方式将金枝握在自己的手中。到了《红王妃》中，作为王妃替身的当代知识女性霍利威尔博士的韩国之旅，更是实现了跨越生死、时空与文化藩篱，共享人类跨文化经验的当代意义。

三

德拉布尔晚期创作的叙述技巧也在进一步发展。如果说按年代顺序编排而成的线性情节结构，是作家早期创作表现妇女人生经历的基本模式的话，那么大约从《中年》开始，德拉布尔的小说结构更加灵活多变，既继承了奥斯丁、贝内特等人的现实主义传统，又融入了现代主义乃至后现代主义的奇巧元素，故被戴维·洛奇(David Lodge)戏称为"后现实主义"小说。在《光辉灿烂的道路》《一种自然的好奇心》和《象牙门》这三部曲中，作家实验了不同人物视角频繁转换的叙述形式，努力营造一种令人目眩的不断变化的效果。

到了《七姐妹》中,现实主义的线性叙述逻辑更多体现在题为"意大利之旅"的第二章的第三人称叙述中。本章采取全知的多视角叙述,全面呈现七姐妹心理,塑造出个性迥异而又血肉丰满的人物群像。第一章"她的日记"则由坎迪达的一篇篇日记组成,前又有第三人称视角的一行行标注,是主人公以第一人称的口吻对自己在圣安妮的中学时代、在萨福克作为中学校长妻子的时代,以及在伦敦西区重建生活的弃妇时代所进行的回忆与记录,在多层次的叙述当中使得当下与过去交织,显示出时空交错的艺术特色。第三章题为"埃伦的说法",是从坎迪达远在芬兰的次女埃伦的视角展开的第一人称叙述。乍一看去,读者会以为这是埃伦在母亲投河猝死后,通过研读母亲留在手提电脑上的日记和意大利记游文字,而对母亲的故事做出的回应与评论。埃伦对母亲叙述的很多细节均进行了质疑,甚至指认母亲有"撒谎"的嫌疑,一定程度上起到了对母亲的叙述建立起来的事实的解构作用。更令人费解的是,读者通过第一与第二章的叙述建立起来的印象与第三章之间似乎存有人大的差距,读者会难以理解与想象重建起生活信念的坎迪达怎么会突然选择了自杀。直到进入第四章"尾声"部分,通过文本细读,读者才恍然大悟,原来之前"埃伦的说法"并非真实,而是主人公模仿女儿的口吻进行的杜撰,是从女儿的立场虚拟的对自己叙述的回应。读者方才明白,坎迪达的换位思考,代表的是摆脱隔膜、寻求沟通、恢复亲情与重建母女关系的努力。之前一章的猝死只是一种虚构,是为模仿女儿的语气想象女儿对自己日记的反应所做的必要准备。而只有存在这一前提,第四章中坎迪达前往芬兰探视女儿的行为才显得更为合理与可信。这样的结构设置不仅易于创造出悬念迭起、柳暗花明的艺术效果,埃伦与母亲之间的呼应似乎也体现出一种复调的意义。

而从叙述形式上看,第四章采取的是主人公以第一人称自述从意大利返回之后的生活与全知的第三人称客观化视角相交错的处理方式,灵

第二十八章 玛格丽特·德拉布尔的《七姐妹》

活穿梭于坎迪达的心理世界与客观生活之间,以内外双层视角充分呈现人物获得新生后的喜悦。就在这一部分,读者得知:坎迪达前往芬兰参加了女儿的婚礼,了解了她的生活与工作,收获了友情与倾慕,又在计划一次新的中东之旅。她满意于自己快要担任外祖母的新角色:"她不再断绝与他们的联系了。她盼望一次次前往芬兰,在那儿她将能够重操起羊毛编织活来。"(248)"音乐在她的周围喜气洋洋地响了起来,她的情绪在音乐声的无垠空间里也变得越来越高了。"(248)由此,作家再度为读者创设了一个充满希望的开放式结尾。

当然,小说也有败笔,正如伍尔夫在《一间自己的房间》中并未能够提出女性拥有独立的一间房间的有效与现实途径,而只是幸运地获得了来自姑妈的遗产一样,这部小说中从未自己挣过钱的"我"在困窘中却也同样有如空中降神一般获得了一笔遗产。体现在情节中,先是萨莉和朱莉娅的提议点燃了主人公对意大利的渴望。随后,她便意外地获得财产,能够满足游历世界的心愿。这样的安排当然一方面便于故事的推进,吸引读者,制造跌宕起伏的效果,另一方面却也容易落入俗套,陷入情节剧的窠臼。同样的戏剧性变化再度出现在波佐利,即意外的消息使得辛西娅不得不中断旅行,急奔回伦敦照顾受到歹徒袭击而重伤的丈夫。所以,小说第二章是以坎迪达独自前往库迈,探寻长生不死的女预言家西比尔传说中的洞穴,探问关于她命运的预言而结束的。小说似乎两次都由外力推动情节进展,激起戏剧性波澜,但这一外力是否符合生活的逻辑却值得进一步推敲。

总体说来,由于德拉布尔至今仍然笔耕不辍,《七姐妹》这部小说在作家整体创作中的地位,乃至其在当代英国小说发展史上的意义究竟若何,尚可留待读者的进一步评判与历史的沉淀。但其作为德拉布尔后期创作的重要作品,确实体现了作家在题材处理、主题呈现以及艺术技巧等方面不断拓展与深化的努力,有其可圈可点之处。

第二十九章
玛格丽特·德拉布尔的《红王妃》
(《红王妃》,杨荣鑫译,云南教育出版社,2007年)

《红王妃》是玛格丽特·德拉布尔进入新千年后创作的一部重要作品,也是作家的第 16 部长篇小说。作为一部古代朝鲜王子妃的回忆录《王妃回忆录》的文学性重构,作品对官方话语进行了拆解,为在正史中缄默无语的东方红王妃发声,以跨文化的独特书写和全球化的鲜明意识而引起了国内外学界的高度关注。

一

小说的创作背景是作家本人新千年的首尔之行,某种意义上可以被解读为一部女性的旅行文学文本。只是,其中的人物已不再像简·奥斯丁和夏洛蒂·勃朗特笔下的淑女主人公们那样,对异域风景和别样的生活虽不能至、心向往之,亦不似弗吉尼亚·伍尔夫的长篇小说处女作《远航》中的女主人公雷切尔一般,只能有一段中途夭折的航程,而是真正实现了跨越东西方的文化沟通之旅。

作品由"古代"和"现代"两大部分构成。第一部"古代"可被解读为主人公红王妃对旅行的渴望。

作品以 18 世纪朝鲜李氏王朝洪夫人的幽灵在 200 多年后对自己从

第二十九章 玛格丽特·德拉布尔的《红王妃》

小王妃到屈辱的寡妇再到位极尊荣的王太后的一生的回忆,讲述了"她的故事"(herstory),呈现了古老东方封建宫廷中的森严等级、性别压迫、严酷孝道和变态人性。由于"我们那个时代、那个阶层的女人,过的都是幽闭恐怖症患者的生活"(51),所以旅行只能是王妃的梦想。在凄凉的宫中岁月里,她与女伴有过一次次幻想中的旅行:"朴英爱和我闲来无事喜欢在盘子里摆上些小玩意儿,做成'盆景',银子当河,紫水晶当山,珊瑚当树,宝石充作各色各样的果实。我们设计了'自由林'、'放生湖',还有'逃命山',这便是我俩的'迷你天堂',我们自由自在地神游其间。"(49)宫女的游戏"荡秋千",为的也是"在高高荡起时能瞅一眼高墙之外的风光"(51)。王妃一生唯一的旅行,是在她作为王太后的60岁生日庆典上,虽然这只不过是"从下宫到首尔以南约莫六十公里的新城华城"(114)的短途旅行,亦只能透过轿帘的缝隙偷偷看一眼,但在她却"不啻一次胜利之旅":"一路上我看到了宽阔的河流,看到了崇山峻岭,见到了那么多我们的子民。我在南湖畔漫步,赞叹城堡塔楼的宏伟,抚摸被阳光烤得发烫的城堞。我生平第一次登上山顶,俯瞰壮阔的美景。"(114)小说中不断复现幽闭意象,如宫殿、地穴、轿子,以及第二部"现代"中范乔斯特教授演讲提到的铅匣,等等。尤其是王妃的丈夫、被专横暴虐的亲生父亲英祖国王残害的思悼王子幽闭其中、最终窒息惊惧而死的米柜,更是触目惊心地成为与自由的旅行、全球化的时代趋势直接对立的"幽闭恐惧症"的核心意象。

如果说"古代"浓缩了历史上女性的幽闭处境,呼应了奥斯丁、勃朗特们的幻想的话,小说的"现代"部分则呈现了当代西方知识女性独立的东方之旅。该部分主要写的是大学教师芭芭拉·霍利威尔博士参加国际学术会议的首尔之行,以及返回英国后精神的发展。作品从芭芭拉自牛津前往希思罗机场赶飞往韩国的班机写起,主体是由她的视角展开的旅行印象与社交生活,包括她在经历了跨文化的碰撞后的兴奋、困惑与震惊,她在会议期间与一位著名的社会学家的爱情(该故事因范乔斯特教授的猝死戛然而止),以及她回伦敦后完成教授的遗愿,与教授遗孀维维卡共同收养一位中国弃女的故事。

虽然芭芭拉有着与古代王妃相似的个人生活遭际,然而,作为当代的知识女性,她有着选择生活、周游世界与拥抱爱情的自由。她在韩裔医生张宇会博士的引导下游览红王妃当年生活的宫殿,参观文庙及其中纪念孔子及门人的仪式,以及和范乔斯特教授在张博士陪同下参观世界文化遗产水原华城的经历,都具有文化交流的性质。而在韩国成长、在欧洲行医的张博士作为跨文化的象征,教授作为全球化研究顶尖人物的身份、其中国之旅和他以全球化为主题的演说,还有芭芭拉回国后象征性地走过的、呼应了之前在韩国跨越的那座"将思悼的秘密花园、王妃的宫殿与皇陵连在了一起"(233)的人行天桥的高架桥等诸多细节,均暗示了女作家摒弃地缘、政治、宗教与文化偏见,寻求跨文化的沟通与理解,摆脱人类共同困境的愿望。

在二战后登上文坛的德拉布尔深受其剑桥导师、著名的道德批评家F. R. 利维斯文学要有使命感、探讨解决社会危机的道德意识的影响,不仅执着于知识女性困境的书写,更在漫长的创作生涯中不断拓宽视野,通过对不同时空中人们共同遭遇的问题,如代际冲突、人性变异、女性地位等的关注,探寻人类携手摆脱困境的出路。德拉布尔注重面向未来的写作:"许多人读小说是为可能的将来寻找模式或映像,以知道该如何表现、期望些什么。我们不想与过去的妇女们相像,但是我们的未来又在哪呢?这个问题恰恰是许多妇女创作的小说试图回答的。"[1]如果说她的《象牙门》通过对后现代背景下东南亚诸国的描写,已初步体现出作家通过跨界

---

[1] Margaret Drabble. "A Woman Writer." in *On Gender and Writing*, ed. Michelene Wandor, London: Pandora Press, 1983. p. 159.

旅行寻求跨文化沟通的倾向,《七姐妹》将人物的跨文化旅行表现为与古罗马英雄埃涅阿斯的漂泊对应的告别过去、实现梦想、掌握命运与凤凰涅槃的旅程,《红王妃》中作为王妃替身的当代知识女性芭芭拉的韩国之旅,更是实现了跨越生死、时空与文化藩篱,共享人类跨文化经验、寻求多元文化并存的当代意义。

二

在《红王妃》的"序"中,德拉布尔开宗明义地提出了"关于生存的本质,关于世界性跨文化的人性存在的可能"(3)这一问题。关于《红王妃》,2006年8月,德拉布尔在伦敦接受了韩国教授李良玉的采访。① 关于作品的副标题"一部跨文化的悲喜剧"("A Transcultural Tragicomedy"),德拉布尔解释说:

> 我努力暗示的是这部小说是关于不同文化对比以及不同文化之间的误解问题。小说既写到王妃对英国见闻产生困惑的部分,也写到那位英国女主角对在韩国的见闻感到困惑的内容。通过"跨文化悲喜剧",我想要问的是:是不是某个故事或所有的事情都是误解? 是不是所有事情都让人困惑? 我们是否理解——我们是否曾经正确地彼此理解对方?②

小说"古代"部分有一个耐人寻味的细节,即红王妃的儿子正祖国王

---

① 访谈原文发表于《当代文学》(*Contemporary Literature*)2007年第4期。朱云以《玛格丽特·德拉布尔访谈录》为题将其译出(舒程校),发表于《当代外国文学》2009年第3期。
② 《玛格丽特·德拉布尔访谈录》,朱云译,舒程校,《当代外国文学》2009年第3期。

送给母亲作为生日礼物的一个小小的珐琅胸饰,似乎正是对这一问题的回应:

> 胸饰上画的是一只西洋人的眼睛,那是一只会说话的女性的眼睛,眼珠呈淡褐色,还画了长长的眉毛、雪白的额头和亮闪闪的棕色卷发。……在我的幻想里,它是英国派驻清政府的使节乔治·马嘎尔尼带到北京的,三年后到了我的手里。……这是历史上的一次跨文化碰撞。
>
> 儿子说这是一只幸运眼、长寿眼,它可以透过重重迷雾看到未来,通过它可以看到未知的世界。我在生时一直小心珍藏着它。(115)

王妃的幽灵"我"坦言:"最让我那替身魂牵梦绕的一个词非'全球化'莫属。"(113)虽然王妃有生之年并未实现通过这只"他者"之眼观察异域文化的梦想,但她冥冥中却寄身于芭芭拉,满足了跨界旅行与沟通的愿望。第一部最后,小说借王妃之口表达了对一个全球化的未来的期待:"尽管不大可能,但它却在致力于实现世界大同。国与国之间相互渗透,隐士般的王国已屈指可数。"(119)对其诉说的听众"你们"即读者发出了邀请:

> 好了,现在请跟我来,我要引领你们跨越时空,把一切不和谐的喧嚣抛诸脑后,让我们穿越金属与塑料构建的地狱,进入华丽舒适的、全球一体的新千年。屏住呼吸抵御污染,塞紧耳朵摆脱噪音,跟我来,我们去一个全球化、多元化的世界,你们会喜欢它的。它,就是未来,是你们的未来。好好把握吧,未来属于你们。(119)

第二十九章 玛格丽特·德拉布尔的《红王妃》

所以德拉布尔在访谈中指出:"我们生活的世界需要我们彼此理解,至少我们要知道为什么不能彼此理解对方。这就要求我们跨越文化并且明白文化之间有接触的可能,这就是小说所要表达的内容。"[1]她将作品最后关于第三代女性陈建依的叙述称为"沉思式叙述"[2],呼应的正是小说第一部最后王妃幽灵的召唤:"跟我来,我们去一个全球化、多元化的世界,你们会喜欢它的。它,就是未来,是你们的未来。好好把握吧,未来属于你们。"(119)

如果小说从横向来说是以《王妃回忆录》作为连接古代东方与当代西方的空间纽带,纵向则以红王妃、芭芭拉和陈建依建构起了三代女性的生活,通过跨越时空与文化的奇幻构思,穿越了历史与现实、东方与西方、幽冥与生界,传达了作家打破幽闭、偏见与敌对状态,呼唤人类多元共存、和谐发展的情怀。伊莱恩·肖瓦尔特1977年初版的《她们自己的文学》通过对从夏洛蒂·勃朗特到20世纪中期英国女性文学传统的梳理,曾断言女性拥有一个同质性的"她们自己的文学"。进入新千年之后,她对自己的观点进行了修正,认为女性文学作为单独的文学传统正在消逝,"当代英国女性小说的背景遍布世界各地,而且随着全球文化和新欧洲的到来,她们的小说也反映出国际风格的影响"[3]。认为女性小说不再局限于社交和家庭,"女小说家已作为后现代革新者、有政治立场的观察者和不受任何约束的小说作者加入到主流之中"[4]。从这个意义上说,德拉布尔的《红王妃》以异质性、国际化的特色和探索全球化时代跨文化沟通可能性

---

[1] 《玛格丽特·德拉布尔访谈录》,朱云译,舒程校,《当代外国文学》2009年第3期。
[2] 《玛格丽特·德拉布尔访谈录》,朱云译,舒程校,《当代外国文学》2009年第3期。
[3] 伊莱恩·肖瓦尔特:《她们自己的文学——英国女小说家:从勃朗特到莱辛》,韩敏中译,浙江大学出版社,2012年,第299页。
[4] 伊莱恩·肖瓦尔特:《她们自己的文学——英国女小说家:从勃朗特到莱辛》,韩敏中译,浙江大学出版社,2012年,第299页。

的普遍意义，为这一观点提供了一个重要的佐证。

三

小说的第二方面主题，可以理解为表现历史的轮回，探索历史重荷下女性的命运。

一方面，小说的"古代"与"现代"部分分别描写了18世纪的东方与21世纪的西方，两条线索、两个故事的主人公，即朝鲜李氏王朝的红王妃与英国伦敦的大学教师、正作为新星在学术界冉冉升起的中年女性学者看似风马牛不相及，但作为女性的命运却有诸多相似之处：朝鲜国王英祖专横粗暴、苛刻冷酷、贪恋权位，虐待作为其王位继承人的独子思悼王子，终于在严酷非人的所谓孝道的绑架下将其折磨得精神崩溃，使他患上了衣物恐惧症、"妄想型精神错乱"（117），以杀人来释放恐惧，以隐身于幽闭的环境来逃避父王无所不在的淫威，最终还是逃无可逃，被闭锁在米柜中8天后绝望死去。由此，作家呈现了东方封建专制制度、残酷伪善的孝道观念对人性的压抑与残害。在此威压下，红王妃失去了丈夫，也失去了第一个儿子。

而芭芭拉嫁给了年轻的学者彼得。他的父亲作为学术权威同样专横暴戾，对儿子苛刻残忍，恨其不争，终于使他也精神分裂，自杀未遂，终其一生在精神病院中过着生不如死的日子。芭芭拉和彼得的儿子也夭折了。小说采用了女性"轮言"的叙事手法，形成了"我""我们""芭芭拉""你们"等女性的复数叙事，由此暗示女性的不幸命运其实是在一代代地延续着。女性寻求独立、幸福之路依然任重而道远。

另一方面，作品中的"过去"与"现代"又形成了鲜明的对比，毕竟时代变了，社会在发展，文明在进步。所以，一代代女性的生活又在发生着改变，在小说中体现为红王妃、芭芭拉和陈建依三代人命运嬗递的链条。

第二十九章 玛格丽特·德拉布尔的《红王妃》

由此,作家又在继承了女性成长小说传统的基础上,以当代社会的价值观和全新的发展模式,拓展了女性"成长"的主题,即女性有可能通过"母爱"、学习知识、外出旅行以及彼此的理解与陪伴等而获得精神的成长和自身的强大。

小说首先延续了德拉布尔早年创作中不断复现的"母爱"主题,塑造了几位在母性与母爱中成长与成熟的母亲:红王妃生下头生子后的心态描摹令人动容。母爱使她坚强,她在宫中度过了忍辱负重、担惊受怕的艰难时日,终于等到了儿子的即位;芭芭拉对早夭儿子的思念也部分影响到了她对日后学术研究方向的抉择;范乔斯特教授的妻子维维卡无法生育,有着强烈的收养中国孤儿的梦想。最终,芭芭拉和她帮助在韩国猝死的教授完成了他未竟的心愿,来到中国,成为孤女陈建侬的共同母亲。两个情敌也在抚养女儿的体验中脱胎换骨,成了好友。

其次,小说中的女性人物都有意识地通过汲取知识(包括偷学)以开阔眼界,获得精神的拓展。红王妃不仅在入宫前和入宫后努力学习,在宫廷倾轧中立于不败之地,更在死后与时俱进地汲取人类文明的精华,包括历史、传记、心理学、人类学知识等等,由此成为一个有头脑、有眼界、有个性、有决断的博学之人,并在 200 余年后以《王妃回忆录》为媒介,为自己找到了一个出色的当代代言人芭芭拉。芭芭拉则更不必说,她博士毕业,是一位出色的学者,来到韩国正是受邀参加一个重要的国际学术会议,她完全有能力主宰自己的人生并获取幸福。她和维维卡的养女陈建侬接受了良好的教育,未来更是无可限量。由此,作为红王妃的新一代传人,她的成长暗示了女性自我实现的无限可能性。

再次,德拉布尔的小说常常描写女性的旅行。《红王妃》中,旅行同样对女性的精神成长起到重要的作用。如前所析,在 18 世纪的朝鲜宫廷中,女性已有出门旅行的幻想,迎来 60 岁华诞的红王妃更是在儿子正祖大王的孝养下有了走出宫门、看看外部世界的可能。如果说古代的东方女性尚无太多自由,21世纪的职业女性芭芭拉却已经可以实现跨国旅行,并在一系列丰富的人生体验后产生精神上的重大飞跃:

> 打从首尔归来后,芭芭拉·霍利威尔的生活轨迹似乎就改变了。没人能料到,一个没多大意思的会议竟能产生如此深远的影响。芭芭拉的神经仿佛重新搭接了线路,信息出入的方向都跟原来完全不同了。(231)

> 也许她在为自己的东方之旅寻找某种结论、某种关联,而这种关联将有助于她为自己的人生谱写出新的篇章。(232)

对于陈建侬来说,八年级的她已经有了很多的计划,包括去泰特现代博物馆见识轰动一时的游乐项目"丝绸之路":"据称可以让你领略跨越时空的虚拟旅行。"(238)历史上的丝绸之路是跨越东西方的经济发展之路、人文交流之路,当代的陈建侬作为跨文化沟通的受惠者与见证人,本身也在践行着寻求人类和谐发展、交流进步的理想。

最后,如很多女性文学作品不约而同加以表现的那样,女性的情谊,女性之间的沟通、理解与陪伴也是德拉布尔笔下女性获得成长与发展的重要方式。这一点,在红王妃"我"与思悼王子的情人朴英爱、芭芭拉与维维卡、芭芭拉与陈建侬、维维卡与陈建侬等人的身上均有明显的体现。

综上,通过历史的回溯与时代变迁的描摹,《红王妃》在开阔的历史时空中探索了女性的命运和女性发展的未来前景,留给读者丰富的思考。

四

　　从艺术上来看，小说首先采用了特殊的结构方式。

　　第一部"古代"为18世纪朝鲜李氏王朝的王妃洪玉英自述的故事，为其200年后的幽灵重述"她的故事"。因此小说的这一部分就产生了两种视角：一是身在18世纪的人物的当下视角；二是以200年后的见识来评说前朝往事的后见视角。两种视角相互映衬，形成了特殊的张力，构成了双重叙述框架与价值框架，相映成趣，引人思考。或许我们还可以继续归纳出第三重映衬与比较框架，即作为小说基础的四本《王妃回忆录》与虚构小说之间的映衬与对比。从这个意义上说，红王妃"我"所讲述的故事，可以称为"第五部回忆录"(117)。而拥有后见之明的王妃幽灵拥有了世界视野，了解了东西方历史进程，她在后见之明的叙述中因而可以纵横捭阖地展开东西方的横向比较，由此展现时代风潮的激荡与影响。西方的历史与文明发展，可以说构成了小说中第四重隐含的比较框架。

　　其次，小说贯穿了多种意象的使用。不少意象不断复现，具有了暗示主题的象征意味，其中最具代表性的，当然是"红色"：小说中，红色意象不断出现，如红王妃、红绸裙、红袜子、红衬衣等等。它们与女性的身份、生活、情感、愿望紧密相连，象征着女性的牺牲，也象征着女性的执着与坚强。此外，作品中出现的汉江大桥、水原华城的桥，以及芭芭拉返回伦敦后开车经过的高架桥等，都体现出跨越、沟通与连接的象征意味，与全球化背景下的跨文化、跨种族沟通的意蕴紧密相连；前文提及的珐琅胸饰，即那只代表了西方观看东方的眼睛，也是和文化沟通与交流的主题彼此呼应的。

　　再次，小说运用了女性多元视角转换和女性复数叙述的方式。小说由王妃的个人型叙述、多个叙事人物的作者型叙述声音，共同组成了一种女性在她们的历史背景中和声共鸣乃至代全人类社群发言的集体型叙述声音。对当下的后现代世界生动再现的愿望促使女作家吸纳了相当多的后现代元素与叙事技巧,而她所探索的跨越时代、地缘与文化间多重时空的历史对话,女性间的精神交流决定了作家这样的创作形式。由此,叙事文本以内外部的多重对话特征,实现了对个体价值与人类命运之探求与追寻。

德拉布尔在小说序言中声明:虽是红王妃的"声音"和她的故事激发了作家的创作欲望,但"这'声音'已不仅仅属于她一个人,它已成为一个混合体,其中包含了我的'声音'、霍利威尔博士的'声音',当然,还有回忆录各位译者及评论者的'声音'"(序,3)。恰如弗吉尼亚·伍尔夫笔下《达洛卫夫人》中自如切换的意识流,《红王妃》也拥有在数个人物之间轻盈流动乃至对话的多重叙述声音。

《红王妃》开篇一句"很小的时候,我就特别想有一件红色的绸裙"(3),清晰地点出在第一部分"古代",德拉布尔是借王妃之口以第一人称展开历史叙述的。作家借用一个亡灵叙述者超越常规叙事模式、打破叙事主体时空局限的设定及其特殊的历史文化身份,使得古今沟通、陌生又熟悉的生者与亡灵间的对话成为可能,实现了美妙奇异的历史观照。小说中的王妃甚至可以被视为不断切换的两种叙事人物:一方面,她是小说所化用的史料文本《王妃回忆录》的素材提供者与书写者,受到物理时空的限制,对死后世界的动态并无了解,成为"现代"芭芭拉的谈资素材;然而,另一方面,"任何故事都不会真的结束,我的故事也仍在继续"(118),历史当事人又因德拉布尔巧妙的写作策略而成为小说中的主人公、永恒不死的亡灵叙述者。这两重身份合二为一,由外至内的视角变换使她得以透过时光的夹缝与历史的洪流,凭借视野的开阔和认知的发展诉说身后的所见所感。

第二十九章 玛格丽特·德拉布尔的《红王妃》

有别于作家早年的创作,如《加里克年》等恪守文学传统、现实主义风格的小说中常见的全知视角和作者型叙述模式,以"直接的权威性修辞"在读者那里轻易地获得了叙事的统治权的写作方式,《红王妃》在"古代"反而利用个人型叙述无可回避的性别立场,积极地为常年仰人鼻息、处在种种压抑之下的"无名的女人"代言(19)。并且这一叙述模式在虚构性问题上具有与自传极为相近的特点,因此采用个人型叙述同样对于小说与原文本《王妃回忆录》的互文与糅合大有裨益。因为"小说的统一性不是字面上的,而是精神上的,即通过与一个精神中心点的共同关联将各个部分连结为一体"①。

继王妃的倾诉后,小说第二部分"现代"以第三人称的全知叙述角度展现另一女主人公、王妃选中的 200 年后的"替身"芭芭拉·霍利威尔博士从伦敦乘机前往韩国首尔参加国际学术会议的故事碎片,从"旁观者视角对当下的现实进行审视,使相隔两个世纪的历史与现实两大时空并置同构"②。这种符合文学传统的作者型叙述声音似乎又恢复了作家的权威地位与主体性,再次显露了文本的创作者所能实现的对读者的巨大影响力,同"古代"部分一样浮现着隐含的作者独具的匠心。作家充分发挥了创作者的虚构特权,凭借亡灵口吻的叙事策略实现了在文本涉及的多维度时空中的任意穿梭、叙事话语及层次间的自然跳跃,为该小说平添了一份"戏剧化的审美特质,为作家探寻跨文化、跨时空的人类共性提供了一种有效的途径"③。譬如在"现代"出现的主体性悬置的"我们"并非王妃那样不灭的亡灵:"我们注视着她,而她对我们的闯入却全然不觉。为

---

① 希利斯·米勒:《解读叙事》,申丹译,北京大学出版社,2002 年,第 72 页。
② 程倩:《传承与创新:德拉布尔小说的叙事演变》,《英美文学研究论丛》2017 年第 26 期。
③ 程倩:《历史还魂,时代回眸:析德拉布尔〈红王妃〉的跨时空叙事》,《外国文学》2010 年第 6 期。

什么我们会被召唤到她床头?"(123)而从"王妃跟霍利威尔博士一样性急,她已迫不及待地要抓住这个女人的注意力"(132)和"王妃紧挨着芭芭拉坐着,因为无形、没人看得见她"(151)等表述可以看出,此时的王妃已化作了一个隐形、具有独立意志、仅对受述的"我们"和读者可见的魔幻式人物。

直至第二部分的末尾,作家才终于引入了第三位重要叙述人物——中国孤女陈建侬。为了实现占·范桥斯特的遗愿,芭芭拉与维维卡这两位"遗孀"竟在相互支持下完成了跨国收养,开始了对这个年幼却颇有气度的女孩的培养,"她俩坚持不懈的精神令占·范桥斯特十分赞赏"(236)。不单是古代的王妃,连现代的著名教授也可在小说中超脱物理局限,死后以亡灵之身发言。王妃的这位年轻的新继承人的故事碎片同第二部分的主体保持了一致,也由全知型第三人称叙事展现。此时德拉布尔的小说已"不是关于有趣人物的传统现实主义小说,而是关于不确定的、动机可疑的人物发现和评价自己,在新体验与过去的互动中将以往的确定性重新组合成新的不确定性的小说"①。前文的传统叙事模式最终为作家对探索小说叙事新的可能性的尝试而解构。

在小说末尾,不甘"寂寞"的作家本人还通过约翰·福尔斯式的后现代戏仿手法安排了自己的亲身出场,以主人公芭芭拉新朋友的人物身份现身并参与到故事之中。她甚至在小说中以自己的身份直接表达了"小说家都不可信","他们惯会借用、惯会剽窃"(242),"想要守住秘密的话,那就什么也别对小说家讲"(243)的观点,通过对自己在《红王妃》中对《王妃回忆录》的明显互文与重构进行了强烈反讽,在"生产语言的叙述者"与"生产语言的人物"之间形成了对话性,从而达到了对叙述表层稳

---

① Glenda Leeming. *Margaret Drabble*. London: Methuen, 2006, p.116.

定性,即文本真实性与可信度的颠覆。

有别于早期的创作风格,德拉布尔的《红王妃》以对《王妃回忆录》的大量借用与双线并置的叙事结构,使得复数的叙述者在古代、现代与后现代三部分中得以跨越时空限制,快速自然地穿梭流动于不同的场景间,并借助东西方文化中种种隐喻性的文化意象,在有限的文字中衍生出无限的遐想空间。

# 附录一
拓展阅读书目

［英］玛丽·雪莱:《弗兰肯斯坦》,刘新民译,上海译文出版社,2007年。

［英］简·奥斯丁:《傲慢与偏见》,孙致礼译,译林出版社,1990年。

［英］夏洛蒂·勃朗特:《简·爱》,黄源深译,译林出版社,1994年。

［英］艾米莉·勃朗特:《呼啸山庄》,杨苡译,译林出版社,1990年。

［英］乔治·爱略特:《佛洛斯河磨坊》,孙法理译,译林出版社,2002年。

［英］弗吉尼亚·伍尔夫:《远航》,黄宜思译,人民文学出版社,2003年。

［英］弗吉尼亚·伍尔夫:《达洛卫夫人》,孙梁、苏美译,上海译文出版社,1997年。

［英］弗吉尼亚·伍尔夫:《到灯塔去》,瞿世镜译,上海译文出版社,1997年。

［英］弗吉尼亚·伍尔夫:《海浪》,吴均燮译,人民文学出版社,2003年。

［英］弗吉尼亚·伍尔夫:《奥兰多》,林燕译,人民文学出版社,2003年。

［英］弗吉尼亚·伍尔夫:《弗勒希:一条狗的传记》,唐嘉慧译,上海

译文出版社,2009年。

[英]弗吉尼亚·伍尔夫:《岁月》,蒲隆译,人民文学出版社,2003年。

[英]弗吉尼亚·吴尔夫:《一间自己的房间》,贾辉丰译,人民文学出版社,2003年。

[英]多丽丝·莱辛:《金色笔记》,陈才宇、刘新民译,译林出版社,2000年。

[英]玛格丽特·德拉布尔:《金色的耶路撒冷》,吕俊、侯向群译,译林出版社,2001年。

[英]玛格丽特·德拉布尔:《空床日记》,林之鹤译,南海出版公司,2008年。

[英]玛格丽特·德拉布尔:《红王妃》,杨荣鑫译,云南教育出版社,2007年。

[英]艾丽丝·默多克:《黑王子》,萧安溥、李郊译,译林出版社,2008年。

[英]安吉拉·卡特:《染血之室与其他故事》,严韵译,南京大学出版社,2015年。

[法]西蒙娜·德·波伏瓦:《女宾》,周以光译,中国书籍出版社,1999年。

[法]玛格丽特·杜拉斯:《情人》,王道乾译,上海译文出版社,1997年。

朱虹选编:《美国女作家短篇小说选》,中国社会科学出版社,1983年。

[美]伊迪丝·华顿:《纯真年代》,赵兴国、赵玲译,译林出版社,2002年。

[美]西尔维娅·普拉斯:《钟形罩》,杨靖译,译林出版社,2003年。

［美］艾丽斯·沃克：《紫颜色》，陶洁译，译林出版社，1998年。

［美］托妮·莫瑞森：《最蓝的眼睛》，陈苏东、胡允桓译，南海出版公司，2005年。

［美］谭恩美：《喜福会》，田青译，春风文艺出版社，1992年。

［美］汤亭亭：《女勇士》，李剑波、陆承毅译，漓江出版社，1998年。

［加］玛格丽特·阿特伍德：《浮现》，蒋丽珠译，译林出版社，1999年。

［加］玛格丽特·阿特伍德：《使女的故事》，陈小慰译，译林出版社，2001年。

［加］玛格丽特·阿特伍德：《羚羊与秧鸡》，韦清琦、袁霞译，译林出版社，2004年。

［加］玛格丽特·阿特伍德：《珀涅罗珀记》，韦清琦译，重庆出版社，2005年。

［加］玛格丽特·阿特伍德：《证言》，于是译，上海译文出版社，2020年。

杨莉馨、焦红乐：《弗吉尼亚·伍尔夫：永恒的英伦百合》，华中科技大学出版社，2020年。

王晓英：《艾丽斯·沃克：妇女主义者的传奇》，华中科技大学出版社，2020年。

袁霞：《玛格丽特·阿特伍德：加拿大文学女王》，华中科技大学出版社，2020年。

柯英：《苏珊·桑塔格：大西洋两侧最智慧的人》，华中科技大学出版社，2020年。

黄荭：《玛格丽特·杜拉斯：写作的暗房》，华中科技大学出版社，2021年。

沈珂：《西蒙娜·德·波伏瓦：书写与存在》，华中科技大学出版社，

2021年。

林早:《西蒙娜·薇依:为万般沉默放行》,华中科技大学出版社,2021年。

王寅丽:《汉娜·阿伦特:爱、思考和行动》,华中科技大学出版社,2021年。

[美]谢莉·德威斯:《不只是简·奥斯汀:重现改变英国文学的七位传奇女作家》,史敏译,南京大学出版社,2018年。

[美]桑德拉·吉尔伯特、苏珊·古芭:《阁楼上的疯女人:女性作家与19世纪文学想象》,杨莉馨译,上海人民出版社,2015年。

[美]伊莱恩·肖瓦尔特:《她们自己的文学——英国女小说家:从勃朗特到莱辛》,韩敏中译,浙江大学出版社,2012年。

附录二
19世纪以来西方重要女作家名录

斯塔尔夫人(Madame De Staël,1766—1817),18世纪后期19世纪初期法国女作家、文学理论家,主要作品为浪漫主义文论著作《论文学》(1800)、《论德国》(1810)和浪漫主义长篇小说《黛尔芬》(1802)、《柯丽娜》(1807)。

简·奥斯丁(Jane Austen,1775—1817),19世纪英国女小说家,主要作品为《理智与情感》(1811)、《傲慢与偏见》(1813)、《曼斯菲尔德花园》(1814)、《爱玛》(1816)、《诺桑觉寺》(1818)和《劝导》(1818)六部长篇小说。

玛丽·雪莱(Mary Shelley,1797—1851),19世纪英国女作家,欧洲科幻小说的创始人,主要作品为长篇科幻小说《弗兰肯斯坦》(1818)、《最后的人》(1825)等。

乔治·桑(George Sand,1804—1876),19世纪法国浪漫主义女作家,主要作品为长篇小说《安蒂亚娜》(1832)、《木工小史》(1840)、《康素爱萝》(1842—1843)、《安吉堡的磨工》(1845)和《魔沼》(1846)等。

伊丽莎白·巴雷特·勃朗宁(Elizabeth Barrett Browning,1806—1861),19世纪英国女诗人,主要作品有诗集《圭迪公寓的窗子》(1851)、《会议之前的诗》(1860),组诗《葡萄牙十四行诗集》(1850)和诗体小说《奥罗拉·李》(1857)。

盖斯凯尔夫人(Mrs. Gaskell,1810—1865),19世纪英国女作家,主要作品为长篇小说《玛丽·巴顿》(1848)、《北与南》(1854)和著名传记作品《夏洛蒂·勃朗特传》(1857)等。

哈里叶特·比彻·斯托(Harriet Beecher Stowe,1811—1896),19世纪美国女作家,主要作品为长篇小说《汤姆叔叔的小屋》(又译为《黑奴吁天录》,1851)、《德雷德,阴暗的大沼地的故事》(1856)、《奥尔岛上的明珠》(1862)和一些宗教诗歌。

夏洛蒂·勃朗特(Charlotte Brontë,1816—1855),19世纪英国女作家,主要作品为长篇小说《简·爱》(1847)、《谢利》(1849)等。

艾米莉·勃朗特(Emily Brontë,1818—1848),19世纪英国女作家,主要作品为长篇小说《呼啸山庄》(1847)和一些诗歌。

乔治·爱略特(George Eliot,1819—1880),19世纪英国女作家和文学批评家,主要作品为长篇小说《亚当·比德》(1859)、《佛洛斯河磨坊》(1860)和《米德尔马契》(1872)等。

安妮·勃朗特(Anne Brontë,1820—1849),19世纪英国女作家,主要作品为长篇小说《艾格尼斯·格雷》(1847)和《怀尔德菲尔府的房客》(1848)。

艾米莉·迪金森(Emily Dickinson, 1830—1886), 19世纪中后期美国女诗人,诗歌名作有《晨曦比以往更柔和》《但愿我是你的夏季》《成功的滋味最甜》《我们有一份黑夜要忍受》等。

路易莎·梅·阿尔科特(Louisa May Alcott, 1832—1888), 19世纪美国女作家,主要作品为长篇小说《小妇人》(1868)、《贤妻》(1869)、《小男人》(1871)等。

凯特·肖班(Kate Chopin, 1851—1904), 19世纪后期20世纪初期美国女作家,主要作品有短篇小说集《贝约的母亲》(1894)、《阿卡狄亚之夜》(1897)和长篇小说《觉醒》(1899)等。

夏洛特·帕金斯·吉尔曼(Charlotte Perkins Gilman, 1860—1935), 19世纪后期20世纪早期美国女作家,主要作品为短篇小说《黄色的糊墙纸》(1892)和散文集《妇女与经济》(1898)、《关于孩子》(1900)等。

伊迪丝·华顿(Edith Wharton, 1862—1937), 20世纪早期美国女作家,主要作品为长篇小说《欢乐之家》(1905)、《纯真年代》(1920),中篇小说《伊坦·弗洛美》(1911)等。

威拉·凯瑟(Willa Cather, 1873—1947), 20世纪上半叶美国女作家,主要作品为长篇小说《啊,拓荒者!》(1913)、《我的安东尼娅》(1918)和

《总主教之死》(1927)等。

格特鲁德·斯泰因(Gertrude Stein,1874—1946),20 世纪上半叶美国女作家和艺术评论家,主要作品为歌剧《三幕剧中四圣人》(1929)、自传体小说《艾丽丝·B.托克拉斯自传》(1933)、纪实文学作品《我所见的战争》(1945)和文学论著《如何写作》(1931)、《在美国的讲座》(1935)、《什么是杰作》(1936)等。

弗吉尼亚·伍尔夫(Virginia Woolf,1882—1941),20 世纪上半叶英国女作家,意识流小说大师、文学批评家和女性主义文化先驱,主要作品为总称为"生命三部曲"的长篇小说《达洛卫夫人》(1925)、《到灯塔去》(1927)和《海浪》(1931),代表性的理论著作有《一间自己的房间》(1929)等。

凯瑟琳·曼斯菲尔德(Katherine Mansfield,1888—1923),19 世纪末 20 世纪初英籍女作家,出生于新西兰,擅长短篇小说写作,主要作品为短篇小说集《幸福》(1921)、《园会集》(1922)及死后发表的《鸽巢》(1923)和《幼稚》(1924)等。

安娜·阿赫玛托娃(Anna Akhmatova,1889—1966),20 世纪俄罗斯抒情女诗人,主要作品为诗集《车前草》(1921)、《公元 1921 年》(1922),两部长诗《安魂曲》(1935—1940)和《没有主人公的叙事诗》(1940—1962)等。

凯瑟琳·安妮·波特(Katherine Anne Porter,1890—1980),20 世纪美

国女作家,尤其擅长短篇小说写作,主要作品为中短篇小说集《开花的犹太树》(1930)、《灰白马,灰白骑手》(1939)、《斜塔》(1944)和长篇小说《愚人船》(1962)等。

佐拉·尼尔·赫斯顿(Zora Neale Hurston,1891—1960),20世纪上半叶美国黑人女作家、民俗学家,主要作品为长篇小说《约纳的葫芦藤》(1934)、《他们眼望上苍》(1937)等。

赛珍珠(Pearl Sydenstricker Buck,1892—1973),20世纪美国女作家,主要作品为长篇小说三部曲《大地》(1931)、《儿子们》(1932)和《分家》(1935),两部传记《战斗的天使》(1936)、《流放》(1936)和长篇小说《龙种》(1942)等。

玛·伊·茨维塔耶娃(Marina Ivanovna Tsveteava,1892—1941),20世纪上半叶俄罗斯抒情女诗人和散文作家,主要作品为诗集《离别》(1921)、《致勃洛克诗抄》(1922)、《普叙赫:浪漫作品》(1923)、《手艺》(1923)和三部长诗《青年好汉》(1924)、《山岳之歌》(1926)和《终结之歌》(1926)等。

玛格丽特·米切尔(Margaret Mitchell,1900—1949),20世纪上半叶美国女作家,主要作品为长篇小说《飘》(1936)等。

娜塔莉·萨洛特(Nathalie Sarraute,1900—1999),20世纪法国女小说家和戏剧家,"新小说派"的先驱人物和主要理论家,主要作品为长篇小说《无名氏的肖像画》(1948)、《行星仪》(1959)、《生死之间》(1969)和戏剧《沉默》(1964)、《谎言》(1966)等。

安娜·西格斯(Anna Seghers,1900—1983),20世纪德国女作家,主要作品为长篇小说《圣巴巴拉的渔民起义》(1928)、《人头悬赏》(1933)、《拯救》(1937)和《第七个十字架》(1942)等。

玛格丽特·尤瑟纳尔(Marguerite Yourcenar,1903—1987),20世纪法国女作家、翻译家、文学批评家、哲学家和历史学家,法兰西学院有史以来第一位女院士,主要作品为小说《东方奇观》(1938)、《哈德里安回忆录》(1951)和《熔炼》(1968)等。

西蒙娜·德·波伏瓦(Simone de Beauvoir,1908—1986),20世纪法国女作家,存在主义哲学与文学的代表人物之一,主要作品为长篇小说《女宾》(1943)、《他人的血》(1945)、《人总是要死的》(1946)、《一代名流》(1954)和女性主义理论著作《第二性》(1949)等。

安妮·佩特里(Ann Petry,1908—1997),20世纪美国黑人女作家,主要作品为长篇小说《大街》(1946)、《海峡》(1953),短篇小说集《穆黑尔小姐》(1971)和一系列儿童文学作品。

玛格丽特·杜拉斯(Marguerite Duras,1914—1996),20世纪法国女作家,主要作品为长篇小说《抵挡太平洋的堤坝》(1950)、中篇小说《情人》(1984)和电影剧本《广岛之恋》(1960)、《长别离》(1961)等。

艾丽丝·默多克(Iris Murdoch,1919—1999),20世纪英国女作家,主要作品为长篇小说《在网下》(1954)、《逃离巫师》(1956)、《大钟》(1958)、《独角兽》(1963)、《黑王子》(1973)、《神圣的和亵渎的爱情机器》(1974)和《大海,大海》(1978)等。

多丽丝·莱辛(Doris Lessing,1919—2013),当代英国女作家,主要作品为长篇小说《野草在歌唱》(1950)、"暴力的儿女们"五部曲(1952—1969)、《金色笔记》(1962)和短篇小说集《非洲故事集之一:这是老酋长的国土》(1951)、《非洲故事集之二:阳光洒在他们脚下》(1973)等。

玛格丽特·劳伦斯(Margaret Laurence,1926—1987),20世纪加拿大女小说家,主要作品有长篇小说《石头天使》(1964)、《上帝的玩笑》(1966)、《住在火里的人》(1969)、《占卜者》(1974),半自传性短篇小说集《屋中鸟》(1970)和短篇小说集《陌生者的心》(1976)等。

辛西娅·奥芝克(Cynthia Ozick,1928—   ),当代美国女作家,尤其擅长短篇小说写作,主要作品为长篇小说《信任》(1961),短篇小说集《异教徒罗比及其他故事集》(1971)、《流血和三部小说》(1971)、《飘浮:五部小说》(1976)等。

托妮·莫里森(Toni Morrison,1931—2019),当代美国黑人女作家,1993年诺贝尔文学奖得主,主要作品为中篇小说《最蓝的眼睛》(1970),长篇小说《秀拉》(1973)、《所罗门之歌》(1977)、《柏油娃娃》(1981)、《宠儿》(1987)、《爵士乐》(1992)、《天堂》(1999)、《爱》(2003)、《恩惠》(2008)、《家园》(2012)和《孩子的愤怒》(2015)等。

西尔维娅·普拉斯(Sylvia Plath,1932—1963),20世纪美国女小说家、诗人,主要作品为自传体长篇小说《钟形罩》(1963),诗集《爱丽儿》

(1956)、《涉水》(1971)、《冬树》(1972)和《普拉斯诗全集》(1981)等。

A. S. 拜厄特(A. S. Byatt,1936—),当代英国女作家,主要作品为长篇小说《占有》(1990)、《天使与昆虫》(1992)、《传记家的故事》(2000)、《孩子们的书》(2009)等,另有系列小说"四部曲"《花园中的少女》(1978)、《静物》(1985)、《未建成的通天塔》(1996)和《吹哨女人》(2002)。

乔伊斯·卡罗尔·欧茨(Joyce Carol Oates,1938—),当代美国女作家,主要作品为短篇小说集《北边门》(1963)、《爱的轮盘》(1970),长篇小说《人间乐园》(1967)、《他们》(1969)、《奇境》(1971)、《暗杀者》(1975)等。

玛格丽特·德拉布尔(Margaret Drabble,1939—),当代英国女作家,主要作品为《夏日鸟笼》(1963)、《磨盘》(1965)、《金色的耶路撒冷》(1967)、《冰雪世界》(1977)、《中年》(1980)、"光辉灿烂"三部曲[《光辉灿烂的道路》(1987)、《一种自然的好奇心》(1989)和《象牙门》(1991)]、《七姐妹》(2002)和《红王妃》(2004)等。

玛格丽特·埃莉诺·阿特伍德(Margaret Eleanor Atwood,1939—),当代加拿大女作家,主要作品为诗集《循环游戏》(1966)、《你是快乐的》(1974)、《真实的故事》(1981)和《火宅的早晨》(1995),长篇小说《浮现》(1972)、《使女的故事》(1985)、《猫眼》(1988)、《盲刺客》(2000)、《羚羊与秧鸡》(2003)、《珀涅罗珀记》(2005)、《好骨头》(2010)和《证言》(2019)等。

附录二　19世纪以来西方重要女作家名录

安吉拉·卡特（Angela Carter, 1940—1992）, 20世纪英国女作家, 主要作品为长篇小说《魔幻玩具铺》(1967)、《数种知觉》(1968)、《新夏娃的激情》(1977)、《马戏团之夜》(1984)和《明智的孩子》(1991)等, 短篇小说集《烟火》(1974)、《染血之室与其他故事》(1979)等。

汤亭亭（Maxine Hong Kingston, 1940—　）, 当代美国华裔女作家, 主要作品为长篇小说《女勇士》(1976)、《中国佬》(1980)、《孙行者》(1989)和短篇小说集《夏威夷的一个夏天》(1987)、《穿过黑幕》(1987)等。

柳德米拉·叶甫盖尼耶夫娜·乌利茨卡娅（Lyudmila Evegenievna Ulitskaya, 1943—　）, 当代俄罗斯女作家, 主要作品为中篇小说《索涅契卡》(1992)、《美狄娅和她的孩子们》(1996), 长篇小说《库科茨基医生的病案》(2000)等。

艾丽丝·沃克（Alice Walker, 1944—　）, 当代美国黑人女小说家、诗人和文学批评家, 主要作品为长篇小说《格兰奇·科普兰的第三次生命》(1970)、《梅丽迪恩》(1976)、《紫颜色》(1982)、《在我父亲微笑的光芒下》(1998), 诗集《一度》(1965)、《革命的牵牛花》(1973)、《晚安, 威利·李, 明早再见》(1979)和文论《寻找我们母亲的花园》(1983)。

谭恩美（Amy Tan, 1952—　）, 当代美国华裔女作家, 主要作品为长篇小说《喜福会》(1988)、《灶神爷之妻》(1991)、《百种神秘感觉》(1995)、《接骨师的女儿》(2001)和儿童文学作品《月亮女神》(1992)、《中国暹罗猫》(1994)等。

图书在版编目（CIP）数据

西方女性小说经典导读/杨莉馨，王苇著.— 北京：商务印书馆，2023
ISBN 978-7-100-22024-8

Ⅰ.①西… Ⅱ.①杨…②王… Ⅲ.①妇女文学—小说研究—西方国家 Ⅳ.① I106.4

中国国家版本馆 CIP 数据核字（2023）第 030671 号

权利保留，侵权必究。

西方女性小说经典导读
杨莉馨 王苇 著

商 务 印 书 馆 出 版
（北京王府井大街36号 邮政编码 100710）
商 务 印 书 馆 发 行
南京鸿图印务有限公司印刷
ISBN 978-7-100-22024-8

2023年6月第1版　　开本 880×1240 1/32
2023年6月第1次印刷　印张 12½

定价：58.00元